get 겟

초판 1쇄 찍은 날 | 2012년 11월 16일
초판 1쇄 펴낸 날 | 2012년 11월 23일

지은이 | 홍윤정
펴낸이 | 서경석

편집장 | 권태완
편집 | 장미연
디자인 | 신현아

펴낸곳 | 도서출판 청어람
등록번호 | 제1081-1-89호
등록일자 | 1999. 5. 31
어람번호 | 제5-0321호

주소 | 경기도 부천시 원미구 심곡2동 163-2 서경B/D 3F (우) 420-822
전화 | 032-656-4452 팩스 | 032-656-4453
http://www.chungeoram.com
E-mail | chungeoram@chungeoram.com

ISBN 978-89-251-3076-7 03810

Chungeoram romance novel

겟 · 홍윤정 장편 소설

도서출판 청어람

Contents

프롤로그

주말의 클럽은 그야말로 다양한 인간 군상들의 집합소이다. 밤 늦도록 꺼지지 않는 불빛, 죽기를 각오하고 취하려 작정한 듯 부어라 마셔대는 인간들. 그리고 짝짓기에 열 올리는 동물들처럼 밤의 연인을 찾기에 여념이 없는 수많은 남녀들.

그 한가운데에, 감각이 퇴화된 사람처럼 무덤덤하고 무료한 눈의 한 남자가 있다. 형형색색, 갖가지 화려한 옷을 차려입고 교태로운 미소와 웃음을 흘리며 상대를 가늠하는 여자들 속에서 남자는 서서히 지루함을 느끼고 있었다.

그는 숨이 막혔다. 마음껏 마시고 마음껏 퇴폐적이 되고자 이곳을 찾은 것임에도 그는 가슴이 답답했다. 무료하고 지겹다는 느낌뿐이었다. 다 자란 성인남자가 쾌락이 보장된 세상, 환락을 약속하는 손길에 지루함을 느낀다는 것은 분명 정상적이라고 볼 수 없는 일. 그 비정상적인 기분을 그는 이곳을 들를 때마다 느끼고 있었다. 오늘도 그것은 마찬가지. 그는 짧은 천 조각을 두른 한 여자의 몸놀림을 무감각한 시선으로 지켜보며 잘생긴 눈썹을 찌그러뜨렸다.

테이블 위로 올라가 허리를 뒤틀고, 물결치듯 흔들며, 뇌쇄적으로 춤을 추는 여자는 그를 향해 찡긋 윙크를 날렸다. 한쪽 다리를 슬며시 벌리며 검은색 매니큐어가 정성스럽게 칠해진 손으로 쭉 뻗은 맨다리를 훑고, 허리와 가슴을 차례로 문지르는 여자의 제스처가 의미하는 바는 그 누가 봐도 확실했다. 암컷의 수컷을 향한 구애. 그 이상도 이하도 아니라고 남자는 몽롱한 의식 속에서 생각하고 있었다.

"야, 뭐 하는 거야? 선우지휴. 이제 그만 어루만져 줘. 애가 탄다, 애가. 저 정도 했으면 이제 만져 줄 때도 됐잖아. 내가 다 안쓰럽네."

별로 친구라 칭하고 싶지도 않고 친구라 생각해 본 적도 없는, 하지만 표면상으론 친구일 수밖에 없는 친구, 태성이 느물스럽게 속닥거리며 엉큼스러운 눈빛을 그에게 보냈다. 태성은 이미 양손을 써도 다 못 가릴 만큼 풍만한 가슴을 가진 여자를 둘이나 옆구리에 끼고 시시덕거리고 있었다. 녀석이 히죽거리며 입을 벌리자, 대기하고 있던 여자들이 서로 제 포크를 들이밀며 교태를 부렸다. 마치 보란 듯이 여자들과 지분거리는 태성을 보고 있자니 지휴의 기분은 더욱더 시궁창으로 떨어지는 것 같았다.

"아이, 대양그룹의 아드님은 여자에 별로 관심이 없나 봐. 너무 눈이 높은 거 아니에요? 우리 정도면 최상급인데."

"눈 높지, 아주 많이. 어려서부터 왕자님처럼 떠받들어져 살아왔으니까. 너희들, 저 오빠 비위 잘 맞춰라. 저 도련님 눈에 들기만 하면 너희 팔자는 그대로 고속도로 타는 거야. 저놈이 저래 봬도 은근히 로맨티스트여서 여자한테 완전 잘하거든. 좋아하는 여자한테는 남자의 순정이 뭔지 제대로 보여주는 놈이기도 하지. 어릴 땐 가정부 딸한테도 훅 갔었다니까. 순진해 가지고는."

"어머, 정말요? 그렇게 안 보이는데."

"그 가정부 딸, 나중에 한밑천 단단히 잡아서 나갔다지? 얘네 어머니가 돈 좀 썼다는 것 같더라고. 이 녀석 입장에선 뒤통수 맞은 거지, 뭐. 그러게 여자들은 요물이니 쉽게 믿지 말라고 그리도 말했건만, 내 말은 귓등으로도 안 듣더니. 쯧쯧."

"아! 우리 왕자님, 그때 받은 상처 때문에 여자를 멀리하시는 거구나? 에이, 우린 안 그래요~ 원래 우리 같은 여자들이 의리는 짱이라고요."

"맞아요. 우린 한 번 마음 준 남자한텐 목에 칼이 들어와도 끝까지 순정을 지키거든요. 남자들은 잘 모르는 것 같지만, 사실 착하고 세상 물정 모르는 처녀들이야말로 정말 위험한 애들이라고요. 얌전한 고양이가 부뚜막에 먼저 올라간다는 말이 괜히 있는 게 아니라니까요. 처음엔 순진한 척 사랑을 맹세하다가 나중엔 싹~ 안면몰수 돌변하는 거, 그게 얼마나 무섭고 독한데요."

"그럼요. 자기만 순결한 척 온갖 내숭은 다 떨다가 결정적일 땐 절대 놓치지 않고 확 남자한테 안겨들잖아. 그리고선 뭐 대단한 거 준 것마냥, 울며불며 징징 짜다가 나중엔 바로 그 하룻밤을 빌미로 이것저것 요구해 자기 받아내고 싶은 것 다 받아먹죠. 그런 식으로 남자 위아래 홀랑 벗겨먹는 꽃뱀 아닌 꽃뱀이 얼마나 많은데요."

"그렇지, 그렇지. 앞에선 순진한 척 내숭 떨면서 뒤로 호박씨 까는 것들보다야 너희들이 훨씬 낫지. 암, 암! 그렇고말고. 그런 의미에서 너희들! 좀 더 화끈하게 해봐라. 우리 선우지휴님, 따분해하시잖니. 나, 이 녀석한테 잘 보여야 한단 말이야. 우리 아버지 밀명으로 이 녀석 여기까지 붙들어오느라 내가 얼마나 힘들었는데. 나 진짜 얘네 기술, 우리 아버지 회사에 넘겨주지 못하면 집에서 쫓겨나."

"아잉. 여기서 더 어떻게 화끈하게 해요? 옷이라도 벗어요?"

"그렇게 해야만 저 자식 마음을 얻을 수 있다면 당연히 그리 해야지. 너희 임무가 뭔지 내가 말 안 했어? 무슨 수를 써서라도 지휴 저놈 마음을 사로잡으라 했잖아. 누누이 말하지만, 너희가 내 마지막 희망이라니까!"

"애처럼 투정하시기는……. 가만히 있어봐요, 우리 클럽 최고 인기녀가 나섰으니까 조만간 왕자님도 두 손 들 거예요."

세 남녀가 구역질이 날 것 같은 대화를 희희낙락 나누는 사이, 테이블 위의 여자는 드디어 지휴를 향해 다가오기 시작했다. 커다란 고양이처럼 웅크리고 엎드려 엉덩이를 한껏 추켜올린 채 색정적인 미소를 지어 보이면서. 조만간 그를 정복하고 말리라는, 먹어치워 승리자가 되고 말겠다는 명백하고도 노골적인 유혹의 시선이 지휴의 온몸으로 쏟아졌다. 당장에라도 손을 뻗어 야하디야한 손톱으로 그를 긁어내릴 듯 그녀의 손길은 탐욕스러웠다. 기분이 더 이상 떨어질 곳 없는 완벽한 바닥으로 내동댕이쳐지자, 지휴는 그만 자리에서 벌떡 일어나고 말았다.

"어? 왜 일어나? 어디 가?"

"……."

"야! 어디 가는데? 지휴야! 선우지휴!"

태성이 뒤에서 격렬하게 불러제꼈다. 아버지의 신임을 전혀 받지 못하고 있는 녀석답게 몹시도 다급한 목소리였다. 저런 놈도 친구라고 달고 있어야 하다니. 짜증이 있는 대로 솟구쳐 지휴는 뒤도 돌아보지 않고 곧장 룸을 박차고 나왔다.

밖으로 나오니 그나마 비교적 신선한 공기가 코끝을 스친다. 극심하게 지끈거리며 최절정에 달하던 두통이 조금은 가라앉는 듯했다. 훅 깊게 숨을 내뱉은 지휴는 복도를 천천히 걸어나가기 시작했다. 모퉁이에서 양손으로 입을 가린 여자가 튀어나온 것은 바로 그때였다.

앞도 제대로 보지 않은 상태로 다급하게 달리고 있는 듯, 그녀는 쏜살같이 달려나와 툭, 그의 어깨를 치고 지나갔다. 클럽에선 흔히 볼 수 있는 광경이었다. 지휴는 여자가 치고 간 어깨를 흘낏 내려다보며 인상을 찌푸렸다. 구토인가.

짜증이 섞인 시선으로 화장실 안으로 돌진하는 여자를 한 번 흘려 보고는, 이내 지휴는 가던 길을 재촉했다. 그러나 여자의 뒤를 따라 달려온 남자의 고함 소리를 듣자마자 그의 발길은 우뚝, 그 자리에 못 박히고 말았다.

"소명 씨! 괜찮아?"

익숙한 이름이었다.

"소명 씨! 함소명 씨!"

너무 익숙해, 꿈에서도 잊지 못하던 그 이름이었다.

"이봐, 소명 씨! 무슨 말이라도 해봐. 괜찮아? 소명 씨! 함소명 씨!"

지휴는 천천히 고개를 틀어 화장실 입구를 뚫어져라 바라보았다. 말쑥하게 잘 차려입은 남자가 화장실 문을 열심히 두드리고 있었다. 안으로 사라진 여자가 어지간히도 걱정되는 모양이었다. 맛없는 음식을 억지로 입에 머금은 사람의 그것처럼 그의 얼굴은 점점 더 일그러졌다.

"죄, 죄송합니다, 대리님."

화장실 문이 열리고 여자가 나왔다. 피곤한 기색이 역력한 여자는 헐거워진 머리끈 때문에 내려온 머리카락을 한 손으로 붙들고, 다른 한 손으론 입을 가리고 있었다. 토한 게 창피한 것이었다.

지휴는 여자의 얼굴을 똑바로 응시했다. 흰 얼굴, 곱상한 이마, 부드러운 곡선의 콧날. 성숙함이 물씬 풍기는 여자의 얼굴에서 중학생에 불과했던 소녀의 모습을 찾아내기 위해 집중하고 있었다.

"괜찮아? 그러게 왜 못 마시는 술을 억지로 마셔? 못 마시면 못 마신다고 말을 했어야지."

"아니에요, 마실 수 있어요. 많이는 못 마셔도 몇 잔 정도는 끄떡없는데. 오늘따라 이상하게 몸이 안 받네요. 죄송합니다, 심려 끼쳐 드려서."

"나한테 죄송할 건 없지. 고생한 사람은 소명 씬데."

"저 때문에 분위기를 망친 것 같아서요. 다들 즐거워하고 계시는데 괜히 제가……."

"일부러 그런 것도 아닌데, 뭘. 신경 쓰지 마. 그냥 갈래? 그래, 그게 좋겠다. 이대로 그냥 가라. 팀장님한텐 내가 잘 말해놓을게."

"어떻게 그래요? 다들 자리를 지키고 계신데, 저만 빠져나오면……."

"그 몸으로 술 더 마실 수 있겠어? 못 마시잖아. 그러면서 어떻게 자리를 지키고 앉아 있겠다는 거야? 자리에 앉아 있으면 결국엔 조금이라도 술을 마시게 될 텐데. 그럼 또 분위기 다운되잖아. 그냥 가, 그게 좋겠어. 몸이 안 좋아서 갔다고 하면 팀장님도 이해해 주실 거야."

"그래도……."

"걱정 붙들어 매라니까. 내가 택시 잡아줄게, 가자."

남자가 덥석 여자의 손목을 잡았다. 순식간에 입을 가리고 있던 여자의 손이 내려졌고, 그녀를 뚫어져라 바라보고 있던 지휴의 미간도 꿈틀 움직였다.

빌어먹을.

함소명. 그녀가 맞았다. 10년 전 조그맣고 깡말랐던 16살 소녀가 아니라 아름답게 자란 26살 아가씨가 바로 그의 앞에 서 있었다.

"괜찮아요, 대리님. 그냥 저 혼자 갈게요."

"괜찮긴 뭐가 괜찮아. 지금 속이 말이 아니겠구만. 태워다 주고 싶은데, 나도 술을 좀 마셨고 분위기상 자리를 뜨는 건 불가능할 것 같아. 그냥 택시만 잡아줄게."

"정말 괜찮은데……."

남자에게 잡힌 손목을 냉정히 떨쳐 내지도 못한 채 그녀가 배시시 웃는다. 유난히 붉던 입술이 갈라지고, 고르고 희던 치아가 드러났다. 연하고 크게 쌍꺼풀진 눈매가 부드럽게 휘어지고, 새까맣고 커다란 눈을 감싼 얇은 눈꺼풀이 나른한 동작으로 감겼다 떠졌다.

쇼크다.

함소명이. 그녀가. 여기 바로 코앞에. 자신의 앞에. 서 있다니.

"야, 밥."

격렬하게 뒤흔들리는 심정과는 정반대로, 너무나도 차갑고 냉랭한 음성이 그의 입에서 흘러나왔다. 그러자 소명이 흠칫 어깨를 떨다가 휙 발작적으로 빠르게 고개를 돌렸다. 그의 음성을 알아들은 것이라고 지휴는 생각했다. '밥'이라는 단어에 늘 빠릿빠릿 달려왔던 그녀였으니 본능적으로 몸이 기억해 움직인 것이다. 개가 종소리에 반응하도록 만들었던 파블로프만큼이나 성공적인 조련. 유치한 만족감이 밀려오자 지휴는 픽 나른한 웃음을 흘렸다.

"저 말씀이신가요?"

그러나 그의 자아를 아주 잠깐 동안 지배했던 만족감은 금세 사라졌다. 소명은 흑진주처럼 유난히 새까맣고 맑게 빛나는 눈망울로 그를 바라보며 조심스럽게 물어왔다.

"누구세요?"

"소명 씨 아는 사람이야?"

옆에 서 있던 남자가 묻자 소명이 천천히 고개를 가로저었다. 거짓말 따윈 단 한 번도 해보지 않은 듯 착하고 선한 눈매, 맑고 투명한 눈동자를 하고서. 순둥이에 미련할 정도로 어수룩하고 여렸던 그 얼굴 그대로, 소명이 거짓말을 하고 있었다.

"신선하군. 장소도, 남자도."

흘낏 일행을 돌아보며 지휴가 중얼거렸다. 소명은 여전히 순진한 얼굴로 빙긋 미소를 지었다. '도대체 그게 무슨 말씀이신지 전 도무지 못 알아듣겠는데요?' 의 의미임이 명백한 얼굴이다. 하지만 그 아무렇지도 않은 듯 가면을 쓴 얼굴 너머에 당혹감이 자리하고 있음을 지휴는 알았다. 그녀는 자신을 똑바로 1초 이상 바라보지 못하고 있었다.

"사람을 잘못 보신 것 같은데요. 전 당신을 전혀……."

"어설픈 연기는 집어치워. 모르는 체하는 게 능사는 아니니까."

"그게 도대체 무슨 말씀이신지 전 잘……."

"기억이, 정말 안 나는 거냐?"

"……."

"그럼 기억나게 해줄까? 함소명."

순간 어지럽게 움직이고 있던 소명의 시선이 우뚝 멎었다. 그리고 스륵, 소리 없이 눈동자를 굴리더니 지휴를 똑바로 응시하기 시작했다.

지휴는 차분하고 냉정하게 그녀를 지켜보았다. 그녀의 속내를 모두 파헤쳐 분석하듯 냉철하고 한 치의 빈틈도 없이 촘촘한 시선이었다. 목을 조르는 듯 집요하게 달라붙는 그의 시선에 견딜 수 없이 답답해진 소명은 이내 시선을 뚝 떨어뜨리고 속삭였다.

"선우지휴 씨였군요. 죄송합니다, 못 알아봐서. 많이 변하셨네요. 이런 곳에서 선우지휴 씨를 만나게 될 줄 정말 몰랐어요. 그동안 잘 지내셨죠?"

"변한 게 너와 내 관계는 아닐 텐데. 도련님이라고 불러야지, 예전처럼. 선우지휴 '씨' 가 아니라."

봐주는 것 없이 그가 정곡을 찔렀다. 그의 화살처럼 날카롭고 매서운 말들은 10년의 세월을 가로질러 함소명의 심장 한가운데로 사정없이 박혔다. 그동안 약 바르고 붕대 감아 치유시켜 놓았던 상처들을 가차 없이 들쑤셨다.

소명은 아랫입술을 힘주어 깨물었다. 그리곤 아무렇지도 않은 듯 고개를 들어, 상처 하나 받지 않은 양 환한 얼굴로 방실 웃었다.

"아, 그렇죠, 참. 그렇게 불렀었죠. 제가 기억력이 형편없어서. 정말 죄송합니다. 젊은 게 왜 이러는지 몰라. 나이도 얼마 안 먹은 게 깜빡깜빡 까먹기나 하고. 진짜 한심하죠?"

"……."

"사모님이랑 회장님께서는 어떻게 지내셔요? 잘 지내시죠? 제가 자주 찾아뵈었어야 하는데, 사는 게 바빠서 그러지도 못하고, 너무 죄송스러워요. 어려울 때 많이 도와주셨으니 그 보답도 해드려야 하는데. 사모님께서 저 엄청 배은망덕한 애라고 욕하시죠?"

상처 따위 없는 맑디맑은 눈동자를 하고 소명이 지휴를 향해 물었다. 그는 소명의 입가에 마법처럼 피어오르는 보조개를 뚫어져라 바라보며 천천히 표정을 굳혔다.

"도련님께서 좀 전해주실래요? 제가 조만간 한번 찾아뵙는다고요. 아참! 내 정신 좀 봐. 이렇게 오래 붙들고 있으면 안 되는데. 도련님 바쁘시죠? 다음에 한번 꼭 봬요. 지금은 제가 집에 가는 길이라서 안 될 것 같고, 따로 다시 연락드릴게요. 만나주실 거죠?"

소명이 10년 전 순진하고 착하기만 하던 그때 그 얼굴, 그 미소로 사랑스럽게 웃었다. 마치 모든 기억을 리셋시켜 버린 사람 같다. 다른 이의 영혼이 대신 들어와 있는 것처럼 깨끗하고 해맑다.

"그럼 전 이만 가볼게요, 도련님. 다음에 꼭 봬요!"

그는 아무 말도 할 수가 없었다.

소명이 웃으며 작별인사를 하는 순간에도, 남자 일행의 팔을 붙들고 자신을 지나칠 때도, 그녀가 출입문을 나가 버린 이후에도.

제1장 재회가 부른 것

“오늘은 어쩐 일로 이렇게 일찍 퇴근했니? 내일은 해가 서쪽에서 뜨겠네.”

12시를 가리키고 있는 시계바늘을 흘낏거리며 주화연은 언제나처럼 웃는 얼굴로 아들을 맞이했다. 하지만 아들이 자신을 지나쳐 집 안으로 걸어 들어가자 밝았던 그녀의 미소는 금세 사그라지고, 우중충, 근심만 가득 들어차 그 자리를 대신했다.

요즘 그녀는 아들 걱정 때문에 잠을 제대로 이루지 못할 지경으로, 주름살은 물론이요, 몸무게까지 줄어들어 근래에 10년은 더 늙어버린 기분이었다. 왜 안 그러겠는가. 아들이란 녀석이, 서른 살 한창 나이에 그놈의 사업인가 뭔가 한답시고 허구한 날 사무실 구석에서 일하느라 좋은 시절 다 흘려보내고 있는걸. 아들의 뒷모습을 바라보며 화연은 소리 없이 한숨을 털어놓았다.

지휴는 대양그룹의 오너 선우재훈의 하나밖에 없는 아들이다. 유일한 법적후계자이며, 후계자 자리에 걸맞은 능력과 조건을 너끈히 채우고도 남을 정도로 유능하기도 하다. 아버지의 후광 없이 자신의 능력을 증명해 보이겠다며 시작한 사업이 지금 엄청난 반향을 일으키며 성공가도를 달리고 있질 않은가.

3년 전부터 애플리케이션 사업에 뛰어든 녀석은 현재 독보적인 인기를 누리고 있는 문자채팅 서비스앱, '톡톡프리'로 엄청난 성공을 거두고 있었다. 물론 무료 어플인 '톡톡프리'로 인해 제 아버지인 선우재훈 회장과 대양그룹의 TG통신이 막대한 손해를 입고, 이에 대항할 신기술 개발에 골머리를 썩고 있기는 하다. 아니, TG통신뿐 아니라 우리나라 통신업체라면 어디랄 것도 없이 지휴를 경계하고 있을 것이다. 그만큼 현재 우리나라에서 톡톡프리의 위상은 어마어마했다. 그리고 그런 패기 넘치는 청년사업가가 자신의 아들이라는 점을 화연은 물론, 아버지인 선우 회장도 내심 자랑스러워하고 있었다.

솔직히 아무리 아비가 잘나고 대단해도, 자식농사 제대로 못 지어 훗날이 캄캄한 집이 어디 한둘인가? 일례로 LS그룹의 김태성을 보라. 지휴와 동갑이고 어려서부터 앞서거니 뒤서거니 경쟁하며 친하게 지내던 LS그룹의 차남은 지금 재계의 유명한 난봉꾼으로 소문이 나 김 회장의 최대 골칫덩이로 자리하고 있질 않은가. 강완리조트 김 사장의 장남은 또 어떻고? 그 아들은 미국 유학길에 마약 중독으로 경찰에 체포되기까지 하였다. 여자며 사생활 문제론 단 한 번도 부모 걱정 끼친 적이 없는 지휴이니, 이 정도면 그녀도 자식농사 제대로 잘 지었다 자부할 정도는 된다고 생각했다.

아들의 사업 성공은 세상으로부터 능력을 공인받은 것이고, 그런 지휴에게 남은 건 대양에 들어와 자리를 잡는 일뿐이라고 화연은 생각했다. 이미 한 회사를 설립, 성공적으로 이끌어가고 있는 아들이니만큼 당장 사장 자리에 들어앉혀도 별문제 없을 것 같았다. 3년 전 녀석의 거처 문제를 논의할 때 아무리 회장의 아들이라도 당장 본부장 발령은 안 된다, 차기 회장감 검증을 위해서라도 밑바닥으로 보내야 한다, 반발하던 이사진들도 이제는 하루가 멀다 하고 지휴 칭찬에 열을 올리고 있으니 모든 것은 일사천리일 게 뻔한 일. 남은 것은 녀석의 결심과 사장 취임식뿐인 것이다.

그리고 하나 더, 바로 결혼.

"회장님은?"

"주무시지. 네 아버지가 어디 지금까지 깨어 있으실 분이니?"

"그렇지, 참. 대한민국 최고의 아침형 인간이시지."

지휴가 심드렁하게 중얼거렸다. 몇 달 전, 선우재훈 회장이 아침방송 프로그램에 '한국의 대표적 아침형 인물'로 선정되어 나왔던 것을 빗대어 한 말이었다.

"내일 중요한 회의가 있어서 일찍 출근하셔야 해. 너도 알다시피 네 아버지는 충분한 수면을 취하지 못하시면 다음날 일에 지장을 받잖니. 잠 못 자면 집중 못하는 스타일이시잖아. 너도 네 아버지 닮아서 그렇고."

"네, 네, 피는 못 속이죠. 아무리 뛰쳐나가려 발버둥을 쳐도 결국 돌아와 대양그룹을 위해 몸 바쳐 일할, 선우재훈의 아들."

"또, 또. 넌 대체 왜 그러니? 아버지 아들이라는 게 뭐가 그리 불만이야?"

"전 불만이란 말은 입도 벙긋하지 않았습니다."

"내 귀엔 그렇게 들리거든? 어떻게든 그 '선우재훈의 아들'이라는 꼬리표를 떼고 싶어서 안달 난 것처럼 들려. 네 생각을 이해 못하는 건 아니다만, 이젠 서서히 준비할 때도 되지 않았니? 언제까지 계속 네 사업만 할 건데? 힘도 안 들어? 자금난 때문에 있는 기술로 사업 확장하는 것도 힘들다면서. 대한민국을 움직인다는 어마어마한 대기업들과 죄다 척을 진 상태라 투자도 시원찮다며. 그렇게 버거운 사업을 꼭, 기어이 너 혼자 해 나가야 하는 이유가 대체 뭔데? 아버지 밑에서 착실하게 일 배우면 그리 고생 안 해도 되잖아. 왜 사서 고생을 해?"

"귀에 딱지 앉겠네. 조만간 1억 번 채우겠어."

"말리지 마. 1억 번이든 2억 번이든, 네가 잔소리라 생각하든 말든 난 할 거니까. 네가 아버지 밑으로 들어올 때까지 계속, 주야장천 읊어줄 거야. 너도 생각을 해봐. 아침 6시 기상, 7시 출근, 밤 12시 퇴근. 이게 한창 여자 만나고 다닐 사내 녀석 스케줄이니? 너 올해 서른이야. 연애는 물론 결혼도 슬슬 생각해 볼 나이라고, 알아? 근데 넌 이 사업 시작하고 연애는커녕 여자 한 명도 못 만나봤잖니."

"이젠 내 연애사업까지 걱정하시는 거야?"

"너도 자식 낳아봐, 걱정 안 하게 되는지. 모르긴 몰라도 넌 나보다 더할 거다. 아버지 기질 물려받아서 은근히 유난스러울걸? 네 아버지가 겉으론 무뚝뚝해 보여도, 자식 사랑이 아주 끔찍하잖니. 말은 안 하지만, 회사 내에 네 자리도 다~ 마련해 두고 있을 거다. 회사로 들어오는 즉시 자리 잡을 수 있도록 다 손을 써놓았을 거란 말이야. 그냥 네가 마음 정하고 대양으로 들어오겠다고 선언만 하면!"

"한 가지만 하세요. 결혼 얘기든 회사 얘기든. 두 가진 아직 감당 못해."

쿨하게 중얼거리며 지휴는 긴 다리를 슥슥 끌어 주방을 향해 걸어갔다. 답답하게 옥죄는 타이는 이미 풀어져 손에 쥐어진 채였다. 와이셔츠 단추를 하나둘, 풀어내는 그의 손길은 피곤에 절어 있긴 했으나 경쾌했다. 어머니의 간섭이 짜증 나거나 귀찮다기보다는 늘 있었던 일이라 아무렇지도 않은, 보통 혹은 일상의 시간쯤으로 여기고 있는 듯. 오히려 날마다 똑같은 레퍼토리로, 그러나 늘 신선하게 쪼아주는 어머니의 잔소리 타임을 은근히 즐기고 있는 것 같기도 했다.

"그런 의미에서 너, 승연이 한번 만나볼래?"

"결혼 얘기에 올인하시겠다? 그래, 승연인 왜 만나보라는 거야?"

"왜긴 왜야. 성격도 그 정도면 싹싹하고 집안도 한새그룹 외손녀면 괜찮잖니. 우리 회사에서 디자인 팀장을 맡고 있는 걸 보면 일도 잘하는 모양이고. 거기다 너희 둘, 고등학교 때 썸씽이 좀 있었잖아."

"그런 헛소문은 어디서 들으셨어?"

"헛소문은 얘. 내가 다 기억하고 있구만. 걔, 너 무진장 쫓아다녔잖니. 너 한 번이라도 더 보려고 우리 집에 하루가 멀다 하고 들락날락거렸었고. 나한테 잘 보이려고 엄청 애쓰기도 했어. 얘기 들어보니 걔도 아직 혼처 없는 것 같더라. 아직 너 못 잊는 것 같다던데. 마담뚜가 그런 말까지 할 정도면, 승연이가 은근히 아직 널 마음에 두고 있는 것 아니겠어? 조 회장님도 널 마음에 두고 있으니 애지중지 물고 빠는 손녀딸이 우리 회사에서 일하는 걸 두고 보는 걸 테고. 솔직히 난 승연이 걔가 우리 회사에 들어오겠다고 할 때부터 눈치채고 있었어. 제 할아버지 회사 놔두고 굳이 대양에 들어온 게 뭣 때문이겠니? 다 너 때문이지."

"화연 씬 승연이가 며느릿감으로 괜찮은가 봐."

"다 마음에 든 건 아니지만 그 정도면 괜찮지. 100퍼센트 자기 마음에 다 드는 사람이 얼마나 되겠니? 그냥 예쁘고, 집안도 안 빠지고, 학벌 좋고, 무엇보다 널 엄청 좋아하는 것 같으니까. 그래서 괜찮은 혼처다 싶은 거지."

"승연이에 대해 잘 알고 있는 것처럼 말하네."

"그게 무슨 뜻이니?"

"그냥, 그래 보여서."

"넌 승연이 싫으니?"

어딘지 미심쩍은 기분으로 화연은 조심스럽게 물었다. 반응이 생각보다 뜨뜻미지근해 영 찜찜한 것이었다.

딱히 불타올랐다 할 정도로 좋았던 기간은 없었다지만, 승연과 지휴는 10년을 알고 지낸 친구 사이이다. 날이면 날마다 붙어 다니는 베프는 아니어도 10년간 꾸준히 연락하고 지내는 나름대로 친한 친구. 보통의 경우, 그 정도로 친하게 지낸다면 어느 정도는 서로에게 호감을 가지고 있을 터. 전혀 모르고 지내왔던 규수와의 중매보다는 그나마 어릴 때부터 알고 지냈던 승연이 낫지 싶었다. 좋은 집안에 품격 있는 교육 받아, 참하면서도 일도 잘하는 신세대 아가씨라 생각하니 나름 그녀의 마음에도 찼었고. 하여 넌지시 운을 떼어봤던 것인데 이런 반응이 나올 줄이야. 대체 이건 뭐야? 승연이가 좋다는 거야, 싫다는 거야?

"싫고 좋고 그런 거 없는데. 내가 승연이한테 그런 감정 가져야 할 이유 있어?"

"그럼 싫다는 거네. 너 진짜 결혼 안 할 거니?"

아들을 못마땅한 듯 바라보며 화연은 조금은 히스테릭하게 물었다. 이런 식으로 아들이 맞선을 거절한 게 올해만도 벌써 세 번째이니, 뿔이 안 날 수가 없는 것이었다.

대체 왜 선을 보지 않겠다는 것인지 그녀는 도통 이해할 수가 없었다. 딱히 사귀는 여자가 있는 것도 아니질 않은가. 그런데 왜 맞선이 싫다는 건가. 맞선이 뭐 어때서? 정말 자신의 속으로 낳았지만 도저히 그 속을 알 수가 없었다. 제 녀석의 위치와 집안에 걸맞으면서도 하자 없이 예쁜 아가씨를 찾기가 얼마나 어려운데 내미는 족족 싫다는 건지.

화연은 속이 타들어가는 심정으로 아들을 노려보았다. 설마 떠도는 소문처럼 진짜 첫사랑을 못 잊어서 여자 만나길 거부하는 건 아닌지 걱정이 되었다. 그 말도 안 되는 헛소리를 들은 건 불과 3개월 전. 우연히 모임에 동석한 사람들 사이에서 나온 말들이었으나, 화연은 듣자마자 말도 안 된다 펄쩍 뛰었었다.

사실 진짜 말이 안 되는 말이기도 하였다. 지휴가 어디 여자를 거들떠나 보는 남자인가? 10대 시절에도 한눈 한 번 안 팔고 공부만 하던 녀석이었고, 이후에도 지휴는 쭉 사업과 회사에만 정신이 팔려 있었다. 팔팔한 20대에도 연애 한 번 제대로 해본 적 없는 녀석이란 말이다. 그 때문에 이리 어미인 화연이 마음을 졸이고 있는 게 아닌가. 분명 아닐 것이다. 지휴가 그 아이를 좋아했다는 것도, 그 아이를 여전히 못 잊고 있다는 것도 다 헛소문일 게다. 그럴 것이다, 분명히.

"죄송합니다만 결혼 안 한단 말도 한 적 없는 것 같은데요, 주화연 씨."

"그럼 왜 그러는데? 왜 자꾸 들이미는 여자들마다 거절이야?"

"마음에 안 들어서."

흰 유리잔을 입가에 갖다 대며 무심히 중얼거리는 지휴. 정말로 그것 외엔 딱히 이유가 없다는 듯 덤덤한 얼굴이다. 그 표정은 도무지 10년 전 첫사랑의 순애보를 간직한 채 끙끙 사랑앓이를 하고 있는 남자의 것이라곤 볼 수 없었다. 확실히 소문이 헛소리인 게 틀림없었다.

"솔직히 말해. 한승연이가 마음에 안 든다는 거야? 아니면 맞선 자체가 싫다는 거야?"

"둘 다."

"결혼은 하겠다며. 근데 맞선은 왜 안 보겠대?"

"맞선이 결혼의 필수코스는 아니잖아."

"그럼 어쩌겠다는 건데? 따로 사귀는 여자가 있는 것도 아니면서, 맞선이라도 봐야 결혼을 할 것 아니야. 결혼하려면 여자를 만나야지 가만히 있으면 어디 하늘에서 여자가 뚝 떨어지니?"

"그거 좋네."

"뭐?"

"하늘에서 뚝. 그거 좋다고."

"너 지금 장난하니? 어른 갖고 놀려? 이 엄마, 진지해. 장난 아니야."

화연의 목소리에서 배어 나오는 비장함을 느꼈을까. 피곤한 눈을 슬쩍 굴려 지휴가 화연을 돌아보았다. 고급스럽고 우아하고 단아한 아름다운까지 겸비하고 있는 미스춘향 출신, 대양그룹 안방마님 주화연은 올해 안에 꼭 아들을 결혼시키고 말겠다는 신년계획을 이루기 위해 눈에 쌍심지를 켜고 서 있었다.

"난 그럼 장난인가?"

"장난이지 그럼. 네가 무슨 열댓 살 사춘기 소년도 아니고, 하늘에서 여자가 뚝 떨어지길 바란다는 게 말이 돼? 내가 널 모르니? 운명, 짚신짝, 그딴 건 개나 줘라, 하는 타입이란 걸 내가 몰라? 인연 같은 건 믿지도 않잖아. 첫눈에 반하는 사랑 같은 건 네 스타일 아니잖아."

"누가 그래, 내가 그렇다고?"

"나 주화연이야, 너에 대해서라면 뭐든 다 아는. 네 마음속 정도는 싸악— 꿰뚫어 보고 있는 사람이란 말이야. 도대체 왜 결혼을 안 하려는 거야? 너, 엄마 모르게 여자 사귀니? 엄마한텐 차마 말할 수 없을 만큼 형편없는 가문의 여자야? 아니면 취향이 남자야? 그런 거라면 지금이라도 늦지 않았으니까 커밍아웃하든지. 난 네가 남자를 좋아한다고 해도 기절하거나 쓰러져 앓아눕진 않을 거니까."

"진심이야?"

"적어도 널 정신병원에 가두진 않을 거다. 그런 건 걱정하지도 말고 얘기해."

"미안하지만 아닙니다. 난 아주아주 정상적인 대한민국 남자니까, 수염 난 며느리에 대한 기대는 접어두시길 바라."

"그럼 진짜, 네 마음에 쏙 드는 여자가 네 앞에 뚝 떨어질 때까지 하염없이 기다려야 한단 말이니? 너 엄마 말려 죽일 셈이야?"

답답한 마음에 점점 자신의 말투가 원망조로 변해가는 것을 느끼며 화연이 막 추궁을 시작할 찰나였다. 갑자기 지휴가 손에 들고 있던 컵을 탁, 테이블 위에 올려놓으며 입을 열었다.

"화연 씨, 함 기사 기억해?"

"뭐? 누구?"

"함 기사 말이야. 몇 해 전에 도와달라며 집에 온 적 있다고 했잖아. 10년 전쯤 우리 집에서 살았던 적도 있고. 기억 안 나?"

기억이 안 날 리가. 함소명, 그 아이의 아비이질 않은가.

화연은 온몸의 피가 싸하게 식는 것을 느끼며 천천히 시선을 들어 아들을 올려다보았다. 그녀는 왜 갑자기 아들이 그 아이에 대해 묻는 것인지 몹시도 당황스러우면서도 궁금했다. 어디서 무슨 소릴 들은 것일까. 그 일이 있고 난 후, 지난 10년 동안 한 번도 그 아이에 대해 묻지 않았던 녀석이. 왜 갑자기……? 또다시 항간에 떠돌고 있는 '첫사랑 說'이 떠오르자 화연은 조심스럽게 입을 열었다.

"아니, 기억나. 내가 어떻게 기억을 못할 수 있겠니? 네 아버지가 함 기사네를 얼마나 챙기셨는데. 함 기사, 7년 전에 교통사고로 세상 떴잖아. 사업 시작한 지 얼마 안 된 시점에 갑작스레 사고를 당한 거라서, 그때 그 집안이 풍비박산 났었지. 빚더미에 올라앉은 걸 남은 가족들이 불쌍해서 네 아버지가 좀 도와줬었어."

"……."

"빚 다 갚아주고 그 여식 학비며 생활비까지 보조해 줬어. 그 아이 기억나지? 소명이라는 애. 네 아버지가 대준 장학금으로 대학 나와서 지금은 우리 회사에서 근무하고 있다더라."

"우리 회사?"

묻는 지휴의 눈썹이 일순 꿈틀거렸다. 순간적으로 가슴이 철렁 내려앉았지만, 지휴의 반응은 그게 다였다. 딱히 그 아이에 대해 관심이 많은 것 같지도, 궁금해하는 것 같지도 않은 그저 그런 보통의 심드렁한 표정 그대로 자신을 바라보고 있었다. 화연은 잠시 놀랐던 가슴을 쓸어내리며 들이쉬었던 숨을 길게 내뱉었다.

아무래도 자신이 신경과민인 것 같았다. 그때 자신이 아들 몰래 저질렀던 일 때문에 죄책감을 가지고 있는 게 틀림없었다. 그러지 않고서야 10년 전 잠시 스쳐 지나갔던, 존재감도 거의 없었던 그 아이가 이토록 신경 쓰일 이유가 없었다.

'그만큼 했으면 됐어, 주화연. 그 아이를 밑도 끝도 없이 돌봐주겠다고 나서는 남편한테 싫은 소리 한 번 안 한 것만으로도 넌 마음의 빚을 다 갚은 거라고. 아들은 이미 잊어버리고 관심조차 두지 않는데, 네가 왜 그리 신경을 쓰니? 잊어, 깨끗이.'

스스로를 꾸짖듯 속으로 중얼거리곤 화연은 애써 태연하고 자연스럽게 대답했다.

"대양그룹."

"아버지께서 함소명일 대양그룹에 입사시켰다고?"

"걜 예쁘게 본 모양이야. 좋은 대학에 학교 성적도 좋았던데다가, 무엇보다 여러 곳에서 스카우트 제의가 들어올 만큼 재능이 탁월했나 봐. 학창 시절부터 디자인 쪽에서는 꽤 실력자로 유명했나 보던데, 대학 시절에 무슨 대통령상까지 받았다고 하더라?"

"디자인?"

"될성부른 나무는 떡잎부터 알아본다고, 애 행보가 썩 마음에 들었나 봐. 대양재단 장학생으로 쭉 돌보다가 졸업과 동시에 네 아버지가 회사에 전격 채용했어. 여러 가지로 우리 회사에 도움될 거라고 판단하셨던 거지. 지금도 기술전략팀인가 뭔가, 거기서 디자인 계열 일을 하고 있다는 것 같던데. 제 할 몫은 잘하고 있다더라. 가끔 네 아버지가 자랑삼아 얘기하곤 하셔, 당신 안목이 탁월하다면서. 앞으로도 계속 지켜볼 거라신다. 잘 키워서 재목으로 써먹을 거래."

"재목으로 써먹는다고?"

조용히 중얼거리며 지휴는 나른한, 그러나 우스꽝스러울 정도로 차갑게 느껴지는 미소를 입가에 머금었다. 일이 아주 웃기게 돌아가고 있었다. 감쪽같이 자신의 앞에서 사라졌다고 생각했던 함소명이 실은 10년 동안 내내 자신의 주변을 떠나지 않고 있었던 것도 모자라, 자신의 영향력이 충분히 미치는 곳에서 그 영향력을 양분 삼아 살아오고 있었다니. 놀라웠다. 이거 아주 대단한 반전 아닌가? 그런 주제에 '아무것도 몰라요'의 얼굴로 태연히 '사모님께 안부 전해주세요'라 말하던 한 시간 전의 함소명은 더더욱 충격이고.

"근데 갑자기 함 기사는 왜? 뜬금없이 그 사람은 왜 찾아?"

"아. 뜬금없이 생각이 났어."

무뚝뚝하게 중얼거리며 지휴는 표정 없는 얼굴로 물 한 잔을 다 비우고, 휙 무심한 동작으로 주방을 나갔다. 화연은 갑자기 자리를 뜨는 아들의 뒤를 종종걸음으로 따라붙었다.

"그러니까 뜬금없이 왜 생각이 났냐고. 어디서 무슨 말을 들었어? 함 기사 딸이 우리 회사에서 일하는 거, 누가 말하디? 요새 걔가 대양재단 장학생이었다는 사실이 알려져서 말이 많다던데. 설마 그 사실이 네 귀에까지 들어간 건 아니지?"

"……."

"너도 알다시피 네 아버지, 자기 사람이라고 해서 특혜 같은 거 막 주고 그런 사람 아니야. 걔를 네 아버지가 특별히 챙기고 예뻐하는 건 맞지만 딱 거기까지지. 회사에 들어올 때는 정식으로 시험치고 통과해서 들어왔대. 성적도 꽤 좋았었대! 그리고 밖에서 둘이 가끔 만나는 건 걜 딸처럼 아껴서 그런 거지, 다른 뜻 전혀 없어. 나도 같이 본 적 있는데 뭐. 떠도는 소문들은 그냥 입방아 찧는 것들이 하는 소리고……."

"내일, 새벽에 나가. 아침 같이 못하니까 그렇게 알아."

"선우지휴. 너 내 말 듣고 있니? 혹시 이상한 오해 같은 거 하는 거라면……."

"샤워하고 바로 잘 거니까 방해하지 마."

"얘! 너희 아버지, 그런 쪽으론 지금까지 한 번도 이 엄마 속 썩인 적 없어. 너, 아버질 오해하는 거라면 진짜 나쁜 아들인 거야. 알아?"

"안 해."

계단을 막 오르려다 말고 지휴가 획 고개를 돌려 어머니를 돌아보았다. 주화연은 흠칫 놀라 우뚝 멈춰 선 채로 높이 올라 있는 아들의 얼굴을 빤히 올려다보았다. 짐짓 피곤해 보이고, 그림자가 어둡게 내려앉은 듯 무거운 눈빛이 날카롭고 위험하게 빛나고 있었다. 일이 잘 안 풀리나. 요즘 외국계 휴대폰 회사인 A사와의 트러블로 골치깨나 앓고 있다고 들은 것 같은데, 설마 그것 때문에 저러나?

"그렇담 됐고."

"잘게."

짧고 담백하게 내뱉는 아들의 말에는 '더 이상 귀찮게 하지 마'라는 경고의 메시지가 담겨 있었다. 말하지 않아도, 지금 아들이 얼마나 자신의 말을 귓등으로도 안 듣는지는 뻔히 다 알고 있는 화연이었다.

아들 하나 있는 게 어찌나 차가운지. 품 안에 있기를 거부하고 늘 밖으로만 뛰쳐나가려고 한다. 어려서부터 그랬다. 자기가 속한 그룹, 자리에 안주하지 않았다. 일탈을 꿈꾸며 늘 자신의 한계치를 시험하던 녀석, 제 영역 밖에 있는 것에 더 관심을 두었던 녀석, 가만히 있어도 손에 들어오는 것들만으로는 만족하지 못했던 녀석, 그런 녀석이 바로 지휴였다.

지금 혼자 사업한답시고 미친 듯 일하는 것도 모두 그런 기질 때문이었다. 밀려드는 상류층 가문의 아가씨들한테 매력을 느끼지 못하는 것도 모두 그러한 성향의 산물. 어쩌면 이러다 녀석의 말대로 하늘에서 뚝 떨어진 아가씨를 데리고 나타날지도 모른다.

"외계인은 싫은데."

한숨을 또다시 푹 내쉬며, 주화연은 주방의 불을 툭, 껐다.

*

"당신은 어쩜 그렇게 이기적이고 배려심이 없어요? 왜 뭐든 혼자 결정하고 자기 마음대로냐고요. 매사가 그래요, 매사가. 안사람인 나를 배려하는 마음이 없어. 아니, 어떻게 내 의견은 싹 무시하고 이렇게 당신 혼자 독단적으로 일을 처리할 수가 있어요? 다른 가족을 집으로 들이는 일이잖아요. 당연히 나한테 먼저 양해를 구해야죠. 아무리 당신이 아끼는 사람이고, 당신이 도와주고 싶은 사람이라도 그렇죠. 안주인인 내 의사도 반영해 줘야 하는 거 아니에요? 이건 딱 날 무시하는 거잖아요."

습기를 잔뜩 머금은 덥고 끈적거리는 어느 날 오후, 지휴는 현관문을 열고 집 안으로 들어서자마자 쏟아지는 익숙한 소프라노의 히스테릭 음성에 눈살을 찌푸렸다. 안방에서 들려오는 어머니의 목소리였다. 또 부부싸움인가.

12살 띠동갑인 두 부부는 기본 성향마저도 극과 극. 자유분방하고 개방적인 어머니에 비해 아버지는 고루하고 가부장적인 성향을 지닌 구식 남자였다. 당연히 결혼생활은 처음부터 끝까지 삐거덕거리는 불협화음의 연속이었으나, 나름 5년 전까지는 그런대로 금슬이 좋았었다. 결혼 후 일방적으로 어머니 쪽에서 아버지 성향에 발맞춰 생활하며 자신의 성향을 죽이고 계셨던 덕분이었다. 하지만 최근 들어 '더 이상은 숨죽여 살고 싶지 않다!' 며 공격 깃발을 흔드신 어머니, 뒤늦게 아버지의 성향을 뜯어고치겠다며 날마다 전투 아닌 전투를 치르시는 중이시다.

"갑자기 생긴 일이라고 했잖아. 의논을 구하고 자시고 할 시간이 없었어."

"전화기는 장식품이에요? 시급했으면 전화로 물어봐도 되는 일이잖아요. 그게 그리 시간 걸리는 일도 아닌데, 그걸 못하고 혼자 결정해서 사람 기분을 이렇게 엉망으로 만들어놓아요?"

"당신은 당신 기분만 중요해? 내가 당신한테 미리 의견 묻지 못했다는 게, 그렇게 분하고 속상한 일이야? 지금 내가 데리고 있는 사람이 집을 잃었어. 아내는 화상으로 병원에 입원해 있고, 갈 곳 잃은 아이는 당장 내일 등교를 해야 하는데 돈이 없어! 내가 도와주는 게 당연하단 말이야. 내 밑에서 일하는 내 사람인데, 당연히 내가 책임져 줘야 하는 거 아니야? 일말의 동정심과 책임감이 있다면, 내가 이렇게 말 꺼내기 이전에 당신이 먼저……!"

"이것 봐. 또 이래, 또. 하여튼 사람 한순간에 몰인정한 인간으로 내몰기 잘하는 거 알아줘야 한다니까. 이것 보세요, 선우 회장님. 포커스 좀 제대로 맞추시죠. 내가 화내는 이유가 단순히 함 기사네를 집으로 들이기 싫어서인가요? 당신은 내가 이러는 게, 귀찮은 군식구 들여 짜증 나서라고 생각해요? 그래 보여요? 웃기지 마세요! 내가 화내는 포인트는 바로 당신이에요! 함 기사네가 아니라 당신! 그 오만하고 이기적인 태도. 내 주인이라는 듯, 내 의견 묵살하고 마음대로 결정하고 통보하는 당신의 그 근시대적인 사고방식! 그것 때문에 내가 이렇게 화내고 있는 거라고요!"

결국 그거였던가. 가만히 듣고 있자니 대강의 사정이 파악된다. 그러니까 '함 기사에게 사정이 생겨 어쩔 수 없이 그 식솔들을 집에 들이게 되었는데, 그 사실을 아버진 일방적으로 어머니에게 통보했고 그 때문에 어머닌 분노하고 있다' 였다. 아내에게도 인권이란 게 있다며 한창 아버지에게 반기를 들고 궐기대회 중인 어머니의 입장에서는 충분히 짚고 넘어갈 일인 것이다. 뭐, 이래 봤자 아버진 콧방귀도 뀌지 않으시겠지만.

지휴는 팍 인상을 찌그러뜨리곤 슥, 슬리퍼를 끌고 안으로 성큼 들어섰다. 워낙 이런 말다툼이 비일비재해서 이젠 무섭거나 짜증 나지도 않았다. 저러다 마음 맞는 일이 생기면 언제 그랬냐 싶게 하하호호 하시는 분들이라. 그저 얼른 씻고 누워야겠다는 생각뿐이었다. 격렬한 축구경기를 무려 두 게임이나 치른 덕에 몸이 말이 아니었다. 지휴는 고개를 좌우로 꺾어 근육을 이완시키며 들고 있던 가방을 휙, 거실 한가운데에 놓여 있는 소파에 집어 던졌다. 그리고 끈적끈적하게 달라붙어 있는 셔츠를 벗었다.

"흡."

셔츠를 벗어 던지고 청바지 후크를 풀며 휙 뒤를 돌아 욕실로 향하려던 순간이었다. 소심하고 작은 숨소리가 그의 발목을 붙들었다. 인기척이었다. 인기척이 느껴진다는 건, 누군가 이 공간에 존재하고 있다는 뜻. 도둑인가? 지휴는 휙, 빠르게 고개를 꺾어 뒤를 돌아봤다.

그때 슉, 누군가가 벽 뒤로 몸을 숨겼다. 검은 머리의 실루엣을 두 눈으로 확인한 지휴는 조용히 입술을 움직였다.

"누구야."

"……."

"나와, 좋은 말로 할 때. 내 손에 잡히면, 넌 죽는다."

경고를 했음에도 잠잠한 벽. 지휴는 훅, 숨을 뿜어내 땀에 젖은 머리카락을 불어 넘겼다. 어떤 녀석이 겁대가리를 상실해서 남의 집에 무단 침입했는지는 모르겠지만, 너 아주 잘 걸렸다.

지휴는 비릿한 웃음을 머금고 슥 벽 쪽으로 한 걸음 내딛었다. 그때 내내 조용하던 벽 근처에서 부스럭거리는 소리가 들려왔다. 그러더니 꼼지락꼼지락 손 하나가 빠져나와 벽 가장자리를 더듬는 게 보였다. 작은 손이었다. 그냥 작은 편에 속하는 손이 아니라 진짜 아주 작은 손. 지휴는 미간을 가운데로 확 접으며 고사리처럼 작은 손을 노려보았다.

"자, 잘못했습니다."

기어들어 가는 목소리가 들려왔다. 손만큼이나 작고 어린 음성이었다. 지휴는 뭔가 잘못되었음을 느끼며 성큼성큼 꼬마에게로 다가갔다.

"너 뭐야?"

"헉!"

문제의 벽 뒤엔 얼굴이 새까맣게 탄 촌스런 여자아이가 서 있었다. 갑자기 눈앞에 등장한 그 때문에 놀랐는지 두 눈을 휘둥그레 뜨고 한 손으론 놀라 다량의 공기를 흡입하는 입을 턱 틀어막고 있었다. 얇은 면티에 짧은 반바지, 무릎까지 올라온 양말, 양 갈래로 땋은 머리를 동그랗게 말아 묶은 헤어스타일의 여자아이는 누가 봐도 초딩이었다.

"넌 뭔데 여기 들어와 있어? 너 누구야?"

"제, 제 이름은 하, 함소명……."

"네 이름이 뭔지 묻는 게 아니잖아. 여긴 어떻게 들어왔어?"

"무, 문이 열려 있어서……."

"어디? 대문? 아무리 대문이 열려 있었대도 그렇지. 문 열려진 집엔 아무나 함부로 들어와도 된다는 거냐? 그건 어느 나라 법이야? 너희 집 어디야? 너희 부모님 좀 만나봐야 될 것 같으니까 어딘지 말해."

"그게 아니라요……."

"아니긴 뭐가 아니야. 빨리 말해. 셋 셀 동안 말하지 않으면, 경찰서로 끌고 갈 줄 알아라. 하나!"

"저, 저기요!"

"둘!"

"잘못했어요, 아저씨. 다시는 안 들어올게요. 한 번만 용서해 주세요! 네?!"

겁에 질린 여자아이가 갑자기 덥석, 지휴의 바지춤을 붙들었다. 그가 자신의 차림새가 어떻다는 걸 깨달은 건 바로 그때였다. 샤워를 하기 위해 웃통을 벗고 바지도 벗기 위해 후크를 풀어놓았던 참. 여자아이가 붙들고 있는 것은 후크가 풀린 청바지 자락이었다. 이 꼬맹이가 겁도 없이! 지휴는 흠칫 놀라 냉큼 뒤로 물러섰다.

"뭐 하는 짓이야?"

"아저씨, 제발요. 엄마랑 아빠한테는 비밀로 해주세요, 네?"

"넌 내가 아저씨로 보이냐?"

"그, 그럼 오빠라고 부를게요. 네? 우리 아빠 아시면 큰일 나요. 제발요!"

"그러게 왜 남의 집엘 들어와, 도둑처럼. 여기가 어딘지나 알고 들어온 거야?"

"선우 회장님댁이요……."

여전히 바짓자락을 제 생명줄처럼 꼭 붙든 채로 아이가 중얼거렸다. 당장에라도 닭똥 같은 눈물을 뚝뚝 흘릴 것처럼 울상을 한 채로 아이는 커다란 눈을 비스듬히 아래로 내려뜨고 있었다. 적어도 자신이 뭘 잘못한 건지는 알고 있는 듯.

"여기가 어딘지 알고도 들어왔다는 거냐? 너 진짜 간이 배 밖으로 나왔구나? 무슨 속셈으로 여길 함부로 들어왔어? 너 진짜 도둑이냐?"

"아니에요!"

귀가 쩌렁쩌렁 울리게 큰 소리로 아이가 대답했다. 촌티가 덕지덕지 붙은 얼굴이지만 눈동자 하나만큼은 크고 맑은 것이, 꽤나 인상적이었다. 그 해맑은 눈망울로 보아선 절대로 거짓말 따위 하지 않을 것 같은 아이였다. 지휴는 미간을 접으며 퉁명스런 얼굴로 꼬마를 쏘아보았다.

"그럼 왜 들어왔어? 남의 집 대문을 밀고 들어왔다면, 그만한 이유가 있을 거 아니야?"

"사실은……."

"사실은 뭐?"

"우리 아빠가…… 여, 여기서 살자고 했어요."

"뭐?"

이건 또 무슨 생뚱맞은 소리? 우리 아빠는 누구고, 여기서 살자고 했다는 건 무슨 소리……?

"가만. 너 아까 이름이 뭐라고 했어?"

지휴는 인상을 확 쓰며 물었다.

"함소명이요."

"함소명? 네 아버지가 함 기사야? 그럼 함 기사가 널 여기로 들여보낸 거냐?"

"그건 아니고…… 아빤 제가 여기 있는 거 몰라요. 지금 엄마 때문에 병원에 가셨어요. 방에서 꼼짝 말고 있으라 했는데……."

"근데?"

"너무 궁금해서……."

지휴는 갑자기 짜증이 확 솟구치는 것을 느꼈다. 아무리 예의도 뭣도 없는 초딩이라고 해도 그렇지. 어떻게 남의 집을 함부로 들어와 이리 기웃, 저리 기웃 돌아다닐 수가 있는 것인지 그의 상식으론 이해 불가였다. 아직 들어와 살아도 된다는 어머니의 승인도 떨어지지 않은 지금인데도 이렇게 주인집 공간을 마구 헤집고 돌아다니는데, 함께 살면 얼마나 귀찮게 굴지. 15년 동안 남의 눈치 안 보고, 남의 시선 의식하지 않고 살아왔던 지휴에겐 생각만 해도 끔찍한 일이었다. 하다못해 샤워도 마음대로 못할 판이잖아?

"이거 놔."

지휴는 아직까지도 바짓자락을 붙들고 있는 아이를 한껏 깔아보며 거만하기 짝이 없는 목소리로 명령했다. 거의 벗다시피 한 남자의 바지춤을 겁도 없이 붙들고 있는 아이에 대한 경고나 마찬가지였으나, 아이는 무슨 말인지 전혀 못 알아듣는 듯 그저 혼날까 봐 겁먹은 눈으로 지휴를 올려다볼 따름이었다.

"놓으라고, 그 손."

"에? 예……."

"무슨 애가 그렇게 개념이 없냐? 넌 가정교육도 안 받았냐? 아무리 어리다지만 상황 파악은 해야지. 네가 지금 무슨 짓을 저지른 건지 알기나 해?"

지휴는 슬그머니 바짓자락을 놓는 아이를 향해 싸늘하게 채근했다. 그러자 꼬마는 무슨 뜻인지도 모르는 주제에 잘도 허리를 굽히며 꾸벅꾸벅 인사를 하기 시작했다.

"죄송합니다. 잘못했습니다. 다신 안 그러겠습니다."

"나가 봐."

"가도 돼요?"

"그럼 여기서 죽치고 있겠다는 거냐? 보아하니 별채에서 지낼 모양인데, 가서 네 아버지 말대로 꼼짝 말고 있어. 마음대로 싸돌아다니지 말고."

"잘못했어요. 이제 싸돌아다니지 않을게요. 가만히 집에만 있을게요."

동그란 눈으로 지휴를 빤히 바라보며 아이가 중얼거렸다. 그 순간이었다, 의외로 초롱초롱하니 빛이 나는 눈동자라는 생각이 든 건. 맑고 투명한 눈동자가 유난히 컸다. 당장 튀어나올 것처럼 둥글고 입체적이기도 했고. 광채가 반짝반짝 나는 그 눈동자와 눈을 마주하고 서 있자니, 그 눈에 자신의 속내를 옴팡 다 꿰뚫리고 있는 기분이 들었다. 조그만 꼬마아이일 뿐인데. 아무리 봐도 열 살 정도밖에는 안 되어 보이는데. 아이의 맑은 눈동자에 그만 영혼을 빼앗겨 버리는 기분이었다.

"용서해 주시는 거죠?"

넋을 잃고 아이를 내려다보는 사이 아이는 깜빡깜빡, 아름답게 날갯짓하는 나비처럼 눈꺼풀을 나풀거렸다. 선명한 쌍꺼풀 라인 안으로 말려들어 가는 새까만 속눈썹의 휘어짐은 아이의 것답지 않게 고혹적이었다.

미친놈. 아직 뭣도 아닌 꼬마를 두고 무슨 생각을 하는 거야?

"알았으니까 얼른 꺼져 버려. 다신 우리 집에 기웃거리지 말고."

평소보다 더 거친 말이 튀어나왔다. 왜 아무 죄도 없는 꼬마에게 화풀이를 하고 있는 것인지 생각해 볼 겨를도 없었다. 꼬마 주제에, 촌스럽고 못생긴 초딩 주제에 일순간이지만 자신을 흔들었다는 게 마음에 안 들었다.

"오빠~"

불쾌감을 잔뜩 안고 막 자리를 뜨려는데, 꼬마가 그를 붙들어 세웠다. 기분 나쁘게, 다정함과 애정이 물씬 담긴 어조였다. 애교스럽다고 느낄 수도 있을 만큼 귀여운 말투이기도 했다. 쟤 도대체 뭐 하는 애야? 내가 진짜 제 오빠라도 되는 줄 알고 있나?

지휴는 미간에 깊은 주름을 새기곤 휙, 꼬마를 돌아보았다. 아이는 아이답지 않게 고혹적인 속눈썹과 인간의 것 같지 않은 초롱초롱하고 반짝거리는 커다란 눈망울로 지휴를 바라보고 있었다. 그 맑음에 일순 멈칫하게 되자, 지휴의 미간은 더 깊게 주름졌다.

"너 지금 날 불렀냐?"

"네, 오빠~ 우리 아빠한텐 정말로 안 이를 거죠?"

방긋 웃으며 아이가 해맑게 물었다. 포동포동한 젖살이 동그랗게 뭉쳐지더니 그 한가운데에 앙증맞은 우물이 생겼다. 눈동자만 커다란 볼품없는 아이의 얼굴에 보조개가 생기니, 충격적이게도 예뻐 보이기 시작했다.

미쳤구나, 선우지휴. 저런 촌스럽고 깡마른데다 얼굴만 포동포동한 초딩을 보고 예쁘단 말이 나오냐? 돈 거 아니야? 불퉁한 마음에, 지휴는 짜증스럽게 눈살을 찌푸리곤 험악하게 중얼거렸다.

"웃지 마."

"에?"

"웃지 말라고, 내 앞에서."

그의 말 한마디에 보조개는 금세 사라지고 말았다. 말 하난 잘 듣네. 보조개가 없는 여자아이는 처음 보았던 것처럼 촌스럽고 새까맣고 눈만 커다란 아이였다. 예쁘단 말이 쏙 들어가는, 볼품없이 못생긴 꼬마아이. 지휴는 매서운 눈으로 아이를 쪼아보며 닦달하듯 무섭게 윽박질렀다.

"누가 네 오빠야. 내가 네 오빠야?"

"아, 아니요……."

"내가 오빠라고 부르랬냐?"

"아…… 니요."

"근데 왜 오빠라고 불러?"

할 말이 없는 듯, 아이는 입을 꾹 다물어 버렸다. 두 손을 가지런히 포개고 그를 바라보고 있는 아이는 늑대 앞에서 잔뜩 겁먹은 한 마리의 양 같았다. 훨씬 낫다. 주제도 모르고 까불며 마냥 해맑은 것보다야 차라리 이렇게 잔뜩 겁먹어 떨고 있는 모양새가 배는 덜 거슬린다. 지휴는 좀 더 험상궂게 얼굴을 찌푸리곤 좀 더 낮게 목소리를 깔아 협박조로 뇌까렸다.

"앞으로 도련님이라고 불러. 알겠냐, 꼬마?"

"에?"

"도련님. 해봐."

"도, 도련……."

"더 크게."

"도련…… 님."

"안 되겠네. 함 기사한테 한마디 해야겠는데? 가정교육을 어떻게 했기에, 애가 남의 집 무단침입은 기본이요, 버르장머리는 개나 줘라, 인지……."

"도련님!"

어려서인가. 순진해서인가. 그의 노골적으로 장난기 섞인 협박에 아이는 금세 낚였다. 순간 쿡 비어져 나오는 웃음을 참기 위해 지휴는 꽉 입술을 다물었다. 은근히 재밌는 애네. 놀려먹는 줄도 모르고, 도련님이라고 부르란다고 진짜 부르잖아? 멍청한 건지 어리바리한 건지. 지휴는 히쭉, 입술 가장자리 한쪽을 끌어올리며 잔뜩 겁먹어 얼어붙어 있는 여자아이의 휘둥그레진 눈망울을 향해, 슥 고개를 들이밀었다.

"잘하네! 앞으론 그렇게 불러."

"……."

"두고 보겠다. 한 번이라도 내 마음에 안 드는 짓을 하면, 알지?"

"……."

"가봐."

아이는 얼어붙은 채로 겨우 '네' 하고 대답하더니 꿈틀꿈틀 발가락을 움직여 뒷걸음질을 하였다. 오금이 저려 함부로 내달리지도 못하는 아이의 모습에 지휴는 묘한 쾌감을 느꼈다. 지루하기 짝이 없는 때에, 저절로 손에 들어온 잠자리의 날개를 하나씩 떼어내는 기분이랄까. 이쪽은 장난이고 즐겁지만 당하는 아이 입장에선 두렵고 가슴 떨리는 일일 거란 것도 알고, 어린아이에게는 너무 가혹하니 더 이상 이런 장난 하면 안 된다는 것도 아는데. 그래도 즐거운 건 즐거운 거다. 초딩한테 이 무슨 악취미적인 행동이냐, 스스로를 비난도 해보고, 이제 그만 편히 보내줘라 타일러도 보았지만, 그럼에도 결국 그는 아이를 붙들고 말았다.

"야, 잠깐. 너, 저쪽 주방에 가서 시원한 물 한 잔만 가져와."

"네? 저요?"

"내 방으로 갖고 올라오도록."

"주방이 어딘데요?"

"눈 없냐? 찾아서 가져와."

"……."

"5분 내로 안 가져오면 알지?"

지휴는 망설이는 듯 꼼짝 않고 있는 아이를 향해 으름장을 놓고는 유유히 이층 계단을 오르기 시작했다.

15년 전 그녀를 처음 발견했던 바로 그 계단을 오르며, 지휴는 차갑게 조소했다. 증축을 두 번이나 하고, 이사 또한 했다가, 다시 이곳으로 돌아온 건 불과 1년 전. 15년 전 그때 그 자리, 이곳으로 되돌아온 지금 시점에 다시 그녀와 재회했다는 사실이 묘하게 그의 감정을 건들었다. 인정하고 싶지 않지만 마치 운명처럼 받아들여지는 것을 부인할 수 없었다. 그런 일을 당하고도 아직까지 함소명을 믿고 있다니.

정말 놀라운 일이 아닌가.

어쩌면 자신은 김태성 말대로 세상 물정 모르는 바보천치인지도 모르겠다. 순진한 척 내숭 떠는 여자한테 속아 순정 바쳐 사랑해, 아직까지도 여자 하나 못 잊고 가슴에 상처를 간직한 채 사는 순진한 멍청이.

"빨리 커라, 함소명. 이건 명령이야."

지휴는 10년 전, 자신이 불과 16살 소녀에게 휘둘려 어떤 맹세를 했는지 떠올리며, 우뚝 걸음을 멈춰 세웠다.

그것은 사랑의 서약인 동시에 선언이었다. 평생을 그녀만을 사랑할 것이라는 맹세였으며, 자신을 받아달라는 구애였다. 스무 살, 천하를 손에 쥔 것처럼 세상 무서울 것 없었던 당시의 선우지휴에게 함소명만큼은 꼭 갖고 싶은, 애장품 목록 1호였던 것이다.

그때는 무엇이든 할 수 있을 것 같았다. 그녀를 가질 수만 있다면 뭐든 다 할 자신이 있었다. 그녀만 소유하면 세상 전부를 다 갖게 되는 거라 생각했었다. 그때의 그에겐 정말로 그녀가 인생 그 어느 것과도 바꿀 수 없는 소중한 존재였고, 그게 바로 사랑이라고 여겼었다. 하지만 그의 고백을 들은 뒤 그녀는…….

"증발했지."

차갑게 중얼거리고 그는 잠시 멈추었던 걸음을 다시금 성큼 내딛기 시작했다. 인생에서 가장 순수했던 시절을 이토록 혐오해야 하는 현실이라니. 씁쓸함을 넘어선 자기혐오가 밀려들어 당장에라도 찬물을 뒤집어쓰고 싶은 심정이 되었다. 그토록 쓴맛을 보아 놓고서도 또다시 그녀에게 휘둘리는 스스로가 미친 듯이 마음에 안 들었다.

이건 그냥 미련이고 집착이다. 함소명은 그에게 그런 짓을 해놓고도 다시 만났을 때 그렇듯 태연하게 미소 지을 수 있는 무서운 여자일 뿐, 네가 심장을 도려내 사랑을 맹세할 만큼 가치 있는 여자가 아니야. 그건 이미 너도 잘 알고 있잖아, 선우지휴? 이미 초월해, 감정 따윈 모두 버린 것 아니었어? 그랬으면 10년 만에 다시 만난 그녀에 대해 이렇듯 분개할 이유가 없잖아.

'미련은 버려.'

값싼 감정놀음 따위는 그의 취향이 아니다. 10년 전 첫사랑 따위, 우연히 마주친 것만으로 이렇듯 초조해할 이유가 전혀 없었다. 구질구질하게 그때의 일을 떠올릴 필요도 없었다. 그녀가 세상 어느 곳에서 아무렇지도 않게 행복한 모습으로 잘 지내고 있다는 걸 알게 되었다는 이유만으로, 또다시 상처받고 분개할 필요는 더더욱 없다. 그는 이미 그녀를 잊었다. 싹, 완전히, 그녀에 대한 감정을 청산했단 말이다. 그렇다면 이렇게 번다하게 사업 구상만으로도 복잡한 머릿속을 그녀의 생각으로 꽉 채워선 안 되는 것이다. 한데 도대체 왜…….

Rrrr.

주머니 속에서 울려오는 전화벨 소리가 그의 부질없는 상념을 깼다. 발신자는 구은철 팀장이었다. 회사에서 지휴의 오른팔이라 할 정도로 큰 역할을 하고 있는 'SJ테크'의 브레인으로, 스물셋이라는 어린 나이임에도 컴퓨터에 관해서라면 천재적인 재능을 발휘하고 있는 이였다. 이 시간에 웬일이지? 지휴는 두 번 생각하지 않고 통화버튼을 문질렀다.

"왜."

〈어? 전화 받았네? 다행이다. 이거 꼭 지금 당장 알려주고 싶었는데. 나 완전 흥분했잖아, 형! 드디어 S프로젝트의 비밀을 알아냈다고!〉

"비밀?"

〈거 봐, 내가 이상하다고 얘기했잖아! 내가 알기론 한승연이 그다지 재능 있는 디자이너가 아니거든. 학벌 좋고 집안 빵빵해서 실장 자리까지 올라간 것 같긴 한데, 썩 내 눈에 드는 디자인을 만든 적은 없었단 말이야. 지금까지 나온 대양그룹 히트 디자인도 한승연 것이라기보다 한승연이 이끄는 팀의 작품이었단 말이지. 그러니 S프로젝트의 중추 디자인도 분명 그 팀의 일원 중 한 명이 만들었을 거라 생각했었거든.〉

"S프로젝트도 한승연이 아니라 직원이 만든 거였단 말이야?"

〈어. 그것도 갓 입사한 말단 직원이 낸 아이디어였대. 워낙 신입이어서 회사 쪽에서도 난감해했었다고 하더라고. 기존 사원들과의 위화감이라던가, 사기 진작 문제, 형평성 문제 때문에 내부적으로 그 기획이 채택되어서 최종 확정되기까지 진통이 많았었대. 고심 끝에, 기획을 채택하는 대신 그 공을 디자인기획팀 전부에게로 돌리는 선에서 마무리 짓기로 한 거고. 그러니 당연히 외부에는 디자인 총괄실장인 한승연 이름으로 발표가 되어버린

거지.〉

"그래서? 그 디자인 주인이 누구라는 거야?"

〈함소명이라고, 지금 대양 디자인기획팀에서 근무하는 직원인데…….〉

순간 그는 자신의 귀를 의심했다. 함소명이라니. 그 디자인의 주인이 함소명이라고? 자신의 회사에 꼭 필요한 디자이너가? 자신이 미친 듯 골몰해 있는 그 프로젝트에, 절대로 없으면 안 되는 그 디자이너가 정말로 함소명이었단 말이야? 내가 알고 있는 바로 그 함소명?

〈어떻게 할까? 영입 추진해?〉

은철이 성마르게 물어왔다. 몇 개월 동안 이리 뛰고 저리 뛰어 알아낸 사실에 대해 스스로도 만족, 짜릿해하고 있는 듯.

지휴는 들고 있는 휴대폰을 있는 힘껏 쥐고, 그 어느 때보다도 더 차분하고 냉랭하게 중얼거렸다.

"지금 당장."

제2장 타깃 : 함소명

"그래, 네 최대 경쟁 회사에 발을 들인 기분이 어떠냐?"

대영그룹의 오너이자 회장인 선우재훈은 빙글빙글 웃는 낯으로 테이블 위에 놓인 찻잔을 들었다. 며칠 집에도 못 들어가고 날밤 지새우며 일한 사람치고는 꽤나 밝은 얼굴이었다. 제 힘으로 성공해 대영을 넘어서기 이전까진 절대로 대양그룹엔 발도 들이지 않겠다고 공언하던 아들이 이렇듯 제 발로 찾아왔으니, 뭔들 즐겁지 않겠는가.

"뭐, 썩 좋지만은 않습니다."

떨떠름한 얼굴로 지휴는 손에 들고 있던 종이봉투를 툭, 성의 없이 테이블 위에 내려놓았다.

"그게 뭐냐?"

"갈아입으실 속옷이요. 어머니가 가져다 드리라던데요."

"뭘 이런 걸 다. 사 입으면 될 것을."

"그러게요. 저도 그렇게 말씀드렸는데, 그럼에도 불구하고 어머니께서는 절대적으로 이걸 갖다 드려야 한다고 주장하셔서요. 힘없는 아들이 별수 있나요? 어머니가 시키는 대로 해야지."

"역시 날 생각해 주는 사람은 마누라밖에 없구만. 아들 다 필요 없지. 다 늙어 이빨 빠진 호랑이 신세로 왕좌를 사수하기 위해 눈물겨운 사투를 벌이고 있는데도, 아들 녀석은 끄떡도 하지 않으니 원."

"지금 절 탓하시는 겁니까?"

"그럴 의도는 없었다만 그렇게 들린다 해도 부인하고 싶진 않구나. 어쨌든 틀린 말은 아니니."

"혈육에게 회사를 물려주고 싶다는 욕심은 아직도 버리지 못하신 것 같군요."

두말하면 잔소리. 명동의 작은 구멍가게로 시작한 선친의 사업을 물려받은 대양상사를 지금 이만큼 불려놓고 키워놓은 게 선우재훈, 바로 자신이었다. 당연히 대양에 대한 애정과 자부심이 남다르다. 대양이 가족 사업으로 시작한 사업체인 만큼, 아들이 자신의 대를 이어 회사를 맡아주었으면 싶은 마음도 크다.

그는 언제든지 아들이 원한다면 회사에서 일할 수 있도록 스탠바이해 놓은 상태였다. 녀석을 가장 잘 보필할 수 있는 최정예 사원들의 리스트도 손에 있었고, 녀석이 맡을 부서와 앞으로 녀석에게 맡길 일에 대한 마스터플랜도 모두 설계되어 있었다. 길면 5년, 짧게는 3년 정도 대양그룹 본사 기획팀에서 근무하게 한 후, 그룹 산하의 통신회사를 맡겨볼 참이었다. 규모도 크고 대양에게는 없어선 안 되는 중요한 회사이므로, 그 회사를 맡는 것 자체만으로도 녀석은 그룹의 후계자로서 자리매김하게 될 것이다. 물론 이건 어디까지나 선우 회장의 계획일 뿐이다. 지금까지 지휴가 보여주고 있는 모습들은 그의 이런 계획과는 많이 동떨어져 있었다.

지휴는 아버지가 이룩한 회사에 무혈 입성하는 대신, 전쟁을 치러 전리품으로 손에 넣는 쪽에 더 관심을 보이고 있었다. 대양을 뛰어넘어 스스로의 능력으로 집어삼키려 하는 것이었다. 몇 년, 몇 수십 년이 걸리더라도, 녀석은 그 일을 멈추지 않으려 들 것이다. 지금 보여주고 있는 매우 도전적이고 반골적인 일련의 파격적 행보를 보자면 못할 것도 없지 싶었다. 지난주 지휴가 터뜨린 무료 음성통화에 대한 사업 계획 때문에 우리나라 삼사 대표 통신업체가 발칵 뒤집힌 것만 놓고 보아도 녀석의 꿈이 꼭 불가능한 것만도 아니었다. 사실 너무나 실현 가능성이 커서 재훈이 이처럼 초조해하는 것인지도 모를 일이었다.

"전에도 밝혔지만 난 회사를 전문경영인에게 내어줄 용의도 있다. 네가 내 뜻을 이어받기 싫다면야 별수 있겠니? 난 너한테 대양을 억지로 강요할 생각은 없다. 물론 네 어미는 생각이 전혀 다른 모양이더라. 요즘은 한창 네 결혼 문제 때문에 정신없던데. 너무 극성이다 싶어서 한소리 해주긴 했다만, 별로 내 말은 신경 써서 듣는 것 같지도 않고, 오히려 최근 들어 더 열을 올리고 있는 것 같더구나. 네가 결혼을 해야 마음 잡고 대양에 정착할 거라 생각하는 것 같았어."

"극성까지는 모르겠고, 결혼이 절 바꿀 거라 생각하시는 것 같긴 합니다."

"그거라면 나도 일정 부분은 동의한다만."

"아버지께서도 제가 결혼하면 모든 게 달라질 거라고 생각하시는 겁니까? 제가 여자 하나 때문에 하기 싫은 일을 억지로 떠맡을 수도 있다고 생각하세요?"

"아니라고 말하고 싶은 모양이다만, 난 널 잘 안다. 넌 네 것에 대한 집착이 아주 강한 아이지. 어려서부터 독점욕이 유독 셌어. 외아들로 자라서이기도 하겠지만, 기질적으로 타고나기도 했지. 네가 아주 간절히 원하는 여자라면, 죽을 만큼 사랑하는 여자라면 충분히 하기 싫은 일도 떠맡지 싶다. 그 여자가 갖고 싶어서 대양에 들어와 스스로 고삐를 채우는 일도 서슴없이 할걸?"

"바보, 얼간이란 말로 들리는데요."

"그럴 리가. 난 좋은 의미로 한 말이다. 넌 아주 까다로운 녀석이야. 네 눈에 차는 여자는 아마 이 세상에 단 한 명밖에 없을 거다. 네 짝이 될 아이."

"절 로맨티스트로 몰아가고 싶으신 모양인데……."

"설마! 그런 생각은 해본 적도 없다. 넌 오히려 낭만 따윈 전혀 없는 냉철한 독재자 타입에 가깝지 않니. 내 아들이지만 넌 나보다 더 기업가의 자질을 타고났어. 약육강식의 생존 방식에 철저히 길들여 있는 게지. 뻥 뚫린 하이웨이와 스포츠카를 놔두고, 돌멩이 잔뜩 깔린 시골길에 달구지를 선택한 널 보고 확실히 깨달았다. 넌 꼭 내 뒤를 잇게 해야겠다고."

"그런 황송한 생각을 하셨다니 새삼 영광입니다, 회장님."

슬쩍 비웃음을 입에 달고 지휴가 중얼거렸다. 턱을 비틀어 심드렁한 시선으로 자신을 보고 있는 아들은 아무리 좋게 봐줘도 빵점, 시건방졌다. 하지만 선우 회장은 녀석의 그 건방짐이 마음에 든다. 권력자에게 건방질 수 있다는 것은 그만큼 순수하다는 뜻이 아닌가. 순수한 야망을 가진 자는 못해낼 게 없는 법이다. 선우 회장은 비스듬히 입가를 기울여 미소를 지으며 눈썹을 치떴다.

"그래. 요즘 새로운 프로젝트를 기획 중이라지? 얘기 들어보니 우리 쪽에서 심혈을 기울이고 있는 제품과 상당 부분 겹친다던데."

"대양의 정보력은 역시 최고네요. 벌써 그게 회장님 귀에까지 들어갔다니."

"당연한 거 아니냐? 네가 내 인재풀에까지 손을 대고 있으니. 도대체 뭘 얼마나 대단한 걸 준비하고 있기에 남의 회사 인재까지 도둑질해 가려고 하나, 관심이 가지 않을 수 없지 않겠어?"

"정당한 스카우트를 도둑질로 매도하시다니. 방금 전 기업의 세계가 약육강식이라 하셨던 분 맞습니까?"

"상대가 승연이라 놔둔 거다. 너한테 마음이 있어서 십 년 동안이나 네 꽁무니만 졸졸 따라다니는 승연이라, 네가 빼내가려는 걸 알면서도 그냥 두고 있는 거야. 어쨌든 두 사람이 힘을 합친다는 건 나한테 좋은 일이니 말이다."

"결국 둘 다 아버지 밑으로 들어오게 되어 있다는 뜻으로 들리는군요."

"뭐, 사람 일이야 언제든 틀어질 수 있으니 장담할 순 없겠지만. 결국은 그리되지 않겠느냐? 너도 언젠가는 외로울 것이고, 남자는 외로운 건 절대 못 참거든. 그건 남성의 종족 특성이다. 그럼 가장 가까이에 있는 여자를 취하게 되겠지."

"제가 십 년 동안 취하지 않은 여자라면 다음 십 년도, 그다음 십 년도 취할 가능성이 전혀 없는 거 아닐까요?"

"네가 아직은 덜 외로워서 그런 소릴 하지. 실제로 일 때문에 외로울 겨를도 없지 않니? 그 일, 언젠가는 모두 성취하게 될 거다. 욕심껏 마음껏 쟁취하고 손에 넣게 될 거야. 그런 뒤에 너한테 무엇이 남아 있을 것 같으냐?"

"결혼하라는 말씀이시라면, 어머니께도 충분히 날마다 영양제 챙겨 먹듯 빼먹지 않고, 잘 듣고 있습니다."

"내가 삼십 년 동안 흔들리지 않고 사업에 매진, 승승장구할 수 있었던 이유가 무엇이었을 것 같으냐? 바로 네 어미야. 네 어미가 내겐 정신적인 지주 역할을 해주었기 때문에 가능했던 일이란 말이다."

"그러시면 어머니께 좀 더 잘하셔야죠. 외박 같은 건 좀 하지 마시고. 아무리 일이 바빠도, 부부싸움 후에 밖에서 주무시는 건 좀 아니지 않습니까?"

"십 년이나 네 옆에서 오매불망 바라보고 있는 여잘 가만히 두고 보는 네 녀석보다야 낫지. 어찌 그리 차가운지, 쯧쯧."

"죄송합니다만 제발 저한테 아버지 직원 찍어다 붙이는 거, 그만두시죠? 경쟁사 직원과 얽히는 거 썩 유쾌하지 않습니다."

"직원이 뭐냐, 직원이. 승연이가 너한테 그저 아버지 회사 직원일 뿐이냐? 너만 기다리다가 조만간 노처녀 딱지 붙이게 생겼는데. 그런 승연이한테 네가 어찌 그럴 수 있어?"

"갠 내 짝이 아닌가 보죠. 아버지께서도 방금 말씀하셨잖아요. 저는 냉혹하기 짝이 없는 기업인의 자질을 타고나서, 내 마음에 드는 한 여자가 아니곤 절대로 곁을 내주지 않을 거라고."

"정말 승연인 싫다는 거냐? 그럼 왜 굳이 걜 네 회사로 스카우트해 가려는 거야? 얌전히 내 회사에서 일 잘 배우고 있는 아이인데, 왜 괜히 내 사람으로 만든다 뭐다 해서 사람 마음만 싱숭생숭하게 만들어?"

"S프로젝트의 주인인 줄 알았으니까요."

"뭐?"

이게 무슨 소린가 싶은지 선우 회장이 미간을 찌푸리며 되물었다. 지휴는 미소인지 씰룩거림인지, 어쨌든 시니컬한 움직임으로 입술을 비틀어 올렸다. 아무래도 선우 회장은 그 스카우트에 남다른 의미를 부여하고 있었던 모양이다. 결혼은 싫다, 승연은 그저 직원일 뿐이다, 라고 못 박는 지휴의 말을 그저 괜한 말이라 생각했었던 게 틀림없었다.

"S프로젝트의 디자이너가 꼭 필요하거든요, 전."

"S프로젝트?"

되묻는 선우 회장의 표정이 묘하게 일그러졌다. 그러더니 활짝

펴지는 듯 꿈틀거린다. 마치 'I got it' 하는 것처럼. 눈빛마저 흥미진진한 게임을 지켜보듯 반짝 빛을 내더니, 그것을 알아채는 순간 단번에 평소의 얼굴로 돌변, 아무 일도 없었다는 듯 평상시의 얼굴로 되돌아간다.

시시각각 변하는 아버지의 표정에 지휴는 미간을 접었다. 저건 대체 무슨 뜻이야?

"그 디자인이라면 승연이가 총책임을 맡았었지, 아마."

"맞습니다. 전 새롭고 혁신적인 프로그램 출시를 기획하고 있고, 그 프로그램에 맞는 참신하고 실용성 높은 디자인이 필요합니다. 딱 S프로젝트와 같은 스타일을 원하고 있죠. 마침 승연이가 그 프로젝트의 책임자라는 걸 알게 됐고, 그래서 당연한 수순으로 승연이와 접촉했던 것뿐입니다. 아시잖아요? 전 한 번 정한 타깃은 기어코 손에 넣고 만다는 거."

"그래서? 얻고자 한 걸 얻었냐?"

선우 회장의 눈썹이 슬그머니 위로 치켜 올라갔다. 방금 전보다 더 흥미가 동하는 듯 눈동자가 더욱 빛을 발하였다.

"얻었을 것 같습니까?"

"질문에 질문으로 답하는 건 반칙이다."

"반칙이야 아버지 전문이시죠."

"난 네게 직원을 빼앗길 뻔했던 사람이야. 넌 내 직원을 뒤에서 몰래 빼내 가져가려 했고. 엄밀히 따지면 반칙은 네가 한 거 아니겠니?"

사람 약을 올리는 듯한 말투로 선우 회장이 중얼거렸다. 쌤통이라고 느끼는 듯 히쭉거리는 말투가 아무리 봐도 아끼는 인재를 빼앗길 뻔한 사람의 반응이 아니었다. 오히려 한승연쯤 남에게 줘도 별로 아쉽지 않다는 말로 들렸다. 그럴 수밖에. 진짜 인재는 감춰두고 한승연 따위를 내세워 사람들의 눈을 가리고 있는 중이시니.

"무슨 말씀을. 상대의 수를 읽고 미리 연막을 쳐놓으신 아버님의 술수를 감히 제가 따라갈 수는 없죠."

"그게 무슨 말이냐? 도통 난 네 말 뜻을 못 알아듣겠다만."

"승연이 실력이 결코 대양그룹 디자인 총괄실장 자리에 걸맞지 않다는 말씀을 드리는 것입니다만, 그건 이미 아버지께서도 알고 계시겠죠. 물론."

"승연인 그 누구보다도 더 좋은 학벌과 화려한 스펙을 가지고 있다. 그 정도면 우리 회사를 대표할 만하지."

"결국 얼굴마담이라는 걸 인정하시는 겁니까?"

"얼굴마담은 아무나 할 수 있는 줄 아느냐? 어디 내놓아도 꿀리지 않는 사람, 그게 바로 대표의 역할이다. 일은 일개 직원들도 할 수 있는 거야. 승연인 여기저기 세계적인 대회에서 수상한 경력에, 미국 회사에서 몇 년간 실질적으로 일했던 경험까지 갖고 있었다. 거기에 디자인 관련 유수의 대학에서 수료한 최고의 학벌까지, 어디 흠 잡을 데가 한 군데도 없는 아이였어. 덕분에 추천과 동시에 그 누구의 반대도 없이 곧바로 실장 자리에 오를 수 있었던 거야."

"한새그룹 조 회장님의 파워도 추가하셔야겠죠."

"부인할 생각은 없다. 조 회장님의 투자 조건이 큰 몫을 한 게 사실이지."

"조 회장님 속셈이 뭔지 아시면서도, 그런 딜에 응하셨다는 건 아버지께서도 은연중 절 미끼로 이용하셨다는 것이겠고요?"

"그동안 전혀 못 알아듣는 척 애써 무시하더니만 알고 있었구나?"

"바보가 아닌 이상 모를 리가요."

조 회장이 지휴를 탐내고 있다는 건 공공연한 사실이었다. 10여 년 전부터 딱 하나 있는 외손녀를 동원해 지휴를 손에 넣기 위해 별의별 수단을 다 써왔던 조 회장이었다. 사업적으로, 개인적으로 어떻게든 그를 엮어 자신의 사람으로 만들기 위해 노력해 왔다. 지휴에겐 별로 특별할 일은 아니었다. 늘 자신의 비위를 맞추거나 자신에게 아부하는 사람들을 보아왔던 지휴에겐 조 회장의 노력도 그저 그렇게 비일비재한 일들 중 하나라고 생각했었다. 승연이 심히 적극적으로 그 일에 동참하기 전까지는.

"정말 그 애는 싫은 거냐?"

"할아버지의 유산이 탐나, 그 유산 물려받기 위해 사랑하지도 않는 남자를 10년이나 쫓아다니는 여잘 아버지는 좋아하실 수 있으시겠어요?"

"10년이면 없던 정도 생기는 법이다. 시작은 계획적이었을지 몰라도, 지금은 널 진짜로 사랑하는지도 모르지 않니?"

"정도 일방통행이면 아무 의미 없겠죠."

"승연이한텐 미운 정조차도 생기지 않는다는 말이구나. 거참, 안타깝다. 네 어머니가 많이 실망하시겠어."

"어쩔 수 없는 일이죠. 효심으로 싫은 여잘 억지로 취할 순 없지 않겠습니까?"

"그래. 건 그렇고, 네가 이런 말을 할 수 있다는 건 그 S프로젝트의 주인이 다른 사람이라는 사실을 결국은 알아냈다는 뜻이겠지? 그 주인이 누구인지도 알아낸 거냐?"

소파에 몸을 느긋하게 뉘고 손에 여유롭게 찻잔을 쥔 선우 회장이 넌지시 질문을 던져 왔다. 무심한 말투, 지나치는 듯 가파름이 전혀 느껴지지 않는 억양. 하지만 지휴는 아버지를 30년이나 겪어 왔다. 아버지가 이 문제에 대해서 겉으로 보이는 것만큼 무관심하지만은 않다는 것을 그는 이미 간파하고 있었다. 선우 회장은 아들인 그의 반응을 심히, 매우 흥미진진하게 기다리고 있었다.

"넌 타깃으로 정한 목표물은 반드시 손에 넣는 녀석이지. 어려서부터 그랬어. 어찌나 욕심이 많고 끈질겼는지. 호기심 자극하는 것이라면 그게 무엇이든, 결국 끝장을 내고 말았지. 캐내고 알아내고 조사하고, 분해하고 조립하고 재생산하고, 마음대로 헤집어 속속들이 그 정체를 낱낱이 알아내고 나서야 탁탁 손을 터는 아이가 바로 너였어. 이상하게 뭐 하나 꽂히면 무서울 정도로 집요해졌지. 물론 그 기질이 지금의 너를 만들었겠지만."

"……."

"원하는 걸 손에 넣기 위해서라면 넌 뭐든 했어. 그 어떠한 손해도 모두 감수했었다. 그 나이에도 경제 원리를 알았던 거였지. 하나를 얻기 위해선 다른 하나를 내놓아야 한다는 것. 원하는 것을 갖기 위해선 그만큼의 대가를 치러야 한다는 것을 넌 본능적으로 알고 있었던 거야."

"하시고 싶은 말씀이 뭡니까?"

무릎에 팔꿈치를 대고 있던 지휴가 천천히 허리를 펴며 조용히 중얼거렸다. 동시에 아래쪽을 향해 있던 시선이 자연스럽게 들리고, 그 순간 묘한 각도로 미소 짓고 있는 선우 회장의 눈동자와 정면으로 마주쳤다. 호시탐탐 먹잇감을 노리는 맹수의 그것처럼 선우 회장의 눈은 매섭게 빛나고 있었다. 본능적으로 지휴는 깨닫고 말았다. 선우 회장이 노리는 것은 바로 자신이라는 것을. 선우 회장의 미소가 더욱 깊어졌다.

"내가 무슨 말을 하고 있는지는 네가 더 잘 알 텐데, 바보가 아닌 이상."

"아들인 저와도 딜을 하시겠다는 겁니까?"

"뭐든 갖고 말아야 직성이 풀리는 네 기질이, 누굴 닮았을 것 같으냐?"

"그래서 그 아일 넘기는 조건으로 아버지께선 절 갖겠다, 이 말씀이십니까?"

"노예상도 아니고, 내가 어떻게 내 마음대로 그 아일 넘길 수 있겠냐? 그건 말이 안 되지."

"그럼 대체……!"

순간적으로 욱해 목소리가 커질 뻔했다. 두 달이나 공을 들여 열심히 접촉했으나 꿈쩍도 하지 않는 함소명을 떠올리니 절로 화가 목구멍까지 치밀어 오른 것이었다.

연봉을 더 주겠다, 직급을 주겠다, 해외연수를 보내주겠다, 별의별 조건을 다 들이대는데도 그녀는 요지부동이었다. 대양에 뼈를 묻을 심사인 듯 꼼짝하지 않았다. 그 이유라는 것은 단 한 가지. 선우 회장으로부터 학비며 생활비를 원조 받았기 때문에 그 은혜를 평생 두고두고 갚아야 한다는 것. 어찌나 그 결심이 단단한지, 그녀와 직접 접촉했던 구은철 팀장은 이렇게 말했었다. '사장님 살아생전 함소명 씨를 손에 넣긴 힘들 것 같습니다' 라고.

물론 그녀가 그렇게 나온다고 해서 쉽게 포기할 지휴는 아니었다. 그는 원하는 게 있으면 무조건 손에 넣어야 직성이 풀리는 선우지휴. 예외란 있을 수 없다. 상대가 함소명이라도 가져야 할 필요가 있다면 가질 것이다.

"아버지께서 제게 주실 수 있는 게 대체 뭐란 말씀이십니까?"

최대한 감정을 억제한 채, 지휴는 착 가라앉은 목소리로 조용히 물었다. 시간이 지날수록 초조해지고 있는 지휴와는 반대로 선우 회장은 시종일관 느긋한 모습이었다. 아들이 이성을 잃기 일보 직전이란 걸 이미 꿰뚫어 본 듯 그는 오히려 재미있어하는 중이었다. 지휴는 불퉁한 시선으로 선우 회장의 입술을 뚫어져라 노려보았다.

자! 어서 손에 쥔 카드를 보여주시죠, 선우재훈 회장님.

"기회."

선우재훈 회장의 입에서 뜻밖의 단어가 흘러나왔다.

"그 아이의 마음을 얻을 수 있는 3개월의 시간."

*

"솔직히 난 너무 황당해서 화도 안 나. 어떻게 이런 기초적인 일에서까지 실수를 범할 수가 있는지, 우습고 기가 막혀. 이런 실수는 사회에서 전혀 안 통한다는 거 몰라? 도대체 학교에서 뭘 배웠어? 어떻게 우리 회사에 들어올 수 있었던 거야? 아, 참! 소명 씬 빽 써서 들어온 낙하산이었지?"

"……."

"정식 시험 치르고 들어왔다고는 하지만 그건 그야말로 면피용이었고, 실은 회장님이 후원하는 재단의 첫 장학생이라는 명목하에 특채된 거나 다름이 없잖아, 너. 그래, 그랬어. 이런 기본적이고 작은 일에도 실수를 했던 이유가 다 있었던 거지. 이래서 낙하산은 쓸모가 없다니까."

"죄송합니다. 다시는 그런 실수 없도록 하겠습니다."

고개를 푹 꺾어 인사를 꾸벅 하며 소명은 깨끗하게 잘못을 시인했다. 전후 사정 다 차치하고 기초적인 업무마저 제대로 파악 못해 실수를 범한 것은 분명 자신의 불찰이었기에.

상사의 말대로, 이곳은 어느 정도의 실수가 용인되는 학교가 아니다. 사회는 아마추어를 필요로 하지 않는다. 스스로 프로가 되어야만 정글 같은 사회에서 살아남을 수 있는 것이다. 특히나 소명처럼 회사 내의 눈엣가시, 왕따라면 더더욱 실수를 하면 안 된다. 눈곱만큼의 실수라도 발견되면 가차 없이 철퇴가 날아들 것이기 때문이다. 기계처럼 정확하지 않으면 지금과 같은 굴욕을 당해야만 한다. 그것을 알기에 그토록 조심하고 또 조심하며 일을 해왔던 소명이었다. 한데…….

'망할 선우지휴 때문에!'

그 남자가 사람을 보내 날이면 날마다 자신을 들들 볶지만 않았어도, 이렇게 집중도가 떨어지는 일은 없었을 것이다. 이렇게 수많은 직원들이 지나다니는 복도 한가운데에서 처참하게 깨지는 일도 없었을 것이다. 뻔한 몇몇 이유로 자신을 괴롭히고 닦아세우고 못살게 구는 황수지에게 스스로 자진해서 떡밥을 투여하는, 이런 자살행위는 절대로 하지 않았을 거란 말이다. 소명은 부글부글 끓어오르는 속을 꾹꾹 눌러 참으며, 윗니를 콱 아랫입술에 박았다.

"이건 또 무슨 웃기지도 않는 소리야? 이미 해놓고서 안 하겠다는 소린 뭐지? 그런 빈말 열 마디보다 업무 한 번이라도 제대로 처리하는 게 여러 사람한테 민폐 끼치지 않는 길이란 거 모르니? 도대체 언제까지 신참이라고 봐줘야 해? 대체 우리 회사 들어온 게 언제야? 어떻게 아직까지 이런 기본 업무조차 제대로 처리 못해? 그러고도 그 많은 봉급 따박따박 받아 챙기는 거, 양심에 찔리지도 않니?"

"앞으로 잘하겠습니다."

"잘해야지, 물론. 지금까지 엉망진창이었는데 앞으로도 발전 없이 제자리걸음만 해대고 있으면 나, 우리 부서뿐만 아니라 회사까지 망치는 길 아니겠어? 근데 참 걱정이다, 그 비장한 각오만큼이나 제대로 잘 해낼 수 있을지."

"……."

"믿을 만한 구석이 있어야 믿지. 뭐 하나 마음에 쏙 들게 하는 게 없잖아? 서류 작성도 제대로 못해, 복사 심부름도 혼자 못해서 남직원한테 도움받아, 남들은 두 시간이면 끝내는 일도 밤까지 새면서 틀어잡고 있어, 하다못해 전화도 제대로 못 받아서 옆자리 윤서 씨한테 피해를 주고 있잖아. 도대체 왜 그렇게 엽렵치 못해? 왜 하는 일마다 그렇게 어설퍼? 뭐가 문제야? 다른 사람들은 척척 잘만 하는 일을 왜 자기만 그렇게 헤매?"

"저 근데, 처음엔 헤맸던 건 사실이지만 두 번 이상 실수를 반복한 적은 없다고 생각하……."

"하여튼 이래서 출신은 무시 못해. 이래서 채용 시험이 있는 거고 자격 조건이 있는 거지. 제대로 능력 검증이 안 되었으니, 검증받고 들어온 다른 직원과 차이가 생기는 거 아니겠어? 어쩌다 낙하산이 우리 부서로 들어와 가지고선. 들어와 하는 거라곤 기초적인 서류 정리에 심부름이 고작인데도 월급은 똑같이 받아 챙겨가지. 양심은 있니? 어디 가서 대양그룹 디자인실 직원이라 말하기 창피하지 않아?"

"……."

"민폐 좀 끼치지 말자. 서로 언급하기 불편할 만큼 창피하게는 하지 말자고, 좀. 매번 같은 직원으로 동급 취급당하는 거 짜증 나고 화나니까 제발 일 좀 제대로 하자고. 언제까지나 봐줄 거라고 생각하지 말고, 똑바로 좀 해보라고!"

"명심하겠습니다, 팀장님."

"그리고 내가 자꾸 눈에 거슬려서 하는 말인데, 요새 너 왜 자꾸 남자 직원들한테 꼬리 쳐?"

"네?"

상대방에게 상처를 주겠다 작정이라도 한 듯 가혹한 말들이 쏟아지는 가운데, 웬 난데없는 소리가 귀에 쏙 들어왔다. 하고 싶은 말들이 울컥울컥 목구멍을 치고 올라오는 걸 내내 꾹꾹 눌러 참고 있던 소명은 '이건 또 웬 웃기지도 않는 소리?'라는 기분으로 휙 두 눈을 높이 치떴다. 불편하고 신경질적으로 구겨진 주름이 새하얀 이마 한가운데를 가로지르며 접혀졌다. 남자 직원들에게 꼬리를 친다니, 이게 웬 개 풀 뜯어 먹는 소리냐. 일 배우느라 정신없어 죽겠는 사람한테 이 무슨 망발?

"어제도 윤성민 씨한테 점심 사더라? 성민 씨가 소명 씨한테 밥 얻어먹을 일이 뭐가 있다고?"

"그건 윤 선배님께서 제 일을 도와주셔서 감사하다는 의미로……."

"소명 씨 일은 소명 씨가 처리해야지. 안 그래? 왜 자꾸 남의 소맷자락 붙들고 구차하게 도와달라는 거야?"

"처음 맡은 업무여서요. 윤 선배님께서 이전 책임자이셨기 때문에, 어떻게 하면 잘할 수 있는지 작게나마 조언을 받아보면 업무에 도움이 될까 하고……."

"내가 말했지? 혼자 알아서 하라고. 남의 도움 받을 생각만 하지 말고, 자기 스스로 알아내 자기 스스로 크라고. 남의 힘 빌려서 버틸 생각 말고 자기 능력껏 해내라고 했어, 안 했어? 매번 누군가의 도움을 받아서 자신의 부족함을 덮으려고만 한다면 소명 씬 끝끝내 발전이고 뭐고 없는 거야. 그거 딱 도태되기 십상인데, 그래도 상관없어?"

"아닙니다."

"그리고 난 너무 웃긴 게, 내 눈엔 자꾸 소명 씨가 혼자 할 수 있는 건데도 굳이 남자 직원한테 도움을 청하는 것처럼 보이거든? 같은 여자로서 좀 불쾌할 정도야. 도대체 왜 그래? 그렇게밖에 일 못해? 내가 전에 말했지? 이 세상에서 제일 경멸하는 부류가 딱 두 종류의 인간이라고. 하나는 남자 잘 만나 팔자 고치려는 것들, 다른 하나는 아버지 능력 하나 믿고 까부는 것들. 소명 씬 그 두 가지 조건을 아슬아슬 걸치고 있어."

"……."

"아버진 아니지만 뒤를 봐주는 든든한 빽 덕분에 좋은 회사에 아무 노력 없이 들어와 여러 사람 피곤하게 만들면서도 그 반반한 얼굴 하나로 남자 직원들의 배려를 받아가며 적지 않은 월급을 챙겨가고 있잖아? 월도가 달리 월도야? 소명 씨처럼 하는 일 없이 빈둥거리면서도 돈은 잘도 받아 챙기는 사람이 바로 월급도둑이야. 내 보기에 소명 씬 딱 남자 꼬시러 출근하는 답 없는 된장녀 같아. 회사에서 일할 생각은 안 하고 외모 관리에 어장 관리까지. 아주 바쁘셔? 얼마 전까진 박 대리 앞에서 갖은 아양을 다 떨고 살갑게 웃어대더니, 이젠 윤성민 씨까지. 왜? 알고 보니 윤성민 씨 집안이 박 대리 집안보다 더 좋아?"

"말씀이 너무 심하신 것 같은데요. 무슨 근거로 절 그렇게 비난하시는 건지는 모르겠지만……."

"내가 심해? 뭐가? 다 사실인데."

"팀장님."

"이건 소명 씨가 자초한 거야. 내 말이 심한 거면 소명 씨 행실도 심한 거지. 안 그래? 왜 그깟 처신 하나 제대로 못해서 이런 지적을 받아? 애초 행실이 똑바랐으면 내가 이렇게 지적할 일도 없었을 것 아니야? 사람들 다 지나다니는 복도에서 이렇게 지적받으며 창피당할 일도 없을 거 아니냐고. 사람이 왜 그래? 남 부당하다고 탓하기 전에 자기가 어땠는지 스스로를 되돌아보는 게 먼저 아니야? 얼마나 허술하게 일을 했으면 이런 사단이 나? 잘했어야지. 남들 일하는 만큼은 해줘야 그나마 말없이 넘어가지. 안 그래, 낙하산?"

신입사원 눈물을 쏙 뽑아내려고 작정이라도 한 듯 황수지는 독하고 야박하게 쏘아붙이고 있었다. 일부러 소명을 공개적으로 망신시키려는 듯, 목소리가 꽤나 컸다. 사실 사무실에서 해야 마땅한 얘기를 이렇게 오픈된 공간에서 주절주절 늘어놓고 있는 것 자체가 비정상적이었다. 다분히 악의적, 고의적으로 보였고 그래서 이 비정상적인 상황에 아무 죄도 없이 불려 나온 함소명이 불쌍해 보이는 상황이었다.

남의 일 신경 쓰기 귀찮아하는 선우지휴가 발길을 멈춰 세운 것은 아마도 그 탓이었을 것이다. 그는 자신의 지위를 이용해 사회적 약자를 깔아뭉개는 짓을 가장 혐오하는 사람이었으니까. 아버지 표현을 빌자면 그는 '뻥 뚫린 하이웨이와 스포츠카를 놔두고, 돌멩이 잔뜩 깔린 시골길에 달구지를 선택한' 반골주의자가 아니던가.

물론 상황에 개입하기로 작정하게 된 결정적인 계기가 함소명이었다는 것을 부인할 생각은 없었다. 그는 과거에도 함소명이 당하는 꼴은 죽어도 못 보는 사람이었다. 당연히 눈에 뜨인 이상 그 자리를 그냥 지나칠 수는 없었다.

"여기서 뭣들 하고 있는 겁니까?"

양손을 바지주머니에 찔러 넣은 채 심히 삐딱하게 선 그가 입을 열자, 황수지와 함소명이 동시에 고개를 틀었다. 그리고 그 특유의 짜증스레 인상을 찌푸린 표정과 나른하게 반쯤 내려뜬 눈동자, 시크하게 살짝 비틀린 입가의 비웃음을 발견하자마자 두 사람은 두 눈을 동그랗게 떴다.

둘 모두 그가 누구인지 알아본 게 틀림없었다. 당연히 모를 리가 없었다. 며칠 전에도 9시 뉴스에 얼굴이 팔린 몸이시니. 아버지 회사를 위협하는 아들, 이란 타이틀이었을 것이다, 아마도.

"이…… 이사님!"

수지는 당황해 흐트러져 있던 자세를 바로 잡으며 냉큼 눈을 내리깔아 예를 갖췄다.

"직원, 정신교육 중입니다."

빈틈없이 깔끔한 그녀의 자세는, 상사 앞에서도 소신을 굽히지 않으면서도 능력 발휘를 제대로 해 늘 콧대가 높고 자긍심이 하늘을 찌르는 황수지 팀장의 평소 모습 그대로였다. 소명은 빠르게 냉정을 찾는 수지를 곁눈질하며 얼른 고개를 푹 수그리곤 질끈 아랫입술을 깨물었다.

하필 이런 때에 그와 마주치다니, 정말 창피해 죽고 싶었다. 다른 사람에겐 몰라도 지휴에게만큼은 절대 이런 모습 보이고 싶지 않았었다. 일 못해 남들에게 폐나 끼치는 고철 취급당하는 모습을 어떻게 다른 사람도 아닌 그에게 보이고 싶겠는가. 세상의 재능이란 재능은 죄다 혼자 쓸어 갖고 태어난 사람인 양, 뭐든 다 잘하는 만능맨 선우지휴인걸. 스포츠면 스포츠, 공부면 공부, 미술이면 미술, 음악이면 음악. 뭐 하나 못하는 게 없이 다 잘하던 그에게 꿀리지 않기 위해 그녀는 늘 항상 미친 듯이 이를 악물고 공부했어야 했다. 밤잠 못 자고 코피까지 쏟으며 죽어라 노력해야만 겨우 그의 발끝에 따라갈까 말까. 늘 패배감, 좌절감만 안겨줬던 그였기에 그의 앞에서만큼은 잘하는 모습만 보여주고 싶었었다.

"대양은 상사가 부하직원 정신까지 교육해 줍니까?"

"부하직원에게 가지고 있는 애정이 얼마나 큰지에 따라 다른 것 같습니다. 대양이라서가 아니라, 저라서 교육하는 거거든요. 저는 지금껏 제 부하직원들 하나하나 이렇게 야단치고 혼내면서 가르쳐 왔습니다. 아랫사람에 대한 애정이 깊어서라고 생각해요."

"부하직원을 야단치고 혼내면서 가르친단 말입니까? 그것도 이렇게 회사 직원들이 다 보는 오픈된 공간에서?"

"대부분 이렇게 공개적으로 야단칠 만큼 크게 하자가 없었지만, 이번 신입은 좀 다릅니다. 자격이 미달임에도 특별히 회사에서 추진하는 장학제도로 키운 인재라 덜컥 채용돼 들어온 사원이거든요. 기본적인 업무조차도 제대로 파악 못해 여러 직원들이 피해를 보고 있는 상황이어서 강력하게 정신무장을 시키지 않으면 안 된다고 판단했습니다."

똑 부러지는 수지의 목소리가 카랑카랑 귓가를 울렸다. 소명은 아랫입술을 질끈 깨물며 두 눈을 꽉 감았다. 너무나 창피해서, 정말 죽고 싶은 마음뿐이었다. 당장에라도 할 수만 있다면 쥐구멍을 찾아 숨어버리고 싶었다. 이런 굴욕적인 상황을 왜 다른 사람도 아닌 선우지휴의 눈에 띄어서! 정말이지 한시라도 빨리 여기서 벗어나고 싶다고, 제발 벗어나게 해달라고 소명은 마음속으로 줄기차게 기도하고 또 했다.

바로 그때. 피식, 가소롭다는 듯 쿨내 나는 지휴 특유의 코웃음이 들려왔다.

"두 번 가르쳤다가는 숫제 애를 울리겠네."

"무슨 말씀이시죠?"

뜬금없이 날아든 단어에 수지가 날 선 어조로 반문했다. 회장님의 하나밖에 없는 아들. 지금은 다른 회사를 차려 아버지의 적이 되어 있지만 언젠가는 대양의 주인이 될 사람. 어마어마한 지분를 보유하고 있어, 당장에라도 회사를 맡겠다는 뜻만 밝히면 언제든지 사장이든, 회장이든 앉을 수 있는 선우지휴. 그의 입에서 '애'라는 말이 튀어나올 줄은 꿈에도 몰랐던 그녀였다.

"신입이 회사에 적응할 수 있도록 도와주고 최대한 자기 능력을 발휘할 수 있게 이끌어주는 게 상사의 역할 아닙니까? 정신무장을 시킨다는 명목하에 공개적으로 망신을 주는 건 아무리 긍정적으로 보려고 해도 '교육'의 일환으로 뵈지 않는데."

"그건 이사님 개인 소견이시겠지요. 저는 제 나름대로의 지론과 철학을 가지고 일하고 있습니다."

"아랫사람 깎아내리고 인격적인 모욕까지 서슴지 않는 것이 당신 지론이고 철학이란 뜻입니까?"

"이사님은 저 직원이 입사한 지 얼마나 됐다고 생각하세요? 일주일? 보름? 한 달? 아닙니다. 저 직원은 입사한 지 벌써 8개월째입니다. 신입이라고 하기엔 회사 적응하고 업무 익힐 시간을 아주 많이 가진 직원이죠. 전 8개월이 넘어가는데도 사소한 업무 하나 제대로 처리 못하고 실수만 연발하는 직원에겐 자존심이고 뭐고, 존중받을 권리 자체가 없다고 생각합니다. SJ테크는 어떤지 모르겠지만 저희 대양의 디자인기획실은 그렇습니다."

"그래서 아예 부서에서 파내 버리기 위해 더 괴롭혀 주자는 겁니까?"

"정신무장을 시키는 것뿐입니다. 아까 말씀드린 걸로 아는데요."

"우리 좀 솔직해지죠? 좋게 포장해서 정신무장이지, 실은 달달 볶는다, 그 이상도 이하도 아니지 않습니까?"

"달달 볶는다니요?"

"아니라곤 말 못할 텐데."

"도대체 왜 이러시죠, 이사님? 직속상관도 아니시면서. 심지어 대양 이사 직에 등재만 되어 있지 직원도 아니시면서, 이렇게 제가 부하직원 어떻게 대하느냐에까지 지적을 하시는 것은 엄연한 월권행위 같은데요. 굉장히 불쾌합니다. 함소명 씨는 디자인기획실 직원이고, 디자인기획실 직원이면 제 소관입니다. 제 직원이란 말입니다. 제 책임하에 있는 직원이니, 제 지론과 철학대로 가르치고 일 시키는 게 맞는 거 아닙니까? 아무리 이사님이시라도 그 권리까지 터치하는 것은 아니라고 생각하는데요."

"월권행위?"

풋, 코웃음을 치는가 싶더니 지휴가 날카롭게 날을 세워 매서운 눈매로 수지를 쏘아보았다. 지금까지는 그럭저럭 참고 들어줄 만했었으나, 더 이상은 황수지의 궤변 따위 들어줄 여유가 없는 듯.

차갑고 무서운 시선이 도도한 수지의 낯으로 독하게 쏟아지자 소명은 자신도 모르게 꽉 두 손을 곱아 틀어쥐었다. 어찌나 무서운지 오금이 다 저릿저릿해졌다. 아무래도 지휴는 화가 많이 난 것 같았다. 그럴 법도 하지. 남이 토 다는 걸 제일 싫어하는 지휴이니. 특히 마음에 안 드는 인간이 태클을 걸어왔을 때는, 성난 코뿔소처럼 무섭게 돌변하는 이가 바로 선우지휴였다. 소명은 절로 긴장이 되어 연방 심호흡을 해대며 기도했다. 제발 수지가 더 이상은 지휴의 성미를 건들지 말았으면 하고.

"아무리 겁이 없어도 할 말, 못할 말은 구분해야지. 모가지 달아나고 싶나?"

"이, 이사님."

확 달라져 찬기가 싸하게 느껴지는 그의 말투에 정신이 바짝 들었는지 수지가 말을 더듬었다. 흠칫 놀라는 듯 어깨를 떨기까지 하자 지휴의 입가에는 싸늘한 미소가 감돌았다.

"낙하산도 나 같은 낙하산은 조심해야지. 집단으로 왕따시키고 지속적으로 스트레스 준다고 해서 쉽게 떨어져 나갈 사람이 아니니까 말이야. 재처럼 있는 배경도 활용 못하고, 주는 스트레스 고스란히 다 받아내면서도 꾹 참고 버티는 멍청한 인간이 세상에 또 있겠어?"

"지금 무, 무슨 말씀을 하시는 건지……."

"토 달지 마. 날 건드려 봤자 득 될 거 하나 없을 테니까. 일개 직원밖에 안 되는 주제에 회장 아들한테 대들어봤자, 호기 있고 용기가 가상하다 좋게 봐줄 사람 하나도 없어. 오히려 메인스트림을 못 읽는 무능력하고 멍청한 인간으로 찍히지나 않으면 다행이지."

"……."

일순 그가 시키는 대로 수지는 입을 다물었다. 너무 큰 충격을 먹었는지, 분해서 기절하기 직전인 건지, 그저 눈만 커다랗게 뜬 채로 붉은 립스틱의 입술을 파르르 떨고 있었다. 모든 상황을 죄다 목격한 소명 역시 놀라 두 눈을 휘둥그레 떴다. 입사한 이래 수지가 말발에서 밀린 걸 본 건 지금이 처음인 것 같았다. 맹세코, 수지 인생에서 이런 굴욕은 처음일 것이다. 소명은 조심스레 눈동자를 굴려 지휴를 돌아보았다.

지휴는 소명 쪽으론 시선조차 꺾지 않은 채 수지를 주시하고 있었다. 여전히 두 손은 주머니 속에 찔러둔 채였고, 얼굴 표정은 심란한 일을 앞둔 사람처럼 나른했다. 그리고 여전히, 변함없이 잘생겼고.

이 사람이 여긴 대체 웬일일까? 대양과는 전쟁을 선포한 지 얼마 지나지 않은 터라 회사를 들락날락할 일도 없을 텐데. 설마 날 만나러? 아직도 날 스카우트하고 싶은 걸까? 직원을 보내 몇 달을 들들 볶으며 매달리더니 이젠 직접 나서려는 것?

"야, 밥."

열심히 머리를 굴려보는 사이, 지휴가 불렀다. 소명은 저도 모르게 어릴 적 조련받은 그대로 냉큼 대답을 하고 말았다.

"네!"

그리곤 곧 질끈 아랫입술을 깨물고는 두 눈을 꽉 감아버렸다. 헐, 이 죽일 놈의 미친 반사 신경. 죽지도 않고 다시 살아나 왜 또 날 괴롭히는 거냐, 왜! 이 대목에서 대답을 왜 하는데? 선우지휴와 안면이 있다는 걸 시인하는 거야, 뭐야.

소명은 박박, 윗니로 아랫입술을 신경질적으로 긁어대며 두 눈을 슬그머니 떴다. 그리고 황수지의 경악스러운 시선과 선우지휴의 만족스런 시선을 동시에 받는 끔찍한 상황에 직면했다.

"어, 어떻게 된 거……?"

"그, 그게…… 아하하……."

웃어보려고 애를 썼다, 나름대로는. 뜨악해 두 눈 부릅뜬 수지를 향해 미소를 날리는 것 외에는 그 어떤 무마 방법도 떠오르지 않았기 때문이다. 할 수만 있다면 대양그룹의 황태자인 선우지휴와는 전혀 안면이 없는, 생판 남이라고 주장하고 싶었지만. 그 소릴 듣고도 가만히 있을 선우지휴가 아니었기에, 그저 방긋방긋 웃는 수밖에 달리 다른 방도가 없었다. 하지만 역시 웃음으로 때우기엔 역부족인 듯 수지의 표정은 점점 더 썩어가고 있었다.

상황 파악이 이미 싹 되어가고 있는 게 눈에 훤히 읽혔다. 젠장할!

"따라와."

명령어 하나 틱 던져 주고 지휴가 막 우아하게 턴하여 뒤를 돌아가는 순간이었다.

"에?"

수지의 눈치 보는 데에 혈안이 되어 있던 소명의 맹한 반문이 지휴의 귀에 딱 걸렸다. 긴장감이 전혀 없는, 낭창낭창 너무나 느슨해서 신경으로 고무줄놀이도 할 수 있을 같은 느낌의 말투다. 늘 자신에겐 열렬히, 온 관심을 쏟아 씩씩하게, 두 눈 반짝반짝 빛내며 집중했었던 함소명의 목소리가 아니었다. 지휴는 미간을 주름이 생기도록 접고는 반쯤 틀어진 몸 뒤로 고개를 꺾어 소명을 돌아보았다.

아니나 다를까. 그녀는 얼이 잠시 나간 듯 입까지 살짝 벌린 어리바리한 모습으로 황수지의 눈치를 살피고 있었다. 말은 없었지만 벙찐 눈과 얼빠진 표정 하나하나가 딱 '이제 난 죽었다, 어떻게 하지? 뭐라고 설명해야 이 상황이 무마가 될까?' 다. 도끼눈으로 자신을 훑어보고 있는 황수지한테 주눅 들어 그녀에게 뭐라 해명해야 할지에 대해서만 미친 듯 생각하고 있는 모습인 것이다.

일순 짜증이 일어 지휴는 쯧 혀를 찼다. 그리곤 내내 주머니에 보존하고 있던 손 하나를 불쑥 끄집어내 척 뻗어, 소명의 희고 가는 손목을 그러쥐었다.

"멍청아, 따라오라고."

소명의 입이 쭉 벌어졌다. 뒤이어 인정사정 봐주지 않고 대차게 걸어가는 지휴에게 이끌려 그녀는 거의 달리듯 따라가야 했다. 흔들리는 그녀의 시야로 황망하게 서 있는 수지의 모습이 점점 멀어지고 있었다.

제3장 추억과 현실의 꽉 찬 갭

"왜 따라오는 거야? 따라오지 말라고 했잖아!"

"넌 네 갈 길 가. 우린 우리 갈 길 가는 거니까 상관 말고."

그날은 뜨거운 햇살에 가만히 걷기만 해도 절로 지치는 6월의 어느 날이었다. 학교서부터 지겹게 들러붙어 소명을 놀리고 괴롭히던 상우와 민재는, 하굣길에도 역시 그녀의 뒤를 따르고 있었다. 처음엔 금세 제풀에 지쳐 떨어져 나가겠지 싶어 신경 끄고 제 갈 길만 가고 있던 소명이었지만, 집 앞에 거의 다다른 지금엔 더 이상 안 들리는 척, 안 보이는 척할 수도 없었다. 도대체 어디까지 따라올 셈이야, 이 녀석들은?

"거짓말 마. 계속 날 따라오고 있는 거잖아. 누가 모를 줄 알고?"

"왜? 우리가 너네 집이 어딘지 알아낼까 봐 겁나냐?"

"누가 겁난대?"

"에계, 겁난 얼굴인데. 이 더운 날씨에 하얗게 질렸다, 야."

요즘 유행하는 헤어컷으로 한껏 멋을 부린 상우가 실실 웃으며 비아냥거렸다. 어찌나 얄미운지. 배꼽을 잡으며 깔깔거리는 민재와 딱 한 쌍의 바퀴벌레다. 두 녀석의 뒤통수를 각각 양손에 쥐고 세차게 부딪쳐 두 이마를 한꺼번에 박아버리면 얼마나 속 시원할까. 말 그대로 일타이피일 텐데. 조그마한 양손을 꽉 틀어쥐고 소명은 두 눈에 힘을 줬다. 마음 같아선 녀석들한테 속 시원히 한마디 쏘아주고 싶었지만, 안타깝게도 생각나는 말이 없었다. 분하지만 녀석들의 말이 다 맞았기 때문에.

소명은 겁이 났다. 저들이 자신이 살고 있는 집을 알아낼까 봐. 이 동네에서 제일 큰 부잣집, 대양그룹 회장님댁에서 살고 있다는 사실을 녀석들에게 들킬까 봐. 자신이 한낱 운전기사의 딸이고, 주인집에 얹혀살고 있는 불쌍한 신세라는 사실이 학교 친구들에게 알려질까 봐. 그 사실이 알려지면 가난하다는 이유만으로도 충분히 은따당하는 지금의 학교생활이 더욱더 힘들어질 것이다. 겨우 열세 살인데도 그녀는 자신이 처한 현실을 완벽하게 이해하고 있었다.

"어라? 그렇게 노려보면 어쩔 건데. 내 발로 내가 걸어가는데 네가 무슨 상관이야? 넌 그냥 네 갈 길 가라니까."

"들키는 게 겁나면 좋게 털어놓으시던가."

"도대체 뭘 털어놓으란 거야? 내가 뭘 어쨌는데!"

두 녀석의 삐딱한 비아냥거림에 소명은 두 눈을 부라리며 소리쳤다. 제법 앙칼진 목소리였지만, 녀석들은 꿈쩍도 하지 않았다. 잘나가는 회계사 아버지를 둔 상우는 반에서도 제일 골칫거리에 막무가내라서 선생님도 거의 반은 포기한 애였고, 의사 집안의 민재는 공부도 잘하는 편이고 선생님에게 신임도 적지 않게 받고 있으나 천성적으로 자기보다 못한 사람들은 깔보고 무시하는 경향이 있어서 결코 소명의 항변 한 번에 얌전히 떨어져 나가지 않을 것이다. 이럴 줄 알았으면 지난달 시험을 아예 망쳐 버리는 건데…….

모든 건 지난달 시험 결과 때문이었다. 늘 고만고만, 중간에서 맴돌던 소명의 성적이 어느 날 갑자기 눈에 띄게 성적이 올라 두각을 보이자, 반 아이들이 하나둘씩 그녀를 주목하게 된 게 계기가 되었다. 눈에 뜨이지도 않을 만큼 평범했던 그녀에게 관심을 쏟고 호기심을 보이던 와중, 그들은 그녀가 자신들과는 많이 다른 종족임을 발견했다. 부자 동네에 위치한 초등학교의 학생답게 그들은 화려하고 고급스러운 옷과 학용품을 들고 다닌 반면, 그녀는 늘 허름했고 어딘지 모르게 촌스러웠던 거다. 그녀를 향한 의문과 추적은 거기서부터 시작되었다.

“몰라서 묻냐? 너, 이 동네 안 살잖아. 다른 동네에서 살면서 우리 학교 다니는 거잖아. 딱 보면 알거든? 주소만 이쪽으로 해놓고 우리 학교 다니는 거지? 꼴에 욕심은 있어서. 하긴, 우리 학교가 좀 유명하긴 하지.”

“네가 뭘 안다고 그래? 나, 이 동네 사는 거 맞아. 그딴 걸로 거짓말하지 않는다고. 뭐 얼마나 대단한 공부를 하려고, 학군도 아닌 곳으로 편법까지 써가면서 원정 왔겠어? 그런 거 아니야. 너네 앞에서 꿀릴 거 하나도 없고, 이렇게 너희한테 미행당하고 괴롭힘 당할 이유도 없어."

"뭐? 꿀릴 게 없어? 그럼 네가 정말 이렇게 큰 집에서 산단 말이야?"

민재가 동네 주변을 슥 훑으며 비아냥거렸다. 도저히 믿을 수 없다는 얼굴이다. 그도 그럴 것이, 이 골목은 이 근방에서도 제일 크고 화려한 집들이 밀집되어 있는 동네였다. 눈으로 훑기만 해도 대략 얼마나 부잣집인지 알 만한 동네인데다, 저 위쪽으로 올라가면 이 동네 최고 명물이자 대한민국에서 다섯 손가락 안에 드는 부자가 살고 있는 저택이 있었다. 이런 곳에 함소명처럼 꾸질꾸질하고 촌티 팍팍 나는 애가 살고 있다는 헛소리를 어떻게 믿겠는가.

"이게 누구 앞에서 거짓말을. 야! 길 가는 사람들 붙잡고 물어봐. 열이면 열, 다 안 믿지. 너 하고 다니는 꼴을 봐라. 어디 시골 동네 오일장에서 산 것 같은 촌스런 옷이나 걸치고 있는 주제에, 어디서 부잣집 딸 행세야? 행세는."

"거짓말 아니거든? 나 진짜 이 동네 사람이라고. 그러니까 귀찮게 하지 말고 꺼져."

"뭐? 꺼져? 이게 진짜, 뜨거운 맛을 봐야 정신을 차리지?"

"그러게 말이야. 거짓말하면 안 되는 것도 모르나? 양심이 없어? 속일 사람을 속여. 우리 눈을 뭘로 보고. 네까짓 게 어떻게 이 동네에서 살 수 있는데? 엄마가 가정부냐? 세 들어 살아?"

"야, 세 들어 사나 보다. 지하 단칸방에 얹혀사나 봐. 그러지 않고서야 이 동네에서 살 수가 없지. 얘 행색을 봐. 아주 거지 같잖아?"

"행색으로만 보자면 딱 집 없는 거지 맞지. 야, 너 진짜 가정부 딸이냐?"

"맞지? 너 가정부 딸이지? 맞네, 맞아. 가정부 딸. 아니면 운전기사 딸인가?"

키득키득 낄낄거리는 그들의 웃음소리가 사방에 울려 퍼졌다. 소명은 너무나 화가 났다. 화가 나서 눈물이 날 것 같았다. 도대체 자신이 왜, 단지 운전기사의 딸이라는 이유만으로 이런 수모를 겪어야 하는지 너무 억울하고 슬펐다. 아버지를 부끄러워하는 자신이 더 부끄럽고 창피했고, 녀석들 앞에서 아버지의 직업을 당당히 밝히지 못하는 스스로에 대한 분노와 수치심 때문에 죽어버리고 싶었다. 그리고 그 자괴감과 죄책감, 수치심이 한데 응어리진 감정이 극에 달하는 순간, 소명은 참지 못하고 두 팔을 쭉 뻗어 제 앞에서 얼씬거리는 한 녀석을 세차게 있는 힘껏 밀치고 말았다.

"아!"

"민재야!"

한 녀석이 나뒹굴자 다른 한 녀석이 화들짝 놀라 행동을 멈추었다. 지금껏 늘 소극적이고 순하게 응대하던 그녀가 갑자기 태도를 바꾸니 당황한 것이었다. 방심한 사이에 공격받아 바닥으로 나뒹군 민재는 재빠르게 튕겨지듯 일어나 섰다. 그리곤 화가 난 듯 인상을 찌푸리며 험악하게 으르렁거렸다.

"너 지금 날 밀쳤냐? 이게 어디서 감히 날 밀쳐? 네 정체를 들키니까 눈에 뵈는 게 없냐? 하여간 아랫것들이란. 이래서 출신 성분은 꼭 따져야 한다니까. 어디서 굴러먹다 온 개뼈다귀 같은 게, 네까짓 게 뭔데 함부로 까불어? 한 대 맞아봐야 정신을 차리지?"

"내 출신 성분이 뭐? 내 정체가 뭐? 내가 뭘 어쨌기에 너한테 맞아야 하는 건데? 난 너희들한테 피해준 거 하나 없고, 잘못한 것도 없어. 날 따라와 귀찮게 굴고 괴롭힌 건 너희들이란 말이야."

"이게 진짜 돌았네. 야! 거짓말한 게 다 들통 났으면 입 다물고 얌전히 엎드리는 게 맞지, 미치광이 발광하냐? 거짓말쟁이에 양심도 없는 게 이제 미치기까지 했어? 와, 진짜 웃기지도 않는 계집애네. 제정신이냐? 어? 내가 누군지 알고 미는 건데? 어?"

덩치 큰 민재가 코앞까지 다가오더니 솥뚜껑만 한 손으로 팍 소명의 어깨를 밀쳤다. 꽤 세찬 손짓에 소명은 저도 모르게 뒤로 밀렸다. 그리곤 장풍 맞은 나뭇잎처럼 나풀거리며 밀쳐진 소명의 앞으로 또다시 민재가 한 걸음 더 가까이 다가왔다.

"난 거짓말한 적 없어. 미치지도 않았어. 네 앞에서 엎드릴 이유도 없다고!"

"아직도 나불거릴 깡이 남았냐? 제대로 혼이 나봐야 정신을 차리지? 이걸 그냥 아주……!"

그 순간엔 민재의 주먹이 망치만 해 보였다. 정말 저 주먹에 맞는다면 혼절할 수도 있을 것 같았다. 녀석은 너무 크고 거대해 보여 저절로 오금이 저려왔다. 절대로 녀석에게 기죽고 싶지 않았지만, 인간이기에 어쩔 수 없이 그녀는 두려워 벌벌 떨었다. 반사적으로 질끔 두 눈을 감고 꺅 소리를 지를 때만 해도 소명은 자신을 덮칠 육체적 고통을 대비해 잔뜩 긴장해 있었다. 하지만 정확히 1초 후, 들려온 건 민재의 고통에 찬 비명 소리였다. 그리고 뒤이어 귀에 익은 남자의 목소리가 들려왔다.

"너희들 뭐야? 머리에 피도 안 마른 것들이 뭐 하는 짓들이냐? 조그만 것들이 벌써부터 여자애나 괴롭히고 다니고. 잘한다. 싹수가 아주 노오~랗구나."

"아, 형은 뭔데 간섭이세요? 남의 일에 감 놔라 대추 놔라."

"아아아!"

슬그머니 눈을 뜨니 훌쩍 기다란 그림자가 조그만 초등학생 사내 녀석 둘의 귀를 양손에 하나씩 틀어쥐고 서 있었다. 크다. 진짜 하늘만큼 큰 사람이었다. 멍한 얼굴로 소명은 껌벅껌벅 두 눈을 깜박였다. 특별히 근육이 우락부락하거나 덩치가 큰 사람도 아닌데, 늘씬한 키 때문인지 남자는 정말 위대해 보였다. 이 사람이 옆에 서니, 그 덩치 크고 우람하던 민재와 상우도 그냥 보통의 평범한 초등학생 같아 보였다. 소명은 슬쩍 비치는 남자의 옆모습을 바라보며 두 눈을 크게 떴다.

"사내 녀석들이 입만 살아가지고서는. 창피한 줄 알아, 이 녀석들아. 어디 할 짓이 없어서 여자애 하나를 남자 둘이 에워싸고 있어? 그러고도 너희들이 남자냐?"

"아아아아! 아파요! 이거 놓으세요."

"사내 녀석들이 이딴 걸로 아프다고 엄살은."

"아, 그냥 가던 길 가시라고요. 왜 괜히 우리 일에 참견이에요? 아아아!"

"그냥 못 가겠다. 왜냐? 니들이 따라다니면서 괴롭히고 희롱하는 저 꼬맹이가 내 동생이니까."

긴 눈썹이 드리워진 아름다운 눈을 그가 스륵 굴려 소명을 돌아보았다. 느리고 나른한 움직임이 너무나 고혹적이어서 소명은 일순 숨을 멈추고 꼴깍 침을 삼켰다. 역시나 예상했던 대로 자신을 구해준 왕자님은 바로 잘생긴 주인집 도련님, 선우지휴였다. 도련님이 이 시간에 웬일? 또 땡땡이 쳤나?

"아, 뭐야, 재수 없게."

"아씨, 완전 짜증 나."

아직도 혼이 덜 났는지 두 녀석들이 차례로 투덜거렸다. 그러자 기다렸다는 듯이 지휴가 두 녀석들의 귀를 한껏 뒤틀었다. 단체로 앓는 소리가 '아아아~', '잘못했어요! 살려주세요!' 하고 들려오자 지휴는 야비하리만치 만족스러운 웃음을 띠며 중얼거렸다.

"너희들, 아직 내가 얼마나 무서운 꼴통인지 모르나 본데, 이 동네는 내가 접수한 지 오래거든? 너희 같은 조무래기들이 오락가락할 수 있는 곳이 아니란 말이야. 함부로 나다니다가 큰코다치는 수가 있다고. 알겠냐, 이 초딩들아?"

"네……."

"아아! 이제 놔주세요. 여기 얼씬거리지 않을게요. 아아!"

아프겠다, 혼잣말을 조용히 중얼거리면서도 소명은 웃지 않을 수 없었다. 완전 쌤통이었다. 혼자였을 땐 두 녀석들이 세상 최고로 힘세고 무서운 녀석들 같다고 생각했는데, 지휴는 저들을 단번에 제압하고 있지 않은가. 정말 놀라운 일이었다. 너무 놀라 두 눈을 휘둥그레 뜨고 멀뚱하게 서 있는 그녀의 앞에 지휴가 거칠게 녀석들을 잡아채더니 끌어다 대령시켰다.

"자, 똑똑히 봐둬. 얘가 바로 내 하나밖에 없는 소중하고 귀엽고 깜찍하고 사랑스러운 동생 함소명이다. 앞으로 우리 소명이 앞에선 무조건 고개 숙여. 말도 걸지 말고 눈길도 주지 마. 너희 같은 자식들이 쳐다볼 수 있는 얼굴이 아니니까. 알겠냐?"

"……아, 알았어요."

"……예……."

민재와 상우는 지휴의 손에 귀를 잡힌 채로 소명의 앞에서 우스꽝스러운 모양새로 서서 고통스럽게 신음했다. 소명은 쿡, 터지는 웃음을 누르고 그 광경을 빤히 바라보았다. 아무리 봐도 너무 통쾌한 광경이었다. 지옥 같았던 순간들이 단번에 천국으로 뒤바뀌는 순간이었다.

"그리고 내 얼굴도 잘 봐둬. 내가 바로 함소명 오빠거든? 난 저 순딩이랑 달라. 악착같고 악랄해. 눈에 거슬리는 게 있으면 지구 끝까지라도 쫓아가 아작을 내줘야 직성이 풀리는 사람이야. 난 내 물건에 흠집 나는 거 무지 싫어하거든. 특히 난 내 동생을 아주아주아주, 아주아주~ 많이 아끼거든. 내가 갖고 있는 그 어떤 물건보다도 더. 내 말, 무슨 말인지 알겠지?"

"예……."

"아, 아, 알겠어요, 형."

잔뜩 얼어 부들거리며 중얼거리는 꼬마 녀석들을 싸늘한 시선으로 잠시 내려다보던 지휴는 슥, 눈동자를 굴려 소명을 돌아보았다. 째려보는 듯 날이 선 시선에 빤히 그를 바라보고 있던 소명이 흠칫 놀랐다. 자동으로 휼쩍 키워진 그녀의 눈을 무덤덤한 시선으로 훑더니 그는 이내 그녀에게서 시선을 거두고 잔뜩 쫄아 있는 꼬마들을 향해 다시 한 번 단단히 으름장을 놓았다.

"함소명 털끝 하나라도 건들일 생각 하지 마. 내 귀에 한 번이라도 너희들이 귀찮게 한다는 소리가 들린다, 그럼 내가 가만히 안 있을 거니까. 알았냐? 친구들 앞에서 개망신당하고 쪽팔려서 다른 동네로 이사 가고 싶지 않으면, 힘없고 순진한 여자아이 괴롭히고 쫓아다니는 짓거리 그만두란 말이야. 알겠냐?"

그 순간이었나 보다, 그의 주변에 후광이 비치기 시작한 건. 워낙 이목구비 뚜렷하고 잘생긴 도련님이라 원래부터 가만히 있어도 시선이 가는 편이긴 했지만. 그 순간 이후부턴 단지 외모뿐 아니라 그의 존재 자체가 멋지게 느껴졌다. 어쩔 수 없는 일이었다. 열세 살 소녀에게, 자신을 위험에서 구해준 잘생긴 도련님이 영웅 혹은 왕자님처럼 생각되지 않을 가능성은 거의 제로이니. 그 순간부터 그녀는 그의 충성스러운 심부름꾼이 되고 말았다.

학교 숙제를 대신 시키고, 아침마다 침대로 물 가져오라고 시키고, 심지어 부모님 눈을 속이기 위해 자신을 이용하는 것도 허했다. 그가 겉으론 까칠하고 나쁜 남자처럼 굴어도 마음속으론 자신을 엄청 챙기고 아끼는 거라고 착각했다. 가끔은 그 착각이 깨지고 자신이 어리석은 짓을 하고 있다 자각하게 되는 순간도 있었지만, 그때마다 이상하게 곤경에 처한 자신을 그가 편들어주고 방어해 주는 일들이 생겼다. 그럼 또 착각의 콩깍지를 뒤집어쓰고 똑같이 바보짓을 하기 일쑤.

돌이켜 보면 정말로 한심한 자신이었다. 동네 꼬마들한테 괴롭힘을 당하는 여자아이를 구해주는 것은 그의 성격상 너무나 당연한 일이었는데. 간혹 그녀의 입장을 두둔하고 도와주는 거야 허구한 날 자신의 뒤치다꺼리 도맡아 하는 아이이니 그럴 수도 있는 것이었을 테고, 다 자기 마음 편하자고 잠시 편들어준 것이었을 텐데도 어린 소명은 겨우 그걸 근거 삼아 그가 자신을 좋아하고 있다고 멋대로 생각했었다. 후에, 그가 어떤 사람인지 똑똑히 깨닫게 되지만 않았어도 그 착각은 지금까지 계속되었을지도…….

"함소명!"

뇌를 지배당한 듯 며칠 밤낮을 선우지휴 생각 하나로만 꼬빡 지새우고 있는 덕에 얼굴마저 퀭해진 소명을, 누군가 쿡, 옆구리를 찌르며 건들었다. 테이크아웃 커피잔을 들고 사내 커피숍에서 멍때린 채 앉아 있던 소명은 그제야 퍼뜩 정신을 차렸다. 언제 왔는지, 같은 부서에서 근무하는 임정원 대리가 그녀의 옆자리에 앉아 살랑살랑 사람 좋은 웃음을 짓고 있었다.

"어! 언니 왔어?"

"애는, 사람이 오는 줄도 모르고 뭘 그리 생각하는 거야? 왜? 또 박 대리가 귀찮게 해?"

"엉? 아…… 아니야."

"아니긴 뭐가 아니야. 요새 계속 너한테 달라붙어서 귀찮게 굴더구만. 그 인간은 대체 왜 널 붙들고 난리라니? 자기 좋아하는 여자 많잖아. 집안 좋다고 소문이 자자한데다가 생긴 것도 기생오라비처럼 멀끔하니 잘 빠져 가지고 여자들이 그냥 헬렐레하잖니."

"언니는, 기생오라비가 뭐야."

박 대리 얘기가 나올 때마다 핏대를 올리며 까고 까고, 또 까는 정원을 바라보며 소명이 픽 웃었다. 평소 남들 앞에서 자신의 속마음을 숨기거나 싫은 사람 앞에서 알랑방귀 뀌는 짓 따위 절대로 못하는 정원은 뒷담화에도 짱. 재수 없는 인간은 뒤에서 까야 제맛이고 못된 인간은 무조건 신랄하게 까줘야 그게 바로 정의란다. 그리고 그녀의 정의감은 요즘 황수지 팀장과 박민환 대리를 처단하는 데에 그 초점이 맞춰져 있었다. 수지야 한 번 찍히면 사표를 내지 않고선 도저히 못 배긴다는 전설의 악랄상사이니 당연히 미움받아 마땅하다고 생각하지만, 박민환 대리는 대체 왜 그리 싫어하는지. 죄라면 잘생겨서 인기도 많고 그 많은 인기만큼이나 자비심도 하해와 같아 대시하는 여자들과 거의 다 만나주는 여사원 킬러라는 것뿐. 하지만 그마저도 최근엔 요상한 소문이 나돌기 시작하면서 주춤하지 않은가.

"솔직히 그게 얼굴이니? 눈은 쪽 째졌고, 입술도 족제비처럼 얇고 작은데다가 코만 딥따 커가지고. 난 그런 얼굴은 진짜 싫거든?"

"왜? 그 정도면 잘생겼는데. 이준기 닮았잖아."

"야! 우리 준기 씨를 어디다 갖다 붙이는 거야? 어디 닮은 사람이 없어서 박민환, 그 바람둥이가 닮았다고. 됐거든? 난 걔 처음 입사했을 때부터 밥맛이었어. 영~ 하고 다니는 꼬락서니가 기생오라비여가지고. 너, 혹시 마음 흔들리는 건 아니지? 아서! 괜히 쓸데없이 그 자식 도와주지 마. 돌아다니는 괴소문 잠재우려고 너랑 사귀자고 한 모양인데, 불쌍하다고 사귀어줬다가는 괜히 순진한 너만 다쳐. 몇 번 만나다가 홀딱 반해 가지고 못 헤어나면 어쩔 거야? 그런 남자한테 몸 주고 마음 주는 거, 진짜 미친 짓이란 말이야. 알아? 아예 시작도 하지 마."

"언니. 나, 겉으로 보이는 것처럼 그리 순진한 사람 아니야. 사랑도 조건이 맞아야 하는 거라 생각하고, 결혼은 집안 대 집안의 일이라 여기는 지극히 통속적인 여자란 말이야. 솔직히 박 대리님의 사귀자는 제안도 조건 따져서 거절한걸? 우리 집안과 어느 정도 비슷한 수준인 사람이 아니면 나도 별로 가까워지고 싶지 않다고."

"그럼 넌 그 수많은 여직원들과의 염문과 지금도 돌고 있는 괴소문은 전혀 아랑곳하지 않는다는 거니? 바람둥이여도 상관없다는 말?"

"순진한 건 언니네. 세상에 바람둥이 아닌 남자가 어디 있어? 자기 좋다고 쫓아다니는 여자를 어떤 남자가 거절해? 한 여자만 죽을 때까지 사랑하는 남자, 세상에 없어. 여자 자주 바뀌어서 바람둥이라 소문나는 것쯤? 사람만 괜찮다면 난 별로 신경 안 써. 솔직히 이번 괴소문도 난 사람들이 왜 그리 난리법석을 떠는지 잘 모르겠거든? 좋아하면 만날 수도 있지. 호텔에서든 어디서든 그건 그분 사생활이잖아. 그걸 가지고 왈가왈부, 잘했네 못했네, 나쁜 놈이네, 그런 뒷말 할 필요 없다고 생각해."

"야, 이 바보야. 사람들이 그깟 호텔에서 여자랑 만났다는 소문으로 쑥덕거리는 건 줄 알아? 호텔까지 간 여자가 우리 회사 직원이었다는 게 그 괴소문의 핵심이라서 그래."

"우리 회사 직원?"

"그래! 난 아무리 생각해 봐도 비서실 강영지랑 총무부 송하영 둘 중 하나라고 생각해. 아니면 인사부의 퀸카 있잖아. 조, 조……."

"조미리 씨?"

"그래, 조미리! 걔도 얼마 전까지 열심히 박민환 뒤를 쫓아다니더라고. 하도 쫓아다니니까 한 번 만나줬나 싶기도 해."

"근데 그분은 지난주부터 한의사 소개받아 만나고 있다던데."

"것 봐! 분명히 한 번 만나고 정 떨어져서 소개팅한 걸 거야. 맞네, 조미리가. 역시 걔도 제정신이 아니었어. 생긴 건 멀쩡하게 생겨가지고 어디 좋아할 남자가 없어서 박민환이야, 박민환은. 여자라면 사족을 못 쓰는 바람둥이를 좋아하고 싶냐? 얼굴만 번지르르하면 다야? 쯧쯧쯧! 그런 놈은 아무리 공을 들여도 정신 못 차릴 놈이야. 박민환한텐 황수지 같은 여자가 딱이라니까. 무식하고 악하기까지 한 황수지한테 걸려서 힘도 못 쓰고 평생~ 꼼짝없이 잡혀 살아야 정신을 차릴까 말까라고. 근데 그놈이 묘하게 황수지랑은 안 엮였네? 황수지 같은 쭉쭉빵빵 스타일이라면 사족을 못 쓰는 놈인데."

"상사잖아. 어떻게 감히 윗사람한테 들이댈 수 있겠어?"

"그런가? 근데 황수지는 대체 왜 그리 널 못 잡아 안달이라니? 엊그제 복도까지 널 끌고 가서 그토록 달달 볶아놓고, 어제는 또 왜 그랬다니? 잘못한 것도 없는데 괜히 불러서 호통을 치고 말이야."

"내가 마음에 안 드나 보지. 왜, 준 거 없이 미운 사람 있다잖아."

"네가 어디가 어때서! 나도 뭐, 네가 낙하산이란 소리 듣고 밸 꼬였던 게 사실이고 처음엔 좀 갈구기도 했었지만, S프로젝트 디자인을 보고 마음이 달라졌거든? 우리 회사에 들어올 만하니까 들어왔구나, 인정하게 됐단 말이지. 솔직히 대양그룹 후원을 아무나 받니? 그만큼 미래가 훤하니까 후원해 준 것 아니겠어? 그리고 네가 좀~ 착하니. 선배들 짜증, 구박 다 받으면서도 아무 말 않고 다 견뎌내고. 그런 너한테 아직까지 그리 부당하게 대하는 건 진짜 열폭이라고 본다. 같은 여자로서 짜증이라니까. 아니, 왜 잘못한 것도 없는데 불러다가 야단이야, 야단이."

"아침부터 너무 흥분하지 마. 그러다 뒤로 넘어가겠다. 난 이제 팀장님은 그냥 그러려니 해. 일 하나에 목숨 거시는 분이잖아. 자신이 힘들게 쌓아놓은 거, 내가 한 방에 무너뜨렸으니 자존심이 상할 만도 하지."

"넌 화도 안 나냐? 아주 가브리엘 나셨네. 함브리엘, 함파엘 나셨어."

"나 그렇게 착한 애 아니라고 했잖아. 지금은 그냥 참아보는 거야. 그분 마음 이해 못하는 것도 아니니까. 앞으로 조금만 더 참으려고. 내가 내 일에 대해서 좀 더 확신이 설 때까지만. 자리 잡고 나름대로 내 몫을 다한다고 생각되면 그땐 나도 말도 안 되는 모욕에는 되받아쳐 줄 거야. 지금은 그냥 뼈가 되고 살이 되는 말이다, 생각하고 참아볼래. 그나마 어젠 복도까지 끌고 가진 않았잖아. 비록 누구 눈치 보느라 그런 거긴 하지만."

심드렁하게 중얼거리며 소명은 손에 들고 있던 커피를 한 모금 꼴깍, 마셨다. 어젯밤도 잠을 설쳐서 그런지, 눈이 무겁고 온몸이 노곳노곳 피곤해 죽을 맛이다. 밀려드는 회사 일도 일이지만, 밤마다 계속되는 악몽에 시달리느라 정신은 물론 육체까지도 피폐해진 지경이었다. 덕분에 황수지 팀장에 대해 고민하고 괴로워할 여유가 손톱만큼도 없는 그녀였다.

그놈의 선우지휴.

단 하루라도 그의 꿈을 안 꿀 수는 없을까? 단 한순간이라도 그의 생각을 안 할 수는 없을까? 잠시라도 다른 생각을 할 틈이 생기면 어김없이 떠오르는 선우지휴의 생각 때문에 소명은 며칠 새 십 년은 더 늙어버린 기분이었다. 그러니 일에 집중하기는 하늘에 별 따기. 짜내려고 해도 신선한 아이디어 따윈 나오지도 않는다. 머릿속을 쳐들어와 괴롭히고 난장판을 만들어놓는 것도 모자라 이젠 현실에까지 영향을 미치고 있는 꼴이었다. 정말이지 돌아가시겠다.

"근데 너, 그 소식 들었니? 우리 회사 개발본부팀에서 새로운 프로젝트를 진행할 거라던데."

"모바일 디스플레이 관련?"

"어, 그거. 너도 들었구나?"

"살짝. 오가다 직원들이 얘기 나누는 것 들었어. 갑자기 결정된 거라며? 예전부터 제품으로 출시한다 안 한다, 말이 많던 기술이었다고 하던데. 개발은 거의 다 끝났고 상품 출시만 앞두고 있는 거라서 마무리만 하면 된다면서 대체 왜 출시를 미루고 있나 다들 의아해하고 있던 거라고. 나도 거기까지밖엔 몰라. 다들 극비라면서 쉬쉬하는 거라서."

"야, 이거 너만 알고 있어. 그거 말이야, 글쎄……."

갑자기 정원이 이리저리 주변을 살피더니 엄청난 비밀을 털어놓는 것마냥 고개를 수그리고 소명의 귓가에 입을 붙였다. 그러더니만 들릴 듯 말 듯 아주 작은 목소리로 속삭여, 절대로 발설하면 안 된다는 그 어마어마한 비밀을 폭로했다.

"회장님 아드님이 직접 참여하신대."

"……?"

순간 소명은 멍한 얼굴로 허공을 응시했다. 아무도 알아서는 안 되는 비밀이라기에 뭔가 엄청난 계략이나 음모가 도사리고 있는 줄 알았더니만, 고작 회장님 아들이라니. 회장님 아들이 뭐? 회장님 아들이니까 회사 일에 참여하는 거겠지. 회장님 권한으로 그런 거 하나 결정 못하나? 그럴 위치도 되고, 그럴 능력도 되니까 아들을 소환해 일을 시키는 거겠지. 학연과 지연으로 사람 쓰는 거, 절대로 안 하시는 회장님 아닌가. 회장님 아들이라면 충분히……

가만, 회장님 아들이라면?

"선우지휴?"

"그래! 그 선우지휴. SJ테크의 선우지휴가 회장님 아들이잖아. 그 사람이 우리 회사로 직접 투입되어 이번 프로젝트를 마무리할 거래."

"정말이야?"

선우지휴가 대양에서 대양의 일을 한다고? 대양과 맞서서, 대양에 치명타가 되는 프로그램으로 승승장구 중인 선우지휴가? 그, 그게 말이 돼?

"정말이라니까. 이건 회장님 비서실에서 근무하는 내 친구한테서 나온 고급 정보야. 믿을 만한 정보라고. 회장님께서 아드님한테 이번 프로젝트만 제대로 마무리해 주면 뭔가 기회를 주겠다고 했대."

"기회? 무슨 기회?"

"낸들 아니. 비서인 내 친구가 듣고도 못 알아먹겠다는 이야길 내가 어떻게 알아? 뭐, 자기들끼리만 소통되는 뭔가가 있는 거겠지. 확실한 건 회장님은 뭔가 미끼를 던졌고, 아드님은 그걸 덥석 물었다는 거야. 흥미진진하지 않니? 아드님은 대양과는 늘 척을 져 왔잖아. SJ테크라는 회사까지 만들어서 대양을 위협하고 있고. 아무래도 이번 프로젝트는 회장님께서 일부러 작전을 짜신 것 같아. 이번 일을 발판으로 아드님을 대양으로 끌어들이려는 계획인 것이지."

"말도 안 돼."

선우지휴가 대양으로 들어오다니. 여기서 일하게 되다니. 이런 말도 안 되는 일이 어디 있어? 운명아, 너 왜 이러니? 나한테 왜 이래? 왜 이런 일을 자꾸 벌이는 거야? 왜 자꾸만 선우지휴와 부딪치는 일들을 만드는 건데? 난 다시는 그와 마주치기 싫다고! 며칠 전 그런 일이 있고부터 줄곧 악몽에 시달리는 난데, 이젠 아예 같은 회사에서 일하게 만들다니. 날 죽이려고 작정했니?

경악에 물든 소명의 시야로, 며칠 전의 일이 주마등처럼 스쳐 지나갔다.

"너 뭐야? 뭘 얼마나 잘못했다고 상사 앞에서 아무 말 못하고 꼼짝없이 당하기만 해? 바보야? 등신이야? 입 없어?"

"입이 없어서 가만히 있었던 거 아닌데요. 일단 제가 잘못한 거고 상사이시니까……."

"무슨 죽을죄라도 지었어? 회장님한테 장학금 받아 공부했다는 사실이 그렇게도 큰 흠이냐? 회장님 명령으로 우리 회사에 입사한 게 고개도 못 들 만큼 부끄러운 일이야? 그럴 거면 왜 입사했어? 왜 회장님 도움을 받은 거냐? 떳떳치 못한 일이라 생각했다면 처음부터 거절했어야지. 남의 도움을 받는 게 부끄러운 일이라면, 수치스러운 일이라고 생각했다면 처음부터 네 힘으로 버텨냈어야 했어. 죽이 되든 밥이 되든 네 힘으로 살았어야 했다고. 알아?"

"전 공부든 일이든, 회장님 도움받는 걸 부끄럽게 여긴 적 없습니다. 회장님은 제가 가진 가능성 하나만 보시고 미래를 위해 투자해 주셨어요. 제게 처음부터 그렇게 말씀하셨고, 저도 그 기대에 보답하고자 쭉 노력했습니다. 덕분에 좋은 성적으로 학교를 졸업할 수 있었고요. 그래서 회장님께서도 약속한 대로 제게 일자리를 주신 겁니다. 전 회장님께 보답하는 마음으로 입사해서 지금껏 한눈 한 번 팔지 않고 최선을 다해 일하고 있어요. 보답하겠다는 그 마음은 한 번도 바뀐 적이 없습니다. 다른 직원들의 뒷말이나 낙하산 논란 같은 건, 제가 더 잘하면 자연스럽게 없어질 거라고 생각해요."

"그래서 겨우 그딴 이유로 내 스카우트 제의를 거절하고 있는 거냐? 연봉이며 직책 등이 월등히 좋은 조건인데도?"

"그런 건 여기서도, 제가 열심히 일하면 다 보상받을 수 있는 겁니다. 굳이 그것 때문에 자리를 옮길 생각 없어요."

"여기선 네가 아무리 열심히 일을 해도 상사의 공으로 돌아가. 네가 A부터 Z까지 도맡아 기획한 것임에도 그 공은 모두 다른 사람에게로 돌아간단 말이다. 그래도 좋다는 거냐?"

"말했잖아요, 전 여기에 남아서 회장님께 도움이 되어드리고 싶다고. 직속후계자라는 사람도 제 역할 못하고 이탈해 속을 썩이고 있는데, 저라도 힘이 되어드려야죠."

"네가 내 몫까지 회장님 옆에서 보필하겠다? 대단한 충성심이네. 함 기사님도 회장님 말에는 죽으라면 죽는 시늉까지 다 하셨다더니, 2대에 걸친 시중이냐?"

"……."

"그렇다면 넌 내 시중을 들어야지."

무섭게 뇌까리며 이글이글 타오르는 눈으로 자신을 내려다보던 그를 떠올리며, 소명은 부르르 몸을 떨었다. 황수지 팀장에게 혼이 나는 광경을 들킨 직후, 다짜고짜 그녀를 잡아끌고 빈 회의실로 간 그와 끌려간 소명의 대화는, 그녀가 충격을 먹고 두려움에 휩싸이는 걸로 끝을 맺었다. 그는 무엇에 분노했는지, 잔뜩 화가 난 얼굴로 그녀를 거의 죽일 듯이 노려보았었다. 지은 죄도 없는데, 그 눈빛 한 방에 간담이 서늘해진 소명은 그런 와중에서도 무엇인가로부터 발끈해 이렇게 대꾸했었다.

"전 아무나 시중들지는 않거든요."

미쳤지. 간덩이가 부었지. 죽으려고 작정을 한 거였지. 10년 안 보고 살다 마주치니 현실 감각이 무뎌진 거였지. 무슨 생각으로 선우지휴에게 대들었는지 지금 생각해도 아찔하기만 하다.

살아오면서 그에게 대들었던 적이 단 한 번도 없었던 그녀였다. 그가 시키는 일은 무조건 했고, 그가 요구하는 건 뭐든 들어주었다. 말 그대로 '시녀'였다는 말이다. 그랬던 그녀가, 그날은 그에게 발칙하게 대든 것도 모자라 허락 없이 자리를 떠버렸다. 문이 부서져라 닫고. 어디서 그런 용기가 솟구쳤는지…….

"근데 그거 알아? 회장님 아들, 되게 잘생겼다?"

"어?"

"내가 저번에 웬 잡지 인터뷰에서 선우지휴 사장을 봤거든. SJ테크로 떼돈을 번 청년 재벌, 경영 천재 어쩌고, 타이틀이 제법 거창해서 한번 들여다봤지. 근데 진짜 대박이야. 완전 잘생겼어. 탤런트 해도 되겠던데? 넋을 잃고 봤지 뭐냐. 아무리 봐도 회장님 쪽은 안 닮은 것 같던데. 대체 누구 유전자를 이어받았기에 그리 잘났을까?"

"사모님."

"응? 뭐?"

"아, 아…… 회장님 안 닮았으면 사모님 닮았겠지."

"아아, 그랬겠지? 얘기 들어보니까 사모님께서 꽤 세련되고 고상하신 타입인 것 같더라. 그러니 그리 잘난 아드님이 나왔겠지. 우리나라 재벌 2세들은 왜 다 그 모양 그 꼴로 못생겼냐, 만날 친구들끼리 흉봤는데. 우리 대양 황태자님은 제외시켜야 되겠더라니까. 으휴, 우리 오징어가 선우지휴 반의 반만이라도 닮았더라면~"

속이 터진다는 듯 정원이 한숨을 푹 내쉬고는 고개까지 살랑살랑 내저었다. 소명은 피식 웃으며 정원을 돌아보곤 속상해 죽을 것 같은 그녀를 향해 한마디 던졌다.

"언니는 왜 자꾸 남친한테 오징어라고 해?"

"오징어처럼 생겼으니까 오징어라고 부르지. 못생겨가지고 정말 어찌나 잘난 척을 하는지. 걔 월급이 내 세 배만 아니었어도 주먹 날아갔다. 아우, 진짜. 걔가 그래도 돈 씀씀이는 알차거든. 남편감으론 딱이지."

"말만 그러면서. 돈 잘 버니까 참고 만난다고 만날 말해도 은근히 걱정하고 챙기고, 통화할 때도 닭살 있는 대로 다 떨면서 무슨."

"그거야 오래 만났으니까. 마음에 안 드는 점들도 시간이 지나면 다 받아들이게 되거든. 내 사람 흠, 내가 들춰내고 쑤시면 누워서 침 뱉기지 뭐. 이래서 남자는 오래 사귀면 안 된다니까. 실속을 차릴 수가 없잖아. 나도 다른 여자들처럼 마음에 안 드는 남자, 그냥 뻥 걷어차고 조건 더 좋은 사람 만나서 결혼하고 싶은데. 그 자식한테 일찌감치 코가 꿰인 게 문제지. 너도 괜히 박 대리한테 꿰이지 말고 처음부터 아예 싹을 잘라 버려. 괜히 여자 관계 복잡한 남자 만났다가 너만 마음고생해."

"아휴, 언닌 그 소릴 또 하냐? 걱정 말라니까. 나도 박 대리님은 내 취향 아니라고. 얼마 전에 만나서 내 입장도 딱 부러지게 얘기했어. 자신이 여자한테 거절당했다는 사실을 도무지 받아들이기 힘들다는 듯이 멍하게 입만 벌리고 있더라. 충격이 좀 오래가겠더라고."

"그래, 잘했어. 남자란 자고로 한 여자만 바라보는 애가 짱이야. 얼굴? 그딴 거 다 필요 없다. 늙어서까지 얼굴 보고 살 일 있냐? 아니잖아. 생긴 건 오징어라도, 나만 좋다는 남자 골라잡는 게 장땡이야. 뭐, 물론 선우지휴 사장님처럼 남신 급 외모라면 얘기가 조금 달라질 수도 있지만."

흐흐, 선우지휴의 외모에 홀린 듯 앞뒤 전혀 안 맞는 논리를 펼치는 정원을 향해 소명은 억지웃음을 흘렸다. 선우지휴 잘난 거야 하늘이 알고 땅이 아는 사실인데, 그걸 어찌 이 몸이 모를 수가 있을쏘냐. 알아도 내가 더 잘 안다며, 완전 너무 잘 알아서 탈이라며, 그 잘난 외모에 혹해서 상처받고 괴로웠던 세월이 10년이라며, 선우지휴 때문에 잘생기고 돈 많은 남자라면 학을 떼게 되었다며.

"어머. 어머, 어머, 어머! 저게 누구야? 저, 저, 저게 대체 누구야?"

속으로 쫑알쫑알 선우지휴의 잘난 면상에 대해 억하심정을 늘어놓고 있는 와중이었다. 커피를 홀짝거리고 있던 정원이 갑자기 두 눈을 부릅뜨고 말까지 더듬기 시작했다. 위잉— 때마침 손에 들고 있던 휴대폰이 울리자, 소명은 입안에 있던 커피를 꼴깍 넘기고는 휴대폰을 집어 들며, 동시에 정원의 시선이 향하는 곳으로 고개를 돌렸다.

"호랑이도 제 말 하면 온다더니! 저 사람 선우지휴 아니야?"

다음 순간 그녀의 눈과 귀는 한꺼번에 상대를 인식했다. 정원이 숨을 헐떡거리며 흥분하는 소리. 막 회사 건물 회전문을 통과한 남자가 뚜벅뚜벅, 주저 없이 당당한 걸음걸이로 이쪽을 향해 걸어오는 모습. 정원의 중계방송대로 회사 로비로 막 들어서고 있는 사람은 선우지휴, 그였다.

"저 남자가 웬일이니? 벌써 프로젝트가 시작된 건가? 그, 그럼 저분 이제부터 우리 회사로 출근하는 거야? 어머, 웬일이니, 웬일이니!"

호들갑스러운 정원의 말소리를 여과 없이 다 듣고 있는 소명은 이미 정신이 뇌를 이탈한 상태. 손에서 핸드폰이 열심히 자신의 존재감을 뽐내며 윙윙— 울려대고 있음에도 불구하고 그녀는 정신없이 머리를 굴려대고 있었다. 정말로 저 사람이 대양에서 일하게 된 건가에 대해, 아주 미친 듯이.

"실물이 훨씬 잘났다. 진짜 완전 잘생겼잖아? 기럭지도 훈훈하고, 몸매도~ 구우웃~ 완벽해! 완벽해! 나이스~"

"어, 언니."

"너무 마르지도 않고, 너무 찌지도 않고. 갈비씨도 아니고 근육맨도 아니고. 딱 알맞은 사이즈야. 적당한 근육의 슬림한 체격. 내 스타일, 내 스타일. 어머, 근데 생긴 게 더 내 스타일이다. 어쩜 저럴 수가 있니? 실물이 사진보다 백배는 더 잘생겼어. 조각이다, 조각. 세상엔 저런 남자들만 있어야 하는데. 완전 고리타분한 회사로비에서 런웨이를 하고 계시네. 캬~"

"다 듣겠다. 그만 좀 해."

"들으면 어때서. 내가 뭐 못할 말 했니? 엇! 여기 본다. 선우지휴가 날 봤어! 어머 어머! 어머, 어떡해. 옆모습 짱이야. 어머!"

눈치코치 없는 정원이 흥분만땅, 옆에 들러붙어 난리부르스를 추며 조잘거린다. 소명은 눈앞이 캄캄해지는 것을 느끼며 당장에라도 쓰러질 것 같은 정신을 가까스로 가누었다. 그리곤 어떻게든 이 상황을 모면하기 위해 두리번두리번 주위를 둘러보는데, 다음 순간 흠칫. 그와 정면으로 눈이 마주치는 불상사가 생기고 말았다. 앞만 보며 뚜벅뚜벅 걷던 그가 웬일로 갑자기 휙 고개를 돌려 여기를 주시한 것이었다. 억, 소리가 절로 나오는 상황에 소명의 머리는 그만 띵~ 해졌다.

"어머! 저 사람 여기로 들어와. 어우, 웬일이니."

띵한 대뇌를 겨우 수습했을 때는 이미 그가 먼저 행동을 개시한 직후. 소명은 커헙, 가슴에 가둬뒀던 숨을 털어내고 다급하게 입구를 확인했다. 하지만 그래 봤자 그녀의 눈앞에 펼쳐진 현실은 가혹한 것. 정말로 선우지휴는 반자동 커피숍 문이 열리는 사이로 성큼 안으로 들어서고 있었다. 이, 이를 어째! 대체 어쩌려고 여길 들어오는 건데? 무슨 말을 하려고? 이 많은 사람들 앞에서 대체 무슨 말을 어떻게 하려고?

심장이 쿵! 내려앉았다. 그리고는 덜컹덜컹, 달구지가 시속 100㎞로 달리는 것마냥 미친 듯이 뛰어댔다. 선우지휴가 자신을 향해 걸어오고 있는데, 자신은 도망칠 곳을 찾지 못해 이렇게 허둥지둥 허우적거리는 꼴이 바보 같고 우습고 기가 찰 정도로 멍청하게 느껴졌다.

할 수만 있다면 먼지가 되어 공기 중으로 날아가고 싶다. 수증기가 되어 증발하고 싶다. 누군가의 폐로 흡입되어 사라지고 싶다. 하다못해 탁자 밑으로라도 들어가 숨어버리고 싶단 말이다! 어떻게 되어도 좋으니 그와 마주하고 싶지 않았다. 그러느니 차라리 혀를 깨물고 죽고 말지. 그의 앞에만 서면 초라해지는 스스로의 가벼운 존재감을 두 번 다시 체험하고 싶지 않단 말이다!

"어머, 가까이에서 보니까 더 잘생겼네. 키 좀 봐. 짱 커. 우리 오징어는 겨우 160㎝ 넘을까 말까인데. 그러면서도 '이 정도 생겼으면 독도는 우리 땅, 나는 짜리몽땅! 해도 되잖아' 고 외치는 걸 보면 그냥 확 마, 한 대 때려주고 싶은데. 아이고, 아이고! 저런 미모는 정말 국보급으로 지정해 둬야 된다니까. 스트레스 받는 세상 모든 여자들을 위해 고이고이, 유리관 안에 모셔둬야 하는 미모다. 눈이 저절로 정화되네."

단 몇 초 사이에 아줌마 모드로 전환, 시름시름 앓으며 찬양까지 하시는 임정원 씨. 그사이 그는 카페 안으로 들어와 비잉, 안을 한 바퀴 둘러보는가 싶더니 마지막, 이쪽으로 꺾은 시선으로 그녀를 뚫어져라 바라보기 시작했다. 피슝— 총알이 날아와 가슴에 콕 박힌 듯한 강렬한 착각에 빠져 소명은 두 눈을 부릅뜨고 그를 바라보았다.

타깃. 이건 목표물을 찾는 추격자의 시선이었다. 그물처럼 촘촘하고 절대 놓치지 않겠다는 강력한 의지가 담긴.

'벗어나야 해.'

왜 이런 생각을 했는지 모르겠다. 그 순간엔 정말이지, 사력을 다해 그의 곁에서 도망쳐야 한다는 생각뿐이었다. 그에게 붙들려선 절대로 안 된다고, 한 번 붙잡히면 영영 벗어나기 힘들다고, 가망 없어지는 거라고 본능적으로 생각했던 것 같다. 일종의 두려움이었을까. 그를 영원히 떨쳐 내지 못할지도 모른다는 공포심 같은 것이 그녀의 두 발을, 두 손을 조종하고 있었다.

"여보세요!"

손안에서 징징거리고 있던 핸드폰을 일단 받았다. 이대로 도망쳤다간 입구 쪽에 버티고 서 있는 그에게 딱 걸릴 게 뻔하고. 전화라도 받는 시늉을 해야 그나마 틈이 보일 것 같았다. 발신자 따위, 확인해 볼 정신도 없었다. 그냥 일단 받았다. 한데 상대는 박 대리.

"바, 박 대리님! 아, 아침부터 웬일이세요?"

최악이지만 어쩔 수 없었다. 지금은 찬밥, 더운밥 가릴 처지가 아니었다. 엄청 반가운 척, 큰 소리로 외치며 진작 얼어붙어 버린 입가에 억지웃음을 방긋방긋 띠우고는 소명은 의자에 놓아두었던 가방을 챙겨 벌떡 자리에서 일어났다. 그리곤 전화 통화하느라 정신없는 척, 미친 듯 아무 말이나 마구마구 씨부리며 부리나케 발걸음을 옮겨 그의 앞을 통과했다. 뒤에서 정원이 부르는 소리가 들렸지만 신경 쓸 겨를 따위는 없었다.

그녀는 전속력으로 선우지휴의 곁에서 멀어졌다.

제4장 주인님 강림

"할 얘기만 잠깐 하시겠다고 해서 나온 거니까 빨리…… 용건만 말씀하세요."

콧잔등을 찡긋, 인상을 찌푸리며 소명은 조심스럽게 입을 열었다. 그놈의 선우지휴 무서워 앞뒤 안 재고 냉큼 받은 전화가 하필이면 박민환 대리에게서 걸려온 거다. 거절하고 거절하던 전화를 받았으니, 이리 만남으로 이어지는 것은 피할 수 없는 운명적 수순. 회사 안에서는 사람들 눈도 있어 둘만 만나 얘기할 곳이 마땅치 않으니, 나중에 퇴근하고 따로 정식으로 만나 얘기하자 했는데도 그는 '딱 10분만!'을 외치며 당장 만나자 떼를 썼다. 결국 그의 뜻대로 사무실 식구들 몰래 비상구 계단에 죽치고 서서 그와 대면, 10분 카운트에 들어가게 된 함소명 되시겠다. 대체 이게 다 뭔

짓인지.

"저…… 기, 그러니까 난……."

"10분만 달라고 하셨으니까 전 딱 10분 후에 사무실로 고고씽 할 겁니다. 10분 안에 하시고 싶은 얘기 다 하셔야 해요. 아셨죠, 대리님?"

눈살 한 번 찌푸리고, 한숨 한 번 내뱉고, 소명은 딱하기 그지없는 박민환을 향해 경고장을 1차 날려주었다. 그리곤 한심한 남자 바라보듯 쯧쯧, 혀까지 차주자 민환은 슬슬 그녀의 눈치를 보기 시작했다. 그가 줄기차게 사귀어달라 요청할 때마다 역시 줄기차게 거절해 왔던 그녀였으니 답이 보나마나 뻔했기 때문일 터다. 그의 입에서 사귀자의 'ㅅ' 만 나와도 자동으로 그녀에게선 'NO!' 가 나올 게 뻔할 뻔자. 한두 번 당해보나. 눈치작전을 괜히 펴는 게 아니지. 아마도 속으론, 압구정 킹카 날라리로 소문자자한 내가 어쩌다가 이런 지경까지 왔냐, 울화를 터뜨리고 있을 것이다.

하나, 부잣집 외동아들에 훈남 이미지로 회사에서까지 인기 짱인 그를 딱 잘라 거절할 수밖에 없는 이유가 소명에게도 있었다. 아무리 부잣집 아들은 부담스러워 싫다기로, 진짜 달랑 그거 하나 때문에 박민환처럼 근사한 남자의 끈질긴 프러포즈를 이리 수차례, 가차 없이 쓰레기통에 처박아 버리겠는가. 아니다. 그녀가 민환에게 고백할 단 1초의 시간조차 주지 않으려 눈치까지 봐가고 있는 작금의 사태에는 다~ 그만한 이유가 있었다.

"그게 말이지, 난 말이야, 진짜……!"

"말씀하세요."

"그, 그……."

"9분 남았습니다."

"헉! 뭐야, 아직 1분 안 지났어. 소명 씨 시계 고장 난 거 아니야?"

"시계 얘기나 하려고 여기까지 나온 거 아니잖아요. 빨랑 하시고 싶은 얘기 하시라고요."

"아니, 그러니까 내 말은……!"

"이거 봐, 이거 봐. 그래도 양심은 있으셔가지고. 차마 말 못하시는 것 좀 봐."

목구멍까지 차올라 있는 말을 차마 배설하지 못한 채 입만 벙긋벙긋 벌렸다 닫았다, 반복하고만 있는 민환을 향해 소명은 또다시 쯧쯧 혀를 차며 인상을 구긴다. 남자가 되어가지고 여자한테 거짓고백 따위나 하려고 하니 이 모양 이 꼴이시지. 달리 압구정 킹카가 퇴짜돌이가 되었을까. 박민환 대리에겐 연인에게 꼭 필요한 바로 그것, 진정성이 없었다. 그렇기 때문에 소명은 민환을 받아들일 수가 없는 것이다.

그는 소명을 좋아하지 않는다. 그런데도 자꾸 소명과 사귀고 싶다고 매달린다. 왜 그러는 거냐고? 바로 얼마 전부터 자신을 따라다니는 '괴소문' 때문이었다. 회사 직원과 호텔에서 그렇고 그런 짓을 하다 다른 직원의 눈에 발각이 되었다는, 뭐, 사실 확인 불가능한 소문. 민환은 그 소문을 잠재우기 위해 소명과 사귀려는 것이었다. 그걸 알고도 그와 사귀어준다는 건 소명의 사전에 있을 수도 없는 일이었다. 미쳤나? 남자한테 그딴 자비심 베풀 만큼 그리 물렁한 여자 아니다, 소명은.

"아, 그러게 소명 씨가 나 좀 봐주면 되잖아. 내가 그냥 봐달라고 했어? 사례한다니까."

"저 그런 걸로 알바해야 할 만큼 가난하지 않아요, 대리님. 저 그렇게 불쌍한 애 아니에요. 돈 얘기는 갑자기 왜 하신데?"

"소명 씨 불쌍하단 말 아니야, 절대! 절대로 아니야. 소명 씨가 날 도와주기만 하면 그만큼의 대가를 지불해 주겠다, 뭐 그런 뜻이지. 아, 솔직히 나랑 사귀면 손해는 안 볼걸? 난 여자친구한텐 엄청 후한 남자란 말이야."

"그런 거 하나도 안 바라니까 바라는 여자 골라서 사귀세요. 왜 자꾸 저한테 매달리세요. 절 좋아하는 것도 아니면서. 소문 때문이라면 저 아니고도 다른 여자 만나 사귀면 되잖아요."

"전에도 말했잖아. 그건 소명 씨여야만 하는 이유가 있으니까 내가 이렇게 절절매면서 소명 씨만 붙드는 거라고. 좀 도와주면 안 돼? 사람 하나 살리는 셈치고 나 좀 도와주면 안 돼? 눈 딱 감고 나랑 사귀어주면 안 되는 거야? 잠깐이면 된다니까. 몇 개월만이라도 나랑 사귀어주면 간단하게 끝날 문제라고."

"저랑 사귄다고 소문이 그리 금세 잠잠해지겠어요? 오히려 그 호텔썸녀가 저라고 쑤군거리지 않을까요? 아니면 그 여자 버리고 저랑 사귀는 거라면서 일파만파 더 시끄러워질지도 모르죠. 이래저래 대리님도 골치 아파지시고 저도 괜히 복잡하게 얽혀서 머리만 아파질 뿐이에요. 뻔히 보이는 그런 일에 제가 왜 끼어들겠어요?"

"그, 그게!"

"그게, 뭐요?"

"아, 그러니까……!"

뭔가 다른 할 말이 있는 듯 갑자기 민환이 버럭 소리를 지르더니, 또 갑자기 말문이 막힌 듯 입술만 슥슥 혀로 문지르며 두 눈 깜빡깜빡 꿀 먹은 벙어리가 된다. 또 이 대목. 항상 대화의 이 지점까지 오면 이렇게 말을 잇지 못하는 민환이시다. 뭔가 사연이 있는 건 확실하다. 차마 다른 사람에겐 털어놓지 못하는 아주 극비의 사연인 게다. 사실 소명도 궁금하긴 하다. 코어에 접근하면 할수록 수상쩍은 뭔가가 있다는 게 느껴져서. 그래서 싫다싫다, 하면서도 이렇게 만나 얘기도 들어주는 것이었다.

하지만 보아하니 오늘도 역시 그는 그 근본적인 문제점을 털어놓지 못할 것 같고, 그렇다면 소명도 더 이상 쓸데없는 소리 다 들어줄 이유가 없었다. 멀쩡한 성인남자를 이리 쩔쩔, 똥줄 타게 만드는 그 대단한 사연이 뭔지 알기 전엔 소명도 그 엄청난 리스크를 떠안으면서까지 발 벗고 나설 이유가 전혀 없는 것이다. 에휴, 오늘도 괜히 시간만 낭비했네. 그놈의 선우지휴 때문에.

"저, 이만 사무실 들어갑니다."

"소, 소명 씨!"

막 한심스러운 그를 향해 한숨 한 번 내뱉고는 끌끌 혀를 차며 뒤를 도는데, 갑자기 박민환 대리가 두 손을 모아 덥석 그녀의 팔을 잡아 붙들었다. 엄마야, 이게 뭐야. 소명은 흠칫 놀라 냉큼 그의 손에서 팔을 잡아 뺐다. 하지만 이번엔 그가 더욱 세차게 그녀의 손을 꼭 붙잡았다. 헉! 놀라 숨을 거칠게 들이쉬며 '왜 이러세요!' 했으나, 이것 좀 봐라. 이 남자 왜 이래? 소명을 향해 당장에라도 울음을 터뜨릴 듯 오만상을 찡그리더니 징징징, 하소연을 쏟아내기 시작했다.

"제발 부탁이야. 나 좀 살려줘, 소명 씨. 나한테 희망은 소명 씨밖에 없어. 제발. 제발 사람 하나 살리는 셈치고 한 번만 도와줘. 응? 제발. 안 그럼 나 진짜 죽어~"

"대리님."

"나 진짜 그 여자 무섭다. 그만 벗어나고 싶다니까. 그런데 안 놔줘, 이 여자가."

"에?"

"시작은 먼저 했을지 몰라도 끝낼 땐 마음대로 안 될 거라나 뭐라나. 아니, 자기가 무슨 엉덩국 여왕이야? 내가 싫다는데, 한쪽이 이렇게 부르르 떨며 싫어하는데 헤어져 주지 않겠다니. 말이 되느냐고, 글쎄. 아, 그래. 뭐, 인정해, 나한테 잘못이 있는 거. 먼저 다가간 것도 나고, 먼저 유혹한 사람도 나니까. 이런 상황에 내몰린 것도 다 내가 자초한 일이야. 할 말 없어. 근데 아무리 그래도 이건 아니란 말이지. 사람은 살아야 할 것 아니야. 내가 기계야? 내가 그 짓만 하는 로봇이니?"

"뭔 소리를 하시는…… 거예요?"

"난 사람이야. 사람은 엄연히 체력에 한계라는 게 있다고. 어떻게 쉬지도 않고 밤새 뛰게 하냐? 그것도 날이면 날마다. 난 노예

생활을 하고 있어. 부르면 재깍 가야 하고 하라면 해야 돼. 처음 덮친 건 나지만, 지금 지속적으로 덮쳐지고 혹사당하고 있는 쪽은 나라고."

이게 대체 뭔 소리야? 기계니, 노예니, 체력의 한계니, 덮쳐지고 혹사당하니, 이게 다 뭔 소리냐고. 혹시 이거 호텔썸녀 이야기?

"이번 한 번만 날 도와줘. 진짜 나와 사귀어주면, 내가 뭐든 다 할게. 원하는 거 있음 다 말해. 내가 해줄게. 소명 씨도 알다시피 우리 집, 땅 많아. 강남 노른자 땅들은 죄다 우리 아버지 이름으로 되어 있어. 돈이 그만큼 많다는 소리지. 그러니까 나랑 사귀자. 절대로 나랑 사귀는 거 손해 아닐 거야. 나랑 사귀는 기간에는 내가 최선을 다해서 너한테 잘할 거거든."

"진짜…… 당하는 거세요?"

도무지 믿기지 않아 소명은 조심스럽게 물었다. 아니, 세상에 어떤 여자가 남자를 그런 식으로 부려먹어? 말이 돼? 아무리 세상이 바뀌었고 여성상위 시대네 뭐네 한다지만, 아직도 그런 쪽으로는 여성이 절대약자 아닌가? 그의 말대로 지속적으로 그런 관계가 있었다면, 그건 어디까지나 여자 쪽에서 손해 보는 일 아니냔 말이다. 그런데 여자는 놔주질 않고, 남자는 벗어나려 발버둥 ₩치고. 이게 대체 무슨 말도 안 되는 상황이야?

"미쳐, 내가. 내 목에 강아지목줄 채우고 아주 난리도 아니야. 뭐, 내가 매력적인 건 나도 알겠어. 치명적이지, 아주. 근데 이건 아니거든. 내가 끝내고 싶다는데 내 의견은 무시하고 계속해서 일방적으로 관계를 강요하면 되나? 것도 자기 지위를 이용해서?"

"지위라니요? 혹시 우리 회사 상사예요?"

"아…… 그거야, 뭐."

"상사구나! 상사 맞죠? 서, 설마 우리 부서?"

"우리 부서까진 아니고…… 디자인 관련 부서 사람인 건 맞아."

"헐."

"누구라곤 말 못하겠어. 미안. 그 여자 신상도 신상이지만, 나도 썩 알려지는 거 별로거든. 말, 안 해도 되지?"

"네, 뭐……."

대충 관심 없는 척 중얼거렸지만, 이미 소명의 뇌는 데이터 분석 시작. 디자인 부서 내에 존재하는 다섯 개의 팀. 그 안에서 일하는 수많은 사원들 중 58%가 여성. 그중 대리 이상 급의 임원은 총괄실장인 한승연을 포함, 대략 여섯 명 정도. 기획팀만 해도 팀장인 수지와 정원이 있었다. 여기에, 우리 부서는 아니라니까 수지와 정원은 일단 빼고. 그럼 나머지는 네 명인데, 그중 누구라는 거지? 누가 천하의 박민환을 목줄 채워 성노예로 부려먹고 있는 건데? 어떤 여장부인지 알고 싶어 죽겠으시다!

"어쨌든 난 그 여자 앞에서 당당히 다른 여자와 만나는 모습을 보여주고 싶어. 나도 다른 여자 만날 수 있다, 너 아닌 여자와도 행복하다, 이런 걸 보여주고 싶다고. 그 여자가 항상 말하거든. 난 절대로 자기 없으면 못살 거라고. 어차피 길들여질 대로 길들여져서, 자신이 아니면 만족 못할 거라고. 사실 그 말에 더 화가 나서 이렇게 발버둥을 치는 거야. 그 여자가 틀렸다는 걸 꼭 증명해 보이고 싶거든. 스스로 착각했음을 깨닫고 날 놔줬으면 좋겠어. 그러기 위해선 나한텐 소명 씨가 꼭 필요해."

"왜 또 저요? 다른 여자 많잖아요. 회사에만도 대리님 팬클럽이 수두룩 하더구만."

"많긴 뭐가 많아. 내가 그동안 차버린 여직원만도 한 트럭일 텐데. 그리고 이런 일 털어놓는 거, 한 번이면 족하다고 생각해. 더 이상은 쪽팔리고 싶지 않다고."

"쪽팔리는 건 아셔가지고."

"게다가 그 여자, 소명 씨한테 은근히 열등감을 가지고 있더라고."

"그건 또 무슨 소리예요?"

"디자인 관련 부서 사람이라고 말했잖아. 자기보다 소명 씨 디자인이 더 잘 나오니까 그것 때문에 엄청 스트레스받더란 말이지. 어디 그 여자뿐이겠어? 디자인 일 하는 사람이라면 다 마찬가지지 뭐. 나도 처음 소명 씨의 S프로젝트 디자인을 보고 좌절했는걸."

"그러니까 결국은, 그 여자 분을 가장 효과적으로 약 올릴 수 있는 상대를 찾아 절 택하셨단 말이네요?"

"그렇지!"

맹한 얼굴로 그는 크게 소리치며 고개를 끄덕였다. 바보냐. 지금 퀴즈 풀어? 어휴, 그 여잔 이런 띨하고 철딱서니라곤 눈곱만큼도 없어 뵈는 남자가 뭐가 좋다고. 하긴 다른 데에 쓸모가 굉장히 많으니 안 놓아주는 거겠지. 쩝. 어쨌든, 난 도와줄 수가 없어. 그럴 처지도 아니거니와 그럴 용의도 전혀 없어. 복잡한 남녀 관계에 끼어들어 봤자 욕만 얻어들을걸. 하물며 상대 여자가 디자인관련 부서 임원급 상사라는데, 괜히 말려들었다가 찍히기라도 하면 그땐 그 뒷감당을 어찌해? 노노, 절대로 못해줌.

"소…… 명 씨?"

운명을 예감한 듯 그는 슬그머니 인상을 찌푸리며 울상을 지었다. 소명의 표정에서 그 뜻을 미리 읽은 게다. 이런 쪽으론 또 참~ 빠삭하셔. 소명은 예의상 모나리자의 '급방긋 미소'를 싱긋 지어주곤 야멸차게 손을 뿌리치며 이를 악다물고 중얼거렸다.

"죄송합니다, 대리님."

"아~ 제발! 소명 씨, 나 좀 살려주라니까. 나한텐 소명 씨밖에 없어, 지금~"

"대리님, 이 손 좀."

"백 사줄까? 샤넬? 구찌? 루이비통?"

"저 그런 거 관심 없다는 거 잘 아시면서."

"그, 그럼 뭐? 구두? 옷? 목걸이? 반지?"

"대리님!"

"아, 자기 요새 일 힘들지? 일하는 거 도와줄까?"

뿌리쳐도 뿌리쳐도 전광석화와 같은 속도로 도로 달라붙는 그의 손길은 완전 찰거머리다. 대체 이분 왜 이러시냐. 아, 짜증 나려고 해. 그래도 상관이시고 좀 안됐다 싶어서 웬만하면 좋게 말하려고 했는데. 막 이제 승질이 바락바락 나려고 한다. 왜 자꾸 말귀 못 알아먹는 세 살짜리처럼 구시냐고요. 아실 만한 분이! 자꾸 이러시면 저도 진짜 가만 안 있습니다!

"회사 업무에 대한 전반적인 사항, 내가 다 알려줄게. 날이면 날마다 붙어서 모르는 거 싹 다 알게 해줄게. 어때? 콜?"

으르릉, 속에선 열이 받아 뿔따구가 잔뜩 나 있는데 그런 줄도 모르고 민환은 답답 터지는 얼굴로 방긋방긋 웃어제끼고 있었다. 이젠 진심 못 참겠다. 이 정도까지 참았으면 진짜 많이 참아준 거지. 세상 어느 여자가 '널 좋아하는 건 아니지만, 딴 여자 떼어내는 데 네가 필요하니까 나랑 사귀자' 는 남자한테 이렇게까지 예의적으로 대해줄 수 있겠는가. 거의 엘프 수준이지. 진심 기네스북에 오를 일임.

소명은 두 눈 꾹 감고 입술을 옴팡지게 오므리며 숨을 골랐다. 그리곤 아직까지 정신 못 차리고 열심히 알랑방귀를 뀌며 자신에게 매달리는 민환을 향해 '꺼지세요!' 를 외치기 직전, 기를 모으며 마음속으로 카운트다운을 했다. 하나, 둘, 세…… 엣!

"뭘 어떻게 도와주겠다는 겁니까?"

딱 '꺼져' 라고 소리치려는, 바로 그 타이밍이었다. 뒤통수로 아주 익숙한 남자 목소리가 찌르듯 날아왔다.

비웃음 작렬하는 남자의 목소리는 그녀가 기억하고 있는 것보다도 훨씬 또렷하고 묵직했다. 비상구 통로를 가득 채우는 그윽한 울림에 홀린 듯 멍하게 빙그르르, 소명은 뒤를 돌아보았다. 그리고 계단 끝에 반듯이 서서 이쪽을 내려다보고 있는 지휴를 마주했다. 양쪽 다리를 어깨 너비로 벌린 채, 양손을 바지주머니에 찔러 넣고 심히 불편하기 짝이 없는 시선으로 이쪽을 굽어보고 있는 그는 그 어느 때보다도 위협적으로 보였다.

"과외라도 해줄 셈입니까? 속성, 일 잘할 수 있는 비법 완전 정복. 뭐, 이런 거?"

픽 비웃음 한자락을 흘리며 지휴가 한쪽 입술 언저리를 비틀었다. 적대적인 기운을 고의적으로 드러내는 그의 냉소에 소명의 온몸은 절로 얼어붙는 것 같았다. 여긴 대체 어떻게 온 거야? 왜 하필 지금 마주치는데?

"아니면 왕따 어리바리 낙하산을 위한 업무 전략 특강?"

뚜벅뚜벅. 빈정거리듯 물으며 그는 양손을 여전히 주머니에 넣은 자세 그대로 계단을 내려오기 시작했다. 그가 다가오는 것만으로도 당황한 나머지 소명은 냉큼 고개를 바로 해 박민환을 보았다. 박민환은 난데없이 등장한 지휴의 발언이 몹시도 불쾌한 듯 인상을 찌푸리고 있었다.

"뭡니까? 무례하게. 남의 얘길 엿듣고."

"뭐 그리 대단한 얘기라고 엿듣기까지 했겠습니까."

"뭐요?"

"하긴, 떳떳하게 드러내 놓고 할 수 있는 얘긴 아니더군."

"아니, 이 사람이. 당신 뭐야? 뭔데 갑자기 나타나서 시비야?"

민환은 순식간에 빨갛게 달아오른 얼굴로 발끈 화를 냈다. 들키고 싶지 않은 자신의 치부를 남 앞에 드러낸 격이니 화가 나지 않을 수 없었을 터. 회사 사람 대부분이 자신의 일로 쑤군거리는 상황에서 당한 일이라 더 예민하게 반응하는 것 같았다. 늘 말하지만 민환은 참 양심은 있다. 적어도 자신의 행동이 부끄러운 줄은 알고 있으니 말이다. 비록 그 창피함으로 말미암아 3주 전 클럽 복도에서 마주친 적도 있는 지휴를 전혀 못 알아보고 있는 실수를 저지르고는 있지만.

"아, 저기. 이러지 마시고……!"

이러다 싸움 한판 치르겠다 싶어, 냉큼 지휴를 말려보려 그에게 다가가려는 순간이었다. 갑자기 그녀의 손을 잡고 있던 민환의 손아귀에 왈칵 힘이 들어갔다. 덕분에 그녀는 강력한 힘의 제지를 느끼며 뒤로 낚아채져야 했으니, '아얏!' 하며 인상을 찌푸리는 그녀의 꼴을 지휴가 날카롭게 쏘아보았다. 그 꼬락서니가 대체 뭐냐는 듯 추궁의 시선이었다.

아이씨! 내가 뭐. 내가 뭘 어쨌는데? 당신이야말로 남의 일에 간섭 말고 가던 길이나 가시지. 왜 끼어들어서 일을 만드냐, 만들긴. 박 대리님은 당신이 누군지 모르잖아. 나와 무슨 관계에 있는지 전혀 모르고 있는 사람이잖아. 이런 사람 앞에서 무슨 짓인데? 굳이 알려서 좋을 게 뭐가 있다고, 나타나서 이러는 건데? 그냥 지나가요. 서로 모르는 척, 지금까지 그래 왔던 것처럼 자연스럽게 살자고요. 당신은 당신의 세계에서, 난 나의 세계에서. 예?!

울화통이 터지는 기분으로 그를 노려보고 있을 때였다. 지휴가 차갑게 명령어 하나를 후둑 떨어뜨렸다.

"그 손 놔."

"뭐?"

"못 들었어? 그 손, 놓으라고."

"이게 무, 무슨! 야!"

민환이 두 눈을 부릅뜨며 버럭 고함을 질렀다. 비록 단어 몇 개밖에 안 되는 외침이었을 뿐이지만, 그 안에 '이게 미쳤나? 생판 처음 보는 사람한테 반말을?' 이란 뜻이 담겨 있음은 틀림없어 보였다. 하지만 그가 분노하거나 말거나 지휴는 시종일관 차분한 음성과 차갑고 냉철한 눈빛으로 서 있었다.

"손 놔, 부러뜨려 버리기 전에."

"이, 이거 완전 미친놈 아니야? 네가 뭔데 나한테 이래라저래라야? 남의 비밀 얘기 엿듣다 들켰으면 죄송합니다, 하고 곱게 지나칠 것이지, 어디서 누구한테 간섭질이냔 말이야! 너, 어느 부서냐? 새파랗게 젊은 걸 보니 들어온 지 얼마 안 된 신입사원 같은데, 네 직속상사가 누구야? 어느 과에서 신입교육을 이따위로 시켜?"

"또네, 그놈의 교육 타령. 이 회사 직원들은 어째 하나같이 다들 직원 교육에 열을 올리시나 몰라. 여긴 엄연히 자율과 경쟁이 공존하는 사회이지, 집도 학교도 아닌데 말이야."

"도대체 무슨 헛소릴 하는 거야?"

"너 같은 쓰레기를 직원이라고 뽑아놓은 대양그룹 임원진들도 다 썩었다는 소리다."

"뭐, 뭐라고? 쓰레기?!"

다혈질인 민환의 얼굴은 이미 빨강을 넘어서서 흙빛이 되어가고 있건만, 지휴는 입가에 거만하고 차가운 비웃음만 단 채 멀쩡히 받아넘겼다. 심히 가볍고 장난스러운 말투는 일부러 상대를 조롱하기 위함인 듯. 그의 도발에 넘어가 민환은 단박에 평정심을 버렸다. 제 성질에 못 이겨 냉큼 달려들더니 지휴의 멱살을 힘차게 거머쥔 것이다.

어이쿠, 이게 뭔 일. 이러다 경을 치려고!

소명은 눈동자가 당장에라도 튀어나올 듯 두 눈을 크게 뜨고 둘 사이에 온몸을 던져 싸움을 말렸다.

“안 돼요, 대리님! 참으세요, 참아요!”

“소명 씨, 방금 이 자식이 나한테 뭐라 했는지 보고도 말리는 거야?”

“차, 참으세요. 그래야 돼요, 대리님. 이 남자는……!”

“소명 씨 진짜 웃긴다? 지금 나더러 참으란 말이 나와? 생각이 있는 거야, 없는 거야? 지금 소명 씬 내 편을 들어줘야 하는 거거든? 소명 씬 내 부하직원이라고.”

“아이고~ 애처럼 왜 이러세요, 대리님. 지금 이건 편을 들고 말고의 문제가 아니라고요. 이분은~”

“야, 밥.”

이 남자는 대양그룹 오너이신 선우재훈 회장님의 외동아들, 선우지휴라고 막 말하려는 찰나였다. 문제의 선우지휴가 그녀의 말을 싹둑 자르고 끼어들어 왔다. 야, 밥…… 이라는 선우지휴 공식 몸종 함소명의 공식 호칭과 함께. 소명은 흠칫 놀라 두 눈을 커다랗게 뜨고 그를 돌아보았다. 자동반사적으로 튀어나오는 대답을 불쑥 내뱉으면서.

“네!”

“말해봐, 네가 누구 편인지.”

“에……?”

멱살을 잡는 민환과 그에게 멱살이 잡힌 채로 태연하게 서 있는 선우지휴. 그들 사이에 끼어들어 두 팔을 휘휘 내저으며 깔짝대고 있는 자신. 소명은 자신이 얼마나 보기 흉한 모습으로 버둥거리고 있는지 서서히 깨달으며 슥슥, 눈동자를 굴려 민환과 지휴를 번갈아 보았다. 민환은 뜨악한 얼굴로 자신을 바라보고 있었고, 지휴는 나른한 얼굴로 그녀의 답을 기다리고 있었다.

"갑자기 궁금해졌어. 네가 누구의 편을 들게 될지, 아주 많이."

"뭐야. 이 자식, 소명 씨도 아는 사람이야?"

"아, 저 그게……."

"잠깐만, 그러고 보니까 당신은 그때 그……!"

3주 전 우연히 클럽에서 보았던 소명의 지인. 퍼뜩 떠오르는 기억에 민환이 놀란 눈으로 뚫어질 듯 지휴의 얼굴을 쳐다보았다. 맞다. 그 사람이다. 소명이 어릴 때 잠깐 알던 사이라며 반가워했던 남자. 표정은 흔들림 전혀 없이 평온하기 그지없었지만 어딘지 모르게 우울하고 어두워 보였던 바로 그 남자. 밤에 우연히 스치듯 보았던 터라 기억에는 거의 없던 얼굴이었으나, 이렇듯 가까이에서 자세히 노려보고 있자니 그때의 느낌이 되살아나는 것 같았다.

그래, 조각 같은 얼굴뿐 아니라 몸 전체에서 뿜어져 나오는 아우라가 남달리 셌었지. 보통 사람 같지 않은 느낌이었달까. 지금도 그때처럼 뭔지 모를 압도적인 기가 느껴진다. 너무 당당하다. 너무 자신만만하고, 너무 떳떳하다. 일개 사원이라기엔 눈빛이 너무 강하다. 그 알 수 없는 묘한 기운은, 멱살이 잡혀 있는 지금에도 전혀 사그라지지 않고 있었다. 오히려 더 강렬히 발해 이쪽에서 움츠러들게 되는 상황이다.

민환은 자신도 모르게 꼴깍 침을 삼키고는 미간을 접었다. 이제 보니 어디선가 많이 본 듯한 얼굴이란 생각도 들었다. 우연히 딱 한 번 마주쳤다고 치부하기엔 낯이 매우 익은 얼굴이었다. 분명 어디선가 본 적이 있었다. 한 번이 아니라, 자주 본 적이 있는 게 틀림없었다. 대체 이 사람을 어디서 봤지?

"뭐 해, 함소명?"

"……."

"대답해. 넌 누구 편이냐?"

민환에게 여전히 멱살이 잡힌 주제에, 세상에서 가장 심심한 사람마냥 매우 심드렁한 얼굴로 지휴가 재촉했다. 그리곤 스윽 고개를 꺾어 소명을 보았다. 똑바로 집어삼킬 듯, 강렬한 시선으로.

자신도 모르는 사이 꼴깍, 마른침을 삼키며 소명은 두 주먹을 꽉 쥐었다. 손바닥에서 땀이 배어 나와 손안은 끈적끈적했다. 하여간 사람 진땀나게 하는 건 예나 지금이나 한 치도 다르지 않지. 대체 여기서 편을 갈라서 뭘 어쩌겠다고……!

"저, 저는…… 대리님께서 잘못했다고 새, 생각……."

"뭐야, 소명 씨? 지금 이 자식 편드는 거야? 진짜로?"

황당하단 어조로 민환이 크게 외쳤다. 뭐 이런 경우가 다 있는지 기가 막힌다는 듯 눈알이 튀어나올 정도로 두 눈을 홉뜨고 있는 채였다. 아무리 그래도 설마, 소명이 자신의 편을 들지 않을 줄이야. 이건 있을 수 없는 일이다, 생각하는 게 틀림없었다. 차마 말조차 잇지 못하는 그의 모습에 소명은 절망했다. 으휴, 망할 선우지휴. 뭐 이딴 짓을 시켜서는.

소명은 지휴를 심통스러운 시선으로 쭉, 째리고는 힘껏, 정말이지 있는 힘껏 몸을 던져 멱살을 잡고 있는 민환의 손을 지휴로부터 떼어놓았다. 일단 멱살 먼저 풀고 다음 얘길 진행하자는 단순한 의미의 행동이었다. 하나, 막 두 사람을 갈라놓고 헥헥 숨 고르기를 하는 찰나, 또다시 민환이 덤벼들기 시작했다. 아놔, 이분 대체 왜 이래!

"안 돼요!"

경악을 금치 못하며, 소명은 두 팔을 쩍 벌리며 둘 사이에 다시 끼어들었다. 지휴를 등지고 민환을 정면으로 바라본 채로 선 그녀는 마치 헐크처럼 달려드는 민환을 막기 위해 찔끔 두 눈을 감고 있는 힘껏 소리쳐야 했다.

"이 사람은 회장님 아드님이라고요!"

*

"너, 저 자식 좋아해?"

양손을 주머니에 넣은 채 그녀의 뒤를 따라, 쭉 계단을 내려오던 지휴가 갑자기 우뚝 걸음을 멈추더니 불쑥 묻는다. 제 입으로 선우지휴의 정체를 밝힘으로써 '이 몸 함소명께서는 직원들 뒷담화에 오르락내리락했던 바대로 회장님과 친분이 있으며, 아드님이신 선우지휴와도 아주 잘 알고 있는 사이입니다' 라고 만천하에

고한 꼴이 된 함소명은 끓어오르는 분노에 모든 분란의 원인인 선우지휴를 낚아채 씩씩거리며 계단을 내려오던 차. 끝도 없이 길게 늘여진 계단을 힐 신은 발로 빡빡, 힘주어 걷던 소명은 잘 따라오던 남자의 거대한 몸이 더 이상 딸려오지 않자 걸음을 멈추고 찌릿 짜증스레 그를 노려보았다.

"뭐요?"

뭐래, 누가 누굴 좋아한다는 거야. 뜬금없이.

"좋아하느냐고, 그 사람."

"지금 저더러 박 대리님 좋아하느냐고 묻는 거세요?"

뜨악해 묻는 그녀를 그는 심히 심드렁한 눈으로 지켜보고 있었다. 어느새 두 손을 양 주머니에 꽂고, 고개까지 슬쩍 옆으로 꺾어 나른한 시선으로. 잔뜩 깔아보는 그 특유의 자세는 일순 그녀를 10년 전 어린 시절로 되돌려 놓고 있었다. 그녀를 깔보고 무시하고 제 마음대로 휘둘렀던 열아홉 선우지휴. 그리고 그런 선우지휴한테 혹해 혼자 사랑받고 있다 착각해 마지않던 순진무구 함소명으로.

"만나는 여자 떼어내고 싶어 널 이용하려는 정신 나간 녀석이, 저놈 말고 또 있어?"

"아, 그거야……."

"평소에 어떻게 하고 다니기에 저런 녀석이 너한테 그딴 부탁을 하는 거냐? 얼마나 어리바리하고 만만하게 보였으면 저 자식이 감히 그런 일에 널 끌어들이려고 하냔 말이야. 너 진짜 멍청이야? 정신 놓고 다녀? 저런 얘길 듣고도 가만히 있을 정도로 무뇌아야?"

"무, 무뇌아요?"

10년이 지났어도, 이 못 배워먹은 말본새는 어쩜 이리 똑같을까. 무뇌아라니. 멍청이냐니. 이젠 다 큰 성인으로서 서로를 대하고 있으니, 좀 더 우아하게 대해도 좋겠다 싶었더니만. '우아' 가 다 뭔가. 얼어죽을. 이런 소릴 듣고도 우아하게 대처하는 거야말로 무뇌아 같은 짓이었다.

"업무 과외 해준다는 말에 혹해, 그딴 제안이나 넙죽 받아들이는 게 무뇌아가 아니면 뭐냐? 기분 나빠해야지. 널 좋아하는 게 아니라 이용하는 거니까, 여자 떼어낼 구실로 널 갖다 쓰려던 거였으니 미련두지 말고 거절해야지. 다시는 그딴 소리 못하도록 딱 부러지게 선을 그었어야지."

"아니, 무슨 근거로 제가 박 대리님 제안에 혹했다 단정하시는 건데요? 저도 그건 거절하려고 했었거든요? 무뇌아 아니라고요. 이런 일, 당연히 거절해야 한다는 걸 모를 정도로 바보는 아니란 말이에요. 선우지휴 씨가 그때 방해만 하지 않았어도, 딱 부러지게 선 그었을 거란 말입니다."

"퍽이나."

"진짜거든요. 그리고 박 대리님, 그렇게까지 이상한 사람 아닙니다. 적어도 선우지휴 씨한테 놈놈, 소리 들을 사람은 아니라고요. 그분한테도 안타까운 사정이 있어서, 피치 못하니까 그런 생각까지 하게 된 거예요. 도와줄 수 있으면 도와주는 것도 나쁘지 않죠. 녹록지 않는 세상사, 상부상조하며 살아가야 하지 않겠습니까."

물론 도와주겠다고 생각해 본 적은 전혀 없다. 단지 도와줄 수 있는 경우라면 도와줄 수도 있다는 말장난. 솔직히 선우지휴 말대로 그녀가 박민환을 짝사랑하는 경우라면 그의 제안에 혹해 승낙할 수도 있는 거라고 생각했다.

"상부상조?"

"상대가 자기 목줄 쥐고 있는 상사라잖아요. 시키는 대로 하지 않으면 불이익이 날아올지도 모르는 일이라, 함부로 먼저 헤어지자 말할 수도 없다잖아요. 저 때문에 성공적으로 둘 사이를 잘 마무리할 수 있게 되면, 대리님한테도 여자 분한테도 좋은 거 아닌가요? 강제로 하기 싫은 관계 억지로 유지하는 건 그 여자를 위해서도 좋지 않다고 생각합니다."

"너."

적지 않은 키 차이 때문에 한껏 깔아보던 그가 갑자기 슥, 고개를 낮춰 그녀와 시선을 맞춘다. 덕분에 훅 다가온 그의 얼굴. 새까만 눈동자, 길게 드리워진 속눈썹, 조각처럼 아름다운 굴곡이 진 미간, 그리고 마치 신이 가슴 깊이 내재되어 있는 여성의 은밀한 욕망을 표출시킬 목적으로 심혈을 기울여 빚은 듯한 입술. 갑작스런 비주얼 어택에 흠칫 놀라 소명은 헉, 하고 숨을 들이쉬었다.

"좋아하는구나."

"에?"

뭐야, 어떻게 알았지? 내가 자기 좋아하는 거, 첫사랑이었다는 거 한 번도 말한 적 없는데. 상처만 가득 안고 그 집을 나올 때까지 바보처럼 아무 말 못하고 벙어리 냉가슴만 끙끙 앓다가 끝나버린 사랑인데. 근데 내가 자길 좋아하는 걸 어떻게 알고 있는 거야? 내 얼굴에 티가 나나? 10년 동안이나 잊지 못하고 마음에 꾹 담아둔 첫사랑이라 저도 모르게 좋아하는 감정을 드러냈나? 안 되는데. 그건 정말 안 되는데!

"저 자식 말이야."

식겁해 두 눈 부릅뜨고 있는 그녀를 향해 그가 불쑥 떨어뜨린 말이었다.

"도와주고 싶어 안타까워 죽는 걸 보니, 좋아하는 거 맞네."

"도, 도와주는 거랑 좋아하는 거랑 어떻게 같은 말이라고…… 생각할 수 있어요?"

"좋아하는 게 아니라면 네가 그딴 일에 휘말릴 생각을 할 리 없으니까."

"그런 생각 안 했다니까요. 애초부터 거절할 셈이었다고 아까 말했잖아요."

"처음부터 거절할 생각이었다면 그렇게 어정쩡하게, 놈의 하소연까지 다 들어주면서 행동하지 않았겠지."

"제가 그 사람을 좋아해서 일부러 물렁하게 대처한 거라고요?"

뭐 이런 황당한 논리가 다 있나 싶어 인상을 팍 찌그러뜨리곤 매우 전투적으로 그를 째려볼 때다. 그가 불쑥 한마디 내뱉었다. 늘 그렇듯 차갑고 무뚝뚝한 말투로,

"좋아하지 마."

사람 착각하게 만드는 말은 아직도 여전히 잘하는구나. 다른

남자 좋아하지 말라 명령하는 건 '넌 나만 바라봐' 란 말로 들린다는 걸 모르나? 등신처럼 왜 박 대리의 말을 듣고 앉았냐 다그치면, 그건 '넌 이미 내 거니까 박 대리의 말 따위 들을 필요 없어' 란 말로 치환될 가능성이 농후하다는 걸 진정 모르는 거냐고.

여자한텐 이런 식으로 말하면 안 된다. 괜히 다른 남자와 엮이면 안 된다고 화내는 것도 안 될 일이요, 지켜주겠다 나서는 것도 금물이다. 그건 여잘 착각하게 만드는 위험한 짓이기 때문이다. 나를 좋아하는 거 아닐까, 혼자 들뜨게 만드는 짓이다. 날 다른 남자에게 빼앗기기 싫어서, 날 너무나 걱정해서, 날 사랑하니까 생각하며 붕 뜨게 만드는 짓이었다. 세상 그 어떤 일보다도 더 잔인한 짓이란 말이다.

날 좋아하는 게 아니라면 그런 말, 절대로 하지 마.

내가 누굴 좋아하든, 누구의 부탁을 어떻게 들어주든 간섭하지 말라고.

아프다. 많이 아프다. 그의 차가운 눈을 그저 멍하게 바라보고 있을 뿐인데도 가슴이 찢어질 듯 아파왔다. 숨이 제대로 안 쉬어지고 코끝이 찡해진다. 원인을 알 수 없는 동통. 정체 모를 격렬한 감정까지 동반해 숨이 안 쉬어졌다.

그녀는 촉촉하게 습기가 차오르는 눈으로 그를 뚫어져라 바라보았다. 1초라도 놓칠세라 눈 한 번 깜빡하지 않고 그를 응시했다. 서늘한 느낌이라서 더욱 매혹적으로 느껴지는 그의 동공 역시, 이에 질세라 그녀를 집어삼킬 듯 뜨겁게 주시했다. 그렇게 얼마나 지났을까. 시선을 떼고 싶어도 뗄 수가 없는, 마법 같은 순간을 뚫고 그가 입을 열었다.

"이건 명령이다."

순간 그녀의 머릿속으로 마구마구 짓밟아 꾸역꾸역 기억 저편에 쑤셔 박아 넣고 봉인해 버린 10년 전의 일이 훅 떠올랐다.

화사한 온실. 꽃 속에 파묻혀 있던 소녀. 소녀의 볼에 키스하며 미소 짓던 남자.

떠오른 기억 속의 남자는 차갑고 오만하기 짝이 없는 눈으로 소녀를 깔아보며, 이렇게 말했다.

"빨리 커라, 함소명. 이건 명령이야."

제5장 절대복종의 아이콘

생각해 보면 늘 그러했다. 명령을 내리는 쪽은 선우지휴, 복종하는 쪽은 소명. 그들 사이에 거역이란 있을 수도 없고, 있어서도 안 되는 일이었다. 실제로 그녀는 그를 거역했던 적이 단 한 번도 없었다. 심지어 그의 실체를 모두 파악하고, 그에 대한 경멸감에 치를 떨었던 때에도 그가 시키는 일을 묵묵히 해냈었던 그녀였다. 5년 동안 껌딱지처럼 들러붙어 그의 몸종처럼 일해와 몸에 배어버린 습성을, 하루아침에 바꿀 수 없었던 것이다. 그가 '야, 밥!' 하고 부르면 '네!' 하고 대답하는 것은 바뀌지 않는 수학공식 같은 것. 진리 혹은 해법. 다른 생각 따윈 해볼 엄두조차 낼 수 없는 단 하나의 정답 같은 것이었다.

하지만 그것은 이미 과거의 일이다. 주인집 오빠를 흠모해 그가 시키는 일은 뭐든 하던 덜떨어지고 순진하기만 하던 순둥이 식모 함소명은 이제 어디에도 없다. 그딴 동화적인 망상 따위 안 한 지 오래이고, 그에 대한 낯간지러운 감정도 이미 10년 전에 접었다. 물론 아주 잠깐, 잠시 한순간 흔들렸던 건 사실이다. 그는 여전히, 아니, 예전보다 훨씬 더 멋진 남자가 되어 자신의 앞에 나타났으니까.

순식간이었다, 과거가 현재처럼 느껴진 것은. 당시 느꼈던 순정 가득했던 감정, 순수하고 예쁘기 그지없었던 애정이 부지불식간에 불쑥 떠올라 마치 10년 전으로 되돌아간 듯한 기분에 휩싸였었다. 하지만 '명령'이란 말 한마디에 모든 환상은 깨어졌다. 10년 전 그가 자신을 기만했던 그 순간과 기가 막히게 똑같았던 그 말 한마디 덕분에, 그녀는 잠시 놓고 있던 정신을 다시 붙들 수 있었다.

다른 여자를 만나면서 자신을 유혹했던 그 말 한마디 때문에 얼마나 괴롭고 힘든 세월을 보냈던가. 그의 명령 따위 껌처럼 취급해 주고 싶어졌다. 마음껏 비웃고 보란 듯 거부하고 싶어졌다. 그리고 그 반항심은 오늘, 지금 이 순간, 더욱더 꾸무럭꾸무럭 커져 가고 있는 중이다.

"이 사람이 진짜. 무슨 생각으로 이딴 짓을?"

이를 악물고 복화술이라도 하듯 목소리를 삼키며 중얼거리는 그녀의 얼굴에는 분노가 꿈틀. 인사발령 공고문을 뚫어져라 죽일 듯이 노려보는 눈동자에도 그 화기가 고스란히 떠올라 있었다. 그녀는 이미 3일 전 지휴가 자신을 향해 소름 끼치도록 살벌하게 속삭였던 말들을 머릿속으로 미친 듯이 리플레이하고 있었다.

"제가 왜 그 명령에 따라야 합니까? 전 제가 하고 싶은 대로 행동하고 살아갈 수 있는 독립적인 개체입니다."

"지금 내 명령에 토 다는 거냐, 함소명?"

"제가 누굴 좋아하든 말든 그쪽과는 아무 상관 없잖아요. 제가 그쪽 명령에 따라 좋아하고 말고를 결정할 이유는 눈곱만큼도 없다고요. 전 제가 좋아하고 싶으면 좋아하고, 싫어하고 싶으면 싫어할 권리가 있습니다. 이래라저래라 명령하지 마세요."

"10년 동안 못된 걸 배웠구나. 네 마음대로 살기 위해서, 내 간섭이 불편하고 지긋지긋해서 그때 그렇게 떠났던 거냐?"

"과거 얘기 꺼내서 절 흔드실 생각이라면 시간 낭비니까 관두시라 권해 드리고 싶네요. 전 예전의 그 함소명 아닙니다."

"네가 어떤 생각을 하는지는 관심 없어. 내 머릿속에 존재하는 넌 여전하니까. 예전이나 지금이나 넌 내 명령에 복종해야 하는 내 사람일 뿐이야."

"착각 마시라고요. 전 그딴 명령 따르지 않을 거라고요."

"네 의지와 상관없이 따르게 될 거다, 곧."

어쩔 수 없이 곧 따르게 될 거라고 했었다. 아주 자신만만한 얼굴로. 대체 뭘 믿고 저러나 싶어 어처구니가 살짝 없었는데, 이제는 대강 감이 잡히는 것 같다. 그는 이미 모든 계획을 세워두고 있었던 게 틀림없었다. 그러지 않고서야 이렇게 일이 착착 일사천리로 진행되어 갈 리가 없을 터다. 날 자기 팀으로 끌어들이다니, 비열한 인간.

대양의 자회사인 TG통신이 사활을 걸고 진행하는 3개월짜리 대형프로젝트 'K–6'의 업무총괄을 SJ테크의 선우지휴가 맡게 되었다는 건 이미 웬만한 사람들은 다 알고 있는 공공연한 사실이다. 그가 3일 전 첫 출근을 시작했다는 것도 회사의 전 직원들이 다 알고 있는 일이었다. 그녀도 사내에 떠도는 정보들은 대부분 다 들어 알고 있었다. 선우지휴의 얘기였기 때문에 더 신경이 쓰일 수밖에 없기도 했지만, 신경 쓰지 않아도 그의 얘기는 저절로 그녀의 귀에까지 굴러 들어왔다. 그만큼 회사 사람들의 관심이 그에게 쏠려 있다는 방증.

사람들은 그가 사내에서 제일 감각 있고 능력 출중한 최정예 브레인들로만 골라 차출, 일명 '드림팀'을 꾸릴 것이라고들 했다. 그리고 다들 그 팀에 뽑혀 들어가고 싶어 하는 눈치였다. 우선은 드림팀에 뽑힌다는 것 자체로 능력을 인정받은 것이기 때문에 욕심이 나는 것일 터이지만, 의외로 선우지휴라는 인물에 대한 호기심도 상당한 것 같았다. 대양의 차기 경영권자로서 외부에 따로 회사를 차려 나간 것도 상당한 파격적 행보인데다가, 나가서 승승장구하며 아버지의 회사인 대양의 위치를 넘볼 정도로 크게 성장하는 모습도 꽤나 드라마틱했던 이유 탓이었다. 다들 그를 한 번쯤은 겪어보고 싶어 했다. 어떤 사람이기에 재벌 3세라는 배경 없이도 그리 큰 성공을 거머쥘 수 있는 것인지 매우, 엄청나게 궁금한 모양이었다.

물론 선우지휴에게 호기심을 보이는 그 수많은 사람들 속에 소명은 포함되어 있지 않다. 그녀는 그가 '안물안궁', 전혀 궁금하지 않다. 그와 어떤 식으로도 엮이고 싶지 않았고, 그러니 그 팀에 들어가고 싶은 생각도 전혀, 네버, 눈곱만큼도 없었다. 한데 그런 그녀에게 그가 저지른 만행을 보시라. 이 어처구니없는 공고문을 보란 말이다. 대체 왜 여기에 내 이름이 있는 거냐. 왜! 왜왜왜!

"뭐야. 웬 신입? 디자이너 팀에 인재가 그리 없나? 왜 하필 들어온 지 얼마 안 된 신입이 차출된 거래?"

"진짜 웃긴다. 거기 팀원이 몇 명인데 이런 듣보가 뽑혀? 이거 완전 디자인팀 전체를 우롱하는 처사 아니야?"

"솔직히 이건 한승연 실장이나 황수지 팀장이 가야지. 대양에서 사활을 건 대형프로젝트면 그 정도 급은 되어야 하지 않아? 들어온 지 1년도 안 된 신입이 뭘 안다고 그 팀에 합류해?"

"근데 저 이름 어디서 많이 들어보지 않았냐? 함소명…… 굉장히 귀에 익은데?"

"어머, 어머. 그러고 보니 이 사람, S프로젝트 때도 혼자 튀어가지고 밉상이었던 사람 아니니? 신입인 주제에 대표 디자인에 뽑혀서, 전체 기존 디자이너들 단체 멘붕 왔었잖아."

"그래, 맞다! 그때 그 사람이다!"

"야, 이건 진짜 뭐가 있다. 연달아서 큰 프로젝트에 이름을 올리는 건 우연이랄 수가 없다고. 들어올 때부터 특채여서 말 많았던 걸로 아는데, 이거 윗선에 인맥 있는 거 아니니?"

"헐, 진짜 그런가?"

"아니거든요?"

옆에서 신나게 떠드는 여직원들을 향해 한 소리 날리며 소명은 찌릿 두 사람을 째려보았다. 당사자가 옆에 서 있는 줄도 모르고 신나게 자체 생산 루머를 떠들어대고 있던 두 사람은 펄쩍 뛰며 놀라더니 슬금슬금 자리를 떠버렸다. 하지만 둘은 자리를 옮겨 계속 입방아를 찧어대겠지. 어디 그 둘뿐이겠는가. 팀장이며 실장까지 제친 파격 인사이니 온 회사가 들끓을 것이다.

아이씨. 대체 선우지휴, 이 남자 무슨 생각인 거야? 어쩌려고 날 팀에 불러들인 건데? 진짜 날 마음대로 부리고 싶어서, 명령에 복종하는 내 모습을 보며 쾌감을 느끼고 싶어서, 그래서 이런 얼토당토않은 결정을 내린 건가? 겨우 그딴 것을 위해 나 같은 신출내기를 이 큰 프로젝트에 합류시켰단 말이야?

"말도 안 돼. 이건 정말 말도 안 된다고."

사람들이 쑥덕거리는 것처럼 이 일은 신입인 자신이 맡기엔 너무 큰일이었다. 능력이 있고 없고의 문제를 떠나서 상식적으로는 절대로 있을 수 없는 일이었다. 한승연이나 황수지 정도 되는 네임드여야 사람들도 수긍하고 인정하지, 자신 정도의 신입이 끼어선 절대로 호응받지 못할 인사인 것이다. 프로젝트가 마감될 때까지, 아니, 마감된 후에도 두고두고 뒷말 나올 게 뻔했다. 그걸 몰라 이런 결정을 내린 건 아닐 테고. 으으, 진심 목 졸라 죽여 버리고 싶어! 선우지휴, 이 미친놈아!

"소명아~"

두 주먹 불끈 쥔 채 죽어라 공고문을 노려보는 와중, 100m 전방에서부터 임정원이 두 팔을 활짝 벌리고 이쪽을 향해 뛰어오기 시작했다. 이번 인사발령의 도무지 이해 안 되는 케이스 그 두 번째. 사람들은 정원이 뽑힌 것에 대해서도 심히 미심쩍어하고 있었다. 소명이 워낙 큰 이슈였던지라 거기에 묻혔을 뿐.

"너랑 나랑 같이 뽑혔어! 완전 좋아! 완전, 완전! 어떡하지? 정말 어떡하지? 어떻게 하면 좋아? 너무 좋아서 돌아버릴 것 같아~"

쿨한 성격답게 정원은 사람들의 수군거림 따위 전혀 신경 쓰지 않는 것 같았다. 그저 자신이 대양의 외인구단이라 불리는 최고의 팀 프로젝트에 합류하게 되었다는 사실에만 온몸으로 감격해하고 있을 뿐이었다. 좋겠다. 좋은 일에, 마음대로 좋아할 수 있어서.

"넌 안 기뻐? 표정이 왜 그래?"

"아니야, 아무것도."

"뭐야. 사람들이 또 뭐라 그래? 인맥이다 뭐다 쑥덕거려? 누가 그래? 어떤 것들이 그런 소리 함부로 나불거려? 내가 혼내줄게. 어? 누구야?"

"됐어, 괜찮아. 그냥 심란해서 그런 것뿐이야."

"심란하긴 왜 심란하냐? 이게 심란해할 일이야? 기뻐할 일이지. 뒤에서 흉보는 인간들, 신경 쓸 거 없어. 그래 봤자 다 열폭일 뿐이야. 부러워서 그러는 거라고. 솔직히 이런 기회가 어디 흔하니? 여기서 잘해내면 이사님 눈에 들어서 승승장구, 탄탄대로를 걷게 될 텐데. 난 완전 꿈만 같다. 한승연 실장까지 제치고 내가 뽑혔다니, 진짜 이건 기적이야!"

"기적은 무슨. 언닌 근무한 지도 꽤 됐고 그동안의 실적도 좋았잖아. 경력만 갖고 비교하면 실장님한테 크게 뒤지지도 않지 뭐. 언니는 충분히 자격 있어. 문제는 나지."

"네가 왜? 문제될 것이 뭐 있는데? 너야말로 재능을 인정받아 특채로 들어왔고, 들어오자마자 크게 한 건 했잖아. S프로젝트의 디자인은 고루하기 짝이 없어서 늘 아저씨 디자인 같다고 비난받아 온 특유의 대양 스타일을 과감히 벗어던진 획기적인 디자인이었다고. 구린 디자인의 표본이었던 대양도 이런 스타일을 뽑아낼 수 있구나, 싶었다던 모 경제잡지 기사 생각 안 나니? 네가 그런 애야. 이번 프로젝트에 당당히 합류할 수 있었던 것도 모두 그 S프로젝트에서 공을 세웠기 때문이라고. 이사님께서 네 공을 인정해 주신 거지."

"겨우 그거 하나 때문에 여기에 뽑혔다고? 실장까지 따돌리고?"

"프로젝트의 특성에 따라 경험이 많은 베테랑 디자이너가 필요할 때도 있고, 신입이 필요할 때도 있는 거겠지. 오죽 숙고해서 잘 결정하셨겠어. 선우지휴 이사님이 결정하신 일인데. 난 그 분을 절대적으로 신뢰하기로 했어. 날 뽑아준, 엄청난 혜안의 소유자시잖아! 꺄아아아— 아직도 안 믿겨져! 내가 그분한테 뽑혀서 대양그룹 최고의 프로젝트에 합류하게 됐다니! 아아아악— 너무 좋아! 예쓰! 슈퍼울트라 캡짱 좋아! 나이스 베리굿뜨 황홀!

올레!"

"그 사람이랑 일하게 된 게 그렇게 좋아, 언니는?"

물어보나 마나다. 허공에 대고 연신 히딩크 어퍼컷을 날리질 않나, 두 손을 가운데로 모으며 연애시를 읊는 소녀마냥 샤방샤방 눈꺼풀을 나풀거리질 않나. 정원은 온몸으로 이사님에게 간택된 것에 대한 만족감과 기쁨을 표현하고 있었다. 너무 과하게 좋아하니 자연스레 삐딱한 시선으로 보게 되는 소명이었다.

"당연히 좋지! 프로젝트에 합류하게 된 건, 나도 최고 레벨이다 인정받은 거잖아. 어떻게 안 좋아할 수가 있어? 게다가 프로젝트 진행되는 3개월 동안 이사님과 한 사무실에서 근무하게 되는 건데. 어? 한 사무실, 같은 사무실! 너도 그분 실물 봤잖아! 연예인들이나 달고 다닌다는 후광이 쫙— 비치던 거, 기억 안 나? 그런 분이랑 함께 일을 하게 됐는데 어찌 안 좋을 수가 있냐. 아~ 완전 좋아. 난 그분을 보았을 때 깨달았어. 지금까지 내가 봤던 수많은 남자들은 남자들이 아니었던 거란걸. 오징어들이었던 거야, 죄다!"

"언니 너무 심하게 좋아한다. 남자친구도 있으면서."

"있지. 오징어, 아니, 오징어급도 안 된다. 걔는 꼴뚜기야, 꼴뚜기. 외모로는 볼 게 하나도 없거든. 오죽 못났으면 울 엄마가 걔 얼굴 보고 그러셨다. 나중에라도 바람피울 걱정은 안 해도 되겠다고. 아무튼! 내 인생은 지휴신을 본 이전과 이후로 나뉘어졌어. 이젠 웬만한 외모는 내 눈에 차지도 않을걸? 완전 개안해서, 수백 배는 업그레이드된 기분이야. 이게 다 지휴신 덕분이라니까~"

"지휴신은 또 뭐유?"

"내가 지은 별명. 어때? 어울리지? 완전 신이라니까~ 내가 그 분과 일할 수 있게 되다니, 대박~!"

이쯤 되면 병이지 말입니다. 아무리 잘생긴 남자를 보면 가슴이 두근두근 쿵쾅거리고 절로 숨이 차지며 얼굴이 새빨개진다지만. 여성호르몬을 갖고 있는 여자라면 누구나 지휴를 볼 때 그런 증상에 시달리게 된다지만. 애인도 있는 분이 이러시면 안 되지. 지휴에 대해서 아는 것도 쥐뿔 없으면서. 그 인간이 어떤 인간인데!

"언니, 충고하는데 그 사람 가까이 하지 마."

"응?"

"그 사람 별로야. 성격도 거지 같고, 인간성도 제로. 여자들을 자기 발톱 밑의 때만큼도 취급하지 않는 완전 나쁜……."

"네가 그걸 어떻게 알아?"

선우지휴의 극악무도함을 폭로하는 것에 혈안이 되어 있던 소명은 순간 훌쩍 날아든 질문에 퍼뜩 정신을 차렸다. 헐, 내가 지금 무슨 말을 하고 있는 거야? 미, 미친 거 아니니, 함소명?

소명은 냉큼 뇌의 지배에서 벗어난 양 제멋대로 종알거리고 있는 입을 손바닥으로 꾹 눌렀다. 그리곤 얼이 반쯤 나간 얼굴로 동그란 눈을 휘둥그레 뜬 채 멍하니 서 있자니, 정원이 두 눈 깜빡거리며 천천히 고개를 들이밀어 왔다.

"너, 이사님이랑 아는 사이니?"

느리고 느린 공격이었다. 피할 생각이 있다면 넉넉잡고도 피할 수 있는 심히 낭창낭창 느슨한 타이밍이었다. 핑곗거리를 생각할 시간이 충분했다는 말씀이시다. 하지만 소명은 그 여유가 만만한 질문에 적절한 답을 찾지 못하였다. 아무리 생각해도 답이 없었다. 사실대로 토설할 수도 없고, 그냥 실없이 해본 말이었다고 둘러댈 수도 없었으니.

"아, 아, 아니……."

"선우지휴, 함소명. 가족이나 친척은 아닌 것 같고. 사모님은 주씨 성을 가지셨으니 그쪽도 아니고. 혹시 지휴신과……?"

"언니, 대체 무슨 생각을 하는 건데? 아니야! 아무 사이도 아니야. 아무 관계도 없어. 전혀 모르는 사람이라고!"

"아무 사이 아닐 수도 있겠지. 회장님이 직접 챙기시는 대양재단의 장학생 1호긴 하지만, 뭐 그럴 수도 있지. 우리 회사에 특채로 들어왔지만, 그것도 그럴 수 있고. 입사 후 첫 번째 미션이었던 디자인 공모에서 신선하고 참신하고, 결정적으로 신세대적인 예쁜 디자인을 냈는데도, 촌스런 아저씨 디자인들만 컨펌해 줬던 고루한 경영진들이 채택해 주었던 것도 그럴 수 있다고 생각해."

"정원 언니."

"근데 이사님의 성격이 거지 같다거나 여자를 하찮게 본다거나, 그런 걸 알려면 아무 사이일 수가 없는 것 아니냐?"

두 눈 반짝 뜨고 빤히 자신을 바라보며 조목조목 이성적으로 집어내 말하는 정원은 평소 꼬장꼬장, 일 잘하는 디자인팀 수석디자이너 임정원다웠다. 이런 꼼꼼함이 지휴의 선택을 불렀던 것이겠지. 소명은 푹 한숨을 쉬었다. 다른 사람은 몰라도 정원에겐 사정 얘길 해야만 할 것 같았다. 그 누구에게도 아버지가 회장님 운전

기사였다는 사실은 알리고 싶지 않았는데.

"야, 전화 왔다."

한숨을 오지게 내뱉고 막 자신이 어떻게 지휴신에 대해 알고 있는지 말하려는 순간이었다. 손에 들고 있던 핸드폰이 울리고 있었다.

*

"정말이야? 그 소문이 진짜래?"

"그렇다니까. 낙하산이 분명하대. 생각해 봐. 실장을 물 먹이고 그 자리를 꿰찼잖아. 그게 있을 수 있는 일이야?"

"솔직히 그건 좀 무리수이긴 했어. 다른 사람도 아닌 실장을 어떻게 빼니? 너무 티 나잖아. 빼려면 2인자라는 임정원을 뺐어야지. 적어도 실장은 안고 가야, 그래도 뭔가 납득할 만하지 않겠어? 이건 뭐, 입사 8개월 신입이 떡하니 실장을 밀어내고 드림팀에 합류를 하다니. 기가 차서 원."

"근데 그거 알아? 바로 그것 때문에 함소명이 낙하산이라고 확신하는 거란 거. 평소에 한승연 실장이 그 여자를 엄청 싫어했대. 낙하산이라서 싫어하는 면도 없잖아 있겠지만, 그렇다고 하기엔 너무 심할 정도로 그 여잘 싫어했대. 황수지 팀장이 유난히 그 여잘 미워하고 갈궜던 것도 다 한승연의 사주를 받아서래. 너무 심하게 갈궈서 옆에서 보기 안쓰러울 정도였다더라고."

"어머, 그럼 이건 일종의 복수?"

"그런 거지. 그러니까 실장이나 팀장 대신 자기랑 엄청 친한 임정원을 뽑아간 거 아니겠어?"

"어머, 어머, 세상에. 보기엔 순하고 착하게 생겼더니만. 그 여자 무서운 여자였네. 속으로 칼을 갈고 있었던 거잖아."

"이쯤 되니 다들 자기 입장 정리를 하는 것 같더라고. 의리를 지켜 실장 편에 서느냐, 아니면 대세를 따라서 함소명 편에 서느냐. 넌 어떻게 할래?"

"그야……!"

어딜 가나 듣고 싶지 않아도 자동으로 들려오는 수많은 잡담들. 오늘의 핫이슈는 단연 이번 드림팀의 파격적인 인사발령이었다. 사람들이 쑤군대는 이야기 줄거리는 하나같이 똑같았다. 함소명과 한승연에 대한 억측, 추측, 소설. 따라붙는 시선들이 어찌나 많은지, 마음 놓고 앉아 생각할 수 있는 장소도 없었다. 겨우 찾은 곳이 바로 이곳, 화장실 구석 칸이었으나 여기서도 어김없이 이름 모를 사원들이 자기들만의 추측을 읊어대고 있었다.

피곤해 죽겠네.

혼잣말을 중얼거리며, 소명은 방금 전 통화한 회장님과의 대화에 다시금 몰입했다.

"축하한다. 너, 이번 K—6팀에 합류하게 되었다며?"

"어떻게 아셨어요, 회장님?"

"내 아들이 참여하기로 한 일인데 내가 모를 리가 있니? 팀원 면면을 훑고 적당한 사람 물색한 것은 지휴가 직접 챙겨가며 한 일이지만, 그걸 최종 결재해 준 사람은 나였다는 걸 명심해라. 내가 이번에 너한테 거는 기대가 아주 커. 최선을 다해 실력 발휘 제대로 해보려무나. 내 어깨가 으쓱해지도록."

"회장님께 누가 되지 않도록 열심히 해보겠습니다."

"그래, 지휴와는 10년 만이니? 그때 우리 집에서 나간 이후로 한 번도 만난 적 없지? 아니구나. 스카우트 문제로 보긴 봤겠구나."

"예?"

"SJ테크에서 너와 접촉하는 중이라던데 지휴와는 만난 적이 없니? 그 녀석 참. 제 녀석 회사에 꼭 필요한 인재라면서. 그럼 삼고초려를 해서라도 모셔갔어야지, 어디 아랫사람 시켜서 미끼만 던져? 월척이 달리 월척인가. 중요한 인사일수록 사장이 직접 움직여야 한다고 내 누누이 말했거늘, 쯧쯧!"

"아시고 계셨어요? 도련님이 저 스카우트하려고 했던 거."

"말했잖니, 내 아들 일은 내가 잘 안다고. 네가 거절한 것도 알고 있는걸? 내 핑계를 대고 튕겼다면서? 그 소릴 듣고 와서, 지휴 녀석이 아주 날 잡아먹으려고 하더구나. 장학금이며 생활비 보조해 줬다는 걸 꼬투리 삼아, 네 인생을 통째로 좌지우지하려 한다며 날 얼마나 비난하던지. 졸지에 내가 아주 꼴이 우습게 됐다. 사람 인생이나 돈으로 사는 악취미 노인네로 낙인찍혀 버렸어."

"저, 저는 그런 뜻으로 한 말이 아니었는데. 죄송합니다. 제가 해명하겠습니다."

"됐다. 네가 죄송할 게 뭐 있니. 넌 그저 내가 하자는 대로 한

죄밖에 없잖니."

"……."

"지휴가 내게 널 놓아달라고 하더구나. 그 말을 듣고 생각이 참 많아졌다. 네 아버지 그렇게 간 거 알고 이리저리 널 수소문해 찾기 시작했을 때가 생각났어. 그때 내가 얼마나 후회했는지 모른다. 네 아버지가 사업한답시고 내 곁을 떠났을 때 말렸어야 했다고 생각했지. 내 옆에 붙어서 내 일만 했었더라면 사업 망하고 힘든 일을 겪을 일도 없었을 테고, 그리 비명횡사할 일도 없을 거란 생각이 들었어. 함께 지낼 곳이 없어, 너와 네 어머니가 생이별해 살고 있다는 사실을 알고 나서는 더욱 그러했다. 그래서 널 꼭 내 옆에 붙여놓고 싶었던 거야. 네 학비와 생활비를 전액 지원해 주는 대가로, 네 재능과 삶을 나와 대양에 바치라 했던 것도 바로 그 때문이었다. 대양재단의 첫 수혜자로 널 지목한 것도 물론 그 이유였고. 그것이 내가 너한테 해줄 수 있는 최대한의 호의라고 생각했었어."

"……."

"하지만 돈으로 네 인생을 사려 했던 것은 아니다. 네 아버지와 내가 단순한 고용인과 고용주의 사이가 아니었듯, 너 또한 날 친아버지처럼 편하고 격의 없이 대해주길 난 바랐어. 그때도 그러했고 지금도 그러하다. 어려서부터 널 보아왔던 터라, 난 네가 또 다른 내 자식 같아. 지금도 난, 널 친딸처럼 고이고이 키워서 좋은 사람 골라 시집까지 보낼 생각이야. 그 마음은 네가 대양이 아닌 곳에서 일을 하더라도 결코 변치 않을 것이다."

"알고 있어요, 회장님. 저도 회장님을 아버지 대신이라 생각하고 있습니다."

"이번 팀 프로젝트를 무사히 마치면 내, 지휴에게 기회를 주기로 했다. 너를 SJ테크로 데려갈 수 있는 기회."

"예?"

"물론 네가 지휴의 말을 무조건 들어야 할 이유는 없다. 그 녀석의 제안이나 조건 등을 모두 철저하고 냉정하게 평가해서, 좋다고 판단했을 때. 그때, 가고 싶으면 가도 좋다는 거지."

"무, 무슨 말씀이세요? 가고 싶을 리가 없잖아요, 회장님. 전 대양그룹이 좋아요. 회장님이 좋고, 회장님을 위해서 일하는 것도 좋아요. 대한민국에서 이보다 더 좋은 회사가 어디 있다고 저더러……!"

"장담하지 말거라. 사람 일이란 건 한 치 앞도 내다볼 수 없는 거야. 속단은 금물인 거지. 혹시 아니? 그새 나보다, 대양그룹보다 훨씬 더 좋은 게 생길 수도 있지 않겠어?"

"그런 게 있을 리가 없어요. 전 정말 여기가 좋아요, 회장님."

"3개월짜리 프로젝트다. 결정은 그때 가서 해도 늦지 않아."

"회장님!"

"잘해보거라. 내 자식이지만 지휴 녀석, 꽤 쓸 만할 거야. 일 열심히 배우도록 해."

"회장님! 회, 회장님! 회장님!"

오늘의 통화 내용은 언제나처럼 즐겁고 화기애애한 것이 아니었다. 전화를 끊고 나서 소명은 머릿속이 더욱더 복잡해졌다. 회장님께서는 잘 생각해 스스로 판단하여 결정하라고 하셨지만, 그 말이 내포하는 의미란 '3개월의 프로젝트를 무사히 마치고 나면 지휴 사람이 되어라' 라는 걸 모르지 않았기 때문이다. 요래조래 머리 굴려 생각해 보면, 결국은 선우지휴가 자신을 빼내가기 위해 이번 프로젝트를 맡았다는 뜻이 되질 않는가. 있을 수 없는 일이었다. 말도 안 되는 일이었다. 선우지휴가 왜? 대체 왜?

설마 날……?

아니야, 그럴 리가 없어.

소명은 스멀스멀 뇌를 파고드는 한 가지의 가설을 가차 없이 걷어차고는 고개를 휙휙 내저었다. 그리곤 자신이 드디어 미친 게 틀림없다고 생각하며, 벌떡 자리에서 일어났다.

쿵 소리를 내며 화장실을 박차고 나온 그녀는 점점 더 제멋대로 솟구치는 생각들을 무시하기 위해 흥얼흥얼 유행가 한 소절을 중얼거리며 세면대 앞에 서서 손을 씻기 시작했다. 다행히 그 쓸데없는 생각은, 곧이어 뒤따라 나오던 누군가의 목소리가 뒤통수를 후려치는 순간 흔적도 없이 사라졌다.

"내가 전에 말했던가. 세상에서 제일 싫어하는 부류가 딱 두 종류 있다고."

황수지였다. 원수는 외나무다리에서 만난다더니. 그날 이후로는 피차 서로 간에 무시하며 조용히 지내던 참이었는데 하필 발령으로 인해 논란이 가중되고 있는 시점에 딱, 정면으로 부딪치게 된 것이었다. 소명은 아랫입술을 잘근잘근 씹어대며 천천히 뒤를 돌았다.

"하나는 남자 잘 만나 팔자 고치려는 것들, 다른 하나는 능력도 없는 주제에 아버지 믿고 까부는 것들. 뭐, 찔리는 거 없어?"

"저 말인가요?"

"그럼 여기에 소명 씨 말고 또 누가 있어? 아버지 믿고 까부는 건 아니지만, 아버지 못지않게 가깝게 지내는 분이 있긴 있잖아? 내가 잘못 봤나? 회사 안에서 이사님한테 눈웃음 실실 흘려가며 연약한 척 보호본능 자극하던 사람, 소명 씨 아니야?"

"무슨 말씀 하시는 건지 모르겠습니다. 전 회사 내에서 눈웃음 실실 흘린 적도, 연약한 척 보호본능 자극한 적도 없는데요."

"그렇게 말하면 안 되지, 소명 씨. 이사님 앞에서 눈 동그랗게 뜨고 순진한 척하는 걸 내 눈으로 똑똑히 봤는데."

"그때 그 일을 말씀하시는 거라면……."

"그걸로 끝냈다면 나도 입 꾹 닫고 참아볼 생각이었어."

막 그때의 일을 해명하려던 순간이었다. 여태 차갑게 걸려 있던 미소마저 싹 지운 채 수지가 무섭게 뇌까렸다.

"평균학점 3.69가 넘어야 하고, 토익은 평균 836점에 영어 말하기는 기본, 해외연수, MOS 자격증, 공모전 입상 경력, 봉사활동 경력, 거기에 해외기업 및 우리 대양그룹 계열사 인턴사원 경력. 모두 필수였던 신입사원 공채 조건에 턱없이 미달이었어도, 회장님이 대표이사인 곳에서 장학생으로 선발되었다는 이유 하나로 특채되어 들어온 낙하산이었어도 참으려고 했었어. 이사님 말대로 소명 씬 대단한 빽을 가진 사람이니, 내가 고개를 숙이는 수밖에 달리 방법이 있나? 회사에서 잘리기 싫으면 납작 엎드려 살아야지. 빽 하나 없는 일개 직원인걸. 하지만 이건 아니지. 팀 프로젝트까지 그런 식으로 따가지고 가는 건 도리에 맞지 않지!"

"팀장님, 뭔가 오해가 있으신 것 같은데요. 전……."

"사내에 이미 소문이 파다해. 이번 인사발령에 두 사람의 관계가 지대한 영향을 끼쳤을 거라고. 드림팀 구성은 백 퍼센트 이사님의 권한이었으니, 그렇고 그런 관계에 있는 소명 씨가 뽑힌 건 당연한 거겠지."

"실장님!"

"그 억울한 표정은 뭐야? 마치, 능력으로 된 건데 오해받고 있다 생각하는 것 같네. 설마 진짜 드림팀에 합류할 수 있을 정도로 자신의 능력이 특출하다고 생각하는 건 아니겠지?"

"이렇게 입사에서부터 인사발령까지 하나하나 매도당할 만큼 형편없는 실력은 아니라고 생각하는데요."

소명은 충격으로 얼어붙은 표정을 애써 수습하며 최대한 냉정함을 유지하려 애쓴 채로 똑똑한 목소리로 대답하였다. 말도 안 되는 사내의 루머를 철석같이 믿고 사람을 이런 식으로 몰아세우다니 도저히 믿을 수가 없었다. 싸늘하리만치 이성적이고, 재수 없을 만큼 도도했던 그 황수지 맞나 싶었다.

물론 수지는 지금 평정심을 잃어 매우 불안정한 상태일 것이다. 드림팀에서 밀려났다는 사실을 받아들이기 힘든 게 틀림없었다. 자신의 실력에 대한 자부심이 유난히 강했던 그녀였으니, 같은 디자이너로서 이런 반응을 이해 못하는 것도 아니었다. 하지만 자신의 부족함이 뭔지 점검하고 그것을 채우기 위해 노력하기보다, 무조건 남의 탓만 하려 애쓰는 모습은 아무리 봐도 비정상적으로 보였다. 왜 자신이 부족해서 밀려났다고는 생각 못하는 건가. 참신함이 떨어지는 건 솔직히 맞지 않나. 일개 직원일 뿐인 자신의 눈에도 그게 보였다. 하물며 모든 걸 총괄하고 있는 선우지휴의 눈에 안 보였을 리 없었다.

억울하다. 팀에 합류하는 걸 바라지도 않았었지만, 발령사실을 알고 기겁했던 것도 사실이었지만, 아무 근거도 없이 능력이 아닌 인맥으로 팀에 합류하게 되었다고 매도당하고 있는 사실이 몹시도 억울하고 화난다. 지휴가 능력도 없는 사람을 단지 아는 사람이라는 이유만으로, 자신을 그 중요한 프로젝트에 끼워 넣었을 리 없지 않은가. 그런 주먹구구식으로 일을 처리했었다면 지금의 그도 없었을 것이다. 회장님의 제의에도 프로젝트를 훌륭히 완수하는 조건만이 있었을 뿐, 그 팀에 소명을 합류시켜야 한다는 조건은 없었다. 그럼에도 그가 그녀를 택해 드림팀에 합류시켰다는 것은, 지휴도 소명의 능력을 객관적으로 인정한다는 뜻이 아니겠는가.

"지금 너, 날 실력으로 앞섰다고 말하는 거야? 보자 보자 하니까 아주 웃기지도 않네. 어처구니없어서. 왜? 한승연 실장님도 실력으로 눌렀다고 말해보지 그래?"

수지가 두 눈에 독기를 담고 이를 악물며 소리쳤다. 꾸역꾸역 눌러 참았던 분노가 급격히 치밀어 오르는 듯, 그녀는 당장에라도 소명을 집어삼킬 듯이 노려보고 있었다. 부릅뜬 눈에 금이 간 자존심과 그 상처가 고스란히 떠오르는 것으로 보아, 늘 차갑게 뒤집어쓰던 가면도 조만간 벗어던질 조짐이었다. 늘 이성적이었던 사람이 이성을 잃고 와르르 무너지는 모습을 보니 소명도 적잖이 당황스러웠다. 조금은 그녀가 안됐다는 생각마저 들 정도다. 하지만…….

그녀가 내게 주었던 무수한 상처들은? 터무니없는 비하에 인신공격들이 난무했던 그 수많은 언어폭력들은? 솔직히 자기가 내게 했던 말들에 비하면 이건 새 발의 피 아닌가?

"못할 것도 없죠. 전 제 디자인이 두 분한테 특별히 밀린다고 생각하지 않거든요."

"뭐, 뭐라고?"

"잘됐어요. 이번 일이, 실장님이나 팀장님 모두에게 자신의 실력을 점검하는 계기가 되었으면 좋겠습니다. 어떤 점에서 후배들에게 뒤지고 있는지. 이번 프로젝트의 주타깃층이 어디인지. 젊은층에게 어필할 수 있는 신선하고 참신한 디자인을 왜 두 분은 못 뽑아내는지."

"너, 너…… 너 말 다했어?!"

두 눈을 부라리며 수지가 삿대질을 하기 시작했다. 대양에선 지금까지 최고의 실력자로 군림하고 있었고, 객관적으로 이번 프로젝트에 최적임자라 평가되어 온 사람이었으니 소명의 말에 이처럼 분노하는 것은 어찌 보면 당연한 일. 사실 한승연이 디자인 부서 총괄실장이긴 해도 실무적으로나 실력 면에서는 거의 바지저고리나 다름이 없질 않은가. 진정한 대양의 실력 원탑은 황수지였다. 절대로 소명에게 이런 충고를 들을 급은 아니었다.

소명은 좀 너무했나, 싶은 생각에 잠시 머뭇거렸다. 그러나 곧바로 날아온 황수지의 악담은 소명의 마음속에서 찜찜하게 부유하던 불편함의 찌꺼기들을 모조리 싹, 남김없이 회수해 가버렸다.

"네까짓 게 내 적수가 될 거라고 생각해? 이사님을 등에 업으니 기고만장해져서 세상 모든 것이 네 손안에 들어왔다 싶으니? 웃기지 마, 이 계집애야! 이사님이 널 계속해서 밀어줄 거라고 생각하면 큰 오산이야."

"팀장님, 다시 한 번 말씀드리지만, 전 이사님을 꼬셔서 팀에 들어간 게 아닙니다. 당당히 실력으로 들어간 거라고요."

"헛소리 그만해. 넌 조만간 끝장날 거야. 각오하고 있는 게 좋을걸? 이사님, 한승연 실장님과 결혼할 사이야. 이사님한테 넌 그저 장난감일 뿐이라고, 심심할 때 가지고 노는. 그분이 너한테 관심 보여주고 뒤 봐주는 게 과연 얼마나 길게 갈 것 같니? 한 달? 일 년? 꿈 깨. 그리 길게 갈 일은 전혀 없을 테니까. 한승연 실장님이 마음만 먹으면 상황은 언제든지 역전될 거란 말이야. 내일 당장에라도 아웃될 수 있다고, 알아?!"

"……."

"실장님이 널 가만두지 않겠대. 지금까진 그냥 두고 봤지만, 이젠 절대로 봐주지 않을 거라 말하셨어. 이사님이 널 이렇게 드러내 놓고 비호하는 걸 보고 정신이 번쩍 드신 거지. 당장 널 쫓아낼 거라고 하셨어. 당장! 그렇게 되면 네 자린 누구 것이 될 것 같니? 바로 나야. 이 황수지가 드림팀에 들어가게 될 거야. 모든 게 정상적으로 되돌아가는 거지."

"그렇게 해서 드림팀에 들어가는 게, 팀장님 소원이세요?"

"뭐야?"

"팀장님께선 능력도 없는 주제에 낙하산 타고 내려왔다는 이유로 절 미워하셨잖아요. 그런데 정작 경력과 실력이 훨씬 출중한 자신을 밀어내고 단번에 실장 자리에 오른 한 실장님에겐 왜 아무 말씀도 못하시는 거예요? 왜 그분이 자신을 밀어주기만을 바라고 있는 거죠? 뭔가 많이 모순된다고 생각지 않으세요? 결국은 팀장님도 빽을 만들기 위해 줄을 서고 계신 것 아니냐고요."

"이, 이게! 뭐라고?! 야!"

디자이너로서 최소한의 자존심을 지킬 줄 안다고 생각했던 황수지도 실은 누군가의 영향력에 기대 출세하고 싶어 안달이 난 평범한 인간이었던 것이다. 더 들을 것 없다고 판단한 소명은 수지의 곁을 지나 화장실을 나섰다.

"네가 나한테 이러고도 무사할 것 같아? 한승연 실장님이 널 가만히 두고 볼 것 같냐고! 날 사주해서 널 죽어라 들들 볶았던 사람이 누구였을 것 같니? 너, 어릴 때부터 한승연 실장님과 잘 알던 사이라며? 실장님 밑에서 죽어라 일만 하던 불쌍하고 가난했던 애라며. 그런 주제에 당당히 디자이너로 대양에 들어왔을 때, 한승연 실장님이 어떤 마음이었을 것 같니? 당장 파내 버리고 싶어서 별의별 수작을 다 부렸어. 해도 해도 안 되니, 날 시켜 널 달달 볶으라 했던 거라고. 알아? 넌 절대로 한승연 실장님을 못 이겨. 조만간 쫓겨나게 될 거란 말이야! 새 되고 싶지 않으면 지금 당장 나한테 기어야 한다고, 이 계집애야!"

화장실 안은 수지가 일방적으로 토해내는 악담들만이 쩌렁쩌렁 울려대고 있었다.

제6장 흔들리고 싶지 않아

수많은 논란을 낳는 우여곡절 끝에 소명은 대양그룹 최정예팀 '프로젝트 K-6'에 합류했다.

급하게 소집되었던 탓에 팀은 회식이며 단합대회도 전혀 없이 소집된 날로부터 곧바로 업무모드에 돌입하였다. 오래전부터 직접 프로젝트를 지휘한 사람처럼 지휴는 한 사람 한 사람에게 특명을 내렸고, 명령을 하달받은 직원들은 서로 친해질 시간도 없이 각자의 일에, 혹은 공동 배분된 일에 매진해야만 했다. 덕분에 소명은 첫날부터 철야근무를 했고, 그것은 그 이튿날로, 그다음 날로 이어졌다.

인터페이스에 대한 욕심이 강한 상사는 담당인 소명을 한시도 마음 편히 쉴 수 없게 만들었다. 몇 날 며칠을 머리 싸매고 끙끙 앓아야 한 가지 나올까 말까 하는 시안들을 며칠 만에 열 개나 뽑아냈으니 더 말해 뭣 할까. 그녀의 눈에는 나무랄 데 없이 훌륭한 디자인인 것 같은데, 그럼에도 불구하고 지휴는 뭐가 그리 못마땅한지 '다시'란 말만 줄곧 반복. 드림팀 합류 며칠 만에 소명은 좀비가 되어가고 있었다.

"얘, 너 자리 비운 사이에 또 전화 왔었어."

"엉? 누구?"

오늘도 빡센 야근을 위해 준비한 야식들을 섭취하기 직전. 디자인 작업으로 더러워진 손을 씻고 막 사무실 안으로 들어선 소명에게 정원은 완전 일그러진 얼굴로 말을 걸었다. 딱히 전화 올 데가 없단 생각이 들어 소명은 고개를 갸웃거렸다.

"누구긴 누구니. 박민환, 그 인간이지."

뒤통수를 때려오는 정원의 말에 몸은 소명은 절로 '동작 그만' 모드가 되어버렸다. 부서 이동이 있고 난 후 지난 며칠 동안은 별다른 연락이 없던 박민환이 또다시 연락해 왔다는 것은 분명 등줄기가 섬뜩해질 만큼 공포스러운 일이었기 때문. 한동안 연락이 없더니 대체 웬일이지? 그날 지휴와의 트러블 이후에도 다시 따로 만나 확실하게 '전 못 도와드립니다' 하고 못을 박아뒀었고, 이후 다른 언급이 없어서 그렇게 마무리되는 줄로만 알았는데…….

"너 그때 분명하게 거절한 거 맞아? 그 인간, 여자한테 코가 꿰어서 너무 힘들다고, 도와달라고 징징댔다며. 확실히 거절했지?"

"당연하지."

"근데 왜 또 연락한 거라니? 싫다면 그런 줄 알고 포기해야지,

왜 자꾸 구차하게 매달려? 보기엔 쿨하게 생겨서는. 혹시, 진짜로 널 좋아하는 거 아니니? 괜히 니가 거절할까 봐 다른 핑계를 대면서 접근한 거 아니야?"

"에이, 그럴 리가. 좋아하면 좋아한다고 했겠지. 그 문제 때문이 아니라 일 문제로 연락했을 거야. 내가 맡았던 업무, 인수인계도 제대로 못하고 왔거든."

"일 때문이었으면 업무시간에 회사 전화로 연락을 해왔어야지. 자기가 뭔데 네 핸드폰으로 직접 연락하니? 언제부터 그랬다고. 너랑 그렇게 잘 아는 사람이야? 평소에도 개인연락처로 막 전화하고 그랬어? 아니잖아! 이번 사건 이전엔 밥도 따로 먹은 적 없으면서."

"그거야 쭉 한 사무실에서 근무했으니까. 만날 얼굴보는 팀원인데 따로 연락할 이유가 없었지. 밥은 다른 직원들이랑 같이 먹었었고."

"어쨌든 조심해. 그 인간, 얘기 들어보니까 진짜 안 되겠더라. 완전 급한지 이 여자, 저 여자 막 쑤시고 다니는 모양이야. 엊그젠 비서실 강영지가 박민환한테 프러포즈받았다고 좋아 죽더니만, 오늘은 글쎄 총무부 송하영이 여기저기 자랑을 하고 다니지 뭐야. 박민환한테 반지 받았다나 뭐라나."

"진짜?"

"그래! 미친 바람둥이 자식. 너 정신 똑바로 차려. 혹시라도 안됐다, 짠하다, 그런 생각 꿈도 꾸지 마. 불쌍한 척 징징 짜는 거 괜히 동정심에 도와주겠다고 나섰다간 그날로 네 인생은 그놈한테 저당 잡히는 거야. 알겠냐? 또다시 그런 얘기 너한테 꺼내면, 절대로 가만히 듣지 마. 다시는 그런 말 못하도록 거시기를 걷어차 버려. 여자 떼어낼 구실로 널 이용하려는 나쁜 자식, 오냐오냐 봐주지 말고 김남일이 지단 니킥하듯이 빵! 발로 차. 엉? 발로 차! (아야!) 발로 차! (아야!)"

"아, 언니!"

실제로 발로 걷어차는 시늉을 하며 열심히 노래와 코러스를 혼자 불러대는 정원의 모습이 어찌나 웃기던지. 빵 웃음을 터뜨리며 팔을 휘저었더니, 책상 가장자리에 걸쳐 있던 휴대폰이 바닥으로 뚝 떨어졌다. 아이고, 이런. 깜짝 놀라 바닥에 쭈그리고 앉아 책상 안쪽으로 굴러 떨어진 휴대폰을 집으려 팔을 뻗는데, 이 언니 좀 봐라. 간만에 드립력이 상승하는지 쉴 새 없이 웃긴 소리를 재잘거리기 시작했다.

"남자가 남자 구실을 제대로 해야 남자지. 그런 게 무슨 남자냐? 그렇게 여자 무시하는 놈들은 그거 달고 다닐 자격이 없어. 그냥 떼어놓고 다니라 그래. 나쁜 노무 자식. 걷어차! 빵! 걷어차! 빵!"

"아, 그만 좀 해! 웃겨서 배꼽 빠지겠어."

"솔직히 인간적으로다가, 박민환을 이해해 보자면 못할 것도 없어. 너처럼 예쁘고 싱싱한 아가씨를 보면 그냥 홀딱 반해 가지고 헥헥거리는 것도 다 이해해. 당연하겠지, 저도 혈기왕성한 남잔데. 하지만 안 되는 건 안 되는 거야. 너처럼 남자도 잘 모르는, 완전 대박 순진한 애를 어디 감히 욕심내? 바람둥이 주제에. 언감생심이거든!"

"무슨 소릴 하는 거야? 박 대리님이 언제 날 욕심냈다고. 걱정하지 좀 마. 나도 별로지만, 박 대리님도 그다지 나한테 미련 없을 테니까. 그분 눈 되게 높지 않아? 만나는 여자들이 다 쭉쭉빵빵이었다며. 난 쭉쭉빵빵이 아니라 쭉쭉뚱뚱이거든. 섹시한 맛도 없고, 늘씬한 구석은 더더욱 없고. 키랑 덩치만 큰 초딩 몸매잖아. 대리님께서 뭐가 아쉬워서 취향도 아닌 나한테 목매겠어?"

빵빵 터지는 정원의 멘트에 웃음 섞인 말로 대꾸를 하고는 소명은 엉덩이를 뒤로 쭉 빼며 몸을 더 낮추었다. 끙끙. 대충 몸을 구부려선 손에 닿지도 않은 게, 핸드폰이 꽤 구석으로 들어갔나 보다. 먼지가 그득하게 쌓인 책상 아래쪽으로 가늘고 긴 팔을 한껏 뻗어보았지만 손끝에는 핸드폰 모서리만 슬쩍슬쩍 닿았다 떨어졌다 할 뿐이었다. 소명은 더욱더 몸을 바닥으로 붙이곤 고개를 뒤로 쭉 빼내었다.

"그 인기도 다 옛말이지. 호텔 괴소문 난 이후론 박 대리 주가도 바닥이야. 그럴 만도 하지. 솔직히 얼굴이 잘생겼으면 얼마나 잘생겼으며, 집안이 좋으면 뭐 얼마나 좋겠어? 그 정도 잘살고 잘생긴 남자들이야 쌔고 쌨지."

"왜? 그 정도면 상위 10% 안에는 들지 싶은데."

"그래서 말도 안 된다는 거야. 지금 상위 10%가 웬 말이니? 우리 앞에 상위 1%의 남자가 떡하고 나타났는데."

"상위 1프로? 그 물건은 또 누구야?"

상체를 쭉 늘어뜨리고 엉덩이를 최대한 뒤로 내뺀 채 목을 뒤로 한껏 젖힌 우스꽝스럽기 짝이 없는 자세로, 손끝을 까딱까딱 움직이니 겨우 손마디 근처로 핸드폰이 닿는 것 같았다. 조금만 더 힘을 쓰면 휴대폰을 손에 넣을 것도 같다고 생각하며, 소명은 더욱 더 안으로 팔을 집어넣고는 인상을 썼다. 조금만 더, 조금만 더 움직이면 핸드폰을 손에…….

"누구긴 누구냐, 이사님이시지. 요새 회사 내에 이상한 소문이 나돌더라. 이사님과 우리 직원 중 함씨 성을 가진 소명이란 처자와 애절하고 애틋한 연인 사이라나 뭐라나. 들어는 봤나, 연인 사이?"

"또 그 소리야? 그건 그냥 사람들 추측일 뿐이라고 말했잖아. 우린 아무 사이 아니라니까."

"그렇구나. 5년이나 같은 집에서 살았던 사이가 아무 사이도 아닌 거였구나. 한창 이성에 눈을 뜰 때 같은 집에서 오빠, 동생 하며 부대꼈던 사이가 아무 사이도 아닌 거였구나. 너도 여자이니 그 잘생긴 얼굴 보면서 싱숭생숭하지 않았을 리 없을 터. 날마다 아침저녁으로 얼굴 마주치며 가슴 콩닥콩닥 뛰었을 너랑 이사님 사이가 아무 사이도 아닌 거였구나. 그렇구나~ 아, 그런 거구나~ 그게 아무 사이도 아닌 거라니~ 이런 발칙한!"

"아우, 진짜야. 거짓말 아니라고. 이사님이 얼굴은 멀쩡한데 속은 아니란 말이야. 좋아해 보려야 해볼 수가 없는 인간이었다니까. 밥맛 재수똥이었다고."

"아무리 재수똥이라도 꽃미남이잖냐. 꽃똥, 꽃똥. 그럼 16세 소녀가 딴마음 품지 않을 수 없었을 텐데, 이게 어디서 거짓말을!"

"진짜라니까 그러네. 그 남자가, 어릴 때부터 오냐오냐 떠받들려 살아서 완전 안하무인이란 말이야. 돈 위에 사람 없고, 돈 아래 사람 있다고 생각하는 밥맛. 겉으로 보이는 이미지가 '능력 쩔고, 신사적이고, 일에는 칼처럼 정확한 상사'라서 그렇지. 실제로 알고 보면 절대로 상종 못할 위인이라고. 인간미라곤 코딱지만큼도 느낄 수가 없거든. 못 믿겠으면, 회의 때나 결제 받으러 들어갔을 때 잘 관찰해 보든지. 얼마나 차갑고 냉정한 사람인지 말 몇 마디만 섞어봐도 금세 알아챌 수 있을 테니까. 뭐, 내가 이런 말 하면 또 언닌 우겨대겠지. 내가 괜한 말로 이사님 흠집 내고 있다고. 그게 다 다른 여자들이 이사님 주위에 꼬일까 봐 연막 치는 거라고. 근데 이건 진심, 진짜, 레알이야. 거짓말 뻥 아니라니까. 진짜로 이사님은 별로라고 생각해. 솔직한 말로 이 세상에 남자가 이사님과 대리님, 단둘뿐이라면 난 단 1초도 고민하지 않고 선택할 거야. 대리님!"

평소 정원이 해대던 지휴의 찬양에 조목조목 반박해 가고 있었지만, 소명의 신경은 온통 책상 바닥 구석에 떨어진 휴대폰에 집중해 있었다. 덕분에 당장에라도 날아와야 할 것 같은 정원의 반박이 거의 없음도, 다른 사람의 인기척이 느껴짐도 알아채지 못하고 그녀는 계속해서 종알거릴 수 있었다.

"다시 한 번 말하지만, 이사님 주위에 여자가 꼬이든 말든 난 아무 관심 없거든? 그러니까 내가 이사님을 좋아한다는 말도 안 되는 상상은 좀 그만둬 줄래? 알잖아. 내가 얼마나 조건 좋은 남자들을 경계하는지. 난 내 주제를 너무나 잘 알아. 주제파악, 분수, 이런 거 내 전공이야. 연애도, 난 나랑 집안이며 조건이 비슷하지 않음 안 했어. 사람은 끼리끼리 만나야 한다고 생각하는 주의라고 전에도 말했지? 내가 예전에 크게 한 번 데인 적이 있어서, 절대로 사랑 그딴 거에 목매는 미친 짓은 안 한단 말이야. 으으— 아…… 잡았다!"

I got it! 손가락 사이로 척 들어오는 휴대폰을 꽉 잡았을 때였다. 뚜벅뚜벅 차가운 구둣발자국 소리가 들리는가 싶더니, 매정하기 그지없는 목소리가 정수리 끝으로 사뿐히 떨어졌다.

"여기서 뭐 합니까? 함소명 씨."

헉! 이 목소리는?

눈앞에 검은 구두가 서 있었다. 소명은 절로 찌그러지는 안면근육을 최대한 펴며 천천히 구두 앞코와 자그르르하게 잘빠진 양복을 따라 턱을 치켜들어 목소리의 주인공을 확인했다. 물론 보나마나 이 지옥에서 온 사나이는 선우지휴다.

"하, 하이."

배시시 웃으며 소명은 손가락을 꼬물거리며 인사를 건네보았다. 누가 봐도 이상한 꼬라지로 더러운 바닥을 뒹굴고 있는 자신이, 그의 눈에 어떻게 보일지를 생각하니 눈앞이 캄캄, 머리가 띵해졌다. 으으, 대체 이 사람이 여긴 웬일이야? 퇴근한 거 아니었어? 아까 내가 한 잡소린 어, 어, 어디까지 들었을까? 서, 설마 다 들은 건 아니겠지?

"뭐, 뭐 좀 찾느라……."

"……."

차가운 무표정의 그가 느릿느릿, 야릇하리만치 나른한 모션으로 두 눈을 감았다 뜨며 천천히 바닥에 널브러져 있는 소명의 몸을 훑었다. '이게 다 무슨 추태지?' 라는 듯 경멸이 충만한 그의 표정을 보자마자 소명은 벌떡 자리에서 일어났다. 아이씨! 꼬투리 하나라도 그에게 잡히지 않기 위해 안간힘을 쓰고 있거늘. 왜 하필 엉거주춤 엉덩이 뒤로 빼고 바닥에 얼굴을 비비고 있을 때 나타나서 사람 당황하게 하는 거야?

"핸드폰이 떨어져서요. 이, 이거……."

머리에 꽃 꽂은 여자처럼 소명은 핸드폰을 쥔 손을 번쩍 들며 헤헤— 웃었다. 두 눈이 갈매기처럼 휘고, 빵빵한 볼에 양쪽 보조개 움푹 넣고 방실방실. 그래 봤자 찬바람 쌩쌩 도는 얼음왕자 선우지휴가 마주 보며 웃어줄 리 만무했지만. 어쨌든 어떻게든 이 꽁꽁 얼어붙은 분위기에서 벗어나고 싶었다. 방긋 웃으며 횡설수설 뭐라도 중얼거리다 보면 뭔가 대꾸를 해올 테고, 그럼 이쪽에서 대꾸해 주고, 그렇게 몇 번 오가다 보면 어색한 분위기는 자연스레 사라질 거라고 생각했다. 그래서 방실거렸던 건데.

"……."

"……."

"……."

안타깝게도 실패다. 러블리한 눈웃음과 땀 송알송알 맺힌 이마에, 붉게 상기된 두 뺨에, 윤기 반짝반짝한 광대를 발사하며 연신 방글거리는 그녀의 노력에도 불구하고, 그 누구도 침묵을 깨는 데 성공하지 못하였다. 선우지휴도, 소명도, 책상 건너편에서 넋을 잃고 이 광경을 목도하고 있던 정원도 시간이 멈춘 듯 꼼짝도 하지 못했다. 웃지도, 말하지도, 움직이지도 않는 세 사람의 공간 사이로 똑딱똑딱 초침만 일정 간격을 유지하며 꿈틀거리고 있을 뿐이었다.

"임정원 씨."

영원처럼 긴 몇 초가 지나간 이후였다. 소명의 시선을 사로잡은 듯, 그녀와 눈이 마주친 채로 미동도 하지 않던 지휴가 불쑥, 무겁게 입을 열었다. 유체이탈한 듯 멍 때리고 있던 정원은 깜짝 놀라 퍼더덕 떨며 큰 소리로 대답했다.

"네?!"

"커피 드시겠습니까?"

"아, 뭐, 저야 원래 커피 마니아라 시도 때도 없이 마시는……."

"함소명 씨는요?"

기계처럼 빠르고 단조로운 억양의 중얼거림이 날아들었다. 시간의 흐름 따위는 전혀 느낄 수 없었던 그의 표정 없는 얼굴 근육이 일순 꿈틀 움직였다. 그리고 두 눈이 슬쩍 가늘어졌다고 느껴지는 그 순간, 소명은 저도 모르게 큰 소리로 외쳤다.

"제가 내려가서 사 오겠습니다!"

*

"제가 내려가서 사 오겠습니다! 저에게 맡겨주십시오, 이사님."

그 순간 적극적으로 탈 사무실을 시도했던 것은 나름대로, 선우지휴의 레이더망에서 벗어나려는 그녀만의 작은 발버둥이었다. 절대로 그와 단둘이 사무실에 남겨지는 일만큼은 피하고 싶었으니까. 아니라고 열심히 해명을 해놓았지만, 아직까지도 지휴와 소명이 수상쩍다고 생각하는 사람들이 회사 내에 수두룩한 게 현실이니까. 하지만 그녀의 탈출 시도는 어이없을 정도로 허무하게 쉬이 수포로 돌아가고 말았다.

"원한다면 따라오세요."

"아, 아닙니다! 이런 일은 제가 혼자 해야죠. 이사님은 그냥 앉아 계세요."

"유정석 씨와 김경훈 씨도 곧 합류한다고 했습니다만. 혼자서 커피 다섯 잔 다 들고 올 수 있겠어요?"

"네……?"

"함소명 씨는 손이 다섯 개쯤 됩니까?"

"그, 그, 그, 그건……."

"그래, 다섯 잔이면 혼자선 안 되겠다. 네가 이사님 따라가서 같이 들고 와. 난 우리 자기가 보낸 음식 처리하고 있을게. 이사님께서 이렇게 비싼 초밥 세트를 사 오실 줄, 꿈에도 몰랐네. 알았으면 우리 자기한테 이딴 족발 보내지 말라고 할걸. 어서 갔다 와. 이사님께서 사주신 커피, 나도 한번 마셔보자. 어서! 빨리 따라가!"

소명이 지휴와 한 세트로 묶여 억지로 떠밀리다시피 사무실에서 쫓겨나는 데 걸린 시간은 불과 2분. 정원이 '네가 가라, 하와

이' 하던 장동건마냥 두 눈에 서슬을 장전하고 어찌나 소명의 옆구리를 쿡쿡 찔러대던지. 안 가겠다고 버티면 되레 오버하는 걸로 보일까 겁나, 도저히 따라나서지 않을 수가 없었다. 덕분에 그녀는 주인 뒤를 졸래졸래 따라가는 바둑이처럼 그를 따라나섰고, 퇴근 시간과 맞물려 분주하기 짝이 없던 회사 복도는 또다시 '함소명, 선우지휴 연인설'로 술렁거릴 수밖에 없었다. 그리고 다음날인 오늘, 이렇게 그녀는 절망의 나락으로 퐁당 빠져들어 가는 중이었다.

〈소명 씨, 진짜 이사님이랑 사귀는 거였어? 그분이 이사님이라는 사실도 뒤늦게 알려줘서 사람 황당하게 하더니만, 소명 씨 진짜 사람 우습게 만드는 재주 있네. 사귀는 사이였으면 말을 해줬어야지. 괜히 내 입장만 더 이상해졌잖아.〉

출근하자마자 날아온 이 문자메시지의 주인공은 박민환 씨. 그도 오늘 아침 회사 공기 속 틈틈이 날아다니는 소문을 들은 모양이었다. 자신이 멱살을 잡고 막말을 서슴지 않았던 상대가 대양그룹의 그 선우지휴라는 사실을 알고부터 쭉 꽁해 있던 와중, 오늘의 그 말도 안 되는 소문을 전해 듣고 더욱더 분개하는 것이었다. 한마디로 박민환도 다른 이들과 마찬가지로 소문을 백 퍼센트 신뢰하고 있다는 뜻. 소명은 크아아아— 울화를 터뜨리며 킹콩의 포즈를 취하고는 냉큼 답문을 보냈다.

〈아니거든요. 헛소문입니다. 전 싱글이라고요.〉

라고. 하지만 이를 바득바득 갈며 문자를 막 보낸 직후, 곧바로 날아온 임정원의 강력한 백어택.

“얘, 오늘 분위기 왜 이러니? 무슨 일 있니? 왜 사람들마다 날 붙잡고 너에 대해서 묻는 건데? 이사님이랑 네 사이가 정확히 뭐냐고. 나라면 너랑 가까우니까 잘 알 거 아니냐면서 자꾸 꼬치꼬치 캐묻네.”

“그, 그래서 뭐랬는데?”

“뭐래긴. 두 사람 사귀는 거 아니라고 사실대로 다 얘기해 줬지. 그냥 어릴 때 잠깐 알고 지낸 사이다, 근 10년을 연락 없이 지내다 우연히 다시 만난 게 전부이다, 최근에 SJ테크와 업무 조인트해서 드림팀 만들기 전까지는 전혀 연락도 왕래도 없던 사이다. 두 사람 절대 사귀는 사이 아니고, 예전에 오빠, 동생 하면서 친하게 지냈다는 게 다다.”

“뭐? 그런 걸 전부 다 얘기했다고? 누, 누구한테?”

“회사 사람들한테. 그랬더니…… 다들 더 맹렬히 쑤군거리기 시작하데? 진짜 두 사람 사이가 매우 많이 의심스럽다면서. 사귀는 사이가 분명하다고 막 호들갑 떨더라. 웃기지 않냐? 어릴 때 잠깐 알고 지냈다는 게 어떻게 ‘두 사람 사이가 진심 의심스러운 이유’가 되냐? 전혀 앞뒤가 안 맞잖아. 말이 돼?”

“아, 진짜! 그러게 그 얘길 왜 했어? 소문만 더 확산되게.”

"말해도 상관없을 줄 알았지. 내가 듣기엔 그냥 그저 그런 내용이었으니까. 다른 사람들도 그냥 듣고 흘릴 줄 알았단 말이야. 설마 이렇게 와전될 줄 알았겠냐? 솔직히 어릴 때 잠시 알았던 사이가 전부 다 현재 사귀는 사이로 이어지는 건 아니잖아."

"언니, 바보냐? 사람들 심리 몰라? 어릴 때 알고 지낸 사이라고 말하면 당근 의심부터 하지. 이런 문젠 자기가 생각하고 싶은 대로 해석하게 되는 게 사람 마음이란 말이야. 아씨! 이제 어떡해!"

"뭘 어떡해? 그냥 있는 거지 뭐."

"그걸 지금 말이라고 해? 그냥 있으면 소문을 인정하게 되는 건데!"

"아니지! 넌 이미 아니라고 해명했는데. 나도 아니라고 말했고. 그걸 믿지 않고 자기 마음대로 해석, 추측, 망상하는 종자들은 답이 없는 거 아니야? 아무리 사실을 말해도 그 사람들은 안 믿을걸? 그런 사람들 붙들고 열심히 해명하고 다니느니 그냥 가만히 있자고. 혹시 알아? 다들 너한테 잘 보이려고 알랑방귀 뀔지?"

"뭐, 뭐, 뭐?!"

"왜? 안 될 거 없지 않냐? 그 사람들 눈에 넌 이사님 애인이잖아. 아니라고~ 아니라고~ 우겨대도 믿지 않으니, 그걸 역이용해 살짝 즐기는 것도 나쁘지 않을 것 같은데."

"나더러 이사님을 이용하라고? 언니, 진짜 돌았어?"

"야, 근데 생각해 보니 완전 재밌을 것 같지 않냐? 농담 아니고, 진짜 한 번 해볼까? 복수 어때? 그동안 너한테 못되게 군 애들 이번 기회에 혼 좀 내줄까? 일빠는 당근 황수지 팀장. 어때, 구미 당기지?”

“언니!”

“야아~ 한번 해보자아~ 응? 응?”

황당한 논리에, 기가 찰 제안에, 질릴 정도로 끈질긴 설득까지. 오전 내내 소명은 정원이 퍼붓는 잔소리 폭탄에 기가 다 빠지는 것 같았다. 최근 들어 야근에 불면증까지 시달리느라 눈 밑이 거뭇거뭇, 피부가 까칠까칠, 눈동자는 썩은 동태 눈. 몰골도 말이 아닌데다, 눈만 감았다 하면 귓가에 쩌렁쩌렁 울리는 ‘명령이다’ 소리에 기진맥진 당장에라도 죽을 것처럼 힘들어 죽을 판이구만. 씨도 안 먹힐 그놈의 ‘애인설 이용해 얄미운 애들 처단하기’ 작전에 대해 하루 온종일 따따부따하고 있으니 머리에 스팀이 들어와, 안 들어와? 들어오지.

하지만 거기까진 그럭저럭 참을 만했다. 정원은 늘 자신의 편이 되어주었던 동료이자 친구. 쟁알쟁알 쓸데없는 수다가 좀 많긴 해도 의리 하나는 짱. 그냥 회장 아들이 워낙 고퀄리티 비주얼이라 정신 쏙 빼놓고 헛소리를 주절거리는 거겠거니 생각하면, 한 귀로 듣고 한 귀로 흘릴 수도 있었다. 어차피 애인설 같은 거 이용할 생각도 없으니 신경 끄면 끝이었다. 하지만 정작 제대로 스트레스, 아니, 충격을 주어 소명을 패닉 상태로 몰아넣은 이는 그날 사무실을 방문한 그 여자였다.

마침 점심시간을 코앞에 둔 시각이었던 터라, 팀원 대부분은 업무를 중단하고 슬금슬금 눈치를 살피고 있던 차. 다들 시계와 휴대폰, 이사님 집무실을 번갈아 보며 이제나저제나 문이 열리기를 학수고대하고 있는 중이었다. 그렇게 어수선한 분위기 속에서도 소명은 퇴근 전까지 올리기로 했던 보고서에 집중해 열심히 컴퓨터 자판을 타닥타닥, 내려치고 있었다.

"어? 어, 어, 어떻게 오셨……?"

옆자리의 경훈이 아까부터 달달달 떨고 있던 다리를 우뚝 멈춰 세우더니 갑자기 벌떡 자리에서 일어났다. 훌쩍 두 눈을 키우고 어벙하게 입을 벌리며 엉거주춤 엉덩이를 드는 그를 아무 생각 없이 슥 올려다보던 소명은 그 순간 가슴 철렁, 머리가 띵해지는 것을 느껴야 했다.

"나, 누군지 알죠?"

"에? 누, 누구신지……?"

"디자인 총괄실장 한승연이에요. 실장님 만나러 왔는데, 안에 계시죠?"

놀랍도록 아름답고 세련된 모습으로 서 있는 여자는 지난 10년간 잊으려고 애를 써도 절대로 잊을 수 없었던, 지금도 악령처럼 그녀를 따라다니며 괴롭히고 있는 바로 그 한승연이었다. 한승연. 소명의 인생에 트라우마라는 것을 맨 처음 안겨다 준, 그래서 절대로 좋아할 수가 없는 여자.

생판 모르는 사이도 아니고 한 회사, 같은 부서에서 근무하고 있음에도 불구하고, 두 사람이 이렇게 직접적으로 대면하는 것은 처음이었다. 총괄실장이라는 높은 자리에 앉아 있는 승연은 회사 업무 이외의 회식이나 기타 야유회 자리엔 거의 참석하지 않았고,

주재하는 회의에는 일개 사원 따위 참여시키지 않는 상사였으니, 일개 디자인기획팀 팀원인 소명과 마주하는 일이 있을 리가 없었다. 물론 여기에, 소명 스스로 한승연을 슬금슬금 피해왔다는 사실도 한몫했다.

승연과는 어떤 식으로든 마주치고 싶지 않았다. 과거의 악연도 악연이지만, 그녀를 보면 지휴에 대한 기억들이 새록새록 떠올라 피하지 않을 수가 없었다. 벌써 10년이나 지나 버린 일로 인해 아직도 '추억—상처—아픔'의 사이클을 타고 있는 게 그녀였고, 승연을 보면 그런 자신의 못남이 뼛속까지 고스란히 느껴져서 죽을 만큼 싫은 것이다.

안 그러고 싶은데. 예전처럼 무서울 것 없이 당당하고 싶은데.

그게 잘 안 된다. 승연의 그림자만 봐도 자꾸만 숨게 되는 자신이 소명도 너무나 싫은데. 그래도 극복이 안 된다. 아픈 기억에 맞서 싸워 이겨내야 한다는 걸 알면서도, 할 수가 없다. 생각할수록 아픔이 치유되기는커녕 점점 더 아파지는 걸 그녀도 어쩔 도리가 없었다. 이겨내기는커녕 더 힘겨워지기만 하는데, 당해낼 재간이 어디 있겠는가. 결국엔 이겨내자 덤비기를 포기, 피하고 숨어 다니는 쪽을 택했다. 달리 방도가 없으니 그리할 수밖에 없었다. 소명도 살아야 했으니까.

그런데 하필 여기서 마주치다니. 그리도 피해 다녔건만…….

"아아! 이사님 뵈러 오셨군요. 이사님 집무실은 이쪽입니다. 근데 아직 일이 안 끝나셨는데요. 저희 이사님께서는 업무 중에 방해받는 걸 굉장히 싫어하시거든요. 들어가지 마시고 여기서 잠깐 앉아서 기다리시면…….”

“겨우 그만한 일에 화낼 남자 아닌데.”

“……네?”

“나한텐 매번 방해받아도 화 안 내거든요.”

“아…… 그러시구나. 그, 그럴 만하시네요. 워낙 미인이시라. 헤헤헤!”

남자들은 진심 다 똑같은 것일까. 왜 미인 앞에만 서면 멀쩡한 엘리트도 이렇게 반바보, 얼간이가 되는 걸까? 당장에라도 침이 뚝뚝 떨어질 것처럼 헤헤, 입을 벌리고 풀린 눈을 휘며 방긋방긋 미소를 짓고 있는 경훈을 보고 있자니 소명은 남자라는 인간들에 대한 회의가 밀려오는 것 같았다. 심지어 여친도 있는 남자가 약혼반지까지 떡하니 끼고서는, 다른 여자 앞에서 샐샐거리는 꼴 하고는.

물론 그만큼 한승연이 예쁘고 매력적이긴 하다. 얼음왕자라 불리는 차갑고 도도하기 짝이 없는 선우지휴마저도, 이 여자 앞에서만큼은 스르르 녹아들어 업무를 방해받아도 화조차 내질 않는다고 하질 않는가. 그래, 예쁘면 다인 거다. 세련되고 아름답고 집안에 머리까지 다 상위클래스. 뭐 하나 빠질 만한 구석 없이 완벽한 미녀, 한승연이면 다 되는 것이다. 소명은 어떻게든 그녀의 눈에 뜨이고 싶지 않은 마음으로, 고개를 푹 숙이며 다시금 보고서에 집중하기 시작했다.

“뭐야, 한승연이잖아? 이사님이랑 아는 사이야? 헐.”

무슨 일이 있어도 신경 끄고 일에만 전념하자 다짐하고 또 다짐했건만. 너무나 당연한 수순인 듯 쿡, 옆구리를 찌르며 정원이 말을 걸어왔다. 아이씨, 왜 말을 걸고 난리야. 한승연이라면 이가 갈리고 치가 떨리는데 왜 묻고 난리인데! 그녀라면 생각하고 싶지도 않다. 그녀에 대한 얘기도 나누고 싶은 마음은 전혀 없다. 한승연에 대한 거라면 눈곱만큼도 궁금하지 않고, 알고 싶지도 않았다. 마음 같아선 호기심을 드러내고 두 눈 반짝이는 정원에게 'shut up!' 을 외치고 싶은 지경이다. 하지만…….

이게 또, 마음대로 적개심을 드러내기도 어려운 문제다. 겉으로 조금이라도 속마음을 드러내면 눈치 빠른 정원이 당장에 달려들어 코난 흉내를 내실 게 빤한데, 그럼 무슨 냄새를 어찌 맡아 무슨 말로 자신을 궁지로 몰아넣을지 알 수 없는 일 아닌가. 안 그래도 요즘 소문 때문에 난리법석인데, 괜히 이걸로 지휴와 또다시 엮으려고 할까 봐 걱정이 되는 게 사실이었다. 휴— 결국 어쩔 수 없이 소명은 깊은 한숨으로 순간의 치열했던 고민을 마감하고는 정원을 돌아보며 최대한 목소리를 낮춰 대꾸했다.

"한새그룹 외손녀잖아. 집안끼리 건너건너 아는 사이겠지."

"맞다. 한새그룹 딸이었지! 맞아, 그래서 그렇게 기세등등했던 거였지. 실력도 없으면서 학벌 하나로 실장 자리에 떡하니 앉아가지고 잘난 척하는 거 꼴도 보기 싫더니만. 집안끼리 알고 있는 사이라 실장 자리에 앉아 있었던 거로구나? 어쩐지~ 야, 근데 갑자기 여긴 왜 온 거래? 소문 들어보니까 드림팀에 탈락한 것에 대해 완전 분개했다던데. 며칠 동안 사무실에 들어가 앉아서 꼼짝도 하지 않았다더라고. 자존심 팍 상해서 결재도 안 받고, 일도 안 하고, 하루 종일 신경질만 부리다 퇴근한대. 근데 대체 무슨 생각으로 여길 찾아온 거래?"

"용건이 있어서 왔겠지. 그럴 만한 사이라잖아."

"그럴 만한 사이는 개뿔. 지휴신처럼 근사한 남자가 미쳤어? 저런 철딱서니 없고 밥맛재수꽝인 애랑 어울리게. 세상에 넘치고 넘치는 게 여자야. 예쁘고 재력 좋고 능력 쩌는 여자, 그중에서도 착한 여자, 의리 있는 여자, 개념 제대로 박힌 여자도 많다고. 이사님도 눈과 귀가 있어. 절대로 아닐 거야. 그런 사이는 절대로, 결코 아님. 두 사람은 내가 반댈세. 안 돼!"

안 될 게 뭐 있나. 두 사람은 어느 모로 보나 잘 어울리는 한 쌍인걸. 둘 다 연예인 뺨칠 정도로 잘난 외모에, 집안도 좋아. 두 사람이 서 있으면 흡사 강동원과 한채영이 나란히 서 있는 것과 같으니 이거야말로 대박. 누가 봐도 선남선녀, 환상의 비주얼커플이었다. 심지어 지휴를 열나게 좋아했던 그 옛날 자신도 두 사람이 어울린다는 사실에 대해선 아무런 반박도 못했었는걸, 뭐. 양심적으로, 솔직히 잘생긴 지휴의 옆구리에는 아름다운 한승연이 있어야 완벽했다. 자신이 아니라 한승연이 지휴에게 걸맞은 상대다.

"어머, 이게 누구야?"

인정할 수밖에 없는 불편한 진실 앞에 도달하자 또다시 푹, 한숨을 내쉰 소명이 다시금 컴퓨터 자판을 두드리기 시작할 무렵이었다. 자신만만하고 도도하기 짝이 없는 승연의 목소리가 잔뜩 날을 세운 채 이쪽을 향해 날아왔다. 분주하게 움직이던 소명의 손가락이 우뚝 움직임을 멈추었다. 옆자리에서 열심히 저주의 말을 속살거리던 정원도 나불거리던 입을 딱 붙이고 얼어붙어 버렸다.

"함소명 씨네. 우리 디자인 부서 신입. 잘하고 있나?"

또각또각, 킬힐의 경쾌하고도 살 떨리게 공포스러운 발소리가 잠잠한 사무실 안을 울렸다. 어수선하기 그지없던 사무실은 어느새 무섭도록 조용해져 있었다. 사람들의 이목은 오로지 한곳, 한승연과 소명에게로 집중되어 있었다. 승연이 가슴 밑으로 팔짱을 낀 채 소명의 책상 앞에 떡하니 버티고 섰기 때문이었다. 유난히 거대한 그녀의 그림자를 한껏 느끼며 소명은 슬그머니 아랫입술을 깨물었다. 그리곤 들어지지 않는 고개를 억지로 끽끽, 움직여 겨우겨우 승연을 마주했다.

"잘해야 될 거야. 내가 이사님한테 추천했었거든, 너. 못하면 내 체면이 깎이는 거잖아?"

"……."

차가운 조소가 날아왔다. 비웃음과 경멸 어린 시선도 함께. 길바닥을 나뒹구는 작은 벌레가 된 기분으로 소명은 싸늘하게 식어 가는 손끝을 꼭 그러쥐었다.

"아, 고마워할 필요는 없어. 내가 네 실력을 보고 추천한 건 아니니까. 너, 시중 하나는 기가 막히게 들잖아. 힘 있고 잘난 사람들 밑에 빌붙어서 알랑알랑 비위 맞추고, 허드렛일하고. 그런 거 네 적성에 딱 맞지, 아마?"

"……."

"난 사실, 네가 우리 회사에 들어왔다는 걸 알고 무척 놀랐어. 나였다면 절대로 여긴 안 들어왔을 거거든. 물론 능력의 문제였겠지. 그 출신 성분에, 그 스펙으론 다른 번듯한 회사에 들어갈 수가 없었을 테니, 어떻게든 누군가의 도움으로 어디든 들어와야 했을 테지. 목구멍이 포도청이니 별수 없었을 거란 건 나도 이해해. 하지만 아무리 갈 곳이 없어도 그렇지, 어떻게 대양에 들어올 생각을 해? 어릴 때 회장님댁에서 그 수모를 겪었으면, 이쪽으론 고개도 돌리지 말아야 하는 거 아닌가? 대체 얼마나 자존심이 없으면 그래, 여길 들어와, 들어오길?"

"이사님…… 뵈러 오신 거 아닌가요, 실장님?"

"뭐?"

"이사님 뵈러 오셨잖아요. 그럼 이사님만 뵈고 가시면 될 것…… 같은데요."

"뭐, 뭐라고?"

"여긴 사무실입니다. 사적인 일까지 언급하시는 거 다른 직원들 보기 민망하고 불편한 일입니다."

욱했다, 순간. 소명을 자신의 추천으로 드림팀에 밀어 넣었다는, 말도 안 되는 헛소리를 지껄이는 것까진 참을 수 있었지만. 사무실 사람들 앞에서 과거의 일을 들먹이면서 사람 바보 만드는 것까지도 못 들은 척 외면할 수 있었지만. 대양그룹에 입사한 것까지 회장님의 입김 때문이라는 말은 도무지 참고 들어줄 수가 없었다. 지금 같은 시기에, 말도 안 되는 루머가 횡행해 안 그래도 피곤한 시점에 이런 근거도 없는 말을 제멋대로 퍼뜨리면 어쩌자는 것? 것도 실장이라는 사람이, 이런 말을 마구 함부로 내뱉어서 대체 뭘 얻고자 한 것인데?

이건 수작이었다. 소명을 물 먹이려는 수작. 소명이 정정당당하게 실력으로 이 자리까지 왔다는 사실과 그 명예에 먹칠을 하려는 것이었다.

"어머, 얘 좀 봐. 너 지금 뭐랬니?"

뚫어져라 자신을 바라보면서도 눈 한 번 깜짝하지 않는 소명을 향해 승연은 어처구니없는 비웃음을 날렸다. 너무나 기가 차서 뒷골마저 당기는 것 같았다. 이 꼴도 뵈기 싫은 계집애가 여기서 일하고 있는 것도 어이없는데, 지가 뭐라고 눈 똑바로 들고 대들어? 겨우 신입 주제에, 남의 도움으로 겨우 생명연장, 근근이 살아가는 가난뱅이 주제에. 뭐 대단한 게 있다고 내 앞에서 눈을 똑바로 뜨는 건데?

외할아버지가 '좋은 소식 하나, 나쁜 소식 하나'라고 할 때부터 알아봤어야 했다. 지휴가 대양그룹에 들어와 일하게 됐다는 건 외할아버지나 한새그룹, 승연 자신에게도 더할 나위 없이 좋은 소식이었지만, 정말 이건 아니다. 그의 사무실에 함소명이 떡하니 들어와 앉아 일하고 있다는 것, 그것도 자신을 제치고 올라왔다는 것은 정말이지 참을 수가 없다.

"너 많이 컸다? 간덩이가 수십 배는 더 부은 것 같은데? 어디서 내 앞에서 두 눈 치켜뜨고 충고질이야? 충고질은."

"……."

"난 네 실장이야. 네 상관이라고. 네 커리어, 내 의견 한 줄이면 완전히 망쳐질 수도 있다는 거 몰라? 몰라서 이렇게 내 앞에서 까부는 거니?"

"……."

"내가 여기서 무슨 이야기를 하든, 그건 내 마음이야. 사적인 얘길 하든 말든 넌 간섭할 권리 없다고. 네가 뭔데 나한테 충고질이야? 너, 내가 누군지 몰라서 이러니? 내가 지휴랑 어떤 사이인지, 기억 못해? 기억나게 과거 얘기 줄줄이 읊어줄까?"

집요한 승연의 공격에도 소명은 표정 하나, 숨소리 하나 흐트러짐 없이 완벽하게 그대로였다. 하지만 승연은 이미 알아채고 있는 중이다. 소명이 분명 흔들리고 있음을. 그녀는 아직도 과거에 살고 있었다. 여전히 과거를 거닐며 과거의 늪에서 허우적거리고 있는 것이다. 그 말은 즉, 함소명은 아직 선우지휴를 놓지 못했다는 뜻이었다. 여전히 그녀는 지휴를 좋아하고 있고, 그 때문에 이렇게 승연의 앞에서 굳어가고 있는 것이다.

절박감이 급물살을 타며 끓어올랐다. 절대로, 무슨 일이 있더라도 소명만큼은 막아야 한다는 급박함이었다.

"도대체 지휸 무슨 정신으로 널 팀에 합류시킨 건지 도무지 이해가 안 된다. 아무리 불쌍한 애 도와주고 싶다지만 이건 아니지. 난 솔직히 이번 일에 지휴와 회장님한테 실망했어. 회사의 사활을 건 팀에, 개인적인 친분만으로 직원을 뽑아 넣었다는 건 아무리 생각해도 말이 안 되잖아?"

"아깐 절 추천하셨다더니, 이젠 회장님께서 절 친분으로 끼워 넣기 하셨다고 주장하시는 겁니까?"

"어차피 내가 추천했다는 말 믿지도 않았으면서 순진한 척하기는. 이제 그만 그 착한 가면 벗어, 이 계집애야. 너, 나 싫어하잖

아. 죽이고 싶도록 미운 사람 아니야?"

"전 실장님께 아무런 감정도 없습니다."

"거짓말하지 마. 사람인 이상 그런 일을 겪고도 아무 감정 없을 수는 없지 않아? 지휴네 집에서 쫓겨나기 전까진 회장님뿐만 아니라 사모님, 지휴, 모두 널 예뻐했잖아. 착하고, 말 잘 듣는데다 예쁘고 귀여운 여우짓도 많이 해서, 딸 없는 회장님이 특히 널 귀애하셨다며. 그런데 한순간에 쫓겨나고 그 자리를 내가 대신하고 있는데, 어떻게 나한테 앙심이 안 생길 수 있니? 사람인 이상 당연히 악감정 생기지. 아닌 척하지 마. 우스워."

"아닌 척이 아니라, 정말 아닌데요. 진짜 저 실장님한테 감정 없어요."

"착한 척하지 말랬지! 10년 전에도 그렇게 착한 척하더니, 아직도 그 버릇 못 고쳤니? 질린다, 진짜. 10년 전에도 내 앞에서는 되바라지게 대들고, 회장님과 지휴 앞에선 더없이 착하고 여린 척 연기하더니만. 지금도 그 수법 변함없네. 아직도 남자들한테 동정심 유발하면서 접근하니? 왜 이러고 사니?"

"말씀 함부로 하지 마세요. 전 누구처럼 사람을 가식으로 대한 적, 한 번도 없습니다."

"너 지금 나한테 가식 떤다 공격하는 거니? 헛, 기가 막혀서."

"그리고 엄밀히 말하면 저에 대한 사람들의 동정심은, 제가 아니라 실장님께서 유발시킨 거 아닌가요?"

"뭐?"

"캔디가 괜히 불쌍해진 게 아니잖아요? 재수 없고, 이기적이며,

독하기 이를 데 없는, 인간성 제로의 악녀가 옆에서 줄기차게 캔디를 괴롭혔기 때문이죠."

"뭐야. 너 지금, 내가 널 괴롭혔다는 거니?"

"아니라곤 말 못하실 텐데요."

"야!"

부들부들 겁먹은 양 떨고 있으면서도 말 한마디를 안 지고 대드는 소명을 향해 승연이 날카롭게 소리쳤다. 두 눈을 부라리며 이를 악무는 그녀의 모습은 독기가 잔뜩 오른 뱀처럼 표독해 보였다. 어찌나 서슬이 퍼렇던지, 옆에서 침을 질질 흘리며 승연을 닥찬하던 경훈의 얼굴도 돌처럼 딱딱하게 굳어버렸다. 한 떨기 화려한 장미꽃처럼 어여쁘기 이를 데 없던 여자의 입에서 나오는 말이 하나같이 깨는 소리였던 거라.

그 순간 숨이 막힐 듯이 조용하고 답답한 공기를 가르며 딸깍, 묵직하게 울려오는 소리가 있었다. 문이 열리는 소리였다.

"뭣들 하는 겁니까?"

뒤이어, 차갑고 딱딱한 남자의 목소리가 날아왔다.

제7장 Natural Born Mine

"이사님!"

일일드라마를 방불케 하는 초대박 막장 상황의 테이프를 끊은 이는 임정원이었다. 그녀는 아무 일도 없었다는 듯 벌떡 자리에서 일어나더니 반갑고 활기차게 지휴를 맞았다. 그러자 약속이나 한 듯 경훈, 정석, 하윤이 차례로 일어나 지휴를 맞이했다. 어떻게든 꽁꽁 얼어버린 사무실 분위기를 조금이라도 녹여보려 몸부림친 것이었으나, 안타깝게도 지휴의 차디찬 무표정을 녹이기엔 역부족이었다. 그는 그 어느 때보다도 무서운 포커페이스로 승연과 소명을 차례대로 번갈아 보며 말했다.

"두 사람, 무슨 문제 있습니까?"

"지휴야, 글쎄 얘가 감히 나한테 충고하는 거 있지. 진짜 웃기지 않아? 제까짓 게 뭔데 나한테 충고야, 충고는? 여기서 일하니까 지가 뭐라도 된 것 같은 모양인데, 이런 애 데리고 있어봤자 너나 회장님한테 득될 거 없다고 생각해. 사람은 함부로 쓰는 거 아니야. 이렇게 제 주제도 모르고 까부는 애, 계속 데리고 있어봤자 나중에 네 발등만 아파진다고. 이 계집애 아니고도 대양에 인재가 얼마나 많은데, 굳이 얘를 쓰면서……!"

"한승연 씨, 여기 온 용건이 뭡니까? 회사 일로 온 겁니까?"

"어, 엉? 어…… 뭐, 딱히 그런 건 아니지만 회사 일도 상의할 겸 해서……."

"그럼 여긴 디자인 총괄실장 입장으로 온 거겠군요."

"그, 그렇죠……."

지휴는 표정 하나 바꾸지 않고 시종일관 딱딱하고 사무적인 말투였다. 덕분에 그와의 개인적인 친분을 한껏 자랑하며 콧대를 높이던 승연은 순식간에 기가 죽은 듯 조용해졌다. 붉어진 얼굴과 비틀린 입술 끝으로 보아, 이 상황이 충분히 굴욕적인 게 틀림없었다.

그러게 왜 회사에서 그딴 망발을 하니? 지휴 성격 모르니? 애인이라며. 그럼 지휴가 공과 사 구분 못하는 사람, 질색하는 것도 알고 있을 거 아니야.

"들어오세요."

"네, 이사님……."

차갑게 떨어진 그의 명령에 승연은 불퉁하게 입술을 내밀고, 기분 상한 티를 팍팍 내며 대답했다. 그리곤 방 안으로 사라지는 그를 뒤따라 쭈뼛쭈뼛 안으로 들어갔다.

으르릉. 소명의 입에서 절로 짐승 소리가 흘러나왔다. 승연이 낭창낭창 하늘하늘한 허리와 성냥개비처럼 가느다란 다리를 유혹적으로 움직이며 방 안으로 사라지는 광경을 보고 있자니 울화통이 터져 버릴 것만 같았다.

여자 보는 눈도 진심 거지 같아. 눈이 썩었어. 얼굴과 몸매만 보나? 마음이 예뻐야지 여자라는 소리도 못 들었어? 한승연이 얼마나 계산적이고 못돼 처먹었는데. 사람을 돈으로 분류하고 계급 만들어 고용인들은 사람 취급도 안 하던 여자가 바로 한승연이란 말이야. 그런 뇌가 썩어빠진 여자가 뭐가 좋아? 뭐가 그리 좋아서 여태 못 헤어졌어?

멍청이. 바보천치 같은 선우지휴.

눈에 힘 잔뜩 주고, 소명은 그녀가 사라진 방문을 뚫어져라 노려보았다. 미동도 하지 않고 방문이 열리기만을 기다리며, 지휴와 승연을 집어삼킨 방문을 하염없이 쭉, 주시했다. 하나 시간이 흘러도 방 근처는 여전히 잠잠했다. 아무 소리도 들리지 않았고, 열리지도 않았다. 감감무소식. 사정이 이러다 보니 이사님이 움직이길 기다리던 팀원들도, 하나둘 눈치를 살피며 자리에서 일어나기 시작했다.

"얘기가 길어지나 봐. 우리 먼저 일어나지?"

"그러게. 이사님은 여자 분과 같이 식사하실 것 같으니, 우린 우리끼리 먼저 먹으러 가자고."

"근데…… 진짜 이사님 애인은 누구인 거야? 소문으론 소명 씨라고 했는데…….”

“그건 그냥 소문이었나 보지. 소명 씨 소문은 소명 씨가 직접 아니라고 해명도 했었잖아. 우리가 안 믿었을 뿐.”

“그런가?”

“그리고 딱 봐도 이사님 취향은 소명 씨보단 저분 아니겠어? 어울리기도 더 어울리고.”

“하긴, 나라도 핸섬한 재벌 3세라서 여자를 마음대로 고를 수 있는 조건이 되면 한채영 스타일 고르겠다.”

“오! 경훈 씨도 아까 그분, 한채영 닮았다고 생각한 거야? 나돈데!”

“어머, 어머, 기가 막힌다.”

두 남자직원들이 사무실을 나가며 나누는 대화를 가만히 듣고 있던 정원이 도끼눈으로 남자들을 째려보며 중얼거렸다.

“기가 막혀도 보통 막히는 게 아니네. 아니, 한승연이 어딜 봐서 한채영이래? 말이 돼? 얼굴이 닮았어, 몸매가 닮았어? 어딜 봐도 한채영 따라가려면 성형외과 견적 장난 아니게 나오겠구만. 하여간 남자들은 가슴 크면 다 한채영이래. 한채영이 들으면 완전 졸도하겠다, 진짜.”

“왜요? 예쁘긴 예쁘던데.”

반대쪽에서 책상을 정리하던 하윤이 싱긋 웃으며 말한다. 물론 곧바로 정원이 발끈하며 반대 의견을 내놓자 고개를 끄덕이긴 했다. 그리곤 2분이 채 지나기 전, 열정적으로 승연의 뒷담화를 늘어놓기 시작했다. 능력도 없으면서 빽으로 실장 자리에 들어앉아 아랫사람 달달 볶아 잡아 잡수시는 스타일이라는 정원의 증언을 듣더니 역시나 발끈한 것이다. '정말요?' 부터 시작해서, '어머, 어머!', '기가 막힌다' 등등의 추임새를 적절히 넣어가며 하윤은 같은 팀원이 된 지 근 일주일 만에 정원과 의견의 합을 이루고 있었다. 역시 여자들은 이렇게 팀워크를 다지는 건가 보다.

훅, 숨을 고르고 소명은 천천히 자리에서 일어났다. 선우지휴와 승연이 방 안에서 둘만 들어가 앉아 대체 뭘 하고 있는지 더 이상은 생각하고 싶지 않았다. 그 둘이 뭘 하든, 자신과는 하등 관계도 없고 관심도 없었다. 그녀가 과거에 자신에게 무슨 짓을 했든, 그건 어차피 과거 아닌가. 신경 안 쓰면 그만이라고 생각했다.

그녀 앞에서 자꾸만 작아지는 것도 앞으로 더 이상 부딪치지만 않으면 견딜 만하다. 설마 앞으로 계속 들락날락하겠는가? 오늘만 어찌어찌하다 우연히 들른 거겠지. 아니면 뭐, 아예 신경 끄는 수밖에. 그쪽에서 도발만 하지 않는다면 그럭저럭 참을 만할지도 모른다. 아까도 지휴가 적당히 잘라주질 않았는가. 그 정도만 해주어도, 괜찮을 것 같았다. 그 정도까지만 해주어도 정말이지 감지덕지…….

"소명아, 너 왜 그래?"

하윤과 열심히 얘기를 나누던 정원이 뭔가 이상함을 느꼈는지, 소명의 얼굴을 들여다보며 조심스럽게 물어왔다. 일순 울컥, 알 수 없는 감정이 끓어올랐다. 코끝이 찡하게 울려오고, 가슴이 썩어 문드러지는 듯 아파왔다. 소명은 당혹스러운 감정을 숨기기 위해 지갑과 핸드폰을 챙기며 씩씩하게 외쳤다.

"우리도 그만 밥 먹으러 가요. 오늘은 내가 살게요. 뭐 먹고 싶어요?"

하지만 아무렇지도 않게 빙긋 웃는 소명의 눈동자에서 주르르, 눈물이 흘러내렸다. 충격 먹은 듯 뜨악한 얼굴로 선 채 얼어붙어 버린 정원과 하윤. 소명은 눈물을 훔칠 생각도 하지 못하고 그 자리를 박차고 뛰어나갔다.

"이게 뭐 하는 짓이야?"

"내가 뭐? 못 올 데 왔어?"

"날 찾아왔으면 곱게 안으로 들어오면 될인데, 왜 쓸데없이 직원들과 언쟁을 해?"

"언쟁은 무슨. 잠깐 얘기 좀 한 거 가지고. 예전에 알던 애, 반가워서 인사 나눈 것뿐이었어. 기억 안 나? 걔가 예전에 너희 집에서 일할 때, 내가 너희 집 자주 다녔던 거."

"걔라니?"

"몰라서 하는 말이야, 모르는 척하는 거야? 지금 이 마당에 걔가 누구겠어? 함소명이지."

"함소명이 우리 집에서 일했다는 건 금시초문인데."

스읏, 고개를 꺾으며 지휴가 중얼거렸다. 힘없이 반쯤 감긴 듯 나른한 눈매와 한쪽 언저리만 흐릿하게 비스듬히 올라간 입술이 쏙, 한눈에 승연의 눈에 들어왔다. 그 어떤 남자도 흉내 낼 수 없는 선우지휴만의 독특하면서도 매력적인 특유의 표정. 볼 때마다 얼굴 붉히게 만드는 그 미소를 대하자 승연은 잠시 입을 꾹 다물고 깊게 숨을 들이쉬었다.

조금이라도 냉정해져 보려고 나름대로 노력하는 거였다. 그의 수려한 외모에 늘 매번 정처 없이 휘둘리고는 있지만 그걸 적나라하게 티 낼 정도로 자존심 없진 않으니까. 천하의 한승연이라면 적어도 남자 앞에서 최소한의 자존심은 챙길 줄 알아야 한다고 생각했다. 애정 따윈 일 퍼센트도 느껴지지 않는 차가운 미소 한 방에 가슴이 두근두근, 머리가 어질어질, 혈맥이 팔딱팔딱 뛰고 있음을 들킬 순 없었다.

"아버지가 운전기사 아니었나? 어머니도 내 기억으론 너네 집에서 부엌일을 거들었던 걸로 아는데."

"함소명의 아버지와 어머니가 고용인이었다는 게 그 아이와 무슨 상관이 있지?"

"부모님이 고용인이라 걔도 네 몸종 노릇을 했던 거 아니야? 걔, 네 전담 하녀였잖아."

새삼 10년 전의 분노와 질투가 끓어오르자 승연은 악의적으로 입술을 비틀며 차갑게 되물었다. 그러자 그가 피식, 나른하게 비웃음을 흘렸다. 돌처럼 굳은 듯 감정이 전혀 느껴지지 않는 눈동자와 예리하게 날이 선 시선이 그녀의 피부에 꽂혀왔다, 마치 경고처럼. 왠지 섬뜩하게 찌르는 그의 시선에 흠칫 놀라며 승연은 스륵, 아랫입술을 혀끝으로 핥았다.

"맞아."

다행히 그는 순순히 시인했다. 그리곤 천천히 발걸음을 돌려 승연의 앞에 정면으로 섰다.

큰 키의 날렵한 몸매. 구김 하나 없이 깔끔한 정장 차림. 그는 두 손을 주머니에 넣은 채였다. 자못 긴장이 돼 승연은 허리를 천천히 세우고 그와 두 눈을 마주쳤다. 알고 지낸 지 10년이나 지났는데도 여전히 그와 이렇듯 마주하고 서면 가슴이 떨렸다.

기대가 되어서.

"하지만 그건 부모님 일과는 무관했어. 잘 알고 있을 텐데? 네가 제일 먼저 알아챘잖아. 나도 측정하지 못했었던 내 감정, 가장 먼저 알아채고 확인시켜 준 사람이 너 아니었어?"

그러나 부푼 기대감은 늘 분노로 바뀌곤 했었다, 지금처럼.

"그래서 뭐야? 그때 감정이 아직도 남아 있다는 거야? 그래서 저 능력도 없는 계집애를 드림팀에 합류시킨 거야? 내가 잠깐 몰아붙이는 것도 화가 나고 속상해? 그래서 나한테 이렇게 화를 내는 거니?"

"화내는 쪽이 누군지 모르겠네. 억지 그만 부려."

"내가 억지를 부린다고? 그럼 내가 괜한 걸로 꼬투리 잡아서 잔소리하고 있다는 거니? 넌 내가 하는 말들이 다 우습지? 다 쓸데없지? 무시해도 좋을 만큼 가치 없지?"

"……."

"넌 매사에 이래. 네가 다 잘했고, 난 다 잘못했고. 늘 이런 식이야. 내가 왜 쟤 앞에서 무시당해야 하니? 내가 뭘 잘못했기에. 넌 또 뭘 얼마나 잘했기에. 그 계집애가 그 자리에 있는 걸 보고도 내가 멀쩡할 수 있을 것 같았니? 내가 부처니? 예수야? 네 옆에 있으려면 하해와 같은 마음씨로 네 과거의 여자한테까지 밝게 친절하게 대해줘야 해?"

"……."

"나, 천사 아니야. 착하지도 않고 물러터지지도 않았어. 부잣집 외동딸로 태어나, 부잣집 외동딸인 엄마 밑에서 고이고이, 온실 속 화초로 자라온 여자야. 유난히 딸에 대한 욕심이 많아서, 내 엄마가 날 어떻게 키웠는지 내가 말했지? 종아리에 알 배길까 봐 웬만한 거리는 걷지도 못하게 했어. 우리 외할아버지는 내가 해달라는 건 뭐든지 다 해주셨고, 그건 지금도 마찬가지시라고. 내가 원하는 남자라면 누구든 내 앞에 대령해 주시겠다고 하셔. 그렇게 떠받들어져 살아온 내가 저깟 계집애한테 소리 한 번 못 질러? 쟤가 뭔데? 쟤가 대체 너한테 뭔데?"

"직원. 대단히 유능하고 재능이 넘쳐서 내가 아주 심히 기대하고 있는."

"그 말은 뭐야. 그러니까 대양의 능력자들만 불러 모았다는 최정예 프로젝트 팀에 쟤가 당당히 실력으로 뽑혔단 말이야? 그걸 지금 나더러 믿으라고? 함소명이가, 10년 전 너희 집에서 빌어먹고 심부름하던 그 함소명이가 지금은 대양의 핵심브레인이란 말을 나더러 믿으라고? 당당히 실력으로 날 제치고 네 옆자리까지 올라와 있는 이 현실을 나더러 받아들이라고? 핫! 지금 이 대목에서 웃으면 되는 거야?"

"별로. 웃기는 얘기는 아닌 것 같은데."

"말이 돼? 그때 그 찌질이가, 네가 시키는 일은 뭐든 다 하던 그 덜떨어지고 멍청해 보이던 계집애가, 어떻게? 그 가난뱅이가 어떻게 대양에 입사할 수 있었는데? 어떻게 디자인 공부를 할 수 있었는데? 집도 절도 없이 남의 집에 빌붙어 지내던 애가 갑자기 복권이라도 맞았대? 아님, 재능을 알아본 늙은 재벌이라도 꼬셨대?"

"한승연."

"솔직히 말해. 너지? 네가 함소명일 여기로 불러들인 거지? 아직도 못 잊었니? 아직도 함소명한테 미련 남았어? 사랑해? 죽어도 못 잊겠어? 10년이 지났는데도 여전히 삽질이야? 그래? 그런 거야?"

"그렇다면, 어쩔 건데."

승연이 점점 더 흥분해 벌게져 가는 얼굴로 소리치는 걸 쭉, 내내, 무덤덤하니 쳐다보고 있던 지휴가 갑자기 불쑥 입을 열었다. 후두 내뱉어진 말 한마디에 속사포로 쏘아붙이던 승연이 우뚝, 하던 말을 멈추었다.

"내가 모든 일에 개입해 함소명을 대양으로, 내 팀으로 끌어들였다면. 10년이나 지났는데도 오매불망, 죽어도 못 잊겠어서 내 옆에 다시 불러들였다면. 편법을 써서라도 다시 내 사람으로 만들고 싶었다면."

"너, 너……!"

"미련 남은 것뿐 아니라 사랑하는 감정까지도 끓어올라서 도저히 참을 수 없었다면. 그렇다면 어쩔 건데?"

"그런 거였어? 정말……?"

진한 아이라인에 둘러싸인 고혹적인 눈매가 휼쩍 커졌다. 믿을 수 없다는 듯 입술까지 벌어지고 아랫입술은 질끈 짓이겨지고 있었다. 두 손은 꽉 쥐어진 채 부들부들 떨리고 있었으며 기나긴 인조 속눈썹은 푸득푸득 흥분으로 날갯짓하고 있었다. 그런 그녀를 응시하고 있는 지휴는 차가웠다. 적어도 흥분해 붉으락푸르락해져 있는 승연보다는 훨씬 이성적으로 보였다.

"너, 어떻게 나한테 이럴 수가 있어?"

"네가 뭔데?"

"선우지휴."

"착각하는 것 같아서 알려주겠는데. 너, 나한테 아무것도 아니야."

"선우지휴!"

"말했지? 내가 널 좋아하게 되었을 때, 그때도 네가 내 옆에 있다면. 원한다면, 그런다면 한 번쯤 생각해 보겠다고. 그건 지금의 네가 나한텐 아무 의미 없다는 뜻이다. 너도 바보가 아닌 이상 이해했을 거라고 생각했는데. 아니냐?"

"10년이야. 널 처음 알게 된 이후로, 너한테 좋아한다고 고백한 이후로! 지금까지 10년 동안이나 너만 바라봤어. 너 때문에 대양그룹에 입사했고, 너 때문에 다른 남자한텐 마음 한 번 주지 못했다고. 다 너 때문이었다고. 너 하나 때문에! 그런데 어떻게 나한테 이래? 어떻게 나한테 이럴 수가 있어? 너 하나만 보며 10년을 기다려 온 여자한테, 이렇게밖에 못하니?"

수많은 감정을 그득 담은 눈망울이 뜨겁게 일렁거렸다. 10년이나 지났음에도 사라지지 않는 그에 대한 감정. 그를 기다리며 보냈던 시간들을 죄다 보상받고 싶은 열망. 눈앞에 있음에도 손에 잡히지 않는 것에 대한 답답함과 분노. 누군가에게 자신의 것을 빼앗기기 싫다는 욕심과 적개심. 그리고 '이만큼 해바라기했으면 한 번쯤 돌아봐 주어도 좋지 않니?' 라는 순애보적인 절절함까지. 오만가지의 감정이 포화 상태를 이루며 치열하게 득시글거리고 있는 그녀의 모습은, 안쓰러울 정도로 힘들어 보였다. 누구라도 감싸주고 싶을 만큼.

하지만 다음 순간 날아든 그의 냉소 섞인 말 한마디에, 그녀의 애절하고 순수해 보이던 눈매는 우스꽝스럽게 뜨악 일그러졌다.

"나 하나만 바라봤다는 그 말은, 태성이에게 잘 전해줄게."

태, 태성? 김태성? 며칠 전, 함께 S호텔에서 밤을 지새우며 홍콩 야경을 즐겼던 그 김태성? 땀으로 범벅이 되어 야비하고 잔인해 보일 정도로 색정적인 미소를 짓던 남자의 얼굴을 떠올리며 그녀는 두 눈을 부릅떴다.

태성은 아무도 모르게 즐기자고 했었는데. 특히 지휴에겐 절대로 비밀이라며, 입단속을 단단히 시킨 쪽은 태성이었다. 그쪽이 훨씬 스릴 있으니까라고 둘러 붙이긴 했지만 승연은 알았다. 실은 지휴의 심기를 건들고 싶지 않기 때문이라는 걸. 태성은 여자 문제 때문에 아버지로부터 이미 두 번의 경고를 받은 후였고, 아버지의 신뢰를 다시 얻기 위해서는 지휴가 보유하고 있는 기술이 꼭 필요한 입장이었다. 지휴를 어떻게든 자신의 편으로 끌어들여 사업 제휴를 맺어야만 하는 상황인 것이다.

그러나 유감스럽게도 그에겐 승연의 유혹을 견뎌낼 만한 이성과 자제력이 없었다. 결국 두 사람은 충동적인 관계를 맺었고, 이후 지금까지 6개월 동안이나 아슬아슬, 줄타기 같은 밀회를 즐기고 있었다. 아무도 모르게 은밀히 말이다. 그런데 대체 그 일을, 지휴가 어떻게 알고 있는 거지? 누구한테서 들은 건데?

"그럼, 이제 일 얘길 할까?"

"……지, 지휴야……."

"여기까지 와서 할 정도로 급박한 보고가 뭐지? 한 실장."

한 실장이란 말이 그의 입에서 떨어지자, 승연은 입술을 질끈 깨물었다.

*

누구나 사람은 이성을 잃고 판단이 흐려지는 순간을 경험하게 된다. 너무나 화가 난다거나 놀라운 일을 경험해 당황하게 되었을 때 보통 그러하다. 어려서부터 나름 침착하고 이성적인 편이었던 소명에게도 이런 경험이 종종 있었다. 집에 불이 났는데도 자신은 아무것도 할 수 있는 게 없었을 때라던가. 수년간의 짝사랑이 다 멍청한 짓이었음을 알았을 때라던가. 이미 다 잊었다고 생각했던 첫사랑 따위에 또다시 상처받았을 때라던가.

"이게 뭐야? 이런 꽃바구니를 대체 누가 보낸 거야?"

오늘 아침 배달되어 온 이 커다랗고 화려하고 아름다운 꽃바구니를 보는 순간, 소명은 깨달았다. 뭔가 일이 잘못 돌아가고 있다는 것을. 자신이 충격적인 일로 패닉 상태에 빠져 돌이킬 수 없는 실수를 저질러 버렸다는 것을.

"어머? 보낸 사람이 박민환이잖아? 박민환이라면, 박 대리 아니야?"

그렇다. 박 대리가 보낸 꽃바구니였다.

소명은 어제 이성이 날아가 버린 상태에서 박민환 대리를 직접 제 발로 찾아가 '사귀어요, 우리' 하고 뻐꾸기를 날렸다. 소명을 대신할 만한 여자친구 후보를 열심히 찾아다니고 있던 민환은 당연히 얼씨구나~ 좋다며 제안을 받아들였다. 그리고 기다렸다는 듯이 이렇게 꽃바구니를 보내 만방에 '우리는 사귀는 사이♥' 라는 티를 팍팍 내주신 것. 하여간 빠름, 빠름. 사건 처리 속도가 거의 LTE급이시다. 어떻게 실수를 무마할 시간을 안 줘, 그래?

"너, 박 대리랑 사귀기로 했어?"

"어, 저기, 그게……."

"소명 씨 연애해요? 어머, 축하드려요!"

"박 대리라면 디자인기획실 그 박 대리? 여자랑 호텔…… 어쩌고 소문이 자자하던데."

"소문이었겠지. 진짜 그런 사람이라면 소명 씨가 사귀겠어?"

"맞아요. 요새 소문 다 믿을 거 못 돼요. 이사님이랑 소명 씨도 이상한 소문 있었잖아요. 난 그런 것도 모르고, 진짜 이사님과 사귀는 줄 알고 살짝 질투했었는데. 미안해요, 괜한 의심해서."

"아…… 뭐."

"애, 너 나 좀 봐."

대응하기 곤란한 말들은 대충 애매하게 대답하는 것으로 얼버무리며 슬그머니 백을 책상 위에 내려놓는데, 옆자리에서 도끼눈을 뜨고 이쪽을 노려보고 있던 정원이 소명의 팔을 덥석 잡아채 쭉 저쪽 구석으로 끌고 데려갔다.

"너 미친 거니? 어디 그딴 자식이랑. 뭐야, 너? 왜 그래? 내가 절대로 그 자식 받아주지 말라고 했잖아. 널 좋아하는 것도 아니고, 아직 이전 여자랑 관계 정리가 된 것도 아닌 자식을 왜 받아줘?"

"그, 그렇게 됐어."

"그렇게 되긴 뭘 그렇게 돼. 그 자식은 여자에 대한 기본 매너가 없는 자식이야. 그런 놈이랑 사귀면 너만 상처받는다고. 너만 이용당하고 팽당하게 될지도 모른단 말이야. 뭘 믿고 그런 놈이랑 사귀냐?"

뭘 믿은 건 아니다. 그냥 어쩌다 보니 욱해서, 그런 말도 안 되는 결정을 내린 것일 뿐. 왜 욱하게 되었는지는 자신도 이해할 수가 없는 일이라 뭐라 할 말이 없었다. 이미 다 지나간 첫사랑. 소녀 시절 그저 잠깐 스쳐 지나갔던 남자일 뿐인 선우지휴에게, 왜 그런 복잡한 감정을 또다시 느꼈는지는 지금도 설명이 불가하다.

그냥 지휴와 승연이 나란히 방 안으로 들어가 나오질 않으니, 눈물이 솟구칠 것만 같았다. 10년 전 느꼈던 배신감과 치욕이 또다시 그녀의 이성을 물들이고 장악하더니, 꾹꾹 묻어두었던 분노, 울분, 서러움 등이 치밀어 올라 꼭지가 팽 돌아버렸다. 가슴 저 밑바닥에서는 지구도 날릴 수 있을 것 같은 화력의 열화가 치솟아 머리까지 최고속으로 차올랐다. 그리곤 펑! 고삐 풀린 망아지마냥 정신 못 차리고 팔랑팔랑 달려간 곳이 바로 박 대리의 사무실이었다.

이에는 이. 눈에는 눈. 똑같이 되돌려주겠다는 미친 생각을 하면서, 그녀는 박 대리에게 사귀자고 패기 넘치는 제안을 날렸었다.

"부, 불쌍하잖아. 여자한테 꼼짝없이 붙잡혀서, 노예처럼 부려먹히고 있다는데. 벗어나고 싶어도 보복이 두려워서 그러질 못한다는데. 그런 박 대리님 심정이 오죽하겠어?"

"헉. 뭐야. 너, 박 대리가 불쌍해서 도와주려는 거야? 도와주려고 사귀겠다고 한 거야? 너 미쳤어?"

"꼭 그런 것만은 아니고……."

"아니긴 뭐가 아니야. 얼굴 보니까 맞구만. 너 진짜 어쩌려고 그래? 사람들이 벌써부터 너랑 박 대리가 좋아하는 사이인 줄 알고 난리잖아. 이러다 소문나면 너만 손해라고. 이사님이 아시면 어떡하려고 그래? 설마, 너…… 어제 그 일 때문에 이러는 건 아니겠지?"

"무, 물론이지! 아니야, 그런 거."

"진짜 아니야? 정말로?"

"……."

"확실하게 아니라고 분명히 말할 수 있어?"

정원이 소명의 눈을 빤히 들여다보며 물었다. 마치 소명의 마음쯤 다 꿰뚫고 있다는 듯. 대체 무슨 상상을 하는 거람. 내가 뭐, 선우지휴와 한승연 사이를 질투하기라도 했다는 말인가. 선우지휴를 좋아하고 있다는 거야 뭐야.

"아니라니까. 이사님은 한승연 애인이잖아. 근데 내가 왜 그런 사람을……?"

"한승연이 이사님 애인인 건 확실하니?"

뭘 의심하는 건지 정원은 께름칙한 얼굴과 캐묻는 말투로 중무장한 채 소명을 샅샅이 훑으며 물었다. 그 눈빛이 어찌나 매서운지, 지은 죄도 하나 없는 소명은 저도 모르게 목소리가 기어들어가는 기현상을 겪으며 겨우겨우 대답을 내놓았다.

"그렇다잖아, 본인이……."

"아무리 봐도 아니던데. 한승연 보던 이사님 눈, 애인을 바라보는 눈빛이 아니었다고."

"두 사람. 집안끼리 잘 아는 사이이고, 어릴 때부터 서로의 배필로 얘기되어져 왔어. 실제로 사귀는 사이이기도 했고. 그때부터 지금까지 줄곧 사귀고 있는 거면 거의 10년 넘게 만나고 있는 건데, 아직까지 사랑이 넘실거리는 눈빛으로 서로를 바라보진 않겠지."

"근데 솔직히 한승연은 정말 아니지 않아? 이사님이 아까워. 아까워도 너~무 아까워. 내가 남자였다면 절대로 한승연이랑은 안 사겨. 네가 훨씬 낫지. 이사님한텐 한승연보다 네가 더 잘 어울린단 말이야."

내내 콜롬보 흉내를 내던 정원이 갑자기 뚱한 목소리로 불쑥 말

한다.

“갑자기 뭔 소리야? 거기서 내가 왜 나와?”

“속상해서 그런다. 그깟 한승연이 뭐 그리 대단하다고, 한껏 기가 죽어서는.”

“나? 내, 내가 뭐!”

“아닌 척하지 마. 나도 눈치 백 단이야. 어릴 때 두 사람 사이 안 좋았던 것도, 둘 다 이사님 좋아했다는 것도 다 눈치챘거든. 척 하면 척이지. 그 기 센 한승연한테 눌려서 좋아한단 고백도 한 번 제대로 못하고 물러났을 게 뻔하네, 뭐.”

“…….”

“이사님한텐 네가 딱인데. 솔직히 이사님, 표정도 없고 차가워 보이는 스타일이잖아. 그런 사람이랑 바늘로 찔러도 피 한 방울 안 나올 것 같은 한승연은 완전 상극이라고. 너처럼 눈웃음 잘 짓고 애교 철철 넘치는 러블리페이스가 훨씬 더 어울린단 말이야. 아~ 진짜 짜증 나.”

뭐가 그리 아깝고 분한지 정원은 두 주먹 불끈 쥐고 연신 허공을 향해 휘둘러댔다. 흡사 딸바보 엄마 같은 모습에 소명은 그만 피식 웃음을 터뜨리고 말았다. 하여간 내가 이 언니 때문에 웃으며 산다 싶었다. 괜히 감정이 욱해 가지고 쓸데없는 짓을 저질러 눈앞이 캄캄하고 기분도 다운되어 죽을 맛인데. 그래서 나오는 건 한숨이요, 앓는 소리뿐인데. 이 언니의 팔불출 소리를 듣고선 웃지 않을 수가 없다. 호랑이 기운이 불끈불끈, 용기백배, 사기충천이랄까.

그래, 기왕 이렇게 된 거 한번 만나보지 뭐. 연애 까짓것 별거냐. 남자 만나 데이트하면 그게 연애지. 그러다 좋아지면 상대를 진심으로 대하게 되고, 마음도 서서히 열어가 서로에 대한 신뢰도 쌓아가는 거지. 믿음과 신의가 두터워지면 자연스레 상대를 좋아하게 되고, 그게 확신으로 바뀌면 결혼도 불사하는 거지. 그게 바로 사랑이 아니겠는가. 혹시 알아? 처음은 이렇듯 꼬이고 꼬여 억지로 하는 수 없이 시작했지만, 마지막은 아리따운 추억과 행복한 결실로 끝맺게 될지. 자신의 짚신이 박민환일 가능성도 있지 않겠는가. 자고로 연애는 많이 해보고 결혼하랬다.

"내가 좀 남자와의 케미스트리가 좋긴 해. 일명, 케미퀸. 박 대리님과도 잘 어울리지 않아?"

"잘 어울려서 좋겠다."

도저히 마음에 들지 않는 듯 떨떠름한 얼굴로 정원이 혀를 쯧, 찼다. 그 모습에 소명은 어깨를 으쓱으쓱, 고개를 살랑살랑, 까불까불 움직이며 깔깔 웃었다. 그러면서 제자리로 돌아가기 위해 우아하게 빙그르르 턴을 하는데,

"크헙!"

공교롭게도 지휴와 정면으로 딱 눈이 마주치고 말았다. 막 출근한 그는 문지방 근처에 우뚝 서서 이쪽을 바라보고 있는 중이었다. 평소 자주 보던 무표정에 감정 한 톨 들어가 있지 않은 차가운 시선 그대로 그녀를 뚫어져라 응시하는 그 모습에 소명은 저도 모르게 격하게 숨을 들이켜고 말았다.

"이사님 오셨어요? 아침부터 웬 꽃바구니인가 싶으시죠? 이거,

소명 씨한테 온 거예요."

"소명 씨 연애한대요. 디자인실 박민환 대리가 보내온 거더라고요. 사내커플인 거죠."

"진짜 부럽다니까. 박 대리는 전생에 나라를 구했나. 어떻게 이렇게 예쁜 소명 씨를 확 낚아챘냐. 부럽다, 부러워."

"왜요, 박 대리님도 인기 굉장하신데. 최근 들어 워낙 안 좋은 소문에 휩싸여서 그렇지, 그전엔 우리 회사 훈남 짱이었어요. 저도 좋아했는걸요. 암튼, 축하해요, 소명 씨."

"아, 네. 고, 고맙습니다……."

지휴의 눈치를 살피는 와중에도 인사까지 하며 소명은 배시시 웃었다. 옆에서 정원이 '웃음이 나오냐' 는 얼굴로 째려봤지만 어쩌겠나. 울 수는 없으니 웃을 수밖에. 소명은 뚱한 정원의 얼굴을 돌아보고도 히죽, 과하게 웃었다. 두 눈이 갈매기 날개 모양이 될 때까지, 양쪽 볼우물이 최대치로 파일 때까지.

누가 봐도 그녀는 이제 막 사랑에 빠진 행복한 아가씨였다. 냉미남 이사님이 찬바람 쌩 날리며 코앞을 스쳐 지나갈 때까지는.

"함소명 씨, 보고서."

"보고서 가져왔습니다."

"말했던 것 같은데, 좋아하지 말라고."

평소처럼 조심스럽고 단정한 모습으로 들어오는 소명에게, 지휴는 돌직구를 던졌다. 그의 시선을 작정하고 피하려는 듯 눈을 내리깔고 막 보고서를 쑥, 무뚝뚝하게 내밀던 소명은 미간을 꿈틀 움직이다가 천천히 눈을 들어 그를 보았다.

지휴는 양손을 주머니에 넣은 채 사무실 책상 모서리에 엉덩이를 걸치고 있었다. 표정 없는 얼굴로. 하지만 그 무표정한 얼굴 하나에도 수만 가지의 다른 감정이 담겨 있다는 건 이미 10년 전에 터득한 바. 여느 때와 다름없는 듯한 그의 모습에도 불구하고 소명은 직감할 수 있었다. 그가 화가 나 있음을. 그의 심기 불편함이 절로 느껴졌다. 소명은 잔뜩 긴장한 채 천천히 아랫입술을 핥으며 입을 열었다.

"무슨 말씀이세요?"

"저 꽃바구니는 내가 내린 명령에 대한 대답이겠군. 반항으로 간주하면 되는 거냐? 아침부터 일하는 사무실에 눈치 없이 꽃바구니를 보낸 머저리는 아마도 그때 그놈이겠지? 전 여자친구 떼어낼 수 있도록 사귀어달라 사정하던."

"……."

"돌려보내."

딱딱하고 차가운 명령어를 뱉어내는 선우지휴는 여전히 무표정한 얼굴과 흔들리지 않는 눈빛으로 그녀를 노려보고 있었다. 흡사 먹잇감을 노리는 맹수와도 같은 모습이다. 원하는 답을 내놓지 않으면, 달려들어 목덜미에 이를 박을 것 같은 잔인한 맹수. 아니, 치명적인 외모만 놓고 보자면 뱀파이어가 더 어울리겠다. 눈빛과 외모를 무기로 여자의 마음을 마음대로 좌지우지, 순진한 처자를 홀려 싱숭생숭하게 만드는 못된 인간이 선우지휴이니 아주 딱이다.

잘난 집안에 빵빵한 스펙, 가만있어도 여자들이 줄줄 따르는 완벽한 외모의 조합이라니. 어쩌면 선우지휴는 태생적으로 '나쁜 남자' 인지도. 순진한 십대에 불과했던 소명은 뱀파이어 영화라면 꼭 어김없이 등장하는 멍청한 희생양인 것이고. 생각이 거기까지 미치자, 일순 불쑥 10년 전 온실에서의 일이 떠올랐다.

"빨리 커라. 이건 명령이다, 함소명."

환청처럼 댕댕 귓가를 울리는 그의 감미로운 목소리에, 소명의 미간에 진한 주름이 잡혔다. 피부가 지지직— 타는 듯 강렬하게 느꼈던 입맞춤까지 생생하게 떠오르자 아랫입술을 꽉 깨물었다. 고통스러웠다. 떠올리는 것만으로도 고문인 것처럼 아팠다. 그래서 기억 속 어딘가에 처박아 놓고 봉인, 절대로 떠올리지 않았던 일이었다.

"이건 제 사적인 일인데요, 이사님."

"……."

"제가 누굴 만나든, 사귀든 그건 제 마음입니다. 그러니 이사님께서 관여해 이래라저래라 명령할 권리 없으시죠. 상관이라는 이유로 직원의 사생활까지 관여하려 하신다면 그거야말로 월권이잖아요? 평소 공과 사 철저하게 구분하시는 이사님이시니 더 잘 아시겠지만요."

생긋생긋, 나긋나긋, 최대한 방실방실 웃으며 말했다.

머릿속을 어지럽게 돌아다니는 과거의 기억들. 아픔들. 울며 보냈던 수많은 시간들. 다 묻어버렸던 것들이 하나씩 튀어나와 이미 다 나았다고 생각했던 상처들을 또다시 헤집고 뒤틀어대고 있었지만, 겉으론 태연하게, 아무 일도 없었다는 듯 웃었다. 늘 그렇듯이 그에겐 그 어떤 것도 알리고 싶지 않으니까. 마지막 자존심은 죽을 때까지 지키고 싶으니까.

"지금 월권이라고 했냐?"

속내를 싹 감춘 채 아리따운 미소 한 방 생긋 날리고 있는 그녀를 향해, 그가 무뚝뚝한 한마디를 던져 왔다. 픽, 가소로운 듯한 코웃음도 흘린다.

"내가 너한테 이런 명령 내리지 못할 게 뭐 있지? 늘 그래 왔었는데."

"……."

날카롭게 날아오는 그의 시선이 심장에 콕 박혀오자 가파르게 치솟은 그녀의 속눈썹이 파드득 떨었다.

"난 명령하고, 넌 군소리 없이 따르고. 그게 너와 나 사이에 존재했던 유일한 법칙 아니었냐? 그게 왜 이제 와서 문제가 되는 거지?"

"그건 10년 전의 얘기니까요."

"그때와 지금이 다른 게 뭐냐? 서로의 위치가 달라진 것도 아니잖아. 아직도 넌 내 아버지의 도움을 받고 있어. 내 아버지 돈으로 생활하고 학교를 졸업하고, 어머니 병원비를 대왔던 거 아니었어? 회사까지 대양에 취직해 평생 충성하겠다고 맹세도 했다던데. 그런 주제라면 10년 전과 하등 다를 바 없는 것 아닌가."

"……."

아니다. 달라졌다, 모든 것이 달라졌다. 오갈 곳 없어 어쩔 수 없이 빌붙어 지냈던 과거와 지금은 180도 다르다. 과거 선우 회장은 한없이 불쌍한 아이에게 손을 내밀어 대가 없는 동정을 베풀었었지만, 지금은 재능과 잠재력을 가진 인재에게 투자를 하고 있다. 학비를 대주며 선우 회장도 그리 말하지 않았던가. 자신은 소명의 재능과 미래를 산 것이라고. 앞으로 자신을 위해 이 재능을 써달라고. 대양과 미래를 함께해 달라고.

그녀는 선우 회장의 투자를 받아 갖고 있던 재능을 갈고닦았고, 지금의 이 자리까지 올라오게 되었다. 늘 그렇게 생각해 왔고, 그랬으니 낙하산이란 오명과 쑤군거림에도 꿋꿋이 버틸 수 있었던 그녀였다. 한데. 지금껏 어느 누구에게도 수치심을 느껴본 적 없는 그녀인데. 지휴에게 이렇듯 비웃음 사거나 무시당할 이유 전혀 없다고 생각하는 그녀인데.

어처구니없게도 지금은 아무 말도 할 수가 없었다. 입이 안 떨어졌다. 난 당당합니다, 떳떳하게 마음껏 소리치고 싶은데 그럴 수가 없었다.

"넌 함소명이야. 내가 명령하면 군말 없이 따르는 함소명. 함소명이 선우지휴의 명령에 따르는 건 당연한 거다. 꽃, 돌려보내."

"전 16살 소녀가 아닌데요. 그때의 그 함소명이 아니라고 이미 말씀드렸……."

"아니."

겨우겨우 꾸무럭거리며 입술을 열어 나오지도 않는 목소리를 쥐어짜 대꾸했건만, 그는 끝까지 들을 가치도 없다는 듯 소명의 말을 차갑게 끊었다. 그리고선 천천히 몸을 일으켜 뚜벅뚜벅, 소명의 코앞까지 걸어나와 우뚝 제자리에 멈춰 섰다. 소명은 흠칫 놀라 두 눈을 더욱 휘둥그레 뜨고는 높이 솟아 있는 그의 얼굴을 향해 턱을 들었다.

"그때나 지금이나 넌 함소명이야. 내가 하라면 뭐든 하는 내 함소명. 난 저 꽃바구니를 지금 당장 돌려보내라고 명령했고, 넌 그 명령에 따르면 되는 거다. 다시는 그 자식과 만나지 마."

"그게 무슨 말도 안 되는 억지예요?"

"그 자식은 널 좋아하는 게 아니야. 이전 여자와의 관계를 정리하기 위해 널 이용하는 거다. 그런 인간을 사랑하는 거 나로선 도무지 이해 안 되는 일이야. 진지하게 사귀는 것 또한 마찬가지, 정신 나간 짓이라고 생각해. 자존심도 뭣도 없는 밸 빠진 계집이 아니고서야, 그런 인간의 그딴 싸구려 제안에 혹할 리 전혀 없다고 생각한다. 그딴 마음이 손톱만큼이라도 있다면 하루빨리 접는 게 좋아."

"……."

"단념해. 잊어. 마음에서 깨끗하게 지워. 그런 것쯤 쉽게 잘하잖아, 너."

"뭐, 뭐라고요?"

이 남자가 지금 뭐라는 거야? 누가 잊는 걸 잘한대? 사랑을 지워내는 게 쉽다고, 누가 그래? 이게 무슨 개뼈다귀 같은 소리냐고. 내가 얼마나 힘들었었는데. 얼마나 고통받았는데. 그깟 선우지휴 따위, 절대로 좋아하면 안 되는 줄 뻔히 알면서도 잊지 못해 얼마나 마음고생했는데. 그런 나한테 뭐라고? 사랑 따위 쉽게 잘 잊는다고?

순식간에 감정이 쏠려 올라왔다. 기가 차고 분해서 울컥하지 않을 수가 없었다. 그날 그 광경을 목격했으면서도, 두 눈으로 똑똑히 그가 다른 여자를 품고 키스하는 걸 봤으면서도, 그랬으면서도 '아닐 거다, 뭔가 다른 이유가 있었을 거다, 피치 못했던 사정이 있지 않고서야 그가 그럴 리 없다' 며 끊임없이 번뇌했던 세월이 자그마치 3년이었다. 그가 보이지 않는 곳으로 꽁꽁 숨어 은둔했던 그 세월 동안에도, 그녀는 그를 이해하려고 애썼단 말이다.

사랑했기 때문이다. 그를 사랑했기 때문에 쉽게 잊을 수 없었던 것이다. 아닌 걸 알면서도 마지막까지 끈을 놓지 못했던 것이다. 그도 조금은, 아주 손톱만큼이라도 자신을 좋아했을 거라고 끝까지 자위했었던 것이다. 그랬던 그녀더러 지금 뭐래. 사랑 따위 잘 잊고 쉽게 지워내는 여자라고 비난하는 거야? 그런 거야?

"제가 왜 민환 씨를 잊어야 하나요? 이사님."

아득 어금니를 꽉 깨물고 소명이 받아쳤다. 눈에는 '절대 당신이 시키는 대로 순순히 하진 않을 거야' 와 같은 오기 창창한 결심이 쌍심지가 되어 날카롭게 빛나고 있었다. 더 이상은 못 참아. 안 참아. 당신한테, 이 함소명이 예전의 그 함소명이 아니라는 걸 똑똑히 알려줄 거야.

"민환 씨?"

두 손을 호주머니에 넣은 채 거만한 자태로 그녀를 깔아보던 지휴의 오른쪽 눈썹이 휙 위로 치켜 올라갔다. 동시에 두 눈이 가느다랗게 좁혀 떠지면서, 평온하리만치 잔잔하던 그의 새까만 눈동자가 흔들렸다. 지금까지 꼬박꼬박 박민환을 '박 대리'라 지칭하던 소명이 처음으로 '민환 씨'라 불렀다는 것을 눈치챈 것이었다.

"네, 민환 씨요. 전 민환 씨를 좋아하고 있고, 민환 씨는 저와 사귀길 바라는데 제가 왜 민환 씨의 제안을 거절해야 하는지 도무지 모르겠어서요. 이사님께서 민환 씨를 어떻게 보시는지는 모르겠지만, 전 민환 씨가 좋거든요. 친절하고 자상하고. 유머 감각에 외모도 훌륭하잖아요. 제가 좋아하는 조건들을 다 갖추고 있어서 예전부터 짝사랑을 심하게 하고 있었거든요. 그런데 드디어 이렇게 기회가 왔잖아요. 잡아야죠."

"짝사랑이라고?"

"무엇보다 전 민환 씨를 믿거든요. 지금은 이전 여자한테 잡혀서 옴짝달싹 못하고 계시지만, 제가 도와드리면 일이 다 잘 풀릴 거예요. 그럼 저한테 올인하시겠죠. 적어도 누구처럼 절 배신하진 않을 거라고 믿어요."

"배신도 당해보셨나? 생각보다 화려한 연애 생활을 즐기셨군."

"남의 도움으로 학교 다니는 고학생이라고 24시간 공부만 하겠어요? 연애도 하고, 실연도 당하고, 걷어차기도 하고. 남들한테 꿀리지 않을 정도는 됩니다, 이사님."

"그래서. 박민환과 계속 만나겠다, 이거냐?"

"만나지 말아야 할 이유가 전혀 없잖아요."

상큼하게 말하곤, 빙긋 웃으며 그를 향해 상냥하게 눈꺼풀을 나풀거리는 소명. 핥고 빨아 먹어 치워버리고 싶을 정도로 귀여운 보조개가 그녀의 양쪽 볼에 앙증맞게 생겨났다.

"설마 진짜로, 이사님 명령에 따라야 한다고 주장하시는 건 아니시죠? 에이~ 농담이실 거야. 만약 정말로 10년 전의 저와 지금의 저를 동일시하신다면 진짜진짜 곤란합니다. 제가 지금도 이사님 몸종이나 하던 16살 밥풀은 솔직히 아니잖아요. 대양의 디자이너, 함소명. 그렇게 봐주셔야죠, 이사님. 여긴 회산데."

"그러니까 네 마음대로 하겠다는 거네."

"죄송합니다, 이사님. 정말 너~무 좋아해서요. 민환 씨가 좋다면 전 뭐든 할 것 같아요. 진짜 여자친구가 아니면 어때요? 여자친구 역할도 전 만족해요. 솔직히 그 여자가 끝까지 그 자리 차지하고 앉아 있진 않을 거 아니에요. 언젠간 물러날 텐데, 그럼 그때 가서 민환 씨 여자 하죠 뭐. 그때까지 묵묵히 그 사람 옆에서 기다리려고요. 언제 끝날지 모르는 싸움, 지칠 때마다 위로해 주고 힘이 되어줄 거예요. 힘들 때 옆에 있어주는 사람이 진짜 사랑 아닌가요?"

"사랑?"

"수절한다 생각할 겁니다. 전 누구처럼 한 마음 가지고 두 사람 만나는 거 절대로 못하거든요. 이 사람 좋아하면서 다른 남자 못 만나요. 어차피, 결국 민환 씨 아니면 안 되는 거죠. 아무리 멋진 남자라도, 민환 씨 아닌 다른 사람은 좋아할 수가 없는 거. 그게 사랑 아니겠어요? 전 민환 씨를 너무너무 사랑해서 다른 건 아무 것도 안 보여요. 민환 씨 과거 같은 거 눈감아줄 수 있어요. 과거쯤이야 뭐. 누군 과거에 사랑 안 해봤나? 과거는 과거일 뿐, 현재와는 아무 상관 없잖아요. 개의치 않아요. 민환 씨만 제 옆에 있다면야."

진짜 사랑에 빠진 여자인 양 소명은 흐물흐물 꿈꾸듯 멍한 얼굴로 허공을 응시했다. 그리곤 승리를 확신하듯 의기양양 눈썹까지 꿈틀거리며 씩 미소를 짓고 있는데, 갑자기 선우지휴의 얼굴이 뚜벅, 유령처럼 불쑥 앞으로 튀어나왔다. 한 걸음 더 가까이 그가 다가온 것이었다. 갑작스런 그의 움직임에 놀라 소명이 뒤로 한 걸음 물러섰다. 하지만 그녀가 뒤로 물러선 만큼 더 가까이 그가 다시 다가오자, 소명은 또다시 한 걸음 뒤로 달아났다. 그리고 또 한 걸음, 또또 한 걸음…….

"그 여잔 과거가 아니라 현재진행형일 텐데."

차가운 사무실 벽이 그녀의 얇은 블라우스에 와 닿는 것이 느껴진 순간, 그가 입을 열었다. 동시에 성큼 거리를 좁히며 소명에게 다가섰다. 소명은 커다래진 동공을 들어 그를 올려다보았다. 날렵한 턱 선과 조각처럼 잘 빚어진 콧날, 깎아지른 듯 강인하면서도 유려해 보이는 얼굴 윤곽, 길고 섬세하게 드리워져 볼 때마다 감탄이 절로 나오는 속눈썹. 그의 화려한 이목구비가 한 프레임에 쏙 들어와 그녀의 시신경을 강타했다. 언제 봐도 다비드. 10년 전이나 지금이나. 십대였을 때도 30대인 지금도, 그는 언제나 다비드 상처럼 완벽했다.

지휴신이란 말이 괜히 나오는 게 아니지. 속으로 중얼거리며, 소명은 콧잔등을 찡그리며 불쾌한 심기를 드러냈다. 그리곤 막 그의 말에 반박하기 위해 입을 열었을 때였다. 그의 몸이 앞으로 기울어지는가 싶더니, 긴 팔이 움직여 그녀의 머리맡 근처에 탁, 손을 짚었다.

귓전을 때리는 묵직한 소음.

흠칫 놀라는 소명의 코앞으로, 다비드가 다가와 차갑게 미소했다.

"너도 마찬가지이고."

"그, 그게 무슨……?"

무슨 말이냐고 물으려는 찰나였다, 그의 입가가 무섭게 비틀린 것은. 마치 대답이라도 해주려는 듯, 자신도 역시 과거가 아닌 현재의 사람이라는 듯이, 그가 그녀의 입술을 덮쳤다.

거부는커녕 상황 파악도 제대로 하기 전에 멍하게 벌려진 입술 안으로, 마치 제집을 찾아 들어가는 것마냥 그의 혀는 당당하고 자연스럽게 파고들어 왔다. 벌하듯, 그러나 음미하듯. 부드럽게 휘감아 거칠게 빨아들이는 그의 입술은 순식간에 소명의 의식을 앗아갔다.

막 잡은 활어의 꼬리마냥 심장이 거세게 펄떡펄떡 뛰었다. 피가 거꾸로 솟구치고 손발이 바들바들 떨리는데다, 무릎에선 힘이 스르르 빠져 당장에라도 쓰러질 것만 같다. 밀어내야 하는데. 이 남자, 이 입술, 당연히 거부해야 하는데. 그, 그런데…….

"사귈 테면 사귀어봐."

의지를 잃고 그가 핥고 빠는 대로 떨고 헐떡이고 있는 그녀를 비웃듯 그가 나직하게 속삭였다. 너무 빨리 뛰어 터져 버릴 것 같은데도 불구하고 그녀의 심장은 그의 마력 같은 속삭임에 즉각 반응했다.

헉헉, 뜨거운 숨을 내뱉으며 그녀는 다급하게 그의 팔뚝을 붙들었다. 간당간당 끈기 있게 소명의 손에 들려 있던 보고서 철은 그 순간, 와르르 바닥으로 내동댕이쳐져 버렸다.

제8장 ing……

양손에 바리바리 야식을 싸들고 한적한 회사 복도를 걷고 있는 승연의 기분은 점점 최악이 되어가고 있었다. 콧속으로 스멀스멀 파고드는 음식 냄새에 끊어질 듯 아파오는 두 팔, 간간이 지나치는 회사 사원들의 눈초리가 짜증스러워 미칠 것 같았다. 기분이 더러웠다. 자신이 왜 이런 짓까지 해야 하는 건가 싶어 화딱지가 났다. 솔직히 김태성과의 일에 대해 자신이 지휴에게 죄책감 가질 일이 뭐가 있나? 양다리를 걸친 것도 아니요, 깊은 관계였던 것도 아니었는데.

태성과는 서로 필요에 의해 잠시 잠깐 즐겼던 것뿐, 그 이상도 이하도 아니었다. 그날은 지휴에게 가혹한 말을 들어 화가 머리끝까지 치솟았었다. 그 분노를 삭이기 위해선 누군가와의 화끈한 하룻밤이 필요했단 말이다. 때마침 태성이 옆에 있었을 뿐 그에게 다른 감정이 있었던 건 아니었다. 태성이 아닌 다른 남자가 옆에 있었더라도 그녀는 그를 취했을 것이다. 뭐, 그날 죽이 잘 맞아 그 뒤로도 가끔 만나 즐겼던 건 사실이지만. 것도 어디까지나 지휴 때문이었다. 지휴가 자신을 여자로 봐주었더라면, 끊임없이 구애하는 자신을 받아들여 주었다면 자신이 태성을 찾을 일은 절대로 없었을 것이다. 게다가 엄밀히 따지면, 지휴와는 아무 사이도 아닌 상태에서 즐긴 것이니 자신이 가책을 느낄 일은 없었다. 솔직히 일회용 애인 따위, 누구나 다 하나씩은 가지고 있는 것 아닌가?

어쨌든 승연은 지휴를 포기할 마음이 추호도 없었다. 외조부 말대로 선우지휴는 대한민국 최고의 신랑감이기도 했지만, 자신의 구미를 당기는 거의 유일무이한 남자이기도 했다. 한 번 노력해 단번에 결과가 나오지 않는 일에는 두 번 다시 매달리지 않는 자신이 10년 넘도록 죽자 사자 그에게 몰두해 있는 것만 봐도 딱 답이 나왔다.

지휴만이 자신을 만족시킬 수 있는 남자다. 지휴만이 자신의 끊임없이 밀려드는 갈증을 채워줄 수 있었다. 그를 갖는 순간 자신은 대한민국을 손에 넣는 것이며, 영원의 갈증을 해소할 수 있을 것이다. 그리고 그런 그를 손에 넣기 위해선 이딴 음식 냄새는 얼마든지 맡을 수 있었다. 착한 여자 노릇? 그깟 가식, 원 없이 떨어줄 수 있다. 승연은 전주댁이 대신 준비한 음식들과 비싸고 질 좋은 와인을 힐끗 내려다보며 오전에 있었던 주화연과의 대화를 떠올렸다.

"아줌마, 저 사실대로 말할게요. 실은 저, 다른 남자 많았어요. 지휴한테 거부당한 게 너무 화가 나고 기분 나빠서, 일부러 최대한 많이 만나려고 노력했어요."

"어머, 얘. 너 지휴 좋아했던 거 아니었어?"

"좋아했죠. 지금도 좋아하고요. 그래서 더 많이 만나려고 했어요. 솔직히 저, 어디 가서 빠지는 조건 아니라고 생각하거든요. 알고 계시겠지만 저 인기 굉장히 많아요. 절 며느리로 욕심내시는 분들도 많고, 실제로 정식으로 혼담이 들어온 적도 있어요. 하지만 전 10년 전부터 쭉 지휴만 좋아했어요. 아주머니도 아시잖아요, 제가 지휴 때문에 얼마나 마음고생 심했는지. 지휸 절 거들떠보지도 않는데 포기는 안 되고. 답답하고 억울하고, 화가 나서 참을 수가 없었어요. 그래서 홧김에 이 남자, 저 남자 사귀고 만났어요."

"그래, 네가 마음고생 심했던 건 내가 잘 알지."

"근데 아줌마. 다른 남자들 만나면서도 저, 한 번도 지휴를 마음에서 놓은 적 없었어요. 그건 진짜예요. 진심으로 전 지휴를 사랑해요. 지휴밖에 없어요. 10년 전부터 지금까지 쭉, 지휴만 바라보고 있어요. 근데 지휴는 절 여자로도 안 봐요. 그냥 일개 직원일 뿐이라고 생각해요. 저 진짜 너무 힘들어요. 어떻게 해야 할지 정말 모르겠어요."

"네가 힘들다니까 내 마음도 좀 그렇다. 근데 승연아, 사람 마음은 인력으론 안 되는 거야. 누가 어떻게 한다고 해서 바뀔 수 있는 게 아니야. 너도 알다시피 지휴가 여자 없이 공부에 일에 몰두한 지 어언 10년이잖니. 그동안에도 너한테 흔들리지 않았던 지휴인데 지금이라고 뭐 달라질 게 있을까? 네가 노력한다고, 10년이나 요지부동이었던 녀석 마음이 돌아설 것 같아?"

"아줌마. 지휴, 저보다 더 좋은 여자 못 만나요. 저희 외할아버지, 전 재산을 제 배우자에게 물려주신대요. 능력만 있으면 회사 경영권까지 다 가져가래요. 사실 저 아니곤 그 큰 회사 이끌어갈 사람도 없는 게 저희 집안 사정이죠. 그래서 그 누구보다도 더 똑똑하고 유능한 사람을 손녀사위로 맞으시고 싶어 하셔요. 전 지휴라면 저희 외할아버지께서도 두 손 들고 환영하실 거라고 생각해요. 상상해 보세요, 대양과 한새가 힘을 합하면 어떻게 될지."

"대한민국이 우리 지휴 손에 들어오겠지."

"바로 그거예요, 아줌마. 전 지휴에게 힘이 되어줄 수 있어요."

"뭐…… 그건 그렇지만, 우리 지휴는 너한테 생각이 전혀……."

"그 아이 때문에 그래요. 남자들이 왜, 첫사랑을 잘 못 잊는다잖아요. 지휴도 남자니까요."

"그 아이? 설마, 그…… 그 아이? 그게 사실이었니? 우리 지휴가 첫사랑을 못 잊어서 여잘 안 만난다는 거? 미, 믿어지지가 않는구나. 너도 알다시피 우리 지휴가 걔한테 좀~ 못되게 굴었니? 그렇게 부려먹고 괴롭혔었는데, 그 아일 지휴가 좋아하고 있었단 말이야?"

"그럴 리가요. 그냥 동정이죠. 워낙 불쌍한 아이라 도와주고 챙겨주다 보니 어느새 그게 사랑이라 착각하게 된 것뿐이에요. 그

애가 좀 영악하고 되바라진 구석이 있었잖아요, 사실. 지휴 유혹해서 겁탈 시도나 하게 만들고."

"얘, 너 무슨 그런 말을 함부로 입에 담니? 그때 일, 다시는 언급 안 하기로 했잖아. 우리 지휴가 그냥 실수로, 진짜 실수로 그랬다는 거 너도 잘 알면서. 그 아이도 아무 일 없었다고 확언해 주었단 말이야."

"아무튼 지휴가 그 아이한테 코 꿰서 마음 못 잡는 거, 친구들도 다 이해 못해요. 그런 아이한테 제가 밀렸다는 사실도 도무지 이해불가라고 하고요. 저더러 불쌍하대요, 애들이."

"정말로 우리 지휴가, 아직도 소명일 못 잊고 있단 말이지?"

"동정과 사랑을 구분 못하는 거예요, 아줌마! 지휴가 절대로 걜 좋아하는 거 아니라니까요. 혼자 사랑이라 착각하는 거라고요. 생각해 보세요. 10대 때 잠깐 했던 풋사랑이 무슨 의미가 있겠어요?"

"……."

"걘 백발백중 지휴가 아닌 돈 때문에 들러붙은 거예요. 불쌍한 척하니까, 안쓰러워서 봐주다가 지휴도 그렇게 깊이 빠지게 된 거고요. 걔는 지휴 마음 착한 걸 이용해서 골수까지 뽑아먹을 애라니까요."

"소명이가 그렇게까지 이상한 애는 아니었는데. 나도 5년 데리고 있어봤잖니. 심성 착하고 귀여운 애였어."

"아줌마, 저 싫으세요? 제가 며느리 되는 거 달갑지 않으신 거예요?"

"어? 아, 뭐…… 딱히 그런 건 아니지만. 지휴가 탐탁지 않아 하니까. 난 내 의견을 자식한테 강요하는 부모가 되고 싶지는 않아. 배우자 문제에선 더더욱 본인 의견을 존중해 주고 싶어. 솔직히 자식 여자 문제까지 간섭하는 엄마, 재수 없잖니. 난 어쨌든 지휴가 자신이 좋아하는 여자와 결혼하길 바라."

"간섭 같은 건 안 하셔도 돼요. 그냥 절 조금만 도와주시면 나머진 제가 다 알아서 한다니까요."

"그, 글쎄…… 난 어찌해야 할지……."

"아줌마가 제 편이 되어주세요. 제가 지휴랑 결혼하게 되면 지휴한텐 한새라는 든든한 배경이 생겨요. 날개를 한 쌍 더 달게 되는 셈이라고요. 저희 외할아버지의 든든한 지원을 받으면서 대양그룹에 입성하는 걸 생각해 보셔요. 능력까지 출중한 지휴의 미래는 그야말로 탄탄대로라고요. 제가 그렇게 만들어줄 수 있어요, 아줌마. 그렇게 할 거예요. 아줌마, 지휴가 대양그룹에 들어오는 게 소원이라고 하셨죠? 저뿐이에요, 그렇게 만들 수 있는 사람. 그 계집애? 못해요, 그렇게. 그럼 답이 나온 거 아닌가요?"

"지휴 마음 돌릴 자신이…… 있긴 한 거니?"

"그럼요. 아주머니가 제 편만 되어 주신다면요."

지휴의 어머니인 주화연 여사를 구워삶는 일은 생각보다 꽤 귀찮은 일이었다. 사회적 위치에 비해 소탈하고 순진한 편인데다 아들에 대한 자부심과 믿음이 워낙 커서, 돈이나 집안 따위로는 꼬드기기가 쉽지 않았기 때문이다. 하지만 한승연이 누군가. 모략과

음모, 뒷담화, 정치질, 모든 것에 능숙한 꼬리 아홉 개 달린 여우가 아닌가. 비록 한새그룹이라는 대형 떡밥으로는 낚지 못했지만, 승연은 화연의 유난히 강한 '자식 사랑'을 자극하여 그녀를 자신의 편으로 끌어들이는 데에 성공했다.

주화연의 가장 큰 약점이 바로 선우지휴, 아들이었다. 그녀는 아들이 대양그룹의 후계자로서 당당히 서길 고대하고 바라 마지않고 있었다. 아마도 그것이 인생 최대의 목표일 것이다. 그것을 대신 이루어줄 수 있는 여자라면, 그 누구라도 오케이할 것만 같았다. 승연은 그 점을 십분 이용했고, 덕분에 그녀의 마음을 얻을 수 있었다.

물론 모든 게 깨끗하게 마무리된 건 아니었다. 주화연은 과거 자신이 소명에게 너무 가혹하게 대했다고 생각하는 것 같았다. 당시 그저 승연의 말에 잠시 휘둘렸고, 그래서 뭣도 모르고 승연이 시키는 대로 했을 뿐이었음에도 불구하고 죄책감을 느끼고 있는 것이다. 또 지휴가 그녀를 잊지 못한다는 말에 몹시 흔들리며 괴로워하는 모습을 보이기도 하였다. 지휴가 그날의 전모를 알게 되면 어떤 일이 벌어질는지 두려워하는 것도 같았다. 분명 이 부분에 대해선 깨끗하게 처리를 해야만 할 것이다. 그래야 뒤탈이 없을 터이니.

어쨌든 화연은 이제 자신의 편이 되었다. 그녀는 앞으로 지속적으로 지휴와 잘될 수 있도록 승연을 적극 돕겠다고 약속했다. 그 첫 번째로 지휴의 스케줄 정보를 모조리 자신에게 넘겨주었다. 지휴와 접촉할 수 있는 기회가 생기면 제일 먼저 승연에게 알려주겠다는 약속과 함께. 승연의 오늘 이 작전은 바로 그 스케줄 정보를 기반으로 짠 것이었다.

혼자 일하는 사무실에 급습해, 음식으로 긴장을 풀어 러브무드를 조성하는 것.

"으, 짜증 나. 옷에 냄새 다 배겠네. 꼭 이렇게까지 해야 되나? 그래야 하니, 한승연? 선우지휴 따위 그냥 쿨하게 버리면 안 되겠어?"

사무실 앞에 선 승연은 잠시 음식꾸러미를 바닥에 내려놓고 욱신거리는 팔을 툭툭 두들기며 신경질적으로 중얼거렸다. 힐까지 신은 채로 이 무거운 걸 들고, 것도 남자한테 잘 보이기 위해서 여기까지 왔다는 사실이 못내 자존심이 상했다. 옷 스타일은 다 구기고, 신중히 골라 뿌렸던 향수도 땀내와 섞여서 구려진데다가, 그날 이후 다시 그와 맞대면해야 한다는 중압감이 그녀를 심히도 꿀꿀하게 했다.

"그래도 여기까지 왔는데 포기할 순 없지. 어디 한번 해보자, 선우지휴. 네가 이기나, 내가 이기나 어디까지 버티는지 한번 두고 보자고. 별수 없이 내 품에 안기게 될 때까지, 그때까지만 내가 참는다. 내 거 되면, 그땐 각오하는 게 좋을 거야. 어떤 식으로든 되갚아줄 거니까. 망할 선우지휴!"

악의가 가득 담긴 입술을 휙 비틀며 승연은 바닥에 잠시 내려놓았던 음식꾸러미를 낚아채듯 들어 올렸다. 그리곤 막 사무실 문을 열려는 순간이었다. 반유리문 너머로 지휴가 자신의 집무실에서 나와, 사무실 책상 앞에 앉아 통화를 하고 있는 누군가를 향해 다가가는 것이 보였다.

"뭐야? 야근 혼자 하는 거 아니었어?"

저도 모르게 몸을 숙이고 그녀는 눈살을 찌푸렸다. 퍼뜩 머릿속으로 불쾌한 얼굴이 떠올랐다. 아니야. 아닐 거야. 그럴 리가 없어. 혼잣말을 중얼거리곤 도둑고양이처럼 지휴의 움직임을 주시했다. 하지만 그 순간 그녀가 확인한 광경은 그녀를 공격모드 살쾡이로 만들어놓았다.

"저, 저게!"

지휴는 함소명과 함께였다. 또, 두 사람이 함께 있었다. 야근한다더니 이런 거였어? 이런 식으로 두 사람이 몰래 만나고 있었던 거야? 이런 선우지휴를, 그의 마음을 얻기 위해 기다리고 또 기다리고 있었던 거니? 그런 거니, 한승연? 승연은 아랫입술을 질끈 깨물며 유리창 너머의 두 남녀를 죽일 듯이 노려보았다.

승연은 얌전히 웅크린 채 지휴의 마음이 돌아오기만을 기다리고 있는 지금의 자신이 얼마나 어리석은지 뼈저리게 느끼고 있었다. 역시 요조숙녀 흉내 내면서 음식이나 갖다 바치는 게 능사는 아닌 것이었다. 주화연의 말대로 지휴의 마음이 풀릴 때까지 얌전히 있어 봤자, 돌아오는 건 아무것도 없는 것이다. 이대로는 안 된다고, 승연은 살벌하게 곱씹었다.

뭔가 강력한 한 방이 필요했다. 지휴의 마음이 돌아오지 않는다면, 억지로라도 돌려세우는 방법밖에 없었다.

"두고 봐. 꼭 두 사람을 찢어놓고 말 테니까."

〈오늘도 야근이야? 뭐야, 벌써 며칠째. 사귀기로 한 이후엔 거의 만날 수가 없네.〉

"죄송해요. 일이 너무 많아서."

〈이사님은 무슨 일을 그렇게 무식하게 시킨대? 어떻게 하루도 제시간에 집에 보내주질 않아? 소명 씨랑은 친분도 있는 사이잖아.〉

"제가 제대로 제 몫을 해내지 못하니까 이사님께서도 어쩔 수 없는 거죠, 뭐. 저도 오늘은 어떻게든 마무리하고 대리님과 시간을 보내보려고 했는데 결국 또 이렇게 야근을……."

〈어째 기분이 좀 찜찜하다? 이사님 말이야. 일부러 그러시는 건 아니겠지?〉

"예?"

〈우리 데이트 못하게 하려고 일부러 소명 씨 잡고 늘어지는 거 아닌가, 자꾸 그런 생각이 드네. 지난번에 만났을 때 소명 씨 바라보는 이사님 눈이 예사롭지 않다 싶었거든. 그런 건 아니겠지?〉

"그럴 리가요. 말이 안 되잖아요."

즉시 부인하긴 했지만, 사실 이쯤 되면 누구라도 의심할 수밖에 없다. 지휴가 소명과 민환의 만남을 의도적으로 훼방 놓고 있는 게 아닐까 하고. 3일 전 '사귈 수 있으면 사귀어보라'는 의미심장한 말을 남긴 이래 주야장천 소명을 들볶고 있는 지휴이니, 의심을 안 한다는 게 오히려 더 이상한 일이었다. 게다가 야근도 어디 보통 야근인가. 둘만 달랑 남아 밤새도록 일하는, 묘한 야근이 아닌가.

〈말 안 되는 건 나도 알아. 근데 회사에 도는 소문도 심상치 않고, 또…….〉

"소문은 소문일 뿐이죠. 증거도 없는 추측들, 그런 식으로 마구 돌아다니는 거 대리님도 잘 아시잖아요. 저흰 그냥 전에도 말씀드렸다시피……."

되지도 않는 소문에 의문을 품는 박 대리에게 제대로 된 해명을 해보려는 찰나였다. 손안에 느슨하게 잡혀 있던 핸드폰이 쑥 어디론가 빠져나가더니 매우 익숙한 남자의 목소리가 묵직하고 딱딱하게 떨어졌다.

"핸드폰 압수."

지휴였다. 3일 전, 자신의 장난감이 반란을 일으키는 꼴이 같잖은 나머지, 그 장난감에게 무려 키스를 퍼부었던 비상식적이고 무자비한 남자.

"내 핸드폰!"

"일 못해서 야근하는 주제면 일하는 시간에 딴짓은 하지 말지. 머리 안 돌아가 아이디어도 못 내, 이렇게 시간 때우는 걸로 벌을 받고 있으면 양심은 있어야지. 열심히 일하는 척이라도 해야 하지 않나? 그래야 곱게 봐주고 일찍 퇴근시켜 주지."

"곱게 봐주실 필요까진 없는데요. 고깝게나 보지 말아주시죠, 이사님."

"일만 잘해준다면야."

"못한 건 또 뭐 있다고. 솔직히 제가 낸 아이템들 팀원들 의견은 전부 다 오케이, 최고였거든요. 다들 보고 감탄하는 걸 이사님 혼자 마음에 안 들어서 폐기처분하신 거잖아요. 아니, 어디 그런 게 한두 개여야지. 제가 처음엔 이사님 까다로운 성향 탓이겠거니, 내가 더 멋진 아이디어로 이사님 컨펌을 받아내야겠다 하고 넘겼거든요? 근데 여섯 번째 시안까지 오니까 솔직히 좀 의심스러워집니다. 일부러 날 괴롭히자는 속셈이 있지 않고서야 여섯 번씩이나 퇴짜 놓는다는 게 말이 안 되거든요. 아, 뭐. 이렇게 된 거, 한번 여쭤나 봅시다. 대체 언제까지 절 들들 볶으면서 쥐어짜실 건가요, 이사님?"

콧잔등에 주름을 잡고 소명이 비꼬인 말투로 재잘거렸다. 평소 마음에 담아두었던 게 한 보따리인 듯 눈빛이 매우 전투적이었다. 찌릿찌릿, 불꽃이 튀는 눈빛으로 대차게 노려보는 그녀를 보고 있자니 그의 잠잠하던 식욕도 서서히 꿈틀거리며 깨어날 준비를 했다.

지휴는 표정 없던 입가에 슬쩍 미소를 띠운 채 척, 책상 가장자리에 두 손을 짚고 상체를 숙였다. 그의 상체가 쑥 자신의 쪽으로 들어오자, 흠칫 놀라며 소명이 몸을 뒤로 젖혔다. 하지만 무슨 생각이 들었는지, 조심조심 다시 제자리로 돌아오는 그녀. 지지 않겠다는 듯 그녀는 비장한 표정을 하고선 아주 가까이로 다가와 있는 지휴의 눈을 똑바로 바라보았다.

"흥미로운데. 내 눈을 10초 이상 똑바로 응시하는 함소명이라니."

짧다면 짧고 길다면 긴 시간이 지나고, 이윽고 그는 입술을 꿈틀 움직였다. 어쩐지 부끄러운 마음에 냉큼 시선을 끌어내리며 소명은 더듬더듬 대꾸했다.

"누, 눈을 못 마주칠 이유가 어, 없잖아요."

"물론, 그럴 이유 없지. 나도 못하게 할 생각 없다. 정신 나간 짓만 하지 않는다면, 뭐든 네 뜻대로 해도 간섭 따위 안 해."

"정신 나간 짓이라니요?"

"이런 놈과 연애하려는 짓."

지휴가 손에 들고 있던 그녀의 휴대폰을 들고 흔들며 한쪽 눈썹을 휙 치떴다. 소명은 이때다 싶은 마음에 휙, 먹이를 낚아채는 개구리마냥 빠르게 팔을 휘둘렀다. 하지만 지휴는 예상외로 엄청난 운동신경을 가지고 있었다. 박태환 출발 스타트 반응 속도 0.64초보다도 더 빨리 그는 자신의 팔을 휙 위로 들어 그녀의 공격을 피해 버린 것이었다.

공격 실패.

지휴의 입가에 얄미운 미소가 더 깊이 새겨졌다. 소명은 엉거주춤 일어선 채로 꾹 입술을 깨물었다. 짜증 나.

"내놓으시죠. 그건 제 개인 물건이잖아요, 이사님."

"일에 집중 못하는 직원 관리는 상사의 몫이다. 오늘 일 마무리할 때까지 이 핸드폰은 돌려받을 생각 하지 마."

"일이랑 민환 씨랑은 아무 관계도 없습니다. 핸드폰까지 압수하고, 일하는지 안 하는지 옆에 붙어 이렇게 감시하신다고 해서 안 나올 디자인이 나오는 건 아니란 말입니다."

"그건 두고 보면 알게 되겠지."

"정말 이러실 거에요? 한번 해보자, 이건가요? 이런 식으로 일 못하도록 훼방 놓으셔 봤자 이사님한테 좋을 거 하나 없을 텐데요."

"훼방?"

"훼방이죠. 아님 뭐예요? 열심히 일해서 시안 넘기면 아무 이유도 말해주지 않고 무작정 퇴짜. 고작 해주는 말이 센스 없다, 독특하지 않다, 재미없다. 심지어 너답지 않다까지."

"그건 맞는 말이었는데. 너답지 않아서 너답지 않다고 한 게 뭐가 잘못됐나?"

"나다운 게 뭔데요? 함소명스러운 게 대체 뭔데요? 제가 만든 디자인이 저다운 거 아닌가요? 대체 저다운 게 뭔데, 제 디자인이 저답지 못하다는 이유로 백패스당해야 해요? 저 이번 일에 최선을 다하고 있어요. 매일 일 분 일 초도 헛되이 보내지 않고 열심히 일하고, 생각하고, 쥐어짜 내고. 그야말로 미친 듯이 일하고 있다고요. 그런데 그렇게 피고름 짜내서 내놓은 시안들이 겨우 그런 말도 안 되는 이유로다가, 매번 쓰레기통행이 되고 있잖아요."

"……."

"이렇게 사사건건 트집 잡을 거면, 그냥 절 퇴출시키세요. 괜한 시간 낭비 말고 마음에 맞는 사람 데려다가 일 시키시라고요. 그냥 한승연 실장님 데리고 오심 되겠네요. 그분이 대양의 최고 디자이너이시니까."

"너다운 디자인은 너밖에 못해, 함소명. 아무리 훌륭한 디자이너라도."

"제가 저답지 못하다면서요. 이미 전 저답지 못한데, 저다운 디자인이 나올 리가 없잖아요. 대체 저한테 왜 이러세요? 절 어떻게 하시려는 건데요, 이사님?"

소명은 그를 향해 이를 바득바득 갈았다. 말을 하면 할수록 열이 뻗치는 양 점점 고개를 쭉 빼며 더욱더 눈을 부릅떴다. 정말로 그동안 속에 묻어두었던 감정이 많은 모양이었다. 하긴, 지금까지 팀에 합류한 이래 정상 퇴근은 단 한 차례도 없었으니까. 늘 남아서 잔업을 했고, 그래서 늘 피곤에 찌들어 있었다. 그 모습을 보고 있자면, 안쓰러운 생각이 아주 안 들었던 것도 아니어서 지휴는 그녀의 이런 반응이 놀랍지 않았다.

하지만 그가 지금 당황스러워진 건 오직 자기 자신 때문. 코끝으로 스며드는 그녀의 체취에 그의 피가 날뛰고 있었다.

내 것. 나의 소유.

소유에 대한 본능적인 감각이 극렬히 그를 자극하고 있었다. 그녀가 대들면 대들수록, 눈에 쌍심지를 켜고 반항할수록 그 감각은 빠르고 거세게 일어났다. 뼛속 깊은 곳에서 잠자고 있던 사자가 깨어나는 기분이었다. 10년간의 긴 취침을 마치고 마침내 그의 본성이 눈을 뜨려는 것이었다.

"너답게 만들 거다."

코앞까지 달라붙어 씩씩거리는 그녀를 향해 그가 뚝 떨어뜨려 놓은 답이었다. 나른하게 착 가라앉은 그의 목소리가 섹시한 목울대를 넘어 달콤한 입술 사이로 흘러나오는 순간, 소명은 드디어 자신이 지금 무슨 짓을 벌이고 있는지 알아차렸다.

위험할 정도로 어둡고 나른한 시선이 그녀를 내려다보고 있었다. 길게 뻗은 속눈썹 아래로 그의 알 수 없는 속내만큼이나 까맣고 아득한 눈동자가 자리해 그녀를 삼킬 듯 주시하고 있었다. 그 눈이 얼마나 아름답고, 얼마나 유혹적인지는 소명의 빠른 속도로 상승하고 있는 혈압지수가 증명하고 있었다. 소명은 소리 없이 헐떡이곤 어색한 동작으로 훅, 몸을 뒤로 뺐다. 그리곤 혼란스러운 기색이 역력한, 흐트러질 대로 흐트러진 얼굴로 두 눈을 끌어내리며 힘없이 중얼거렸다.

"어, 어쨌든 전 이사님 마음에 들 자신 없습니다."

"내 마음에 들기 위해 노력할 필요 없어."

예상 밖의 답이 날아오자 소명은 다시 눈을 들어 그를 올려다보았다. 그는 여전히 여인네들의 숨통을 쥐고 짤짤 흔들어댈 치명적 매력을 풀풀 풍기며 반듯이 선 채로 소명을 응시하고 있었다. 표정은 없었지만 입술 끝이 위로 살짝 꺾여 올라가 언뜻 소명을 비웃고 있는 듯했다. 하나 그 입술이 흘려보내는 목소리는 부드러웠다. 그녀의 심장이 움찔할 만큼.

"난 너 자체로도 만족이니까."

일순 정지된 머릿속으로, 민환의 목소리가 댕댕 울렸다.

"지난번에 만났을 때 소명 씨 바라보는 이사님의 눈이 예사롭지 않다 싶었거든."

*

그가 '함소명다운 것'에 대해 알쏭달쏭한 말을 한 날로부터 이틀 동안 그녀의 심경은 말로는 다 표현할 수 없을 만큼의 커다란 혼란을 겪었다. 당연히 그가 자신을 골탕먹이기 위해 멀쩡한 디자인에 X 표시를 하는 것이라 여겼었는데 그게 아니라니. 처음으로 자신이 뭔가 잘못 판단하고 있는 것이 아닐까 의심이 들었던 것이다.

그가 단지 자신을 힘들게 하기 위해, 전처럼 길들이기 위해, 혹은 괴롭혀서 즐거움을 찾고자 끊임없이 '다시'를 외친 게 아닐 수도 있다는 생각이 들었다. 정말로 자신의 디자인에 가장 중요한 무엇인가가 결여된 것일 수도 있는 것이다.

"아— 심란해."

한숨을 깊게 토해내며 소명은 피곤한 머리를 손으로 짚었다. 무엇이 어디서부터 어떻게 잘못된 것인지 아무리 생각해 봐도 도무지 모르겠다. 식사도 거르고 고민에 고민을 거듭하는데도 아무런 해답을 찾지 못하고 있으니 당연히 마음 편히 잠도 못 잔다. 불면증에 시달리니 머리는 무겁고, 머리가 무거우니 새 시안이 제대로 뽑힐 리도 없었다. 어떻게든 뭐라도 끄집어내기 위해 끄적끄적 밑그림 작업을 해보지만, 결국 쓰레기만 양산할 따름이었다. 이런 식이라면 진짜 팀에서 퇴출되어도 할 말 없을 정도다.

하지만 여기서 버티지 못하고 떨어져 나가는 건 죽어도 싫다. 그거야말로 자신이 뒷배경으로 팀에 합류했다는 소문에 힘을 실어주는 바보짓이니까. 무슨 일이 있어도 여기서 버텨내야 했다.

그에게 인정받고, 자신의 이름으로 된 훌륭한 디자인을 선보여 꼭 모든 사람들 앞에 증명해 보이고 싶었다. 자신이 실력으로 당당히 이 회사에, 그리고 이 팀에 들어온 것이란 걸. 그러기 위해선 선우지휴가 말한 '함소명다운 것'이 무엇인지 파악하는 것이 최우선이었다. 한데…….

"아무리 쥐어짜 내도 모르겠는 걸 나더러 어쩌라고! 아아, 진짜 돌아버리겠네."

머리카락을 양손으로 쥐어짜며 소명은 괴로운 신음을 흘렸다. 복잡한 머리, 터지기 직전에 식혀두자 싶어 하라는 야근도 째고 민환을 만나러 나왔건만. 식히기는커녕 틈만 나면 '함소명다운 것'에 대한 생각으로 머리는 이미 포화 상태. 피휴— 머리 위로 연기가 날 지경이었다. 지금도 보아라. 민환이 잠시 화장실 간 틈을 이용해 또 이놈의 삽질이질 않는가.

"자기 마음에 들기 위해 노력할 필요 없다며. 나 자체로도 만족이라며. 근데 왜 내 디자인은 컨펌해 주지 않는 거야? 왜! 나는 만족스러운데, 내 디자인은 나답지 않아서 불만족이라는 게 말이 돼? 무슨 말이 그러냐고! 내 디자인은 날 대변하는 거잖아. 내가 하는 게 내 스타일인 거잖아! 근데 왜 내가 내 스타일이 아니란 이유로 이런 고문을 당해야 되는 거야? 대체 내 스타일의 기준이 뭔데? 뭐야, 대체!"

너무 화가 나니 목청 드높게 소리까지 치게 된다. 화장실 간 민환이 돌아오다 혹시라도 들으면 어쩌나 잠깐, 천만분의 일 초만큼이나 아주 잠깐 걱정을 해보았지만, 이미 다량의 알코올 섭취로

인하여 이성이 마비, 흐리멍덩해져 버린 소명에겐 그쯤이야 일 축에도 끼지 않는 일이었다. 오직 취중의 함소명 안중에 홀로 우직하게 남아 있는 것은 선우지휴뿐. 그리고 아까부터 자꾸만 울려대는 민환의 핸드폰 문자 알림음뿐이었다.

알림음에 렉이 걸릴 정도로 빠르고 자주, 문자가 날아왔다. 처음 만나 저녁을 먹을 때부터 들려오더니만, 차를 마시고 술자리로 옮긴 지금까지 계속 들려와 대화의 맥을 끊기 일쑤였다. 남자가 무슨 문자를 이리 자주 하는지 원. 할 말이 많거나 급한 일이면 전화통화를 하던지, 아니면 상대방을 위해 진동이나 무음으로 바꿔놓든지. 누구냐고 물어도 대답해 주지 않으면서 문자 확인은 꼬박꼬박 하는 그가 솔직히 선우지휴보다 더 짜증이 날 지경이었다.

소명은 알딸딸한 눈으로 테이블 위에 놓여 있는 민환의 최신 휴대폰을 찌릿, 노려보았다. 퇴근 직후부터 지금까지 계속해서 문자를 보내는 사람은 분명 한 사람일 터. 누군지 매우 궁금했다. 혹시……?

확신은 없었다. 상대가 진짜 자신이 넘겨짚은 바대로 지휴일지 아닐지는 아무도 모르는 일이었다. 그저 두 사람만의 오붓한 데이트—라고 해야 하나, 말아야 하나. 두 사람은 지금 전혀 오붓하지 못한 저녁 시간을 보내고 있는 중이다—를 방해할 만한 사람이 누굴까 생각하니 번뜩 그가 떠올랐을 뿐. 어쩐지 지휴라면 민환을 겁박해 빨리 헤어지도록 종용할 수도 있을 것 같았다.

그녀는 재빨리 손을 뻗어 덥석 민환의 핸드폰을 쥐었다. 그리고 손에 들어온 핸드폰을 가만히 내려다보았다. 아까부터 쉴 새 없이 울려대던 휴대폰은 얼마 전부터 조용했다. 밀어서 잠금 해제만 하면 되는 거, 마음만 먹으면 민환에게 몇 시간째 줄기차게 연락을 취하는 사람이 누구인지 알 수 있었다.

지, 진짜로 훔쳐봐도 되나?

정신이 흐릿해졌다 맑아졌다, 또다시 흐릿해지기를 반복하는 사이 수십 번의 고민이 이어졌다. 그리고 흐림과 맑음의 사이클을 따라 그녀는 이성과 충동 사이를 아슬아슬 줄타기했다. 주저주저, 얼마나 망설였을까. 순간의 이성을 물리치고 알코올과 충동의 노예가 되는 잠시 잠깐의 순간, 소명은 결단을 내리고 왈칵 민환의 핸드폰 잠금장치를 해제시켰다. 그리고 막 확인되지 않은 수십 개의 메시지를 눌러 확인하려는 찰나,

“어머, 이게 누구야? 함소명 아니야?”

찰랑찰랑 넘실넘실, 당장에라도 넘쳐흐를 것 같은 술기운에도 또렷이 들리는 목소리가 있었다. 그 여자다. 그 재수 없는 여자.

소명은 나른하게 풀린 눈을 들어 테이블 근처에 서 있는 여자를 올려다보았다. 초점이 흐릿한 시야로 낯익은 실루엣이 어른거렸다. 소명은 두 눈을 천천히 감았다 뜨며 여자의 얼굴을 확인하기 위해 애를 썼다.

“네가 여기 웬일이니? 여기 아무나 못 들어오는 덴데. 회원제 클럽이라 너 같은 월급쟁이들은 꿈도 못 꾸는 곳이야. 설마 네가 여기 회원은 아닐 테고. 누구 따라온 거니?”

“재수 없는 애가 재수 없는 소리만 한다.”

"……뭐?"

"도대체 얘 머리에는 뭐가 들어 있는 거야? 왜 말끝마다 돈돈돈, 돈 얘기뿐인 건데? 넌 돈이 그렇게나 좋니? 너네 집 돈 많은 게 자랑스러워? 지가 능력 있어서 번 돈도 아니면서. 그게 네 할아버지 돈이지, 네 돈이냐? 너 그렇게 살면 나중에 후회한다. 네 인생, 언제까지나 백날 천날 고공행진 하이웨이 드라이빙할 것 같아? 아니야. 인생 망크리 타는 거? 한순간이야, 이 계집애야. 베짱이처럼 대충대충 할아버지 돈 써가며 니나노~ 하다가 큰코다쳐. 나중에 후회하지 말고 지금부터라도 성실하게 착하게 살란 말이야, 이것아. 알겠냐?"

"허! 얘 지금 뭐라는 거야? 야, 함소명! 너 지금 제정신이니?"

"뭐래. 멀대처럼 서서. 내가 아직도 제 하녀로 보이나. 이봐, 잘난 척 대마녀. 난 10년 전 네가 시키면 시키는 대로 다 하던 그 함소명이 아니야. 내가 그 심부름을 왜 했는데. 그 남자 때문이었잖아. 네가 그 남자 절친이라서 찍소리 못하고 네 수발 다 들어준 거였단 말이야. 네가 부자라서, 네 돈이 부럽고 무서워서, 그 부에 주눅 들어서 설설 기었던 게 아니었다고! 뭘 알려거든 제대로 알고 까불어. 엉? 네가 그 남자 여자친구만 아니었어도 내가……!"

"야! 대체 얘 왜 이래? 너 술 취했니?"

"이 함소명! 너처럼 사람을 돈과 배경에 따라 판단하고 평가하는 애한테는 절대로, 죽어도 안 기어. 10년 전이나 지금이나, 그건 매한가지라고. 그러니까 그딴 같잖은 착각 같은 건 이제 그만 쫑내라. 내가 다 창피하다, 엉?!"

"미, 미쳤나 봐. 얘 뭐야? 뭔데 이래? 너 진짜……!"

"쿡."

잠자코 옆에 가만히 서 있던 지휴가 억눌린 웃음을 터뜨린 것은 바로 그때였다.

중요한 할 말이 있다며 승연이 인도한 이곳에서 소명과 마주치는 것도 놀라운데, 우연히 마주친 소명이 술을 마시고 술주정을 하고 있을 줄이야. 게다가 술에 취해 한승연에게 대찬 충고까지 날려주시다니. 사랑스럽지 아니한가. 그 누구도 이보다 더 사랑스러울 수는 없을 것이다. 이제야 원래의 함소명으로 돌아왔구나 싶으니 입에서 웃음이 절로 피실 새어 나왔다.

비록 일행인 승연은 소명의 직설적인 공격에 일격을 당해 창피함과 무안함, 분노, 당장 이곳을 뜨고 싶은 충동과 싸우며 붉으락푸르락 잔뜩 흥분한 채였지만.

"너 웃니, 지금? 이게 웃을 일이야?"

"울 일은 아니잖아."

소명의 일행을 찾기 위해 슥, 클럽 내부를 눈으로 훑으며 지휴는 시크하게 중얼거렸다. 분명히 누군가와 같이 왔을 거란 생각이 든 것이다. 이곳은 승연의 말대로 출입이 일정 부분 제한된 곳으로, 소명은 그 기준에 미달이었다. 아마도 부자 친구를 따라 들어온 게 틀림없었다. 누군지 모르지만 소명에 대해 잘 아는 사람은 아닌 듯. 그녀에게 이렇게 술을 권한 걸 보면.

함소명은 체질적으로 알코올에 약한 아이였다. 콜라만 마셔도 어지럼증을 느낀다는 그녀는 어릴 때에도 잘못 마신 복분자주 때문에 거의 기절 직전까지 갔던 적이 있었다.

"얘 미친 소리 하는 거 보고도 그런 말이 나와? 얘래, 나더러. 잘난 척 대마녀래. 돈만 밝히는 무개념이라잖아. 내가 이런 소리 듣고도 참아야 되는 거야? 겨우 이깟 계집애한테, 이 한승연이가 아무 소리 못하고 물러나야 되는 거냐고!"

"술 취했잖아. 나중에 얘기해."

"술 취한 게 뭐. 술 취하면 사람 생각도 바뀌어? 얘, 예전엔 내 앞에서 꼼짝도 못하던 애야. 내가 뭐 부탁하면 군소리 없이 다 들어줬던 애라고. 자긴 시간 많다고, 자기한테 뭐든 시키라고까지 말하던 애였다니까. 너 기억 안 나니? 네가 나더러 얘한테 일 시키지 말라고, 얜 일하는 애 아니라고 쌍심지 켜고 화낸 적도 있었잖아. 얜 그때 나서서, 자기가 좋아서 한 일이라고, 괜찮다고까지 했던 애야. 그땐 그렇게 말했었다고. 근데 지금 말 바꾸는 것 좀 봐."

"함소명 술주정이 무척 신경 쓰이나 보다?"

"술에 취했든 안 취했든, 예전과 다른 소릴 하잖아. 당연히 신경 쓰이지. 얘, 전부터 날 고깝게 생각했던 게 분명해. 술에 취하니까 이제야 본심이 나오는 거지. 예전엔 나한테 어떻게든 잘 보이려고 알랑방귀 뀌던 게 아주 웃기지도 않아. 하긴, 전에 사무실에서 봤을 때부터 나한테 기어오르려고 하더라. 언제 나한테 굽실거렸나 싶게, 눈에 쌍심지 켜고 대들던 걸 생각하면 지금도 뒷골이 당겨."

"조용히 할 얘기란 게 함소명 일은 아닐 테고……."

따분한 목소리로 중얼거리며 그가 천천히 고개를 돌렸다. 술 취해 제정신 아닌 소명에게 악담을 있는 대로 퍼붓고 있는 승연의 입을 다물게 해줄 작정이었으나, 일순 지휴는 하던 말을 멈추었다. 날카롭고 예민해진 그의 시야로 낯익은 이의 모습이 들어왔기 때문이다.

Rest Room란 푯말 아래 복도에서부터 수상한 남녀가 걸어나오고 있었다. 잔뜩 헝클어진 머리에 긴장한 게 역력한 얼굴의 남자. 선글라스를 낀 채로 또각또각 차분한 힐 소리를 내며 걸어나오는 새빨간 립스틱의 여자. 둘 다 나무랄 데 없이 완벽한 사무실 정장 차림을 하고 있었지만, 분위기는 사뭇 뜨거워 보였다. 마치 100m 달리기를 10초에 주파한 사람들처럼 격앙되어 흥분해 있달까. 지휴는 직감적으로 두 사람이 화장실에서 어떤 행각을 벌였는지 알 수 있었다.

미간을 찌푸리곤 지휴는 소명을 내려다보았다.

소명은 술기운이 훅 올라와 정신을 가누지 못하는 와중에서도 핸드폰을 붙들고 뭔가를 열심히 콕콕 집어 확인하고 있었다. 이런 멍청이. 자신의 남친이 자기 몰래 뭘 하고 있는지도 모르는 바보 천치. 사람 마음 이용해 도움을 구걸하는 찌질이를 천사 흉내 내며 받아주고 사귀어주기까지 하는 띨띨이. 잘난 척은 혼자 다 하더니만, 아주 잘하는 짓이다.

쯧, 혀를 차고 지휴는 이쪽을 향해 맹렬히 다가오고 있는 남자를 날카롭게 응시했다. 이미 상대 여자는 출입문을 빠져나가고 있는 중이었다.

브라보! 대단한 작전이군. 여자친구가 술에 취해 해롱거리는 사이, 전 여친을 만나 짧게 즐기고 쿨하게 헤어지는 것. 이 얼마나 완벽한 시나리오인가. 007 작전도 이보단 완벽할 순 없을 것이다. 내 눈에 뜨이지만 않았다면 완벽했을 테지. 개자식 같으니.

"미쳤어? 기껏 함소명 얘기나 하려고 여길 오게. 진짜로 긴한 얘기가 있어. 나한텐 정말로 중요한 일이야. 꼭 오늘, 너한테 하고 싶은 얘기라고. 근데 하필 재수 없이 이 계집앨 여기서 만나가지고! 다 됐고! 그냥 가자. 술 취한 애 주정 따위 네 말대로 스킵할래."

"긴히 할 얘기라는 게 뭔지 모르겠지만 나중에 듣도록 하자."

"뭐? 뭔 소리야? 기껏 여기까지 와서는."

"네 얘기 듣는 것보다 더 중요한 일이 생겼어."

"나보다 더 주, 중요한 일이라니? 그게 뭔데?"

예상대로 승연은 펄쩍 뛰었다. 이곳은 상류층 자제들이 남의 눈 의식하지 않고 마음껏 즐기기 위해 만들어진 환락의 클럽, 로렌스. 여기까지 왔을 때는 나름대로 필승전략을 짰을 그녀이니 예상 외의 전개에 당황하지 않을 수가 없을 것이다. 오늘 처음 찾은 곳이긴 하나 이곳의 명성은 익히 들어 알고 있었기에, 지휴는 입구에 들어서면서부터 이미 그녀의 생각을 읽고 있었다.

그녀의 계획이란 언제나 빤했다. 10년을 한결같이 발전도, 변화도 없는 한승연이 이런 클럽으로 그를 불러 뭘 하겠는가. 늘 끊임없이 시도해 왔던 '유혹' 밖에 더 있겠는가. 그녀에게 단 한 번도 낚인 적이 없었다고 자부하는 지휴로서는 '이것 또한 지나가리라' 의 상황이었다. 매우 따분하고 지루한 일. 낚여주는 척하다 처참하게 떨궈주는 것도 여러 번 하다 보니 이젠 지루해지려는 지휴였다. 조금만 더 머리를 굴려보면 좀 더 신선한 작전이 나올 법도 하건만, 쯧쯧.

"꼭 오늘 해야 하는 얘기라면 메일로라도 보내. 읽어볼게."

"어, 어디 가겠다는 거야? 무슨 일이기에 이래? 야! 선우지휴! 선우지휴!"

승연의 날카롭고 째지는 목소리가 뒤통수를 연신 때려오는 와중에도, 그는 아랑곳하지 않고 성큼성큼 테이블로 다가가 이제는 꾸벅꾸벅 졸기 시작하는 소명의 팔을 휙 잡아당겼다. 툭, 소명의 손에 들려 있던 핸드폰이 힘없이 테이블 위로 떨어졌다.

"아, 뭐야. 아프잖아아아—"

반쯤 뜬 눈으로 이리저리 둘러보며 소명이 웅얼거렸다. 이미 풀릴 대로 풀린 눈으로 뭐가 보일까 싶어 지휴는 코웃음을 쳤다. 얼핏 테이블에 놓인 술병을 보아선, 아무래도 10년 사이 주량이 늘어난 것 같진 않고. 여전히 콜라 한 잔만 마셔도 머리가 알딸딸한 음주 초보의 단계를 넘지 못한 것 같다. 이런 주제에 무슨 배짱으로 이런 곳을 온 건지.

지휴를 발견한 듯 박민환이 황급히 이쪽을 향해 달려오고 있었다. 과거 여자를 떼어내겠다고 공언한 주제에 이런 짓을 벌이고도, 자신이 소명의 남친임을 주장하고 싶은 모양이다. 양심 없어 보이는 게 딱 그다운 짓이다. 어차피 형편없는 수준이라는 건 이미 알고 있었고, 놈의 의도대로 일이 되어가는 걸 그냥 두고 볼 생각도 없었지만, 그럼에도 불구하고 지휴는 놈의 파렴치한 행태에 분노를 느꼈다. 저런 녀석이 좋다고, 손 내밀어 유혹하니 냉큼 질

척하고 찝찝한 관계 속으로 빠져들어 간 함소명한테도 물론 화가 치민다.

"아야! 아프다니까!"

"입 다물고 따라오기나 해."

지휴는 잔뜩 인상을 쓴 채 낭창낭창 가느다랗고 힘없는 연체동물이 되어 흐느적거리고 있는 소명의 팔을 휙, 가슴팍으로 끌어당겼다.

제9장 안개 속의 2人

"야, 밥. 여기서 뭐 해? 불도 안 켜고."

함소명이 술에 취한 걸 처음 본 건, 중간고사를 앞둔 어느 날이었다. 자식보단 사랑이 먼저라며 아들을 혼자 두고 결혼 20주년 기념 해외여행을 떠난 매정한 부모님 덕분에, 그는 밤늦게 공부를 마치고 아무도 없는 집에 막 들어서는 참이었다. 컴컴한 거실에 불을 켜니 함소명이 맨발로, 귀신처럼 긴 머리를 늘어뜨린 채 소파에 앉아, 꺽꺽 딸꾹질을 해대는 모습이 눈에 쏙 들어왔다. 그녀는 마치 졸고 있는 듯 고개를 푹 숙이고 있었는데, 몸을 조금씩 흔드는 것 같기도 했다.

"야, 뭐 하는 거냐고."

"……."

답이 없는 그녀는 여전히 고개를 숙인 채였다. 평소 '야, 밥!' 이란 말만 들어도 정신 번쩍, 군기 바짝 들어가는 함소명이 오늘은 뭔가 이상하다 싶어, 지휴는 저벅저벅 걸어가 소명의 어깨를 훅 젖혔다.

"야!"

"야가 뭐야, 야가."

근뎅근뎅 힘없이 소명의 얼굴이 뒤로 젖혀진 순간이었다. 소름 끼치게 얇고 낭창낭창한 목소리와 함께 유난히 뜨거운 입김이 그의 안면으로 훅 날아들었다.

지휴는 대번에 알아차렸다. 소명이 술에 취했다는 걸. 그리고 그녀의 손에 음료수 병이 들려 있다는 걸. 평소 농원에서 직접 배달 받아 마시는 유기농주스 페트병이었다. 포도주스 병인데, 냄새를 맡아보니 포도가 아닌 복분자 냄새가 확 풍겨왔다. 어머니가 빈 병에 담아둔 복분자주를 소명이 주스인 줄 알고 마신 것이었다. 그딴 걸 실수로 마시다니, 무슨 이런 띄엄띄엄인 애가 다 있나 싶어 허헛, 어이없는 웃음을 흘리고 있는데, 더 기가 차는 일이 다음 순간 벌어졌다. 톡, 소명이 그의 뺨을 두들겨 대기 시작한 것이다.

"내 이름은 함소명이다, 인마. 야가 아니라 함.소.명. 응? 불러 봐, 인마. 함소명."

"인마?"

"그래, 인마. 함소명. 멍청한 함소명. 지지리도 박복한 함소명. 어찌나 남자 보는 눈이 없는지. 너 같은 놈한테 코가 꿰서 감히~학생 회장 오빠까지 걷어찬 바보 같은 함소명. 바로 그 함소명이다, 인마.”

“회장 오빠?”

“키스를 기똥차게 잘한다고 소문이 자자한 오빠였는데. 여자친구한테는 하늘의 별도 따다 주겠다고 맹세한다는, 완전 멋진 오빠인데. 그런 오빠가 나한테 사귀자고 했었는데. 아아아— 미쳤어, 미쳤어. 함소명 넌 미친 거야~ 그런 오빠를 두고 머릿속에 온통 그놈 생각뿐이니. 넌 진짜 제정신 아닌 거야~”

“…….”

“아니야, 내 잘못 아니야. 자꾸 여지를 주는 그 자식 잘못이야. 왜 날 가지고 시험하는 건데? 왜? 왜 내 앞에서 멋지게 굴어? 왜 늘 완벽한 모습만 보여주는 건데?”

“너, 지금 내 얘기 하는 거냐?”

“왜 자꾸 날 걱정해 주고 도와줘? 사모님한테 혼나는 거, 왜 막아주는 건데? 왜 내 잘못을 자기가 뒤집어쓰는 건데? 도대체 왜 나만 특별히 생각하는 것처럼 굴어? 내가 착각하면 어쩌려고. 내가 주제도 모르고 넘보면 어쩌려고, 막 나한테 잘해주는 거야? 제발 그러지 말라고오~ 당하는 나는 설레고 두근거리고, 막 좋아서 죽을 것 같으니까아~”

“…….”

“괜한 헛꿈 꾸지 않도록 하란 말이야. 그냥 막 대해! 야비하게 굴어! 잘해주지 말고, 막 나쁜 놈처럼 굴어줘! 보통 부잣집 도련님처럼 그렇게 날 괴롭히기만 하란 말이야~ 제발 부탁한다, 이 놈아…….”

빌 정도인가. 순간적으로 떠오른 생각은 그거였다. 함소명이 어디서 뭘 하다가 이 텅 빈 집에서 홀로 술을 마셨는가에 대한 의문보다, 이 녀석이 날 이만큼 좋아하고 있었던가에 대한 깨달음이 먼저 찾아들었다. 빌 정도로 그녀는 그를 잊고 싶은 것이다. 그 말은 그만큼 그를 좋아하고 있다는 뜻이기도 했다. 자의로는 도저히 자신의 마음을 제어할 수 없다는 의미이니까.

씩, 그는 저도 모르게 미소를 지었다.

그녀가 자신을 좋아하고 있음은 이미 오래전에 알고 있었던 그였다. 하지만 이 정도일 줄은 전혀 예상하지 못했다. 생각해 보니 함소명이 꽤 철저하게 자신의 속내를 숨겼던 것 같다. 보통내기가 아니란 건 이미 알고 있었지만 이렇게 자신을 깜빡 속이고 있을 줄이야.

'마음에 들어.'

속으로 중얼거리며 그는 다시 한 번 픽 웃었다. 보아하니, 마음고생을 아주 심하게 하는 중인 것 같은데 그걸 알아버린 지금, 기분이 꽤 통쾌하고 짜릿했다. 일종의 보상심리이다. 그동안 자신 혼자 끙끙 앓았던 걸 생각하면 이 녀석이 이만큼 괴로워하는 건 매우 정당한 거란 생각이 든달까. 더 골탕먹여 주고 싶어졌다. 딱 자신이 괴로워했던 것만큼만 더.

"넌 대체 뭐가 그리 잘났냐? 뭐가 그리 잘났는데 매번 사람 비참하게 하는 건데? 너도 똑같은 남자잖아. 다른 애들이랑 다를 것 없는 그냥 남자. 화장실 가서 응가도 하고 더우면 땀 냄새도 나고, 속 더부룩하면 트림도 하는 보통 사람이잖아. 근데 왜 그래? 왜 나한테 이래? 나한테 왜 이러는 건데? 내 앞에서 왜 그렇게 멋진 모습만 보이는 건데?"

"그럼 어쩌냐? 원래 멋진걸."

그는 그녀의 손에 들려 있는 페트병을 빼앗아 탁자에 내려놓으며 태연하게 중얼거렸다. 멀쩡한 아이 앞에 두고 대화하는 것처럼. 그랬더니 이 녀석, 또 멀쩡히 중얼거렸다.

"그래, 그래서 내가 포기했어. 어차피 나랑은 다른 세계에 있는 사람. 눈에 보이지 않는 계급 차이가 태평양만큼이나 넓어서 내 손에는 닿지도 않는 사람. 그냥 손만 뻗으면 원하는 것 다 가질 수 있는 그런 사람. 그런 사람이 내 것이 될 리는 없잖아. 자고로 사람은 자기 주제를 알아야 하는 법이잖아. 뱁새가 황새 쫓아가다 가랑이 찢어지는 꼴 당하지 않으려면, 자기랑 어울리는 무리에 속해 있어야 하는 거라고."

"지금 내 앞에서 네가 뱁새라고 이실직고하는 거냐?"

"애초에 나랑 급이 다른 사람을 좋아하는 건 자살행위나 마찬가지야. 그래, 난 현명해. 현명한 사람이라, 현명한 결정을 내린 거야."

"좋아하는 사람을 포기해 놓고 현명하다는 건 무슨 말도 안 되는 법이냐? 어디가? 뭐가 현명해?"

"완전 똑똑해. 내 생애 최고의 선택은 비싼 남자 선우지휴, 눈높이마저 다른 그놈을 버린 거야! 맞아. 그런 거야!"

막 다리와 등 뒤로 팔을 밀어 넣고 끙차, 안아 올리는데 갑자기 소명이 소리를 지르며 종아리를 마구 동동 굴렀다. 그의 몸이 잠시 휘청거릴 정도로 심하게. 바보 같은 게 바보 같은 소리 하면서 바보 같은 짓만 골라 하는 꼴이라니. 겨우 몸을 가누고 그는 한숨을 푹 내쉬며 명령했다.

"입 다물어, 밥풀떼기."

"……."

판단 능력이 아주 사라진 건 아닌지, 아니면 평소 잘 단련되었던 본능 탓인지, 다행히 소명은 입을 꾹 다물었다. 시끄러웠던 귓가가 잠잠해지자 그는 성큼성큼 걸어 별채로 향했다. 징검다리처럼 커다랗고 반질반질한 돌이 놓인 길을 따라 쭉 가다 보면 소명의 집인 별채가 나온다. 그 길을 따라 걷는 사이 깜빡 잠이 든 모양으로, 그녀는 그의 옆구리에 얼굴을 들이밀고 씩쌕씩쌕 고른 숨을 내쉬며 가만히 눈을 감고 있었다.

그녀의 입김과 숨소리, 그의 가슴에 대고 있는 주먹은 귀여울 정도로 작았다. 동시에 그의 신경과 몸을 지배할 만큼 위력적이기도 했다. 결국 집 앞에서 그는 그녀를 털썩 내려놓았다.

"어? 어…… 여, 여기는……."

휘적거리면서도 가까스로 몸을 가눈 그녀는 황망히 중얼거렸다. 필름이 끊겼던 게 확실한 그 얼굴을 보고 있자니 심술이 굴뚝처럼 솟아오르는 그였다. 지휴는 심술궂게 입술을 비틀며 콕, 그녀의 이마를 손가락으로 찔렀다.

"넌 나이가 몇인데 술을 마시냐? 것도 우리 집에서. 간덩이가 배 밖으로 나왔지, 아주? 내가 너네 담임한테 전화 넣을까?"

"에? 수, 술이요? 제가 술을 마셨다고요?"

"생각을 해봐라. 술이 아니면 그 알딸딸한 표정은 어디서 나오겠는지."

"주, 주스 마신 것뿐인데."

"그거 복분자주였다."

"예?"

"포도주스 맛이 이상하면 자세히 좀 살펴보던가. 그걸 그대로 병나발 불어서 술이 떡이 되도록 마시냐? 제정신이야? 정신을 어디다 두고 다녀? 그러다 사고라도 났으면 어쩌려고."

"죄, 죄송해요, 도련님."

"도련님, 그거 이제 부르지 말랬지. 그냥 오빠라고 부르랬잖아. 넌 왜 말을 안 듣는 거냐?"

"버, 버릇이 되어서."

"오빠도 버릇처럼 부르란 말이야. 회장 오빠한텐 오빠라고 잘도 부르면서."

"회장 오빠요?"

맹하게 기운 없이 풀려 있던 그녀의 눈이 번쩍 뜨인 것은 바로 그때. 자신은 입도 벙긋하지 않았던 사람에 대해 그가 알고 있다는 사실에 놀랐는지 그녀는 당장에라도 눈동자가 튀어나올 듯 크게 뜨고 그를 바라보았다. 그에게 해명을 요구하는 듯한 추궁의 시선. 물론 그는 그녀의 요구에 응할 생각이 전혀 없었다. 그녀의 소원대로 막 대할 생각도 추호도 없다. 그는 앞으로도 쭉, 그녀를 애태울 것이다. 함소명이 선우지휴앓이를 더욱더 가열차게 해, 결국 참지 못하고 고백할 때까지.

"다른 건 몰라도 키스는 회장 오빠보다 내가 더 잘할 텐데."

"에……?"

식겁해 휘둥그레 떠진 그녀의 눈을 똑바로 내려다보며 그가 중얼거렸다. 상대의 영혼을 송두리째 강탈해 버릴 것만 같은 시선으로,

"비교해 볼래?"

그날을 신호탄으로 그와 소명의 알 듯 모를 듯 알쏭달쏭 연애의 정수, 밀고 당기기가 시작되었다. 아마도 소명은 그가 전개한 고도의 전략으로 인해 '이게 좋아한다는 증거인가? 내가 관심받고 있는 건가? 아니면 혼자 도끼병 걸려 자뻑? 뭐지? 이 기분은 대체 뭐야?' 류의 고민을 수도 없이 반복했을 것이다. 그는 마음을 직접적으로 드러내진 않았으되, 늘 노리고 있음을 상기시켜 주었으니까.

그녀가 고등학교 졸업할 때까진 그것으로 만족할 계획이었다. 한 번 손대면, 완벽한 내 것이라 자신하게 되면 그다음은 어디까지 가게 될지 그 자신도 예측할 수 없었기 때문이다. 그녀가 성인이 될 때까지 자신은 그저 함소명의 짝사랑 대상일 뿐이어야 한다고 생각했다.

고통스러운 인내의 시간이었지만, 얼굴에 제 감정을 고스란히 다 드러내는 소명을 구경하는 재미만큼은 꽤 쏠쏠했다. 그녀는 정말로 지휴를 좋아했고, 지휴는 자신한테 빠져 허우적거리는 그녀가 미친 듯이 사랑스러웠다. 당장에라도 손에 넣고 싶을 정도로. 아마 함소명이 그가 평소 수집하던 고전영화였다면, 그는 무슨 짓을 해서라도, 얼마를 들여서라도 반드시 꼭, 당장, 겟(get)했을 것이다.

'다 자라자마자 가져 버릴 생각이었는데.'

그러기 전에 그녀는 떠나 버렸다, 아무런 언질도 없이. 그에게 작별인사조차 하지 않고. 그가 처음으로 자신의 마음을 드러낸 직후.

이해할 수 없는 수많은 정황들 중에 그가 가장 이해할 수 없었던 건, 바로 이것이었다. 그녀가 자신을 떠난 시점.

그가 성인이 되던 날, 아버지로부터 엄청난 주식을 양도받고 파티에 초대된 정계 인사들 앞에서 정식 후계자로서 소개가 되던 날, 세상을 다 가진 듯 행복했던 그날. 그는 그녀에게 처음으로 입을 맞추었다. 늘 그의 식욕을 자극했던 그녀의 볼우물에 입술을 대고 자신의 행복감을 나누었다. 한데 그다음 날, 그녀는 자신을 떠났다. 그것도 친구들과 무전여행을 떠났다 돌아온 그 며칠 사이에 감쪽같이 행적을 감춰 버렸다.

여행에서 다녀온 그는 그녀가 없어졌다는 사실을 깨닫고 큰 충격에 빠졌었다. 마치 버림받은 느낌이었다. 주인으로부터 내동댕이쳐진 쓸모없는 장난감이 된 듯했다.

도대체 왜 떠났는지, 미친 듯이 알고 싶었다. 이유가 뭔지, 왜 하필 지금인지, 왜 아무런 말도 없이 떠난 건지 정말이지 꼭 묻고 싶었다. 그래서 어디로 갔는지, 혼자만 갔다던 친척집이 어디인지 함 기사네를 닦달했다. 하지만 함 기사네는 굳게 입을 다물었다. 뿐만 아니라 집안의 그 누구도 그에게 사실을 알려주지 않았다. 주변 모든 사람들이 그녀에 대해 함구했다. 자신이 떠나 있었던 일주일 사이에 대체 무슨 일이 있었던 것인지…… 아무도 알려주지 않았다.

"너도, 알려주지 않겠지?"

그는 깊이 잠든 그녀를 내려다보며 조용히 중얼거렸다.

소명은 자동차에 올라탄 지 채 5분도 되지 않은 시점부터 꾸벅꾸벅 졸기 시작하더니 지금은 아예 가볍게 코까지 골며 숙면을 취하고 있었다. 고개를 지휴의 어깨에 기대고 코오, 소리를 내는 소명은 아직도 '나는 현명해!'를 외치던 중학생 소녀처럼 귀엽고 예뻤다. 얼굴은 이렇듯 시간을 거스르는 사람처럼 달라진 게 하나도 없는데. 어쩌다 우리 두 마음은 이렇게 다른 곳을 바라보게 된 걸까?

피식. 텅 비어버린 마음만큼이나 공허한 웃음을 흘리며 그는 마음속 부질없는 질문을 거두었다. 이제 와서 모든 걸 예전으로 되돌린다는 것은 불가능한 일이었다. 그녀는 이제 자신을 우상처럼 떠받들며 애정을 키워가던 순진무구한 10대 낭만소녀가 아니다. 그 역시도 그녀에 대한 마음 하나 간직하고 그녀가 다 자라기를 기다려 주던 착한 남자가 아니었다. 볼에 뽀뽀 한 번 하고 가슴이 쿵쾅쿵쾅, 그녀에게 반강제적으로 명령해 기어이 오빠란 말을 듣고는 하늘을 날 듯 신나해하던, 그 순진한 선우지휴가 아니란 말이다.

시작하면, 모든 걸 부숴버릴 지도 모른다. 원하는 걸 얻기 위해서 사랑하는 사람까지 다치게 할 수도 있을 만큼 그는 무시무시해졌다. 커져 가는 소유에의 욕구를 주체하지 못하고 그녀를 겁박할 수도 있었다. 강제로 손에 넣어 억지로 내 것이 되게 할 수도, 물론 있었다.

그러나 아직은 그때가 아니었다. 벌써부터 그런 괴물이 되고 싶진 않았다. 참을 수 있는 데까진 참아볼 것이다. 그녀가 자진해서 돌아올 때까지, 그녀의 마음이 주인을 배반할 때까지. 그때까진 그녀에게 과거의 멋진 도련님으로 남아 있고 싶었다.

첫사랑의 상대. 너무 멋져서 절로 앓게 되었던 주인집 오빠. 아직까지는 그렇게 기억되는 것 정도만으로도 참을 수 있었다.

아직까지는.

"오빠……."

그녀의 입술에서 알아들을 듯 못 알아들을 듯, 희미한 웅얼거림이 흘러나온다. 생각에 잠겨 있던 그는 흠칫 미간을 찌푸리며 시선을 끌어내려 그녀를 내려다보았다. 그러나 곧이어 한숨 같은 뜨겁고 느린 숨소리가 목덜미를 덮자 그는 일순 지뢰를 밟은 병사처럼 잔뜩 굳어 꼼짝하지 못하였다.

몸의 기온이 급격히 상승하는 것을 느끼며 그는 자세를 천천히 그녀의 반대편으로 움직여 틀었다. 그녀에게서 떨어져 나오기 위한 소심한 시도였으나 이내 그의 노력은 수포로 돌아가고 말았다.

"지휴 오빠……."

그녀가 앓는 소리를 내며 신음했기 때문이었다.

본능의 조종을 받은 듯, 그는 자신도 모르는 사이 손을 뻗어 소명의 턱을 감싸고 있었다. 깊이 잠든 그녀는 여전히 입술을 살짝 벌린 채 씩쌕, 작은 숨을 들이마셨다 내쉬기를 반복하고 있다. 두 눈을 살포시 감은 그녀는 마치 아기 천사처럼 평온하고 귀여운 표정이다. 하지만 순수한 아기 표정에 꽃잎처럼 붉고 아름다운 입술이 합해져 세상 그 누구보다도 더 섹시한 여자가 되는 게 바로 함소명. 지휴는 천천히 고개를 끌어내려, 보기에도 탱글탱글 탄성 강해 보이는 소명의 입술을 한입 머금었다.

"으흠……!"

살짝 벌린 그녀의 입술에서 작은 신음이 흘러나왔다. 부드럽고 말랑말랑한 그녀의 입술이 몽글몽글 그의 입술을 자극하고, 덥고 축축한 숨결은 그의 이성을 야금야금 갉아먹기 시작했다. 온몸이 짜릿한 감각으로 물들어, 팔딱거리기 시작하는 본능에 휘감겨 있는 지휴는 최대한 스스로를 가라앉히며 그녀를 부드럽게 한입 빨아 올렸다. 쭈우웁, 하는 작은 소리와 함께 그녀의 탱글거리는 입술이 입안으로 쏙 흡입되어 들어왔다.

한껏 자제시켜 왔던 쾌감의 전류가 발끝에서부터 머리끝까지 치솟기 시작했다. 지휴는 쑥, 자신의 것을 안으로 밀어 넣으며 거칠게 신음했다. 그리고 오래전부터 자신의 것이었던, 단 한순간도 다른 사람에게 내어주지 않았던 그녀를 천천히 정복해 나아가기 시작했다.

*

"이, 이게 다 무슨…… 일이래?"

이순영은 웬 훤칠한 남자가 딸을 들쳐 업고 집 안으로 들어서는 광경을 넋을 놓고 바라보며 혼잣말을 중얼거렸다. 이 밤중까지 딸이 남자를 만나고 있었다는 것도 놀라운 일인데, 술에 취해 있다니. 술을 마시고 있었다니!

딸은 10년 전, 아무도 없는 주인집에서 술주정을 하다 주인집 아들한테 업혀 들어온 이후, 다시는 술을 마시지 않겠다고 선언했었다. 물론 대학 다니고 직장생활하면서 어쩔 수 없이 마실 수밖에 없는 상황도 있었고, 실제로 간혹 마신 적도 있었지만 이렇게 떡실신, 고주망태가 되도록 마셔서 정신을 놓은 적은 단 한 차례도 없었다. 대체 뭘 하다가 이렇게 마신 거람. 또 저 청년은 대체 누군데 우리 딸을 이 모양 이 꼴로 만들고?

"저기, 우리 애랑은 어떻게 아는 사이인지?"

막 딸을 침대에 눕히고 방에서 나오는 남자를 향해 순영은 날카로운 눈을 치뜨며 달려들었다. 남자는 유난히 키가 커서, 평균 이하인 순영으로서는 고개를 한껏 올려다보아야 했다. 이런 키 큰 사람과 대면하는 건 실로 오랜만. 회장님댁 지휴 도련님 이후로는 지금껏 이렇게 키가 큰 사람을 만나본 적이 없었…….

"……!"

"안녕하셨어요? 아주머니."

진짜 지휴였다. 선우 회장님의 외아들, 선우지휴. 순영은 너무 놀라 어안이 벙벙한 채로 말을 잇지 못했다. 선우지휴를 마지막으로 본 게 정확히 9년 전. 소명이 친척집으로 이사를 간 이후 1년 더 회장님댁에서 신세를 지다가, '자식과 떨어져 이리 이산가족이 되어 사는 건 무의미하다' 며 사표를 낸 소명 아버지 때문에 자연스럽게 그 집을 떠나게 되었었다. 회장님댁에서 나오던 날, 2층 창문가에 서서 우울한 얼굴로 자신을 내려다보던 것이 그녀가 본 지휴의 마지막 모습이었는데, 그 지휴가 이렇게 자신의 앞에 서 있다니!

"지, 지휴 네가 어떻게……?"

"못 들으셨어요? 소명이와 같은 부서에서 일하고 있습니다만."

"우리 소명이랑?"

"얼마 전에 제가 큰 프로젝트를 맡았는데, 소명이가 그 프로젝트 디자이너로 뽑혔어요. 아주 우연히."

"하, 하지만 넌 대양그룹과는 담을 쌓았다고 들었는데……."

"회장님한테 코가 꿰어서요. 아시잖아요, 저희 아버지. 당신이 원하는 걸 얻기 위해선 아들한테 협박하는 것도 서슴지 않으시는 거."

"그럼 회장님께서도 두 사람이 함께 일하고 있다는 사실을 아신다는 거야?"

"몰라야 될 이유라도 있습니까?"

뭔가 이상한 낌새를 눈치챈 걸까? 천천히 묻는 지휴의 표정이 굳어졌다. 작으나마 반가움이 묻어나는 눈빛, 희미하게 미소가 떠오른 입가, 낮고 부드러운 목소리는 여전했으나 마치 시간이 멈춰버린 듯 그 모든 것들이 생기를 잃고 굳어버렸다. 순영은 온몸의 피가 싸하게 식는 기분을 느끼며, 휑하니 황량하기 그지없는 무표정으로 변하는 그의 얼굴을 멍하게 바라보았다.

"이 일은 아무도 몰랐으면 해요. 회장님한테도 입 다물어줬으면 좋겠어요. 특히 우리 지휴는 정말로 알면 큰일 나요. 무슨 말인지 아시겠죠?"

머릿속을 삑삑 울리는 경보음에 실려, 귀에 익은 목소리 하나가 예리하게 기억을 파고들어 왔다. 깊이 묻어두었던 그날의 일이 부지불식간에 떠올라, 순영의 심장은 뱃속 가장 밑바닥까지 철렁 내려갔다 훅 떠올랐다.

그래, 사모님이 그리 말했었지. 지휴가 알면 난리가 날 거라고. 다른 사람은 몰라도 지휴에겐 절대로 비밀로 해달라고. 제 어미 때문에 불쌍한 소명이 쫓기듯 그렇게 떠나야 했다는 걸 알면 절대로 가만있지 않을 거라고. 그리 말하는 사모님께 '내 딸은 잘못한 게 없다', '우리 소명이가 왜 나가야 하느냐' 항변하고 싶었지만, 결국 아무 말 못하고 꾹 눌러 참았었지. 돈이 뭔지. 자식이 그 모욕을 당하고 있는데도 아무 말 못하고 속으로 눈물만 훔쳤었지.

그때 속상했던 거 생각하면 지금도 울화가 불쑥불쑥 치밀어 오른다. 다행히 소명이 전학 간 곳에서 잘 적응하고 씩씩하게 견뎌 이겨내는 것 같아 조금씩 마음을 놓을 수 있었지만, 그때나 지금이나 괴로운 것은 매한가지였다. 끊임없이 그녀를 괴롭히는 것이 있었기 때문. 소명이 지휴를 잊지 못한다는 사실이 바로 그것이었다. 딸은 10년이나 지난 과거 사랑을 아직도 마음속에서 지워내지 못하였다. 겉으론 생기발랄, 아무렇지 않은 척하고 있지만 여전히 소명은 지휴를 좋아하고 있는 것이다.

사실 따라다니던 남자도 꽤 많았었고, 소개팅도 제법 자주 했었고, 그래서 남자친구도 진지하게 몇 명 사귀었던 소명이었다. 하지만 소명의 얼굴엔 늘 수심이 가득했다. 연애를 한다는 애가 늘 외로워 보였다. 재미없어 보였고 심심해 보였다. 사랑에 빠진 여자의 설렘 따위는 찾아볼 수가 없었다. 순영은 늘 마음이 아팠다. 짝사랑도 마음대로 못하고 쫓겨나듯 좋아하는 사람 곁을 떠나야 했던 딸이 너무나 불쌍하고 안쓰러워 순영은 가슴속으로 피눈물을 흘리곤 했었다. 어떻게든 딸의 한쪽 얼굴에 드리워진 아픔의 그늘을 지워주고 싶었다. 자신이 아닌 그 누구라도 소명에게서 지휴의 그림자를 걷어내 주기만 한다면, 그렇게만 해준다면 엎드려 큰절이라도 할 수 있을 것 같다고 늘 생각했던 그녀였다.

그런데 어쩌다가 상처의 주범인 선우지휴와 한 사무실에서 일하고 있는 거야? 이 정신 없는 것이.

"아주머니."

"어, 어?"

얼이 빠져 있던 그녀를 지휴가 묵직한 목소리로 상기시키자, 순영은 흠칫 놀라며 정신을 차렸다. 순간적으로 파르르 떨며 놀라는 그녀를 지그시 내려다보며 지휴는 천천히 질문했다.

"저한테 뭐 숨기는 거 있으세요?"

"무, 무슨 소리야? 그런 거 없어."

"말씀, 안 해주실 거예요?"

"숨기는 거 없다니까. 아이구~ 이게 대체 얼마 만이야. 여기 좀 앉아. 내가 너무 놀라가지고 정신이 없었네. 차라도 한잔 마시고 가. 우리, 못 본 지 한 10년 된 것 같은데. 그렇지? 내가 회장님댁 일 그만두고는 널 만난 적이 없는 것 같다. 회장님은 가끔 뵈었었는데. 우리 애 아버지 일을 많이 도와주셨거든. 힘들 때마다 보태주시고 힘이 되어주셔서 늘 큰 은혜 입었다고 생각하고 있어. 우리 소명이가 대양그룹서 일하게 된 것도 회장님 은덕이 크지. 그나마 재능이 있어서 대양에 도움이 된다고 하니 다행이지 싶어. 그래, 우리 소명인 일 잘하고 있고?"

"제가 직접 여쭤보죠."

"어……?"

"아주머니께서 뭘 숨기는 건지, 회장님께 제가 직접 여쭤보겠다고요."

"지, 지휴야!"

대답도 기다리지 않고 휙, 뒤로 돌아 나가려는 지휴를 순영은 저도 모르게 달려가 붙들었다.

"안 돼, 지휴야! 회장님은 아무것도 모르셔!"

현관문을 향해 걸어나가던 지휴가 우뚝, 자리에 멈춰 섰다. 순영은 저도 모르게 가빠진 숨을 가누며 어지러운 머리를 손으로 붙들었다. 대체 뭐가 어떻게 돌아가고 있는 것인지. 이게 다 무슨 날벼락 같은 일인지. 어떻게 하면 당장에라도 터질 것만 같은 상황을 봉합할 수 있을지. 머릿속이 너무나 복잡했다. 순영은 어느새 덜덜 떨리고 있는 손을 꽉 쥐었다. 손아귀에 들어와 있던 지휴의 재킷 옷자락에 주름이 갔다.

"지, 지휴야. 일단은 내, 내 말을 좀……."

"회장님과 제가 모르는 비밀이 무엇인지부터, 말씀해 주셔야 할 것 같은데요."

떨리는 목소리로 중얼거리는 순영을 향해 슥, 그가 고개를 꺾었다. 로봇처럼 아무 감정이 담겨 있지 않은 차갑고 생기 없는 시선이 순영에게로 쏟아졌다. 일순 다리에 힘이 풀려 순영은 털썩 바닥에 주저앉고 말았다.

*

〈너 제정신이니? 아침에 얘기 좀 하자 했더니, 한눈판 사이에 냅다 나가서는 전화해도 받질 않고. 엄마가 할 말 있다잖니. 물어볼 게 있다 했잖아. 뭐가 무서워서 몰래 빠져나가, 빠져나가길.〉

"빠져나가긴 내가 뭘 빠져나가? 바빠서 그런 거지. 늦잠 자서 지각할까 봐 서두르느라. 엄마가 원래, 얘기 시작하시면 끝이 없잖아."

〈내가 괜히 잔소리하니? 잘못 없는 너 붙들고, 할 일 없어서 잔소리해? 네가 잔소리하게 하니까 하는 거지. 어제도 봐. 그게 뭐야? 그 꼴이 대체 뭐 하는 꼴인데?〉

"아, 그, 그건……."

〈너 기억은 하니? 어떤 모습으로 어떻게 집에 들어왔는지. 누구한테 못 보일 꼴 보여가며 집에 실려왔는지 기억은 나?〉

"실려왔다고? 내가?"

뜨거운 커피를 원샷 드링킹하다 입천장을 데어, 얼얼한 목구멍을 손으로 부여잡고 막 사무실 안으로 들어서는 찰나. 기억 따위 전혀 나지 않는 어젯밤의 일이 아주 살짝, 단편적으로 퍼뜩 떠오르다 사라졌다. 경악스럽게도 자신이 흐느끼듯 앓으며 누군가와 미친 듯이 끌어안고 키스하는 모습이었다. 설마 박민환 대리님과?

'헐, 맙소사!'

아니야, 아닐 거야. 아무리 정신을 놨기로서니 좋아하지도 않는 남자와 입술을 부비는 미친 짓을 했을까? 그래, 아니야. 아닐 거야. 이건 그냥 꿈일 거야.

〈역시 기억 못하는구나, 너. 어휴— 남정네 등에 업혀온 주제에 필름까지 끊어먹고. 내가 진짜 널 어떻게 해야 하니?〉

"내가 남정네 등에 업혀왔다고? 누, 누구한테?"

〈그리고 계집애야. 너, 왜 나한테 숨겼어? 너 지금 지휴랑 한 팀에서 일한다며. 회장님께서 특혜준 거니? 일부러 너 생각해서 일류 팀에 들어가 일 배우라고 넣어준 거야?〉

"아, 아니야! 내 실력으로 들어갔어. 근데 엄만 그걸 어떻게 알았어?"

〈아무리 네 실력으로 들어갔어도 그렇지. 거기 책임자가 지휴인데, 그걸 덥석 하겠다고 했니? 네가 거절했어야지. 괜찮다고, 안 하겠다고 고사했어야지. 지휴랑은 무슨 일이 있어도 부딪치지 말았어야지. 얽혀서 좋을 게 뭐가 있다고 같이 일을 해?〉

"일인데, 뭐 어때."

시무룩한 얼굴로 조용히 대꾸하며 소명은 천천히 한숨을 내쉬었다. 다른 일이었다면 엄마의 이런 간섭쯤 신경조차 쓰지 않고 엄마가 '너한테 내가 무슨 말을 하니' 식의 백기를 들 때까지 신나게 수다와 궤변과 억지를 부렸을 텐데. 지휴 얘기가 나오니 머릿속이 백지가 되면서 아무 말도 나오질 않았다. 엄마가 이렇게 나오는 것도 무리가 아니지 싶으니 할 말도 없었다. 지휴와 그녀가 절대로 이루어질 수 없는 사이라는 걸 구구절절, 10년 동안 하루가 멀다 하고 주야장천 주장하고 그녀를 세뇌시키려 했던 엄마가 아닌가.

〈일이면 일만 하던가.〉

"그게 무슨 소리야?"

〈됐고. 오늘 저녁에 들어오면 나랑 심도 있는 대화를 나눠보자. 각오해!〉

"뭔데 그래? 왜 그러는데?"

〈너 지금 회사야? 사무실 들어갔어?〉

"어, 지금 막."

눈으론 주위 동료들에게 인사를 건네고, 책상 위에 핸드백을 내려놓으며 소명은 뚱하게 대답했다. 메이크업도 패스하고 허겁지겁 서두른 덕에 지각은 겨우 면했지만, 이미 동료들은 출근 완료된 상태. 다들 모닝커피 한 잔 옆에 두고 컴퓨터 모니터에 코를 박고 일을 시작한 후였다. 소명은 의자에 앉아 컴퓨터를 켜고는 습관적으로 책상 건너편에 붙어 있는 지휴 사무실의 문을 바라봤다. 이 남자는 출근을 했나, 안 했나.

〈잘 들어. 지휴가 출근하면 분명히 널 호출할 거야. 얘기 좀 하자고 할 게 분명해. 절대로 응하지 마. 일 외에, 사적인 얘기는 단 한 마디도 나누지 마. 알았지?〉

"사적인 얘기? 사적인, 무슨 얘기?"

〈글쎄, 잔말 말고 시키는 대로만 해. 너랑 나랑 입 맞춰놓아야 할 게 있어서 그래.〉

"입을 맞춰?"

〈나도 지금 바빠. 자세한 얘긴 지금 못해. 오늘 저녁 퇴근해서 얘기해 줄 테니까, 일찍 들어오기나 해. 아까도 말했지만, 지휴와는 절대로 따로 얘기하지 말고. 까딱 잘못했다간 큰 사단 나. 알았지? 약속해.〉

"아, 알았어……."

다그치듯 윽박지르며 무조건 대답을 강요하는 기세에 눌려, 소명이 엉겁결에 대답을 내뱉자 어머니는 뚝 전화를 끊어버렸다. 시간을 보니 일하시는 마트에 이미 출근도장 찍으신 후인 듯. 뭐가 그리 급한 거라고, 바빠 죽겠다던 출근길 아침부터 이리 허겁지겁 전화를 걸어왔는지 새삼 의아스러워지는 소명이다. 선우지휴와 얘기하지 말라는 게, 대체 무슨 의미이지? 뭘 얘기하지 말라는 거야? 대체 무슨 일이 있었관데, 이리 파르르 떨며 예민하게 구시는 건데?

"야, 지금 이사님 집무실에 누가 와 있는 줄 알아?"

꼬리에 꼬리를 무는 의문들에 뒤죽박죽 엉망이 된 머리를 식히기 위해, 커피 한 모금 쭉 빨아 넘기는 순간이었다. 업무 시작 전이라 차분히 앉아서 사적인 메일 확인이나, 인터넷신문 읽기 등 웹서핑을 열심히 하던 임정원이 기다렸다는 듯이 이쪽으로 몸을 기울여 왔다. 목소리를 잔뜩 깔아 속살거리는 게 여간 비밀스러운 게 아니다. 누가 와 있기에 이러는 건가 싶어, 소명은 집무실 문짝을 슬쩍 째려보고는 퉁명스럽게 중얼거렸다.

"그걸 내가 어떻게 알아?"

"그 여자야. 한승연."

"한승연?"

이상한 일이지? 승연의 이름을 듣는 순간, 퍼뜩 머릿속으로 기억 한 조각이 떠올랐다 사라졌다. 어젯밤 승연을 본 것 같기도 했다. 자신이 있던 테이블로 와 거만하고 도도하게 자신을 내려다보았던 장면이 훅 떠오른 것이었다. 클럽에서 마주쳤었던가? 무슨 얘길 나눴었지?

"그래. 정말 웃기지 않니? 아침 댓바람부터 남의 사무실 와서, 것도 이사님 집무실에 들어가 뭐 하는 짓인지 몰라. 우리가 이사님 부재중이시니깐 밖에서 기다리라고 했더니, 막 성질을 내는 거 있지. 자긴 이사님 약혼녀고 앞으로 여기 회장님 사모님이 될 사람인데, 자기가 왜 이사님 집무실에 들어갈 자격이 없냐면서 난리를 피우는 거야. 진상, 진상, 그런 진상이 없더라. 저런 여자 예쁘고 몸매 좋다고 헬렐레하는 놈들은 대체 뭣 하는 것들이야?"

"언니 그거, 이사님 디스 같은데."

"야, 그건 아니야. 어딜 봐서 이사님이 한승연한테 헬렐레하니? 넌 딱 보면 몰라? 좋아서 만나는 게 아니라 그냥 집안이 빵빵하니까 만나는 거 아니야."

"어쨌든. 이사님 피앙세인 건 맞잖아. 조만간 회장님 사모님이 될 사람이라는 것도 맞고. 그럼 사무실 안으로 들어갈 권리 있는 것도 맞지."

"얘는 왜 이렇게 한승연한테 관대해? 어릴 때 한승연한테 괴롭힘 당하기도 했다며. 넌 화도 안 나니? 질투도 안 나? 못된 애가 승승장구하는 거 열불 안 터져? 솔직히 난 막 짜증까지 나던데. 실력도 별로인 주제에 실장 자리까지 꿰차고 앉아서 우리 부려먹던 거 생각하면 자다가도 벌떡 일어나잖아, 나. 그때 일만 생각하면 지금도 이가 아득아득 갈리는데 그런 재수 없는 여자가 우리 지휴신과 결혼할 사이라니. 그게 말이 되니? 아~ 난 제발 한승연이 걷어차이기만을 고대하고 또 고대할 거야. 지휴신이 한승연 걷어차 주기만 하면, 대대

손손 찬양, 지느님이라고 부를 거라고. 아— 꼴도 뵈기 싫어."

"그럴 일은 없을걸. 전에도 말했지만 두 사람, 꽤 오래된 사이야."

"대체 지휴신은 한승연 어디가 그리 좋은 거야? 아무리 생각해도 이해가 안 되네. 오늘도 봐. 지가 뭔데 사무실까지 들어와서 사모님 행세야, 행세는. 아니, 막말로 약혼녀가 뭐야? 법적인 구속력도 전혀 없는 일시적인 상태 아니야? 파혼하면 끝이잖아. 지금이야 좋아서 사귄다지만 한순간에 끝날 수도 있는 사이가 약혼 상태란 말이지. 그런 주제에 왜 회사까지 찾아와서 상전 노릇하려 들어? 지 남친이 이사지, 지가 이사냐? 아오, 빡쳐."

열이 뻗치는지 정원은 연신 손으로 파딱파딱 얼굴에 부채질을 해대며 짜증을 부렸다. 아무래도 한승연이 보통 진상을 부린 게 아닌 듯하다. 저 사무실이 대체 뭐라고 저 안으로 들어가기 위해 그 난리를 피웠을꼬. 저 안이 지휴의 영역이라 생각했기 때문일까.

소명은 씁쓸한 마음으로 커피를 한 모금 꺾으며 빤히, 꾹 닫혀 있는 출입문을 노려보았다. 마치 한승연이 '넌 이곳에 절대로 들어올 수 없어' 라고 말하는 양 출입문은 단단히 닫혀 있었다.

그래, 난 절대로 들어갈 수 없는 곳이지.

원래부터 그랬다. 지휴는 절대로 좋아해선 안 되는 상대. 그의 옆자린 숙명적으로 그녀의 것이 될 수 없는 자리. 뭣 하나 빠지지 않는 지휴는 온갖 곳에서 탐을 냈고, 그의 주위엔 수많은 여자들로 북적거렸으며, 그녀들은 소명과는 비교도 할 수 없을 만큼 대단한 집안 출신들이었다. 10년 전에도 그랬었고, 지금도 역시 그건 마찬가지이다.

"근데 진짜 한승연이 지휴신 약혼녀 맞아? 회장님 비서실에서 근무한다는 친구한테 물어보니까, 대양그룹과 공식적으로 혼담이 오고 가는 곳은 없다고 하던데. 그런 사이였다면 분명 언론 쪽에서도 말이 나왔을 거라고, 아마 공식적인 사이는 아닐 거라고 하더라고. 생각해 보니 진짜 그런 것 같아. 대양과 한새잖아. 사돈지간이 됐다면 벌써 대한민국이 떠들썩하니 난리가 났겠지. 그거, 한승연이 일방적으로 퍼뜨린 소문 아니니? 약혼자라는 거 지휴신 입에서 나온 말은 아니지? 한승연이 혼자 떠벌린 말이잖아. 그치?"

아, 또 시작이다. 왜 정원은 나한테 한승연과 선우지휴 얘기를 끊임없이 해대는 건가에 대한 고찰을 미친 듯이 하며 소명은 눈 감고 귀 막고 커피 맛에만 집중하려 애를 썼다. 어버버버 안 들려, 안 들려. 속으로 염불 외듯 열심히 외면하려는 그때, 벌컥 빠르고 명료하게 사무실 문이 열렸다. 그가 들어오는 소리였다.

"이사님 오셨어요?"

"좋은 아침입니다."

여기저기서 이사님께 인사하는 소리가 들려옴과 동시에 뚜벅뚜벅, 남자의 묵직한 구둣발자국 소리가 들려왔다. 소명의 가슴이 희미하게 뛰었다. 늘 그렇듯 그의 발걸음, 그의 목소리, 그의 작은 숨결에도 소명의 온몸은 긴장하고 반응했다. 또 시작이구나. 절대로 티 내면 안 되는, 그래서 하루 종일 바짝 긴장하지 않으면 안 되는 하루가. 소명은 크게 심호흡을 하고는 천천히 눈을 떴다.

"용케도 일찍 출근했군요, 함소명 씨."

커다란 눈을 100퍼센트 다 오픈하기도 전에 그의 목소리가 훅 날아왔다. 헉, 소명은 두 눈을 휼쩍 뜨고 자신의 앞에 서 있는 지휴를 올려다보았다. 그는 부드러운 미소를 입에 걸고 그윽하게 그녀를 내려다보고 서 있었다.

'그, 그윽?'

미쳤어? 선우지휴한테 그윽함이라니. 있을 수 없는 일이잖아. 말도 안 되는 소리잖아. 너 술 덜 깼니, 함소명?

"잠깐 나 좀 봅시다."

"에? 무, 무슨 일로……?"

무슨 일이냐고 채 묻기도 전에 그는 휙 몸을 돌렸다. 소명은 두 눈을 미친 듯이 깜빡거리며, 자신이 방금 본 게 대체 뭔지 열심히 생각해 보았다. 환영이었던가. 잘못 본 거 맞겠지? 진짜 웃고 있었던 건 아니었겠지? 그래, 착각일 거야. 무표정의 대명사 선우지휴가 웃을 일이 뭐가 있다고. 게다가 아침부터 호출할 정도면 뭔가 심각한 일이 생겼다는 건데. 일이 잘못되어 가고 있으면 절대로 웃음이…….

가만, 지금 저 방에는 한승연이 있다고 하지 않았나?

벌컥.

경쾌하고 거침없는, 지휴 특유의 문 여는 소리가 들려왔다. 동시에 한승연의 과도하게 밝고 가식적인 음성도 쩌렁쩌렁 울려왔다.

"어머! 지휴 왔어? 일찍 왔네. 난 좀 늦어질 줄 알고 느긋하게 기다리고 있었는데."

"아침부터 웬일입니까? 한 실장."

"아, 아…… 얘는. 나 여기 실장 자격으로 온 거 아니야. 여기 그냥…… 치, 친구 자격으로 온 거야. 찾아온 사람 무안하게 왜 이러니? 전에 없이.”

보는 사람이 많은 만큼 어떻게든 이 상황을 모면해 보려는 듯, 방실방실 웃어대며 승연이 입술을 오므리며 얼버무렸다. 눈동자가 이리저리 왔다 갔다, 주변 상황 체크에 여념이 없는 걸 보니 사무실 직원들 눈이 여간 불편한 게 아닌 모양이었다. 하긴, 아침부터 쳐들어와 주인도 없는 이사 개인집무실을 마음대로 들어가겠다며 진상을 부렸다는데, 이런 모습 조금은 창피하고 무안하기도 하겠지.

“얘. 한승연이 하는 말, 방금 들었니? 친구래. 우리한텐 약혼녀라고 당당히 말하더니 지휴신한텐 왜 저런다니?”

정원이 또다시 소명의 귀에 대고 속살거렸다. 마치 엄청난 사건의 비밀을 손에 쥔 탐정처럼 눈동자가 반짝반짝 빛나고 있었다. 참, 의심할 것도 쌨다. 한승연이 뭐라 하든 두 사람이 집안에선 서로의 배필로 여기고 있다는 사실만큼은 변함이 없는데. 뭘 또 그리 깐깐하게 따지려고 드는지. 어쨌든 저 둘이 나중에 결혼해서 잘 먹고 잘살 거라는 건 정해진 수순 아닌가?

“나한테 무슨, 할 얘기 있어?”

“어? 어……. 그렇지. 그래서 왔지.”

“무슨 얘긴데 아침부터 찾아온 거냐? 급한 얘기라면 전화로 해도 될 것 같은데.”

“전화로 할 얘기는 아니라서. 너 바쁜 거야 내가 더 잘 알지. 근데 오늘은 나도 좀 급하거든? 어제 말하려고 했는데, 누구 때문에 못했잖아.”

“그래? 그럼 1층 커피숍에서 기다려.”

“뭐?”

“함소명 씨, 들어와요.”

“……!”

차갑게 떨어지는 지휴의 목소리에 승연의 미간이 격렬하게 접혔다.

“잠깐만. 지금 나더러, 함소명과의 얘기가 끝날 때까지 기다리라는 거니? 지금 그걸 말이라고 하는 거야? 내가 왜? 뭣 때문에 저 까짓 계집애한테 밀려야 하는데? 왜 함소명이 아니라, 내가 기다려야 하는 건데?”

“여긴 회사야. 넌 일 때문이 아니라 사적인 용건으로 날 찾아온 거고.”

“함소명보다 내가 더 먼저 왔어. 내 용무가 더 급해. 어제부터 계속 하고 싶었던 말, 못하게 막았던 건 너였잖아. 겨우 만든 자리 네가 파토 냈다고. 날 예의도 없이 아침부터 남의 집무실 쳐들어오게 만든 사람은 너란 말이야!”

“한승연.”

“너 태성이 일 때문에 자꾸 나 피하는 거, 나도 알아. 그래. 나도 쿨하게 인정해. 내가 잘한 거 하나도 없어. 하지만 그래서 내가 참고 또 참고 있잖아? 노력하고 비위 맞추고, 간, 쓸개 다 빼놓고 알랑방귀 뀌고. 더 이상 뭘 바라니? 내가 더 어떻게 해주길 바라? 너랑 얘기 좀 하려고, 내가 바쁜 시간 쪼개서 이렇게 아침부터 찾아오기까지 했는데. 대체 더 이상 뭘 어쩌길 바라는 거야? 어떻게 해야 하는 건데?"

"나가."

기계처럼 감정 없이 차갑기만 한 그의 음성이 후둑, 명령처럼 떨어졌다. 함소명이란 이름 석 자에 파르르 떨며 알레르기반응을 일으키던 승연은 겨우 붙들고 있던 이성의 끈이 뚝, 끊어지는 기분을 맛보았다. 나가라고? 여기서, 선우지휴의 방에서, 그의 영역 밖으로 나가라고? 저 함소명을 이곳에 들이기 위해서 날 내쫓겠다고?

불처럼 화가 나 이글거리는 두 눈으로 찌릿, 함소명을 노려보았다. 아직 그녀는 방 밖에 어정쩡하게 서서 승연이 나오기만을 기다리고 있었다. 이 소란이 혼란스럽고 반갑지 않은 듯 표정은 어색하게 굳어 있었다. 빨리 소동이 가라앉기만을 기다리는 듯 초조해 보이기도. 하지만 그녀의 이런 모습이 눈에 제대로 들어올 리 없었다. 함소명에 대한 열등감과 분노에 사로잡혀 있는 승연의 눈에는 그저, 자신을 무시하고 깔보는 소명만이 존재했다. 승연은 날카로운 손톱을 세우고 어금니를 꽉 앙다물었다. 그리곤 세차게 고개를 돌려 지휴를 향해 악감정이 잔뜩 실린 어조로 야멸치게 소리쳤다.

"솔직히 말하시지. 어제 두 사람, 무슨 일 있었지?"

"나가라고 했다."

"무슨 일이 있었는데? 술 취한 여자, 바래다준다며 데리고 나가서 무슨 짓을 어떻게 했는데? 응? 말 좀 해보시지, 선우지휴 이사님."

"한승연."

"말해! 어제 어디로 갔었고, 뭘 했었는지 다 말하란 말이야. 왜 말을 못해?"

"그게 대체 무슨 말이에요?"

서슬 퍼런 승연을 가만히 보고만 있던 소명이 천천히 입을 열었다. 사무실은 이미 쥐 죽은 듯 고요했고, 네 명의 팀원들은 승연이 지껄이는 말에 연신 놀라 서로서로 눈빛을 주고받고 있었다. 한승연의 말들을 모조리 종합해 보자면, 그러니까 이건 삼각관계라는 것 아닌가! 선우지휴 이사님과 약혼녀, 그리고 여기 말단 직원인 함소명이 얽힌 완벽한 치정사건이었다. 헐, 이거 진짜 소문대로 이사님과 함소명이 그렇고 그런 사이였던가? 하지만 그럼 이 약혼녀는 대체 뭐야?

"어제 제가 이사님과 어딜 갔다고요?"

"뭐야. 기억 못해? 웃기고 있네. 술도 몇 병 마시지도 않았는데 기억을 못한다는 게 말이 되니? 어디서 사기를 치려고 해?"

"어제 저, 집에 데려다 주신 분이 이사님이세요?"

소명이 멍하게 중얼거리며 지휴를 바라보았다. 박민환이 데려다 준 걸로만 생각했었는데, 그게 아니었다니. 지휴였다니. 그, 그럼 그 키스도?

소명이 반쯤 얼이 나간 얼굴로 지휴를 빤히 바라보았다. 그는 부인도 긍정도 하지 않은 채 여전히 표정 없는 차가운 모습 그대로 가만히 서 있었다. 하지만 아무 부정도 하지 않는다는 것은 긍정이나 마찬가지. 소명은 그가 자신을 바래다준 장본인이라는 사실을 직감적으로 알 수 있었다. 그럼 엄마가 오늘 아침 그 난리를 피운 것도, 어젯밤과 연관이 있었던 것인가?

"야! 연극하지 마. 너, 그런 식으로 착한 척하면서 남자 꼬드기는 거 내가 모를 줄 알아? 예전에도 그렇게 만날 순진한 척해서 나만 못된 년 만들었잖아! 지휴한테 동정이란 동정은 혼자 다 받고! 10년이나 지났는데도 어쩜 이리 하나도 안 바뀌었니. 그 수법 그대로 써먹는 너나, 거기에 홀랑 넘어가는 지휴나. 어쩌면 그리 똑같아? 어쩌면 그때랑 이리 한 치도 안 달라? 어쩜 날 이렇게 힘들게 할 수 있냐고!"

"……."

"도대체 이 계집애가 뭔데? 뭐 얼마나 대단한 계집애라고 만날 감싸고도는 건데? 집안끼리 결혼까지 생각하는 날 두고, 대체 왜 얘만 이리 두둔하는 거냐고. 얘가 뭐라고!"

"내가."

두 주먹까지 불끈 쥐고 악다구니를 쓰는 승연을 밋밋하고 감정 없는 시선으로 바라보며, 그가 입술을 열었다.

"사랑하는 사람."

다음 순간, 사무실은 찬물을 뒤집어쓴 듯 조용해졌다. 시간이 정지한 듯 그 자리에 있던 사람들은 꼼짝하지 못하였다. 하나같이 숨소리조차 내지 않고 굳어 있었다. 어느 누구 하나 움직일 기미가 없었다. 소명이 사무실을 뛰쳐나가기 전까지는.

제10장 머리부터 발끝이 온통 핫이슈

〈진짜 소명 씨 너무하네. 날 도와준다고 해놓고, 이렇게 하루가 다르게 소문들이 돌게 하면 대체 나더러 어떡하라는 거야? 이럴 거였으면 나서지나 말든지. 도와준다고 해놓고서 왜 자꾸 이러는데? 내가 전에도 말했지. 이사님과 사귀는 거면 난 괜찮다고. 나도 주위에 아는 사람 많아. 도와달라면 도와줄 후배 많다고. 그래도 가장 적임자가 소명 씨라서, 소명 씨한테 도와달라고 했던 건데. 도와준다 해놓고서 이러면 진짜, 내 얼굴이 뭐가 돼?〉

"죄, 죄송해요. 이런 일에 휘말리게 해서. 근데 진짜 아무것도 아니에요. 사실이긴 사실인데, 그냥 소문일 뿐이에요. 신경 안 쓰셔도 돼요. 물론 신경 안 쓸 수 없으시겠지만…… 요."

〈소명 씨, 말 참 이상하게 하네. 아니, 이사님께서 소명 씨 사랑

한다고 했다며. 그게 사실이라며. 그런데 뭐가 소문일 뿐이고, 뭐가 신경 안 쓸 일이야? 지금 내 입장이 얼마나 이상하게 된 줄 알아? 회사 소문으로는, 내가 둘 사이에 끼어든 것처럼 되어 있다고.〉

"예? 왜……? 그, 그런 말도 안 되는……?"

〈왜 그랬겠어? 나랑 사귀기로 하기 전부터 소명 씨와 이사님 사이에 이상 기류가 있었기 때문이지. 어릴 때부터 같이 자라서 잘 알고 지냈다는 것도 이미 사내에 쫙 퍼져 있고. 그러니 두 사람이 처음부터 좋아했던 사이이고, 나는 그 사이에 낀 게 된 거지. 지금 별의별 소문이 다 떠돌아. 이사님과 소명 씬 서로 좋아하는데 신분 차이 때문에 이뤄지지 못하는 거라는 둥, 내가 그 사이에 끼어서 훼방을 놓고 있다는 둥. 나만 아주 죽일 놈이 되어 있다니까.〉

"설마요. 이사님과 좋아하는 사이라는 것부터가 잘못된 건데요. 이사님께서 절 좋아한다고 말한 건 사실이지만, 그건 그냥 그 상황에서 어쩔 수 없이 한 말이었고요, 사실이 아니에요. 생각해 보세요! 이사님께서 절 왜 좋아하겠어요? 약혼녀도 있으신데."

〈무슨 약혼녀? 이사님이 무슨 약혼을 하셨어? 난 그런 소문 듣도 보도 못했구만.〉

"정식으로 한 건 아니시지만, 어릴 때부터 양가에서 결혼시키겠다고……."

〈아, 그게 무슨 약혼이야? 그런 말들이야 흔하게 오가는 거지. 이사님은 대양그룹 후계자시잖아. 그분 약혼은 보통의 약혼과는 다르다고. 회사의 미래에 엄청난 영향을 끼치는 중차대한 문제란 말이야. 그분이 약혼을 하신다면, 증권가 찌라시부터 쫙— 정보가 풀리게 되어 있다니까. 그런 기미 없는 거 보면 아직 혼담이 오고 가진 않는다는 거지. 내가 우리 회사에 주식을 얼마나 많이 투자했는데 그런 소릴 해? 큰일 날 소릴.〉

"어쨌든 전 이사님과 아무 사이도 아니에요. 이사님이 절 좋아한다고 말한 건 그냥……."

〈뭐, 그러겠지. 대양그룹 후계자가 일개 여직원과 결혼을 한다는 게 어디 말이 되나? 혹시나 해서 하는 말인데, 기대 같은 건 버리는 게 좋아. 그런 사람들, 사랑 따위에 큰 의미 두지 않거든. 사랑은 소명 씨랑 한다고 해도, 결혼은 유력한 집안의 여자랑 할 게 뻔해. 솔직히 소명 씨가 뭐 볼 게 있어? 돈도 없고 집안도 별로고. 얼굴 예쁜 거, 그거 상류층에선 쳐주지도 않아. 소명 씨가 이사님이랑 결혼하겠다고 나서면 회장님이 가만히 계실 것 같아? 난리나지. 이사님한테 든든한 백이 되어줄 집안이 줄을 섰는데, 미쳤어? 소명 씨 같은 여자한테 이사님을 주게. 우리 엄마만 해도 난린데 뭘. 돈 많고 집안 든든한 여자 놔두고 왜 하필 가난하고 드세고 나이 많은 여자 만나느냐고 날 아주 잡아드시려고 하셔.〉

"……."

〈세상이 그래. 누구나 다 그렇게 생각한다니까. 결혼은 사랑으로 하는 게 아니라, 집안과 조건으로 하는 거야. 알겠어, 사회초년생?〉

"그래서였어요? 여자친구, 떼어내려고 했던 거."

한참을 잠자코 듣고만 있던 소명이 불쑥, 질문을 던졌다. 원래는 회사 내에 파다하게 퍼진 '선우지휴와 함소명은 사랑하는 사이!' 說에 대한 해명을 하기 위해 전화통화를 한 것이었으나 가만히 듣고 보니 얘기가 아주 이상하게 돌아가고 있었다.

"대리님 어머니께서 그러셨다면서요, 돈 많고 집안 든든한 여자 놔두고 왜 하필 가난하고 나이 많은 여자냐고. 결혼은 사랑으로 하는 게 아니라, 집안과 조건으로 하는 거라고요. 여자친구가 가난하고 나이가 많아서, 그런데 가당찮게도 결혼하자고 졸라서. 그래서 이렇게 거짓 연애까지 하면서 필사적으로 떼어내려 하셨던 건가요?"

〈그, 그게 무슨 소리야? 아니야! 난 그냥……!〉

"비겁하시네요. 실망스러워요, 솔직히. 사랑하신다면, 그 사랑에 대해서 책임지실 줄도 알아야죠. 돈 때문에 사랑하는 사람을 버린다는 게 말이 돼요?"

〈소명 씨, 무슨 말을 그렇게 해? 돈 때문에 사랑을 버린다니. 그런 거 아니거든? 잘 알지도 못하면서. 그 여자랑 난 엄연히 서로 책임 같은 거, 지지 않기로 하고 만났어. 성인 대 성인으로.〉

"……."

〈자기 감정은 자기가 책임지기로 했단 말이야. 나는 아닌데, 결혼 생각 없는데, 이미 다 끝났는데! 저 혼자 좋다고 날뛰면서 결혼해 달라 협박했단 말이야. 가짜로 임신했다고 거짓말까지 하고. 그랬던 여자를 뭐 좋다고 결혼해 줘야 하는데? 난 말이야, 즐기는 건 즐기는 거고 결혼은 결혼이라고 생각해. 그 여자 처음 만났을 때도 그랬고, 지금도 그래. 즐기다가 서로 마음 맞으면 결혼도 할 수 있다는 건 그 여자 생각일 뿐이라고. 아무리 같이 있을 때 즐거워도 결혼은 다른 문제란 말이야…….〉

"더럽게 말 많네."

소명은 신경질적으로 뚝, 전화를 끊으며 중얼거렸다.

어쩌면 이리 주저리주저리 자기 변명하기에만 급급할까. 좋아서 만났고, 그 사람을 사랑했고, 즐기기까지 했으면서 결혼은 다른 여자와 하겠다니. 이 무슨 기가 막히고 코가 막힐 소리인가 말이다. 남자들은 원래 다 이런가? 감정은 구질구질, 책임지지 않아도 된다며 이리저리 흘리고 다니면서. 그에 대한 책임과 마무리는 회피하는, 그런 무책임한 존재인가?

인간에 대한 회의가 물밀 듯이 밀려든다. 선우지휴야 원래 여자란 존재를 자신의 발톱의 때보다도 더 못한 존재로 인식하는 못된 놈 중의 상 못된 놈, 그런 종자라 치지만. 박 대리님까지 이럴 줄은 정말 몰랐다. 평소 매너 좋고 상식적이며, 늘 웃는 모습에, 책임감도 강하고, 자기 일도 철저하게 잘하는 남자라 생각했던 터라 당연히 선우지휴와는 차원이 다를 줄 알았다. 그런데 이런 생각을 하는 사람이었다니. 이런 비열하고 이기적인 사람이었다니!

"혹시 소명이니……?"

복도에 서서 부르르, 두 주먹 불끈 쥐며 박 대리를 규탄하고 있을 때였다. 매우 곱게 나이 든 중년 여성이 말을 걸어왔다. 부드러운 고수머리를 곱게 말아 올리고, 과하지 않은 화장과 은은한 진주로 멋을 낸, 꽤나 아름다운 외모의 여인으로 언뜻 보기에도 귀

부인 티가 확 나는 게 전혀 자신과는 연관이 없어 보였다. 하지만 그럼에도 그녀를 보자마자 소명의 머릿속에는 '내가 알고 있는 사람' 이란 메시지가 딩동 떠올랐다. 그리고 정말로 3초가 채 지나지 않은 짧은 시간 안에, 소명은 그녀가 누구인지 기억해 냈다.

"나야, 모르겠니?"

회장님 사모님이었다. 선우지휴의 어머니. 대양그룹의 안주인. 지휴 가족 중, 그날 그 사건에 대해 알고 있는 유일한 사람, 주화연. 소명은 당황했다.

"사모님!"

"오랜만이네. 이게 몇 년 만이야? 10년 정도 되었나?"

"네…… 자, 잘 지내셨어요?"

"어, 나야 뭐. 너도 잘 지내지? 네가 우리 회사에서 일하게 되었다는 얘긴 회장님께 전해 들었다. 잘하고 있다고? 회장님께서 널 아주 대견스러워하는 것 같더구나. 머리도 좋고, 센스도 뛰어나고, 지금보다 앞으로가 더 기대되는 아이라고 하시던데. 이렇게 회사에서 마주치게 되니 감회가 새롭네. 어머니는 잘 계시지?"

"네, 한때 당뇨 때문에 고생을 좀 하셨지만 지금은 괜찮으셔요. 많이 좋아지셔서, 최근엔 일도 다시 시작하셨어요. 회장님께서 도와주신 덕분입니다. 감사하게 생각해요."

"그래, 우리 회장님께서 함 기사를 남다르게 여기긴 했었지. 사람이 듬직하고 착해서 속임수라는 걸 몰랐거든. 회장님이 무슨 일이든 함 기사라면 믿고 맡겼으니까. 함 기사 그렇게 비명횡사하고 우리 회장님, 얼마나 안타까워하셨게. 지금도 틈만 나면 말씀하셔, 네가 안됐다고. 당신이 조금만 더 신경 썼더라도 함 기사 그리 가는 일은 없었을 텐데, 다 당신 불찰이라고."

"무슨 그런 말씀을요. 회장님께선 예나 지금이나 저희에겐 넘치게 잘해주시는데요."

"그렇긴 하지."

주 여사는 조금은 뒤끝이 씁쓸한 말투로 말하고는, 슥 눈동자를 굴려 소명의 몸을 위아래로 훑어보았다.

'여전히 예쁘네.'

어릴 땐 해맑고 순수한 느낌의 얼굴이었는데 지금은 백치미스러운 섹시미가 느껴지는 외모이다. 러블리한 것은 여전했지만 그 느낌이 사뭇 다르다고나 할까. 살짝 풀린 쌍꺼풀하며, 붉은 입술에 새하얀 피부 하며. 보조개 들어가는 얼굴로 눈웃음 살랑살랑 치는 게, 온몸에서 그냥 색기가 줄줄 흐른다. 딱 남자 여럿 울릴 얼굴. 이러니 10년이 지난 지금까지도 지휴가 흔들리는 거겠지.

원래 남자들은 이렇게 겉과 속이 다른 여자한테 맥을 못 추는 법. 색다른 면이 있으니 흥미도 동하고 질리지도 않는 것이다. 승연처럼 속이 뻔히 다 들여다보이는 여자는 신비감이 부족해 금방 흥미가 떨어지게 되어 있었다.

쯧쯧쯧. 참 걔도 어지간해. 어떻게 10년 동안 옆에 붙어 있었으면서, 남자 마음 하나 잡질 못해? 진즉 지휴 마음 붙들었으면 이 아이가 나타났어도 불안할 것 하나 없었을 거 아니야. 나한테까지 전화해서 징징 짜고 울어야 해? 기어이 날, 아들 여자 문제까지 간섭하는 진상 엄마로 만들어야 하느냐고. 마음에 안 들어, 마음에.

하지만 소명이 지휴 옆에 머무는 건 더 마음에 안 들었다. 불안하다. 과거의 그 일이 알려질까 봐. 그날 어떻게 소명이 쫓겨 나가게 되었는지, 지휴가 다 알게 될까 봐 겁이 났다. 아들이 얼마나 불같이 화를 낼지 너무나도 빤히 알고 있으니 이리 마음을 졸이는 것이었다. 남편이 얼마나 역정을 낼 것인지 다 알 것 같으니 더더욱 소명을 지휴 옆에서 떨어뜨려 놓고 싶은 것이었다. 그때 그런 실수를 하지 않았어야 했는데. 적어도 어린것을 그렇게 협박해 내치지는 말았어야 했다. 그랬더라면 이렇게 10년을 마음 한구석에 죄책감을 가진 채 살아오는 일은 없었을 것이다.

모든 게 다 후회스럽지만 일이 이렇게 된 이상 어쩔 수 없었다. 어떻게든 소명을 지휴에게서 떼어놓는 수밖에. 그래서 과거의 실수를 덮는 수밖에 다른 도리가 없었다. 아들이 소명을 그저 동정하고 있을 뿐이라는 승연의 말이 진실이기만을 바라고 또 바랄 수밖에 없었다. 소명이 지휴의 돈을 보고 접근했고, 또다시 접근 중이라는 승연의 주장을 철석같이 믿는 수밖에 다른 수가 없었다.

"이런 말, 하긴 좀 뭐하지만…… 난 사람이라면 은혜라는 걸 알아야 한다고 생각하거든?"

"네……?"

"너도 말했잖니. 우리가 너희한테 넘치게 잘해줬다고. 회장님이 함 기사한테 받은 게 많아서, 워낙 함 기사가 회장님한테 잘해줘서, 그래서 우리도 어떻게든 함 기사 빈자리 느껴지지 않도록 너희 집에 많은 도움을 줬어. 솔직히 함 기사 딸이 아니었다면, 네 그 보잘것없는 스펙으로 우리 회사에 입사할 수 있었겠니?"

"그건 저도 무척 감사하게 생각하고 있습니다."

"고맙단 말 듣자고 이런 말 하는 거 아니다. 하지만 난 그렇게 생각해. 우리는 해줄 만큼 다 해줬다! 부도나서 자살하려는 우리 회장님 기어이 살리고, 폐인될 뻔했던 사람 끝까지 설득하고 믿어줘서 다시 재기하게 만들어준 그 은혜 다 갚았다! 그렇게 생각한다고, 나는. 더 이상 그 문제로 인해 하기 싫은 선택을 하고 싶진 않다는 말이야. 특히 사람에 관한 거라면."

"그게 무슨 말씀이세요?"

의미심장한 주 여사의 말에 소명은 그녀의 얼굴을 찬찬히 뜯어보며 중얼거렸다. 여전히 아름답고 자애로운 미소를 짓고 있는 주 여사였으나 한순간에 싹 다른 사람으로 보였다. 이런 걸 계층 차이라고 하는 건가. 자신과는 전혀 다른 세상에서 살고 있는 사람 같았다. 이런 기분, 참 오랜만이다. 어릴 때도 종종 느꼈던 낯설지 않은 감정.

"우리 지휴, 동정심이 참 많은 아이야. 예전부터 그랬지. 지나가는 거지도 그냥 못 보내는 아이였어. 너도 기억하지? 네가 뭔가 실수해서 나한테 혼날 때면 항상 네 편을 들어줬잖니. 그 뭐냐, 도자기. 그거 깼을 때도, 빤히 네 실수인 거 다 아는데 딱 잘라서 지가 깼다고 거짓말하고. 네 역성을 참 많이도 들었지. 널 부려먹기도 많이 부려먹었지만 위해주기도 많이 위해줬어. 동생이 없다 보니 널 여동생이라 생각하고 애잔하게 본 거야. 그건 너도 잘 알고 있을 거다."

"……."

"넌 현명한 아이니까, 어떻게 대처해야 할지 잘 알고 있을 거야. 난 너만 믿으마. 아참, 내 정신 좀 봐. 나, 요 앞에 누구 만나러 왔거든. 회사 근처에 온 김에 지휴 잠깐 볼까 해서 들른 건데 시간이 좀 빠듯하네? 너랑 더 얘기하고 싶지만 이만 가봐야겠다. 다음에 한번 보자. 언제 한번 집에 놀러 와. 내가 밥 한 끼 해줄게."

"네, 사모님."

"그럼 다음에 보자."

미뤄둔 숙제를 겨우 다 마친 듯, 후련한 얼굴로 작게 한숨을 내쉬고는 주 여사는 서둘러 뒤로 돌았다. 비행청소년 나무라는 얼굴로 '우리 아들과 너는 격이 다르니 절대 만나지 마' 라고 경고한 사람치고는 어색하기 짝이 없는 모습이다. 드라마 같은 걸 보면 더 심하게 패악을 떨던데, 그것에 비하면 완전 얌전하달까. 준수하시다. 이 정도면 뭐, 최악은 아니지 싶다. 가만히 듣고 있지 말고 '당신 아들, 한 트럭을 갖다 줘도 이쪽에서 싫거든요!' 정도는 외쳐줄 걸 그랬나 하는 약간의 후회 정도만 남았을 뿐 상처는 없으니까.

"사모님이 뭐래?"

빠른 걸음으로 코너를 도는 주 여사의 뒷모습을 빤히 바라보는데, 뒤통수에서 질문이 날아왔다. 흠칫 놀라 뒤를 돌아보니 임정원이다. 언제부터 거기 서서 보고 있었는지, 그녀는 눈을 부릅뜨고 주 여사와 소명을 번갈아 보며 놀라는 중이었다. 소명은 어깨를 들썩이며 한숨을 깊게 내쉬었다.

"아들한테 떨어지라고."

"어머, 어머, 그럼 사모님은 둘 사이 반대하시는 거니?"

"언니 같으면 승낙하겠어?"

"하긴, 찬성하시는 게 더 이상한 거겠다. 그렇지만 아들이 사랑한다는데, 뭐. 반대하겠지만 결국엔 어쩔 수 없이 받아들이시겠지. 자식 이기는 부모 없다잖아. 남자 보는 눈 정확한 이 몸이 확신하는데, 지휴신은 절대로 부모한테 굴하는 아들은 아니야. 아우라를 봐. 엄마 말에 좌지우지, 팔랑팔랑 가볍게 왔다 갔다 하는 찌질이들이랑은 포스부터가 다르잖아. 분명히 사랑을 선택할 남자야. 두고 봐."

"두고 보긴 뭘 두고 보라는 거야. 언니 착각하는 모양인데, 이사님은 날 좋아하는 게 아니야."

"뭔 소리?"

"생각을 해보세요. 이사님이 뭐가 아쉬워서 날 좋아하겠어? 이런 말 하긴 좀 뭐하지만, 한승연이랑 나랑 비교가 돼? 뭐 한 가지 한승연보다 나은 게 없는 난데, 그런 날 왜 좋아하겠냐 말이지."

"그럼 지휴신이 마음에도 없이 그런 말을 했다고? 사랑한다는 말을? 그게 말이 되냐?"

이해할 수 없다는 듯, 정원이 눈살을 확 찌푸리며 신경질적으로 물었다. 물론 정원의 상식으론 도무지 말이 안 될 것이다. 그건 소명의 상식으로도 있을 수 없는 일이었다. 그녀라면, 절대로 좋아하지도 않는 사람에게 그딴 말 안 한다. 마구마구 잘해줘서 '저 사람이 날 좋아하나 봐' 하고 싱숭생숭 가슴 울렁거리게도 안 한다. 만날 못생겼다, 굼뜨다, 센스 없다, 별의별 핑계를 대 구박하면서도 결정적인 순간에 나타나 도와주고 감싸주고 편들어주어 사람 감동시키는 짓도 하지 않는다. 그딴 식으로 사람 착각하게 하는 거, 사랑에 빠지게 만드는 거, 그거 진짜 죄악이다. 나쁜 짓이다. 다른 여자 좋아하면서 순진한 아이 맘 설레게 하는 거 지독히도 악취미다. 자신을 좋아하는 걸 알면서도 그딴 짓을 하는 건 더더 더 사악한 짓이다.

뭐, 누구 말대로 동정심 때문일 수도 있겠다. 지휴는 다른 건 몰라도 정의감 하나는 투철했으니까. 가난한 아이. 자신의 집에 얹혀사는 아이. 고용인의 딸이라는 이유로 주인집 잡일은 알아서 다 했던 아이. 불쌍하고 안쓰러워 보였겠지. 생각해 보면 그다지 못된 주인도 아니었던 것 같다. 궁지에 몰렸을 때면 항상 나타나 구원투수가 되어주었던 그였으니. 그랬기 때문에 소명이 연심을 품을 수밖에 없었을지도.

어쨌든 남 헷갈리는 짓 절대 하지 않는 자신과는 달리, 선우지휴는 늘 꾸준히 그래 왔었다는 걸 감안하면 이번 일도 사람 맘 갖고 농락하고 있는 게 틀림없었다. 일단 한승연이 뭔가 거슬리는 짓을 했겠지. 마음에 안 드는 짓을 하니, 뭔가 그에 합당한 벌을 주고 싶었을 것이고, 재수 없이 자신은 그 자리에 있어서 당한 것이다. 10년 전에도 이런 일, 수도 없이 많았었다. 한두 번 당한 일이 아니니 이젠 놀랍지도 않다. 너무나 빤한 루트라서 충격조차 먹지 않았다. 진짜다. 정말, 하나도 놀라지 않았다.

정말로.

"말이 왜 안 돼? 한승연이 짜증 나게 하니까 화나게 하려고 막

뱉은 말이잖아. 그걸 꼭 말로 해야 알아들어?"

"넌 그렇게나 자기 자신한테 자신이 없냐? 지휴신이 좋아할 만한 구석이 왜 없어? 너 진짜 괜찮은 애야. 진짜진짜. 한승연보다 훨씬 더."

"난 개털이고, 한승연 뒤엔 한새그룹이 버티고 있는데도?"

"돈 같은 건 지휴신도 많아. 여자한테 그딴 거 기대할 사람은 아니지."

"돈 많은 사람들도 돈 좋아해. 남자들 속물근성. 그거 여자 못지않다."

"넌 꼭 지휴신이 속물이길 바라는 사람 같다?"

정원이 두 눈 크게 뜨고 상체를 들이밀며 조심히 물어왔다. 신기하다는 듯, 어떻게 그렇게 생각할 수 있냐는 듯. 잘생기고 돈 많은 상사가 자신을 좋아한다고 하면 당근 좋아해야지. 어쩌면 이렇게 펄펄 잡아떼며 사실이 아닐 거라 부인할 수 있는지 도무지 이해가 안 된다는 얼굴이었다.

그래. 제발 선우지휴가 좀 속물적으로 굴어줬으면 좋겠다. 박대리처럼 철저하게 속물이어서, 애먼 사람 괜히 마음 들뜨게 하지 않았으면 좋겠다. 쓸데없는 희망 따위 단 1퍼센트라도 품고 싶지 않으니까 제발 좀 날 가만히 내버려 뒀으면 좋겠다고! 말도 안 되는 소리에 혹해서 울렁울렁 마음 설레는 짓, 나도 이제 그만하고 싶단 말이야!

"그런데 어쩌니. 이 몸이 다 물어봤는데."

"무슨 말이야?"

"지휴신한테 직접 내가 물어봤다고. 이 상황 어떻게 판단해야 할지 헷갈리니까 정확하게 말씀해 달라고. 다른 사람은 몰라도 우리 팀원한테는 사실대로 얘기해 주셨으면 좋겠다고. 사무실 분위기 엉망되기 직전이니까, 이 문제 깔끔하게 해명해 달라고. 그랬더니 이렇게 말씀하시더라."

"……."

기대하지 마. 아무것도 생각하지 마. 선우지휴가 뭐라고 했을지 상상도 해보지 마. 기대했다가 실망하면 얼마나 절망스러운지 알지? 얼마나 괴로운지 알지? 그러니까 아무것도 생각하지 마. 어차피 그 사람이 날 사랑한다고 말한 건 다 한승연 때문이었을 테니까 절대로 기대 따위 하지 마.

"내가 사랑하는 사람이 함소명이라는 건, 틀림없는 사실입니다. 믿어도 좋아요."

"……!"

"이래도 네 말을 믿어야 하니?"

다음 순간 소명은 온몸에서 힘이란 힘이 다 빠져나가는 것을 느껴야 했다.

*

"퇴근 안 합니까? 함소명 씨."

책상 앞에 우뚝 선 그가 아무렇게나 내뱉듯 한마디 뚝 떨어뜨리자, 컴퓨터에 코를 박고 꼼짝하지 않고 있던 소명이 움찔 몸을 떨었다. 폭탄이라도 투여받은 듯 어지간히도. 아마도 어떻게든 이 상황을 모면해 보기 위해 미친 듯이 머리를 굴리고 있을 것이다. 사람들 다 보는 앞에서 뭐 하는 짓이냐, 속으로 그를 죽어라 욕하고 있겠지. 어쩌면 그가 당장 생각을 바꿔 자신을 무시하고 사라져 주길 간절히 기도하고 있는지도 몰랐다.

하지만 미안하게도 지휴는 그럴 마음이 전혀 없었다. 집무실을 빠져나오자마자 쏟아지는 팀원들의 관심과 호기심 어린 시선에 부응하기 위해서라도 그는 자신이 어떤 식으로든 액션을 취해줘야 한다고 생각했다.

함소명은 오전 내내 사무실에 컴백하지 못했다. 아침에 일어난 소동 때문에 당황한 나머지 뛰쳐나간 이후 줄곧 밖으로 나돈 것은 아마도, 스스로가 감당할 수 없는 일들이 벌어졌기 때문일 것이다. 도피하고 싶었을 거다. 모든 게 꿈이어야 한다고, 아무 일도 일어나지 않았던 1분 전으로 되돌아가고 싶다고 죽어라 외쳐 댔을 것이다. 하지만 엎질러진 물을 다시 담을 수는 없는 일이다. 그는 이미 폭탄을 떨어뜨렸고, 그 폭탄의 피해는 고스란히 소명이 떠안았다. 그가 지금 할 수 있는 일은 그녀가 옴팡 떠맡은 폭탄을 함께 짊어지는 것이었다.

"함소명 씨?"

"네!"

재차 호명하자 그녀가 어쩔 수 없이 고개를 들었다. 천천히 두 눈을 커다랗게 뜨고. 겁먹은 송아지마냥 훤히 열린 두 눈동자에는 비스듬히 미소를 머금고 서 있는 자신의 모습이 둥실 떠 있었다.

깨끗하다. 티끌이라고는 단 한 톨도 느낄 수 없는 맑은 눈이다. 이 눈 앞에선 거짓말도, 속임수도, 위선도 없어야 할 것 같다. 사실만을, 진실만을 말해야 할 것 같다. 지휴는 씩, 저도 모르게 미소를 지었다.

"안 가요?"

"저요? 저, 저는 아직 할 일이 많이…… 야근해야 할 것 같은데요, 이사님."

"아."

"오전에 땡땡이를 쳐서요."

자신을 빤히 내려다보는 지휴를 멍하게, 뚫어져라 바라보며 소명이 중얼거렸다. 그리곤 히쭉, 다분히 가식적인 눈웃음을 날린다. 갈매기 날개처럼 나긋나긋한 눈꼬리가 하늘하늘, 낭창낭창하게 휘고, 도톰하고 붉은 입술이 옆으로 주욱 늘어졌다. 가지런하고 새하얀 이가 슬쩍 드러나고 양쪽 볼우물도 움푹 파이자 지휴 잡는 쥐약, 함소명 전매특허 스마일이 완성된다. 그녀의 웃는 얼굴을 보면 늘 그러했듯 지휴는 요동치는 심장을 차분히 가라앉혔다.

"내일 하세요. 오늘은 나랑 할 일이 있으니까."

"저, 저랑 무슨 할 일이……? 무슨 일인지는 모르겠지만 다음으로 미루면 안 될까요? 제가 지금 아주 급한 일을 마무리해야 해서요. 올 상반기 출시 앱 동향 파악 및 소비자 경향 분석표도 준비해야 하고요. 우리 놀자(Nolza)앱 디자인 반응 투표 결과도 분석해야 하고요. 오, 오늘 중으로 해야 할 일이 너무 많아서……."

"상반기 출시 앱 동향 파악 및 소비자 경향 분석표는 김경훈 씨가 맡아서 해주실 겁니다. 놀자 디자인 반응 투표 결과 분석은 박하윤 씨가 이미 오전에 제출했고요."

"하윤 씨가요? 어, 언제……?"

처음 듣는 얘기인 듯 두 눈을 당장에라도 튀어나올 것처럼 휼쩍 크게 키우고 휘리릭, 굴려 하윤을 돌아보았다. 퇴근하기 위해 자리에서 일어나려다 말고 지휴와 소명을 흥미진진한 눈으로 지켜보고 있던 하윤은, 소명이 자신을 바라보자 멋쩍은 듯 씩 웃고는 어깨를 으쓱했다. 뭐, 그 정도쯤이야, 라는 듯. 긍정임이 확연히 드러나는 그 모습에 소명의 표정은 점점 더 아스트랄해지고 있었다. 이게 대체 어찌 돌아가는 속내인가, 도무지 가늠을 할 수 없다는 듯 아연실색.

어찌 돌아가긴 어찌 돌아가나, 이 아가씨야. 빨리 네가 일어나 내 팔짱을 끼고 사무실에서 나가주길 바라고 있지. 다들 한시바삐 퇴근하고 싶어 안달 나 있는 거 안 보이나.

"땡땡이를 확실히 치긴 쳤었군. 업무가 어떻게 돌아가는지 전혀 모르는 걸 보니. 아침부터 감당하기 어려운 일을 겪어 당황했다는 건 알겠는데, 그건 그거고 일은 일이지. 사적인 감정 때문에 업무에 지장을 주는 건 프로의 자세가 아니라고 생각하는데. 어떻게 생각해요, 함소명 씨는?"

"그, 그게……."

"대답은, 가면서 듣도록 하죠. 일단 나와요, 시간 없어."

지휴는 손목을 틀어 시계를 들여다보며 시크하게 명령했다. 당황한 게 역력한 소명의 얼굴은 점점 더 일그러졌고, 사방을 훑는 시선은 더욱더 분주하고 혼란스러워졌다. 직원들이 자신과 그를 어찌 생각할지 미친 듯이 걱정하는 게 분명했다. 하지만 함소명, 그걸 걱정할 단계는 이미 지나지 않았나?

“안 가고 뭐 해? 빨리 일어나. 그래야 우리도 퇴근하지.”

복화술을 하듯 꾹 다문 정원의 입에서 웅얼거림이 터져 나왔다. 그러자 킥, 참지 못하고 경훈이 억눌린 웃음을 터뜨렸다. 그러더니 연이어 킥킥킥킥, 사방에서 웃음소리가 들린다. 새빨개진 얼굴로 안절부절못하며 앉아 있는 소명과, 그런 그녀를 참으로 건조한 시선과 매우 권위적인 자세로 내려다보는 지휴의 모습이 심히 코믹해 보이는 것이었다. 아무리 보아도 사랑하는 여자를 대하는 모습이 아니거늘 묘하게 공감이 가는 모습이어서 웃음이 나왔다. 대강 알 것도 같은 거다. 지휴가 어떤 방식으로 소명을 사랑하는지. 그래서 더 두 사람의 줄다리기가 흥미로워진 것이고.

사실 사무실의 이런 분위기는 정원의 입김이 크게 작용한 결과물이었다. 지휴의 폭탄선언이 있고 나서부터 분위기가 뒤숭숭, 술렁이며 심각해지려고 하자 요리조리, 이래저래, 열심히 지지고 볶아 지금의 이 경쾌한 분위기를 만들어낸 것이다. 역시 입담 하나는 정원을 따를 자 없음. 순식간에 우중충한 치정극에서 상큼발랄한 로맨스로 변해 버리지 않았나. 게다가 은근히 두 사람이 잘되길 바라게 되기까지.

“알겠습니다, 이사님.”

어쨌든 졸지에 웃음거리가 되어버린 기분에 소명은 자리에서 빨딱 일어서며 딱딱하게 대답했다. 그리곤 사방으로 미친 듯이 굴리던 눈을 훅 치뜨곤 지휴를 노려보며 핸드백을 거칠게 챙겼다. 그에 대한 불만이 하늘을 찌르는 모습이었으나, 지휴는 그녀의 성남 따위 별로 개의치 않는 듯 느긋한 모습으로 부하직원들과 눈인사를 나누며 사무실을 나갔다. 그리고 그 뒤를 불만 가득 담은 얼굴로 소명이 마지못해 따라가는 모양새. 그것은 마치 목줄을 맨 애완동물과 주인 같아 탁, 문이 닫히는 순간 사무실은 빵, 하고 터져 버렸다.

푸하하— 닫힌 문틈으로 폭소하는 소리가 뒤통수를 때리자 소명은 발끈한 얼굴로 뒤를 획 돌아보았다. 대체 뭐가 그리 즐거운 건지, 뭐가 그리 재미있어서 저리 웃어대는 건지 소명의 머리로는 도무지 이해가 안 되었다.

지금 이게 웃을 일이야? 약혼녀가 있는 상사가 남친 있는 부하직원한테 되도 않는 수작을 걸고 있는데! 그냥 웃고 넘어갈 일이냐고. 나서서 방어해 주지는 못할망정. 이게 뭐야? 대체 뭐가 어떻게 돌아가는 거야? 선우지휴는 도대체 무슨 생각으로 일을 이 지경으로 만들어서 사람을 이렇게 우습게 만드는 건데? 너 대체 뭐냐고!

두 눈 부릅뜨고 지휴를 향해 온갖 험상궂은 인상을 다 쓰고 있는데, 갑자기 그가 우뚝 걸음을 멈춰 세운다. 헉! 뭐, 뭐야. 왜 걸음을 멈춰? 왜 가던 길 안 가고 서는데? 부, 불안하게.

소명은 온갖 비장한 마음의 준비는 다 하고 그의 공격에 대비했다. 하지만 날아온 말은 고작,

"그거, 메시지 수신음 같은데."

헐, 귀도 밝지. 핸드백 속에 들어 있는 휴대폰 소리를 어떻게 이리 귀신같이 알아들었을꼬. 하여튼 사람 숨 막히게 하는 덴 뭐든 도사급이라니까. 소명은 냉큼 휴대폰을 꺼내 메시지를 확인했다.

"누구냐? 남친이냐?"

"어, 엄만데요. 일찍 들어오라고……."

더 정확히 말하자면 '회사 끝나면 곧바로 집으로 들어오는 거 잊지 않았지? 딴짓하지 말고 곧장 와, 곧장. 기다리고 있으마' 였다. 뭔가 다급하면서도 강력한 어조다. 당장 달려가지 않으면 무슨 큰일이라도 날 것만 같은 긴급 문자였다. 대체 무슨 일인데 이런 메시지까지 날리신 거지? 문자라곤 '어' 나 '오키' 나 '그래' 따위의 대답 문자가 전부인 엄마가.

"야근이라고 해."

"저더러 거짓말을 하란 말씀이세요?"

"그런 표정 짓지 말지. 거짓말, 한 번도 안 해본 사람처럼."

"제가 왜 거짓말을 하면서까지 이사님을 만나야 하는데요. 저는 들을 말도, 할 말도 없거든요. 오늘 아침 일은 이사님 실수라고 생각합니다. 사람이 그럴 수 있죠. 이해해요. 그때 이사님께선 화가 머리끝까지 나 있으셨고, 옆에 제가 있었고. 약혼녀 분을 화나게 할 수 있는 재료에 제가 딱 적격이었잖아요. 저, 그딴 걸로 오해하거나 화내지 않습니다. 충분히~ 이해하고 사정 봐드릴 수 있습니다. 그러니까 저한테 따로 사과하시거나 해명 같은 걸 하실 필요는 전혀~ 없다는 말씀이죠, 네."

"내가 사과할 거라고 누가 그래?"

"사과하시려고 저 불러내는 거 아닙니까?"

"사과할 생각 없는데."

"그럼 뭣 때문에 절 불러내시는 건데요?"

"말했잖아, 할 얘기가 있다고."

"그러니까 그 할 얘기라는 게 대체 뭐냐고요……!"

잠깐. 그러고 보니 이순영 여사, 아침에 전화했을 때 선우지휴와는 절대로 아무 얘기도 나누지 말라고 했던 것 같은데. 사적인 얘기를 나누지 말라고도 했던가? 불길한 예감이 갑자기 온몸을 급습한다. 어젯밤 술 취한 그녀를 데리고 집까지 갔다는 선우지휴, 오늘 아침 갑작스런 사랑 고백, 그리고 이순영 여사의 '아무 대화도 나누지 말고 집으로 와서 내 말을 먼저 들어라'까지. 뭔가 하나로 묶여 있는 듯한 기분이다.

'혹시 이순영 여사가, 그날의 일을 폭로?'

……한 건 아니겠지?

"궁금해? 궁금하면 따라와."

발끈 화를 내다 말고 우거지상을 한 채 멍 때리고 있는 그녀를 향해 지휴가 후둑, 한마디 떨어뜨렸다. 그러더니 아직도 정신 못 차리는 그녀의 손을 휙 낚아채 뚜벅뚜벅 복도를 걷기 시작했다. 허거덩. 이게 뭔 짓? 퇴근 시간에, 사람들 지나다니는 복도에서 이게 무슨 날벼락 같은 짓?

"이, 이사님. 이게 무, 무슨 짓이에요?"

"조용히 해."

"이 손만 놓으면 조용히 따라갈 거거든요?"

"도망가는 게 아니고?"

"도망을 왜 가요, 제가? 뭐 잘못한 게 있다고. 안 가요. 뒤에 바짝 붙어갈 거니까 이 손이나 놔줘봐요."

"시끄럽고. 입 다물고 따라오기나 해."

"따라갈 거니까 이건 좀 놓으라니까요. 아, 놔요! 놓으라고요. 사람들이 보잖아요! 아, 진짜. 이 꼴 보고 다들 뭐라 생각하겠냐고요!"

"뭐, 소문이 사실인가 보다 하겠지."

"소, 소문이라뇨? 무슨 소문요? 설마 그, 그, 그 기가 막히고 코가 막히는 그 소문?"

"기가 막히고 코가 왜 막혀? 틀린 거 하나 없더구만."

"뭐가 틀린 게 없어요? 죄다 말도 안 되는 루머인데."

"우리가 어릴 때부터 알던 사이인 건 맞잖아."

"소문처럼 연인이었던 건 아니잖아요."

"네가 회장님이란 든든한 백을 갖고 있다는 것도 사실이고."

"하지만 그 때문에 드림팀에 합류한 건 아니죠."

"실장과 트러블이 있었던 것도 사실이지, 아마."

"그러니까 뭐예요? 진짜 제가 회장님이란 큰 백을 이용해 실장과 팀장을 제치고, 정원 언니를 드림팀으로 포함시키고 스스로도 합류했다, 이거예요?"

"물론 그건 사실이 아니지. 넌 드림팀 멤버 구성에 아무런 영향을 끼칠 수 없었으니까."

"당연하죠. 멤버 구성은 전적으로 이사님 권한이었잖아요."

"그랬지."

거침없이 빠르고 큰 보폭으로 걸어, 그녀를 열심히 뛰게 하던 그가 갑자기 걸음을 멈추었다. 우뚝. 길고 날씬하면서도 단단한 그의 몸이 넓고 분주한 복도 한가운데에 섰다. 그에게 손목이 잡힌 채 정신없이 뒤따라 걷던 소명도 휘청거리며 걸음을 멈추었다. 그리곤 헥헥, 절로 가빠오는 숨소리를 고르는 순간. 그가 천천히 고개를 꺾어, 이쪽을 향해 돌아보았다.

"모든 게 내 권한이었지."

고집스러우면서도 단단해 보여 매우 금욕적으로 보이는, 그래서 여자에게 더 많은 것을 꿈꾸게 하는, 매혹적인 그의 입술이 천천히 움직였다.

"그때 내 안중엔 단 한 가지밖에 없었어."

"……."

"원래 내 것이었던 걸 다시 회수하고야 말겠다는 생각."

옆으로 사람이 지나갔다.

한 명, 두 명.

이미 회사 안에서 최고의 핫이슈로 급부상한 소명이었으니 직원들은 하나같이 그녀를 알아보았다. 대양그룹의 유일무이한 후계자이자 엄청난 스캔들의 주인공인 선우지휴도 역시 못 알아볼 리 없었다. 사람들은 서로서로 쑥떡거리며 대양그룹 후계자와 그를 홀린 여직원에 대해 무성한 소문을 퍼뜨리기 시작했다. 아마도 내일 아침이면, 온 사내에 선우지휴와 함소명이 회사에서 손을 잡았다는 소문이 쫙 퍼질 것이다. 더 나빠질 것 없다 생각했던 함소명의 직장생활은 안드로메다로 가는 일만 남은 게다.

제정신이면 빨리 그의 손을 놓아야 했다. 그에게 붙들린 이 손. 잡혀 있는 이 작은 손. 이걸, 당장 놓아야 했다. 안다. 그는 지금 억지를 부리고 있고, 이대로라면 상황은 끝 간 데 없이 막장으로 치닫게 될 거라는 걸. 그럼에도 불구하고 소명은 아무것도 할 수가 없었다. 그의 눈을 피하지도, 그의 손을 뿌리치지도, 독처럼 달콤한 그의 말을 듣지 않을 수도 없었다.

"지금도 그건 변함없어. 난, 내 것은 그 누구에게도 빼앗기지 않아."

그 순간이었을 거다. 다시는 빠지지 않겠다고 다짐하고 또 다짐했던 결심이 와르르 무너져 버린 것은.

그의 손이 꼭, 자신의 손을 감싸 쥐어왔다. 부드럽고 단단하게 쥐어, 절대로 빠져나갈 수 없게끔 촘촘하고 탄탄히 옭아맸다. 그리고 그와 동시에 그녀의 심장도 함께 붙잡혀 버렸다.

그녀는 다시 그의 노예가 되어버린 것이다.

미친 게 아닐까. 어떻게 선우지휴에게 또다시 속절없이 빠져들어, 일을 이렇게 만들어 버릴 수가 있지? 이성이 있다면 그 순간 그에게 확실히 말했어야 했다. 난 아니라고. 난 당신의 것 따위 될 생각 전혀 없다고. 과거 따위 잊은 지 오래고, 다시 그때로 돌아가고 싶지 않다고. 10년 전엔 당신 말이 진리이자 법이었지만 지금은 달라졌다고. 지금은 당신이 무슨 생각을 하든, 어떤 결정을 내리든 나에게 아무런 영향을 끼치지 못할 거라고.

그렇게 선을 제대로 그어주었어야 했는데도, 그녀는 아무 말도 못하고 말았다. 그가 이끄는 대로 손이 잡힌 채 말없이 뒤따랐고, 덕분에 쏟아지는 수많은 시선에 노출되어 소문이 사실임을 만천하에 증명해 버리고 말았다.

직원들은 하나같이 지휴를 알아보고 깍듯이 인사를 건넸다. 당연히 회사의 유명인사인 그가 손까지 잡고 함께 퇴근하는 여자의 존재에 관심이 쏟아질 수밖에 없었다. 그 여자가 전부터 소문이 심상찮았던 함소명이라면 더더욱 그러하다. 지휴에게 인사를 건네던 사람들은 약속이라도 한 듯 소명에게도 눈인사를 건네왔다. 마치 미리 눈도장을 찍어두겠다는 듯. 잘 좀 봐달라는 듯. 심지어 디자인 부서 동료 한 명은 '어머, 사실이었네? 밥 한번 사요, 소명 씨' 라며 지휴와의 사이를 확정시했다. 듣는 순간 이건 아니다 싶어 해명하려 들었지만 이미 그녀는 신나게 지휴에게 아부의 말을 건네고 쏜살같이 사라져 버린 후. 졸지에 그녀는 약혼녀도 있는 대양그룹 후계자와 사귀는, 간덩이가 참으로 크고 분수는 전혀 모르는 여자가 되어버리고 말았다.

하지만 그래도 거기까진 양호한 것이었다. 사태를 되돌릴 가능성이 조금이나마 남아 있었고, 실제로 그녀가 제 정줄만 단단히 잡고 있었다면 최악의 상황은 면할 수 있었을 것이다. 루머는 금방 사라진다고 하지 않았던가. 솔직히 손 좀 잡고 회사 복도를 런웨이한 게 무슨 대수라고? 사람들 보는 앞에서 빼도 박도 못하게 공개청혼을 한 것도 아니요, 안거나 뽀뽀를 한 것도 아니요, 누구처럼 호텔을 드나든 것도 아닌데 원점으로 되돌리지 못할 이유가 없었다. 하지만 그것도 어디까지나 회장님이 이 모든 걸 알기 이전의 일.

"……일단 타시게들."

"먼저 가십시오, 회장님."

"선우지휴 이사, 지금 나와는 엘리베이터도 같이 타지 않겠다는 겐가?"

"회장님이 아니셨어도 패스했을 겁니다. 비어 있는 엘리베이터를 기다리거든요."

"방해받고 싶지 않다는 거로구만. 그럼 그러시게. 나도 직원들 사생활까지 터치하고 싶진 않으니. 다만 집에선 얘기가 달라지겠지?"

"오늘은 일찍 주무시길 포기하시겠다는 뜻으로 들리는군요."

"늦게 들어오겠다고 예고하는 것이냐?"

"제가 늦으면, 밤새 기다리시기라도 할 기세십니다."

"아침형 인간도 자식이 속 썩이기 전의 얘기니까."

"이번 일이 딱히, 이전에 속 썩인 것보다 더한 것 같진 않습니다만."

"그건 네 생각이지."

"이따 뵙겠습니다."

"그래, 일단은 좋은 시간 보내거라. 소명이 너도."

"에? 에, 예……."

엘리베이터 문 하나를 사이에 두고 아버지와 아들이 나눈 대화였다. 대치하듯 떡하니 버티고 서서 서로를 향해 빈정거리던 두 부자를 보고 있는 내내 소명은 안절부절, 어찌해야 할 바를 모르고 서 있어야 했다. 평소 선우재훈 회장님을 친아버지처럼 따르고 편하게 대해왔었지만, 그건 엄연히 후견인이었을 때의 얘기. 자신의 하나밖에 없는 아들이 유력한 집안의 약혼녀를 두고 쥐뿔도 없는 아가씨와 어울리는 걸 어떤 아버지가 좋아하겠는가. 그냥 아들도 아니고, 3대째 집안으로부터 내려온 대기업 대양그룹의 후계자인걸.

분명 집안은 난리가 날 것이다, 그때처럼. 아버지는 회초리를 들고, 어머니는 하염없이 울며, 주 여사는 돈 봉투를 내밀었던 그 날처럼.

"네가 지금 제정신이냐? 지휴를 어쩌고 저째? 좋아해? 네가? 네 주제에? 집도 없이 떠돌아다니는 가난뱅이 딸내미 주제에, 더부살이 하느라 남의 집 종처럼 식모살이하는 주제에. 그런 주제에 언감생심 주인집 아드님을 넘보다니. 네가 제정신이 아니고서야 어떻게 그런 생각을 품을 수가 있어? 어떻게. 엉? 어떻게 회장님 아드님을 좋다고, 마음에 품을 수가 있냐고. 짝사랑하면 누가 널 알아준다고. 누가 널 받아준다고. 지휴가 널 좋아할 것 같아? 사모님이 널 받아줄 것 같아? 너만 상처받고 말 거다, 너만! 너만 가슴앓이 하고, 너만 힘들어질 거라고. 아무도 널 이해해 주지도, 받아주지도 않을 거란 말이다, 이 바보등신천치 같은 것아!"

"그만해, 소명 아버지. 어린것 가슴에 못 박지 말고 제발 이제 그만하자고. 소명이가 솔직히 잘못한 게 뭔지 난 도저히 모르겠어. 우리 애가 대체 무슨 잘못을 했는데? 무슨 큰 대역죄를 저질렀기에 사모님한테 불려가서 그리 혼이 나야 하느냐고. 왜? 회장님 아들은 몸에 금박이라도 둘렀답디까? 쳐다보아서도 안 되고, 말도 섞으면 큰일 난답디까? 왜 우리 애가 좋아하면 안 되는데? 누구한테 피해준 적도 없고, 좋아하는 마음 드러낸 적도 없다는데. 혼자 짝사랑도 마음대로 못해, 우리 애는? 회장님 아드님은 짝사랑도 허락받고 해야 한답니까? 그런 법이 어디 있는데? 가난한 집에 태어나서 죽도록 고생만 하는 우리 소명이. 이 불쌍한 것이 어미아비 때문에 좋아한다고 고백도 제대로 못한 모양인데……."

"소명이가 불쌍한 걸 아는 사람이 돈을 받아오나? 이 돈이 어떤 돈인지 알아? 이게 대체 뭘 의미하는지 아는 거냔 말이야."

"어차피 우리 소명이, 떠나는 걸로 결정 내린 후잖아. 지휴 여행에서 돌아오기 전에 소명이 전학 절차 밟고 이 집에는 발길 딱 끊기로 다 얘기된 거라고. 사모님도 다 알고 계셔. 돈 때문에 떠나주는 게 아니라 소명이가 자진해서 떠난다는 거. 그러니 상관없잖아."

"그래도 이 사람아! 이걸 받아오면 모양새가……!"

"그럼 어째? 안 받겠다고 하는데도 한사코 넣어두라는데! 안 받으면 사모님께서 인연 끊겠다고 하시는데! 돈으로라도 확실히 막아두고 싶었겠지. 우리 소명이 다시는 당신 아들 주위에 얼씬거리지 못하도록, 보험이라도 들어두고 싶었겠지. 혹시라도 소명이 딴 마음 먹고 지휴 앞에 나타나면, 그 돈 들이밀면서 왜 나타나느냐고, 돈 받았으면서 왜 딴말하느냐고 다그치고 싶은 모양이지. 상관없잖아? 어차피 우리 소명이, 상처받을 대로 받아서 지휴 좋아하는 마음 싹 사라졌을 텐데."

"……."

"그렇지? 소명아, 이제 절대로 지휴 좋아하지 않을 거지? 싹 마음 비울 거지? 그, 그럴 거지, 소명아?"

소명은 그날, 그렇게 묻던 어머니의 눈빛을 아직도 잊지 못한다. 간절하게 무언가를 갈구하는 눈빛이었다. 제발 딸이 자신이 원하는 답을 내놓아주기를 고대하고 또 고대하는 눈빛이었다. 마음고생이 그만큼 컸다는 뜻이었다. 딸이 주인집 아들을 사모하다, 하필 그 마음을 그의 여자친구한테 들켜 사모님한테 불려가 크게 꾸지람을 듣기까지 했으니 그 속이 오죽했겠는가. 억장이 무너질 노릇이었을 터다. 당당하게 '우리 딸이 누굴 좋아하든 말든 무슨 상관이냐' 소리치고 싶어도, 그럴 수 없는 자신의 처지가 한탄스러웠을 것이다. 거기다 사모님이 억지로 찔러주는 돈까지 받아야 했으니. 그 마음이 어땠을지 생각하면 지금도 코끝이 시큰거리는 소명이었다.

한데 모든 걸 다 헤아리는 그녀였음에도, 그녀는 그 순간 아무 대답도 하지 못했었다. 마음 비우고 절대로 지휴에게 연정 따위 다시는 품지 않겠다, 확답하지 못하였다. 입이 안 떨어져서, 거짓말 따윈 못할 것 같아서, 그의 주위에서 사라지기로 작정한 그 순간에도 그를 좋아했음에 아무 말도 할 수 없었다. 그때의 함소명은 10년이 지나도 결국 이렇게 될 줄 미리 알고 있었던 걸까? 잊지 못하고, 또다시 그의 손을 잡게 될 줄 예견하고 있었던 걸까?

소명은 지그시 아랫입술을 깨물며 머릿속을 어지럽히고 있는 수많은 생각들을 물리쳤다. 마음은 이미 흔들려 태풍 속의 돛단배, 강풍 속의 방패연 신세였지만 어디까지나 그건 마음일 뿐. 그녀는 이제 10대 소녀가 아니다. 10년 전, 환상만을 좇아 주인집 도련님을 사모하며 모든 게 잘될 거라 상상하던 소녀는 더 이상 존재하지 않는다. 20대의 함소명은 현실을 너무나도 잘 직시하고 있었다. 지금 자신은 막무가내 도련님의 물정 모르는 일탈에 휘말려 쓸데없는 시간 낭비를 하고 있을 뿐이었다.

"잘 생각해 보세요, 이사님. 이건 아주 중대한 문제예요."

"메뉴 고르는 게 그리 중대한 문제인가? 코스 A와 B, 차이가 아주 없는 건 아니지만."

"지금 농담할 때예요?"

"레스토랑 들어와 앉자마자 잘 생각해 보라는 건, 메뉴 얘기 아닌가?"

"못 알아들은 척하지 마세요. 다 알고 있으면서. 사람 만나고 사귀는 문제가 이렇게 농담 따먹기로 결정할 문제는 아니잖아요. 중차대한 문제 맞죠. 한순간의 객기로 결정할 문제는 절대 아니란 말이죠."

"객기?"

"물론 제가 보기에도, 이번 일은 한승연 씨 잘못이에요. 좀 오버한 것 맞다고 봐요. 사무실로 자꾸 찾아오는 거, 솔직히 직원들도 불편해했었으니까요. 특히 오늘처럼 아침부터 찾아오는 것도 모자라 이사님 집무실까지 막 함부로 들어가는 건 좀 심하게 에러였죠. 거긴 중요한 서류도 많아서 이사님 부재중이실 땐 아무한테나 열어주지도 않는데, 그걸 모르지도 않는 분이 막무가내로 열어달라 하시니까 직원들이 짜증을 낼 수밖에 없었거든요. 하지만 원래 그분 스타일이 좀 그런 건 이사님도 잘 알고 있었잖아요. 한두 해 알고 지내는 것도 아니면서."

"그랬나?"

"그 관심 없는 말투는 뭐예요? 이게 지금 남의 일이에요? 이사님 일이잖아요."

"한승연 이야기만 계속 해대면서 그게 왜 내 얘기라는 거냐? 난 지금 배가 고프고, 밥을 먹어야겠다. 메뉴를 네가 고를 거 아니라면 이제 그만 입 다물어."

이거 봐라. 이런 식이다. 회사에서부터 레스토랑에 올 때까지 계속 이렇게 딴소리만 하더니, 끝까지 이런다. 대체 왜 이러는지 알 수가 없다. 한승연을 좋아했던 거 아니었어? 10년을 한결같이 사귀고 있으면서. 그럼 굉장히 좋아하고 있는 것뿐만 아니라, 미운 정 고운 정 다 들었을 거 아니냐고. 근데 왜 이래?

"싫증났어요? 권태기예요?"

"또 한승연 얘기냐?"

눈살을 찌푸리더니 그가 신경 끄겠다는 듯 시선을 끌어내린다.

그러더니 소명에게 묻지도 않고 지배인을 불러 주문을 하기 시작했다. 코스 A다. 통후추 소스와 허브머스터드 소스의 등심스테이크. 토 나오게도 비싸구만, 기어이 이걸 먹겠다고. 지금 이거 먹는 게 중요하냐고요. 사람들한테 오해는 오해대로 사고, 난 나대로 마음고생 중인데. 자기 혼자만 룰루랄라, 속 편하게 식사나 하시겠다니. 정말 화딱지가 나 죽겠다.

"솔직히 말씀해 보세요."

어찌나 깔끔한지. 음식을 먹는데도 입 주위는 깨끗. 얌체 같은 선우지휴를 찌릿 노려보며 소명은 짜증스럽게 입술을 비틀며 험상궂게 중얼거렸다. 세련미가 철철 넘치는 자세로 앉아 느긋하게 음식을 썰던 그는 천천히 눈을 들더니, 소명을 바라보았다. 나른한 시선으로 매우 지그시.

"뭘 말이냐."

"……!"

유난히 촉촉하고 새까만 눈동자와 두 눈이 마주치자, 소명은 일순 흠칫 떨었다. 미친. 젠장맞을. 대체 어쩌자고 저렇게 바라보는 거야? 사람 마음 싱숭생숭하게. 마치 작정하고 유혹하려는 사람 같잖아. 사람 돌아버리겠네. 소명은 힘차게 팔딱거리기 시작하는 심장을 가까스로 다스리며 자신의 앞에 너무나 멀쩡하고 멋진 모습으로 앉아 자신을 요리하고 있는 지휴를 휙 째려보았다. 빠득. 이를 가는 것은 덤.

"지금 이거, 질투 작전이죠? 한승연 씨가 속 썩여요? 그래서 뭔가 자극이 될 만한 계기가 필요했던 거예요?"

"넌 머릿속에 한승연 생각밖에 없냐?"

"그래, 맞아. 그거였어. 한승연 씨가 질투할 만한 상황을 만들고 싶었던 거야. 한승연 씨 자극하는 걸론 제가 딱 적격이긴 하죠. 한승연 씨가 예전부터 워낙 날 싫어했으니까. 구질구질하다, 촌스럽다, 예쁜 척한다, 동정받으려 애쓴다, 걸리적거린다 등등. 이유도 참 버라이어티했었는데."

"땡이다. 난 질투 작전 같은 거 세운 적 없고, 그딴 거 설령 세운다 해도 널 이용할 생각은 추호도 없어."

"그럼 오늘 아침 일은 어떻게 설명하실 건데요? 납득이 안 되잖아요, 납득이. 도대체 왜 약혼녀 앞에서 제 역성을 드신 것이며, 왜 뜬금없이 절 사, 사, 사……!"

"사랑한다고 했지."

소명이 말까지 더듬으며 횡설수설하자, 잠자코 물끄러미 그녀를 바라보던 지후가 덤덤하게 바로 고쳐 준다. 마치 아무 일도 일어나지 않았던 것처럼 태평한 얼굴로. 소명은 기가 막혀 헛, 하고 기찬 웃음 한 방을 날렸다.

아무리 농담처럼 별 의미 없이 내뱉은 말이라지만. 이런 식은 정말 너무한 것 같았다. 사람을 얼마나 만만하게 보면 이런 소릴 함부로 지껄여? 아니, 만만해도 그렇지. 이러는 건 아니지! 사랑은 정말 아니라고. '좋아한다' 처럼 보편적으로 두루뭉술하게 표현되는 말이 아니잖아, 사랑은. 사랑인데 흔히 느낄 수 있는 편한 감정이 아니라 그야말로 사랑인데. 사랑한다는 말을 아무한테나 홧김에 막 싸지르는 건 범죄가 될 수도 있다.

"저기요!"

"사랑해."

욱하고 올라오는 감정에 흥분해, 거칠게 소리를 치는 순간이었다. 그가 심하게 건조한 목소리로, 무덤덤하고 나른한 시선 그대로 그녀를 물끄러미 바라보며 불쑥, 내뱉었다.

우르르쾅쾅, 머릿속에 핵폭탄 백만 개가 터지는 것 같은 충격이 찾아왔다. 나는 누구, 여긴 어디? 방금 내가 들은 소린 대체 뭐? 몽롱한 정신으로 겨우겨우 생각하는 와중에, 입까지 벌리고 멍 때리는 그녀를 향해 그는 또다시 자신이 내뱉은 말을 확인시켜 주었다.

"널 사랑한다고, 함소명."

제11장 사랑에 대처하는 그녀의 자세, 10년 전과 후

"야, 너 이리 와봐."

등굣길 교문 앞. 휙휙 옆으로 지나치는 남고생들을 의식하며 겨우내 훌쩍 위로 올라가 버린 교복 치맛자락을 열심히 아래로 내리고 있는 소명을 누군가 불러 세웠다. 걸걸하고 질펀한 목소리의 주인공은 아까부터 승냥이처럼 음흉한 눈빛으로 열심히 소명을 위로 아래로 훑던, 바로 그 남학생이었다. 머리는 무스로 떡칠한 데다가 전혀 학생답지 못한 길이가 아이돌 가수 빰칠 기세요, 교복 재킷은 단정치 못하게 풀어 헤치고 바지는 팔랑팔랑 나팔 모양으로 리폼해 바닥을 쓸고 다니는 폼새를 보니 딱 봐도 불량청소년 삘. 소명은 눈살을 찌푸리면서도 못 들은 척 미동도 없이 가만히 서 있었다.

"야, 너. 너 말이야, 너. 이 계집애야."

하지만 또다시 무섭게 말을 걸어오자, 덜컥 소심증이 돋아 소명은 냉큼 고개를 돌리며 외면했다. 적어도 반경 100m 안에는 '계집애'라 불릴 만한 사람이 덜렁 자신 혼자뿐이란 걸 소명도 알았지만 차마 그의 부름에 응할 수가 없었다. 무서우니까. 괜히 걸려서 된통 당하면 어쩌나 두려우니까.

대한민국 상위 1%의 자제들만 모아 최고의 엘리트를 육성시키는 데에 그 목적이 있다는 명문 세류고는, 엘리트뿐만 아니라 찌질이들도 대한민국 상위 1%가 모두 모여 있는 학교로 무지 유명했다. 부모님의 돈과 힘을 믿고 제멋대로 구는 학생들을 학교가 제대로 통제하지 못한다는 게 가장 큰 문제점인데, 그 덕분에 고삐 풀린 망아지처럼 불량학생들이 학교 내뿐 아니라 외부에서까지도 기승을 부리며 날뛰고 있었다. 당연히 주변 학교와 학생들까지도 그 피해를 고스란히 받을 수밖에 없는 실정. 바로 그 세류고에 선우지휴가 다니고 있으며, 자신마저도 세류고 근처에 위치한 명현중에 다니고 있으니 세류고 찌질이의 악명에 대해서는 소명도 모를 수가 없었다.

자, 그럼 함소명은 대체 왜 세류고 교문 앞에 서서 이리 쩔쩔매고 있는 걸까. 겁도 지지리도 많으면서. 지금도 이렇게 무서워 덜덜 떨고 있으면서, 찌질이들이 득시글거리는 이곳에서 잘못 걸리면 큰일을 당할 수 있다는 걸 뻔히 잘 알면서, 왜? 등교 시간이 한창인 이 시간에 학교 갈 생각은 안 하고, 왜?

오늘 소명은 부모님께 아침 밥상을 직접 차려 드리는 이벤트를 준비했었다. 뜻 깊은 날이라 부모님에 대한 감사함을 표현하기 위해 생각한 아이디어였는데, 새벽부터 일어나 미역국에 밥까지 하느라 정신이 하나도 없었더랬다. 설거지까지 다 마치고 나니 평상시의 등교 시간을 훌쩍 넘긴 시각이 되어 다급하게 집을 박차고 나왔었다. 그런 그녀를 불러 세운 이가 있었으니, 그이는 바로 사모님. 지휴가 휴대폰을 집에 놔두고 갔다며, 소명더러 가는 김에 대신 지휴에게 전해달라 하셨다. '평소엔 별로 들고 다니지도 않던 애가 왜 학교까지 이걸 갖다 달래? 뜬금없어 죽겠어, 아주' 라고 혼잣말을 중얼거리시면서.

그렇다. 이건 선우지휴의 계략. 음모인 것이다. 소명을 부려먹는 게 취미인 선우지휴가 또다시 이런 짓을 계획한 것이다. 짜증나. 다른 건 다 차치하고, 학교 등교까지 방해하는 건 정말 너무한 거 아닌가? 아무리 선우지휴를 좋아하고, 그래서 그의 이름만 들어도 마음 설레는 소명이라 할지라도 이런 도를 넘는 장난에는 눈살 찌푸리지 않을 수 없다. 이러다 지각하면? 선생님한테 혼나면 누가 책임지는데? 자기가 책임질 거야? 게다가 저 찌질이는 어쩔 거야. 무서워 죽겠는데 어쩔 거냐고.

"이게 귀가 먹었나. 왜 말을 못 알아들어?"

흠칫. 멀찌감치 들려오던 남학생의 음성이 매우 가깝게 들려오자 소명은 저도 모르게 어깨를 움츠렸다. 연신 치맛자락을 끌어내리느라 여념이 없는 손가락이 달달달 떨려왔다. 이를 어떡하지? 어떻게 대처하지? 아, 진짜 망할 선우지휴는 대체 왜 이렇게 안 나오는 거야? 교문 앞으로 나온다면서, 그게 벌써 한참 전인데. 왜 아직도 안 나오는 거냔 말이야!

"야! 너!"

"네……? 저, 말인가요?"

거칠고 껄렁껄렁한 남학생의 손이 턱, 하고 어깨 위를 때리자 소명은 더 이상 외면하질 못하고 홀쩍 뒤로 돌아 알아들은 체를 했다. 불량청소년임이 분명한 남학생은 생각보다 훤칠하니 잘생긴 외모를 가지고 있었다. 비록 비릿하게 비틀려 있는 입가와 맛이 살짝 간 듯한 흐리멍덩한 눈빛이 에러였지만 그럭저럭 봐줄 만한 얼굴이었다. 물론 것도 지휴와 비교하면 몹시 평범한 수준이었다.

"맞네, 선우지휴의 펫."

"네? 선우지휴를 아세요?"

'펫'이란 말뜻은 알아듣지 못하였다. 그 순간엔 오로지 무서운 일진의 입에서 선우지휴의 이름이 나왔다는 사실만이 딸랑딸랑 그녀의 귓전을 맴돌았다. 자신을 보자마자 지휴를 언급했다는 건 이 양아치도 그를 알고 있다는 뜻이 아니겠는가? 불행 중 다행이란 말이 이런 경우이지 싶었다. 지휴를 알고 있는 사람이라면, 절대로 지휴의 심부름으로 여기까지 온 그녀를 괴롭히진 않을 테니까 말이다. 만약 지휴의 친구가 맞다면 얼른 핸드폰을 전해주고 학교로 들입다 달려가야겠다는 생각이 들었다. 하지만 그렇게 마음먹고 쏙 보조개를 만들어 웃어제낀 그녀에게 양아치가 내놓은 대답은……

"쫄깃쫄깃하게 생겼다, 너? 가정부 딸이래서 선우지휴 취향의 질이 상당히 떨어졌다 싶었는데 이렇게 보니 꽤 귀엽네."

이게 뭐야. 놀란 얼굴로 소명은 두 눈을 홀쩍 떴다.

"네?"

"나 어떠냐? 내가 선우지휴보다 더 잘해줄 수 있는데."

"그게…… 무슨 말씀이세요?"

"모르는 척하는 것도 귀엽네. 은근히 여우 스타일이구나? 너."

"뭘 모르는 척한다는 건지……. 선우지휴, 모르세요?"

"알지, 대양그룹 황태자님. 우리 학교에서 걔 모르면 간첩이야."

"그럼 친구이신가요?"

"걔네 아버지랑 우리 아버지가 친구니까, 나랑 걔도 친구라고 할 수 있겠지. 왜? 관심 있냐?"

"관심이라니요? 무슨 관심이요?"

"돈. 어때? 네 어머니와 아버지를 우리 집에 고용하는 조건은? 것도 솔깃하지?"

"지금 무슨 말씀을 하시는지……?"

"그거면 내 펫이 될 거냔 소리야, 이 계집애야. 알면서 모르는 척 앙큼 떨지 말고 대답해 봐."

뭔 소린지 알아들을 수 없는 소릴 하며 그가 이번엔 턱, 팔을 그녀의 목 뒤로 걸쳤다. 단숨에 어깨동무하는 모양새가 되어버리자 소명은 식겁하며 그에게서 떨어지기 위해 몸을 비틀었다. 하지만 다음 순간, 그녀는 거칠게 밀쳐져 학교 담벼락 구석에 처박혔다. 등줄기로 엄청난 통증이 밀려들자 소명은 두 눈을 질끈 감고 앓는 소리를 냈다. 그러나 곧이어 남자의 손이 교복 치맛자락을 더듬기 시작하자, 앓는 소리는 짧은 기합 소리로 바뀌었다.

"이얍!"

단박에 무릎을 꺾었던 것 같다. 나 자신을 보호해야겠다라던가, 상대를 공격해야겠다는 생각이 있었던 건 아니었다. 그냥 거의 본능적으로 무릎을 꺾어 놈의 정중앙에 꽂아 넣었다. 발로 차! 발로 차!

당장에 그가 나가떨어졌고, 그 틈을 타 소명은 힘껏 내달리기 시작했다. 앞뒤 안 보고 무조건 힘껏, 아주 힘껏. 물론 시작만 했다. 몇 미터 채 달리기도 전에 쿵, 저쪽 코너를 돌아오던 누군가의 가슴과 부딪쳐 달리기를 저지당하였기 때문에.

"여기서 뭐 하고 있는 거냐? 함소명."

아픈 코를 부여잡는 그녀의 귀에 오늘따라 음악처럼 아름답고 사랑스럽게 들리는 지휴의 목소리가 쏙 들어왔다. 아아, 선우지휴다. 선우지휴야!

"도련님!"

"내 이럴 줄 알았지. 정문 앞에서 기다리고 있었어야지, 여기서 이러고 있으면 어떡해? 여긴 후문이란 말이야, 이 멍청아. 하여간 뭘 한 번에 해낸 적이 없어. 뭐든 꼭 한 번씩 실수를 하고 나서야 정신을 차리지."

그러게 왜 이런 심부름을 시켜, 시키길. 자긴 자기 물건 하나 제대로 못 챙겨서 남한테 민폐 끼치는 주제에. 급박한 상황에 나타나 준 것에 고맙고 감격스러워 삐쭉 나오려던 눈물이 단박에 쏙 들어간다. 꼭 이렇게 사람을 구박해야 하나. 여기까지 자기 시간 손해봐 가며 와준 것만으로도 감사한 일 아닌가? 고맙다고 따뜻한 말 한마디 해주면 어디가 덧나? 사색이 된 내 얼굴 자세히 들여다봐 주며 무슨 일 있는 거냐고 걱정해 주면 어디가 덧나냐고. 쳇!

“또, 또. 속으로 욕하지 말라고 했지?”

“제가 뭘요.”

“얼굴에 다 쓰여 있다. 속으로 내 욕하는 거 다 알아.”

“치잇, 누가 욕먹을 짓 하랬나.”

“어허, 주인님 앞에서 버르장머리 없게 투덜대기는.”

꽁. 주먹 쥔 손이 가볍게 머리 위로 떨어진다. 소명은 늘 그렇듯 두 눈을 찔끔 감으며 자라목처럼 목을 쑥 안으로 넣었다. 언젠가부터 투덜투덜 그의 앞에서 하고 싶은 말을 숨기지 않고 거의 다 하고 있었지만, 그것에 딸려오는 벌이란 이런 장난스러운 군밤이 전부. 것도 손마디로 찍어 누르는 보통의 군밤이 아니라 손바닥의 부드럽고 말랑거리는 모서리로 톡 건드는 수준의 군밤이었다.

이건 이상하게 아프지도 않고 기분 나쁘지도 않다. 오히려 사랑받는 기분이 들어서, 가끔은 제 머리가 어떻게 된 게 아닌가 의구심이 들기도 하는 그녀다. 요샌 일부러 대들면서 은근히 그가 때려주길 기대하기도 한다. 확실히 소명은 자신이 미친 게 틀림없다고 생각했다.

“그나저나 어딜 그렇게 뛰어가고 있었던 거냐? 눈앞에 사람이 오는지도 모르고 냅다.”

“아, 그건…….”

“나랑 핫한 대화를 나누는 중이었다, 선우지휴.”

간질간질 온몸이 오그라들 것 같은 기분 좋은 그 순간. 한데 뒤통수에 그 재수 없는 인간의 목소리가 꽂혀왔다. 흐힉, 놀란 눈으로 소명은 휙 뒤를 돌아보았다. 기가 막히게도 그놈이 아까 그 자리 그대로 서서 웃고 있었다, 뻔뻔하게도. 미친 거 아니야? 어디 그런 짓을 해놓고서 당당하게 그 면상을 지휴 앞에 들이밀어? 죽고 싶어?!

"핫한 대화?"

"몸의 대화지."

"뭔 소리야."

지휴의 눈매가 눈에 띄게 좁아졌다. 딱 보기에도 심기가 매우 불편해 보이는 그. 눈치를 보아하니 두 사람은 그다지 친한 사이도 아닌 것 같았다. 그럼 그렇지. 저런 놈이랑 우리 도련님이 친구일 리가 없지. 암!

"말 그대로야. 내가 원래 열등감이 심한 인간이잖냐, 네 말대로. 네가 워낙 잘났어야 말이지. 부자 아버지에, 머리도 좋아, 선생님들 애정도 독차지, 친구들도 다 너만 좋아해. 뭐 한 가지라도 내가 이겨먹을 수 있는 게 없잖아. 하지만 여자는 다르지. 여자들은 나를 더 좋아해."

"인간이 알아들을 수 있는 말을 해라. 그래야 너와 대화라는 걸 시도해 볼 생각을 하지."

"우이씨! 거래 중이었다고, 네 펫이랑! 얼마면 내 것이 될 수 있느냐, 의견 교환하는 중이었단 말이야. 그게 그리 어려운 말이냐? 엉?"

"네가 원빈이냐? 어디다 대고 '얼마면 돼' 야?"

"아니, 그러니까 내 말은! 그 계집애가 함소명이잖아. 그 유명한 너의 펫. 왜, 네가 끼적끼적 장난으로 대충 적어낸 수필에 나오는 애. 네가 시키는 일은 다 하면서 너의 애정만을 끊임없이 갈구한다고 해서 네가 펫이라 생각한다는, 바로 그 함소명. 네 그 쓰레기 같은 수필이 무려 장원을 받는 바람에 우리 학교는 물론 전국 고교생들이 죄다 너와 함소명의 관계를 알게 되었잖아. 엉?"

펫? 그제야 소명의 귀에 '펫' 이란 단어가 들어왔다. 애완동물. 장난감처럼 제 마음 내킬 때만 귀여워해 주고 사랑해 주는 존재, 라고밖에 해석되지 않는 단어. 이게 대체 무슨 소리인가 싶어 소명은 다급하게 지휴를 돌아보았다. 마음속으론 어렴풋이 그가 이 모든 말들을 부인해 주길 바라고 있었다. 하지만 그는 그녀의 감정에는 별 관심 없는 모양으로, 앞에 서 있는 친구만 한심해 죽겠다는 듯 눈살을 찌푸린 채 바라보고 있을 따름이었다.

"네 펫 별명이 '밥' 이라며? 밥풀떼기. 난 그게 그렇게 웃기더라. 얼마나 만만하게 생각했으면 여자한테 '밥' 이라고 하냐? 네 것이라면 제일 많이 존중하고 아껴줘야 하는 거 아니냐? 뭐, 네가 이깟 애한테 진지할 거라곤 생각하진 않지만, 그래도 너 좋다고 헬렐레거리는 애잖아. 적어도 이름은 불러줘야지. 안 그래? 네가 그렇게 싹수없이 구는데도 너 좋다고 쫓아다니는 걸 보면 저 계집애도 참 노예근성 쩔어."

"그러니까, 넌 얘가 누구란 걸 알면서도 접근했다는 뜻이냐?"

"안 될 것 없잖아? 저 계집애한테 노비문서 같은 게 있는 것도 아닌데."

"간이 배 밖으로 나왔구나, 너? 네가 지금 나한테 이런 소리할 처지는 아닌 것 같은데. 너, 엊그제 배일고 애들한테 맞아 죽을 뻔한 거, 누가 구해줬는지 잊었냐?"

"이거 왜 이래? 공사 구분 확실한 선우지휴님께서. 그거랑 이거랑은 연관시키면 안 되지. 쪼잔하게."

"뭐? 쪼잔?"

"그렇잖아. 네가 구해준 건 구해준 거고, 여자 문제는 여자 문제지. 왜? 내 매력에 함소명이 홀딱 넘어올까 봐 겁나냐? 네 여자가 너보다 날 더 좋아하게 될까 봐 무서워? 하긴, 내가 좀 한 인기하지. 여자들이 보통은 너보다 날 더 선호하긴 하니까. 네가 얼굴은 나보다 잘생겼어도 성격이 개떡이잖냐. 뻣뻣하고 도도해서 여자 배려할 줄 모르는 애라고 소문이 아주 자자하더라. 그러게 내가 뭐랬냐. 여자들은 나처럼 야들야들 입에 발린 말도 잘해주고, 돈으로 온몸을 칭칭 감게 해줘야 좋아한다니까. 뭐, 가끔은 네 펫처럼 이상한 취향의 애들도 있지만. 사실 그래서 더 구미가 당긴단 말씀이야~"

능글맞게 중얼거리며 놈이 슬쩍 소명을 곁눈질했다. 그리곤 더러운 미소를 입에 머금고 끅끅 지저분한 웃음소리를 내더니 입술을 내돌리며 입맛을 다신다. 미친! 입에서 욕이 절로 흘러나왔다. 온몸으로 벌레가 기어가는 듯, 소름이 돋았다. 모멸감마저 들자 당장 놈에게 달려들어 머리카락을 죄다 뜯어버리고 싶은 충동까지 치밀었다. 어찌나 화가 나는지 두 손 부르르 떨며 놈의 얼굴을 양손 열 개의 붉은 줄로 아작을 내버리겠다, 작심까지 하며 마구마구 분노를 터뜨려야 했다. 하지만 지휴가 갑자기 움직여, 눈 깜짝할 사이에 놈의 목을 쥐어틀어 올리자 소명은 모든 분노를 일시에 내려놓아 버렸다.

"너, 내 거란 말이 무슨 뜻인지 전혀 모르는 모양인데."

켁켁, 숨통이 심하게 조이는 듯 놈이 온몸을 요동치며 그의 손에서 벗어나려 발버둥을 쳤다. 하지만 그의 손에서 벗어나기란 결코 쉽지 않은 일. 붙박이가 아닌가 싶을 정도로, 여전히 놈은 같은 자리에서 헐떡이는 중이었다. 어찌나 고통스러워하는지 진짜 죽는 건 아닐까 조금은 걱정이 되면서도, 소명은 지휴가 놈을 된통 혼내줬으면 좋겠다고 생각했다.

"난 절대로 내 것은 남에게 빼앗기지 않아. 그게 펫이라 해도."

지휴가 중얼거리며 놈의 멱살을 느릿느릿, 그러나 힘차게 뒤틀었다. 아아아— 엄살 같은 앓는 소리가 놈의 입에서 흘러나왔다. 그러더니 켁켁켁, 미친 듯 기침을 해대기 시작했다.

"알아듣겠냐? 김태성."

"아, 아, 알았어! 이, 이것 좀 놔봐. 죽겠다, 이 녀석아……."

"내 것에 눈독 들이지 마. 난 네가 뭘 하든 관심도 없고 신경 쓰고 싶지도 않거든. 네가 뭘 어떻게 해먹든 난 상관하지 않을 거란 말이야. 네가 내 밥그릇에 눈독 들이지만 않는다면."

"아, 알았다고! 알았으니까 이거 좀 놔봐! 친구라는 녀석이 이게 뭔 짓이냐? 켁켁켁!"

"난 너 같은 친구 둔 적 없어."

무심하고 싸하게 중얼거리더니 지휴가 놈을 세차게 밀어내 놓아준다. 그리곤 제 물건 챙기듯 소명의 손목을 세차게 그러쥐고 휙, 몸을 돌렸다. 지휴의 친구라 주장하는 김태성은 죽다 살아난 듯 켁켁 한참을 숨을 몰아쉬더니, 갑자기 지휴의 등에 대고 분한 듯 고래고래 고함을 질러댔다.

"매정한 녀석 같으니라고! 어릴 때부터 알고 지냈으면 친구지, 뭐가 아니야? 넌 친구보다 그 계집애가 더 좋냐? 더 중요해? 그깟 계집애 하나 가지고 뭐 그리 화를 내는데! 얼굴까지 붉히면서!"

하지만 제 할 말 다 끝낸 지휴는 김태성 따윈 신경조차 쓰지 않는 듯 빠르게 그 자리를 벗어났다. 그리고 녀석의 칭얼거리는 소리가 거의 들리지 않을 즈음, 우뚝 걸음을 멈추더니 휙 몸을 돌려 뒤따라오던 소명을 당황하게 했다.

"그 녀석, 별다른 짓 안 했지?"

"네, 뭐……."

"미안하다, 여기까지 오게 해서. 이럴 줄 알았으면 심부름 같은 건 안 시켰을…… 거야."

"네?"

뭐야. 방금 미안하다고 했나? 선우지휴가? 나한테?

"아, 그러게! 제대로 찾아왔어야지. 정문에서 기다리고 있었는데 왜 멍청하게 후문으로 가. 한참 기다렸잖아."

"여기가 정문인 줄 알았어요. 도련님이 항상 여기로 오셔서……."

"그거야 정문보단 후문이 교실과 가까우니까. 하지만 넌 아니잖아. 너희 학교 가려면 후문보단 정문이 더 가까워. 그거 몰랐냐?"

"아……."

이게 대체 뭐지? 그러니까 나 때문에 일부러 정문에서 기다리고 있었다는 뜻? 야단을 맞고 있으면서도 소명은 뭐가 뭔지 알 수가 없어 멍 때린 채 그를 뚫어져라 바라보고 있었다. 뭔가 엄청 충격적인 기분이었다. 해머로 뒤통수를 맞으면 이런 기분일까. 대체 이 도련님이 무슨 말을 하려는 건지 도통……?

도무지 모르겠다며, 알쏭달쏭 퀴즈퀴즈 같다며 소명은 고개마저 갸웃거리며 멀뚱멀뚱 그를 바라볼 수 밖에 없었다. 하지만 이것은 사전 몸풀기 게임에 불과했다. 진짜 충격적인 일은 그다음에 일어났다. 돌이켜 생각해 봐도 그것은 함소명 일생에서 가장 커다란 사건 중의 사건이었다. 물론 집에 불이 났을 때를 제외하곤.

"오늘은 10시쯤 집에 들어갈 거다. 밥해놔."

라고 중얼거리며 그가 뜬금없이 그녀의 손에 뭔가를 턱 내려놓았다. 멍하니 내려다보니 포장도 뭣도 없는 머리핀 하나가 덜렁 손바닥에 놓여 있었다. 이게 뭔가 싶어 다시 그를 바라보았으나 그는 물건과 전혀 상관없는 말만 해대는 중.

"내가 끼니 거르지 않는다는 거, 알지? 밥 중요해, 나한텐."

"차려놓을게요. 근데 이게 뭐예요?"

"뭐긴 뭐냐 머리핀이지. 보면 몰라?"

이씨, 누가 머리핀인지 모르나. 이게 대체 뭐라고 준 거냐고요, 도련님.

"이걸 왜 저한테……?"

"진짜다. 가짜 아니야."

"네?"

"진짜 루비라고. 비싼 거야."

"아니, 그러니까 제 말은요. 이게 대체 무슨 용도인 거고, 왜 저한테 주시는 거냐……?"

"선물."

"예?!"

선물이란다. 선우지휴가 함소명한테 선물을 주고 있는 거란다. 이, 이, 이게 있을 수 있는 일이야? 소명은 어처구니가 없어 멍하게 손을 들어 제 볼따구를 꼬집어보았다.

"아아!"

아프다. 많이 아프다. 현실 아프다. 믿을 수 없는 일이다!

"나, 난 지금 들어가 봐야 하니까, 나머진 네가 알아서 가. 혹시 가다가 쓸데없는 것들이 귀찮게 굴면 그냥 내 이름 대. 그럼 더 이상 귀찮게 안 할 거야."

"……."

어억, 하는 모습 그대로 얼어버린 채 소명은 그를 멀겋게 쳐다보았다. 하나 믿을 수 없는 말을 중얼거린 선우지휴는 쭈뼛쭈뼛, 매우매우 어색한 동작으로 뒤로 돌더니 미친 속도로 뛰어가기 시작했다. 다리가 기니까 달리는 속도도 재규어다. 그 판국에도 넋을 잃고 그의 뒤태를 훑으며 헤에— 웃다니. 진심으로 자신은 선우지휴바라기가 아닌가. 배시시, 웃으며 그녀는 손에 들린 머리핀을 내려다보았다.

중학생이 하기엔 많이, 아주 많이 부담스러운 머리핀이다. 보석이 촘촘히 박힌 게 정말 비싸 보이긴 하다. 이걸 정말 자신이 할 수 있을까? 생각하면서도 입이 찢어지게 벌어지는 걸 막을 수는 없었다. 좋은 걸 어떡해! 보석 머리핀도 머리핀이지만 그가 선물이란 걸 해줬는걸. 선물은 의미 있는 사람한테만 주는 거잖아. 중요한 사람에게만 주는 거잖아.

히힛, 웃으며 그녀는 신나게 학교를 향해 달려갔다.

전해주기로 한 지휴의 핸드폰을 그가 찾지도, 자신이 전해줄 생각도 못했다는 건 그날 밤에서야 깨달았다. 그날이 자신의 생일이었고, 그가 준 선물은 생일선물이었다는 것도.

그날 이후 그는 선물을 준다거나 밥의 의미 따위를 주절거리는 짓은 절대로, 다시는 하지 않았다. 원래부터 그런 낯간지러운 짓은 목에 칼이 들어와도 안 하는 스타일인데다가, 그녀가 워낙 놀라 정신을 못 차리니 더더욱 머쓱해져서 두 번 다시는 안 하리라 마음먹게 되어버린 것이리라. 그리하여도 소명은 서운해하지 않았다. 표현만 안 할 뿐이지, 그가 어떤 마음이란 걸 다 안다고 생각했으니까. 말로만 안 했을 뿐, 그는 늘 행동으로 표현하고 있었다. 널 좋아해, 라고. 철석같이 그렇다고 믿었다. 선물까지 받았으니 그걸 증거라 여기며 확신하고 또 확신했었다. 정말로 바보처럼 단 한 번도 의심하지 않았다. 그가 다른 여자와 키스하는 장면을 목격하기 전까지는.

그리고 10년이 지난 지금.

그로부터 사랑한다는 말을 들었지만, 소명은 쉽사리 믿을 수가 없었다. 과거 때문이었다. 자신을 사랑한다고 여겼던 그가 실은 한승연과 사귀고 있음을 알았을 때, 그때 받았던 충격을 아직도 고스란히 기억하고 있기 때문에, 그를 믿지 못하는 것이다. 다시는 그런 경험을 하고 싶지 않았다. 그런 일로 인해 힘들어하고 싶지도 않았다. 웬만하면 사랑고백 따위 못 들은 척, 아무 일도 없었다는 듯이 넘겨 버리고 싶은 심정이었다. 솔직히 그가 진심이란 걸 어떻게 알 수 있겠는가. 그가 진짜 사랑이 뭔지 알고 있는지조차 의심스러운 것이 작금의 현실인 걸.

그가 했던 말을 곱씹어보아라. 영역 표시였다질 않는가. 영역 표시!

"사는 게 힘드세요? 일 때문에 스트레스받아요? 재미있는 일은 하나도 없고, 여자친구는 속 썩이고. 그래서 또 10년 전처럼 날 심심풀이땅콩 취급하는 거예요? 날 또 들었다 놨다, 갖고 장난치려는 거냐고요."

"네가 심심풀이땅콩이었던 건 맞지만 장난 같은 건 친 적 없다."

"오해하게 만들었잖아요. 내가, 이사님이 나를 좋아하는 거라 오해하게 해놓고 그냥 방치했잖아요. 그게 장난이 아니면 뭔데요?"

"넌 그게 오해였다고 생각해?"

"아니었다고요?"

"난 좋아하지도 않는 여자한테 친절을 베풀 만큼 착한 남자가 아니다."

"그럼 그때부터 절 좋아하셨단 말이에요? 그게 말이 돼요? 좋아하는 사람한테 어떻게 그리 모질게 굴어요? 심부름 시키고 구박하고, 매일매일 식모처럼 부려먹었잖아요. 좋아하는 여자한테 그러는 남자가 어디 있어요?"

"영역 표시였어."

"뭐, 뭐요?"

"일종의 영역 표시였다고. 앤 내가 시키는 일은 뭐든 다 해. 내 거니까 아무도 건드리지 마."

괴롭히고 부려먹은 게 고작 영역 표시라 말하는 사람이 바로 선우지휴다. 이게 말이 되나? 세상 사람들! 이게 말이 돼요? 좋아하는 사람이 생기면 잘해주고 챙겨주는 게 맞지, 어떻게 다른 사람이 찜 못하게 괴롭혀 주는 걸로 표현하느냐고요. 진심 이해 안 돼. 이해 못해. 이리 말하는 사람의 사랑 고백을 어찌 믿어? 못 믿어. 안 믿어!

하지만 이런 소명에게 날아온 것은 비웃음뿐이었지 말입니다.

"너 아직도 날 좋아하고 있는 거, 이미 알아. 지난 10년간 날 잊지 못했던 것도."

하며 내민 것은 루비 머리핀. 자신이 생일선물로 주었던, 마음의 표시였던 바로 그 머리핀이었다. 그는 전날 술 취한 그녀를 방에 눕히다가, 화장대에 놓여 있는 이것을 발견했다고 했다. 발견하자마자 그는 확신했을 것이다. 소명이 아직도, 아니, 지금까지 쭉 자신을 잊지 못하고 있었음을.

맥이 탁 풀렸다. 고백조차 한 적 없는 자신이었는데, 그가 먼저 자신의 마음을 알아버렸다고 생각하니 기운이 쏙 빠져 버렸다. 속

마음을 다 들킨 상태에선 아무리 저항해도, 저항이 제대로 될 리가 없질 않은가. 마음이 바뀌었다 변명해 봐도 믿어주질 않았다. 이젠 선우지휴 따위 지긋지긋해졌다며 버텨도, 그는 콧방귀도 뀌지 않았다. 이미 그녀는 그의 손바닥 안에 있는 거나 다름없게 되어버린 것이었다. 그야말로 전의 상실.

이젠 그의 말대로, 모든 걸 그의 뜻에 맡겨야 하는 것인가.

사실 그녀의 마음 한구석에는 모든 걸 그에게 맡기고 싶은 마음도 자리하고 있었다. 어쨌든 그가 사랑한다잖은가. 그 사랑이 진실이든 아니든, 확인할 필요 없이 그냥 덥석 받아들이고 싶은 마음도 아주 없는 게 아니었다. 10년 넘게 간직한 사랑이니만큼 그를 그저 아무 저항 없이 받아들이고 내 것으로 만들고 싶었다. 아주 잠깐, 그의 말에 혹해 그래야겠다 결심도 했었다.

그러나 달콤했던 그 순간의 결심은 아주 잠시. 그날 밤, 어머니 앞에 붙들려 앉혀진 후 모든 것은 다시 제자리로 돌아갔다.

설렘, 단꿈, 미래에 대한 기대. 다 물거품이 되어버렸다. 하루 종일 지휴와는 단 한 마디도 하지 말라고 신신당부를 하셨던 어머니는, 그녀가 지휴와 데이트로 포장된 '사랑을 협박, 주입시키기 위한 강제 만남'을 마치고 샬랄라~ 웃으며 귀가하자마자 무섭도록 현실적인 말들을 늘어놓아, 그녀를 꿈에서 파삭 깨어나도록 만들었다.

"절대로 안 된다. 지휴는 절대로 안 돼."

"왜 안 되는데? 나는, 난 왜 안 되는 건데?"

"그걸 몰라서 묻니? 너 다 잊었어? 사모님이 돈까지 줘가면서 쫓아내시던 것 잊은 거냐고. 그때나 지금이나 달라진 건 하나도 없어. 사모님은 또다시 반대하실 게 불을 보듯 뻔해. 사람들은 또 얼마나 쑥덕거리겠니. 네가 일개 직원이라는 사실부터, 회장님댁에서 가정부 노릇했던 이 어미의 이력까지 들쑤시며 난리법석을 피울 거야. 그렇게까지 힘들게 버텨서, 그 결과는? 그 엄청난 집안의 반대를 네가 넘어설 수 있을 것 같아?"

"……."

"어제 지휴를 보고 내가 얼마나 놀랐는지 알고는 있니? 너무나 놀라서 말실수까지 했어. 모든 게 다 들통 날 뻔했다고. 그날, 무슨 일이 있었는지 지휴한테 들킬 뻔했다니까."

"뭐?"

"다행히 대충 거짓말로 무마했다. 내가 너희 사이 미리 알고 억지로 널 전학시킨 것으로 둘러붙였어. 하는 수 없잖니. 사실대로, 사모님이 그 일에 개입되어 있다는 걸 말하면 지휴 성격에 가만있지 않을 텐데. 두 모자 관계 망치고 싶진 않았다. 난 사모님 원망 안 해. 사모님도 나름대로는 우리한테 최선의 길을 열어주신 거였잖니. 그분 입장에선 너무나도 당연한 처사였지. 어떤 사람이 자기 자식 망치는 꼴을 보고 싶겠니? 어떤 사람이 턱도 없이 가당치도 않은 여자한테 자기 아들을 내주고 싶겠어? 그 정도 집안에, 그 정도 사회적 위치를 가지고 있는 사람이라면 누구나 사모님처럼 생각했을 거야. 그런 입장 다 이해하는데 이제 와서 지휴한테 그때의 일을 까발려 좋을 거 없다고 생각했다."

"……."

"넌 못해. 사람들 시선, 집안 반대 못 이겨내. 너만 상처받고, 너만 갈기갈기 찢겨질 거야. 난, 너 남들한테 우스갯거리 되는 거 싫다. 구경거리 되는 거, 손가락질당하는 거, 다 싫어. 네가 또다시 상처받고 힘들어 하는 꼴, 절대 못 봐. 알겠어?"

"그래서 엄만, 내가 어떻게 하길 바라는데?"

"잊어야지. 지금까지 그랬던 것처럼 깨끗하게 잊고 살면 돼. 잘 해왔잖니. 응?"

어머니는 진심으로 딸을 걱정하고 있었다. 어릴 적 받았던 상처가 다 아물지도 않았는데, 또다시 이런 일에 휘말리게 되어 고통받지나 않을까. 치유할 수 없을 만큼 커다란 상처를 받고 힘들어 하지나 않을까. 염려하고 또 염려하는 어머니의 눈망울은 촉촉했다. 그런 어머니의 당부에도 소명은 답을 줄 수 없었다. 잊는다고 다 해결되는 것은 아니라고 생각했기 때문에.

10년이나 지휴를 잊고 살았다. 까마득히, 기억 저편에 밀어두고 나름대로 훌륭하고 바쁜 인생을 살아왔었다. 하지만 결과는 어떠한가. 10년이나 지난 지금, 다시 만나 또다시 헤매고 있다. 그에게 빠져 허우적대기를 반복하고 있다. 이것이 10년 후 다시 재현되지 말라는 법, 어디 있는가.

고민과 혼란스러움은 여기서부터 시작된 것이었다. 고백을 받고 날이면 날마다 그와 강제 데이트를 함께하면서도 그녀의 대뇌는 사이클링처럼 반복되는 질문과 대답, 한숨, 고민으로 혼란스러웠고, 이렇게 늦은 시각까지 혼자 사무실을 지키며 열일 하면서도 훅훅 치고 떠오르는 고민들 때문에 그 피곤함은 배에 다다랐다.

"미쳐. 남자 하나 때문에 이게 뭐야."

책상을 정리하고 자리에서 일어나며 소명이 피곤한 음성으로 혼잣말을 중얼거렸다.

오늘도 야근. 온몸이 나른하고 노곤하니 정줄이 왔다 갔다 심히 메롱한 상태다. 그나마 일주일간 내내 붙어 다니던 지휴가 옆에 없다는 사실에 감사해야 할 판이었다. 마음껏 피곤해할 수 있으니. 그가 옆에 있을 땐 힘들다는 내색도 마음대로 못한다. 내색하면 오히려 일을 못해서 그런 거 아니냐며 어찌나 구박을 해대는지. 물론 그런 뒤엔 맛있는 음식들로 포식을 시키고 리무진으로 집까지 대령, 풀 서비스를 실시해 준다. 덕분에 요새 허리 살이 좀 늘어난 듯.

"없으니까 또 아쉽긴 하네."

집에 갈 생각을 하니 차편이 아쉬운 건지, 그의 든든한 운전 솜씨가 아쉬운 건지. 어쨌든 아쉽긴 하다. 이것이 바로 그 무섭다는 익숙함인가. 이러면 안 되는데…….

그의 존재가 당연시되고 자연스럽게 느껴지는 것. 그를 필요로 하게 되고, 하루라도 안 보면 서운해지는 것. 모두 그녀가 경계하고 있는 것이다. 절대로 그의 페이스에 휘말리고 싶지 않았다. 너무 깊이 빠져들어 그에게 허우적거리다가 헤어지게 되면? 그럼 자신만 더 크게 상처받지 않겠는가. 그녀는 좀 더 자신이 이기적이 되어야 한다고 생각했다. 사랑? 까짓것 하면 하지 뭐. 하지만 전처럼 아프게 헤어지고 싶진 않다. 끝내더라도 쿨하게, 상처 하나 없이 그대로 끝내고 싶었다.

소명은 툭, 불을 끄고 사무실을 나왔다. 갑자기 약속이 생겼다며 먼저 사무실을 나선 지휴 때문에 오늘은 혼자 퇴근해야 했다. 영화 보여주기로 해놓고선.

괜히 서운한 마음이 들어, 소명은 휙휙 고개를 내젓고는 서둘러 복도를 걸어나왔다. 이미 버스나 지하철이 모두 끊겼을 시각. 택시를 타고 귀가하는 수밖에 없을 것 같았다. 이번 달 택시비만 얼마냐. 이 돈 차곡차곡 모았으면 벌써 차 사고 남았겠다. 혼자 구시렁거리며 막 엘리베이터 앞으로 다가가는데 손에 들고 있던 휴대폰이 울렸다.

〈한승연〉

제12장 Love Is Poison

한 시간 전. 고급클럽 로렌스.

중요한 일이다, 오늘 아니면 안 된다는 말로 자신을 불러내 놓고서 시답잖은 일 얘기만 쉴 새 없이 벌써 20분째 하고 있는 승연을 빤히 바라보다, 드디어 지휴는 입을 열어 단도직입적으로 물었다.

"용건이 뭐냐? 날 불러냈을 땐 꼭 하고 싶은 얘기가 있었을 텐데. 일 얘기 말고."

"눈치 한번 빠르네."

손에 들고 있던 서류를 슬그머니 내려놓으며 승연은 내내 피했던 눈을 천천히 들어, 지휴를 똑바로 바라보았다. 오늘도 여전히 잘생기고 멋진 모습 그대로, 그는 자신의 앞자리에 흐트러짐 하나 없이 완벽하게 앉아 있었다. 언제나처럼 그는 빈틈이 없었다. 비집고 들어갈 틈을 전혀 찾을 수가 없을 만큼.

그래, 늘 그랬었지. 그랬기에 그 누구도 그 안으로 들어갈 수 없을 줄 알았었지. 아무도 그의 마음에 자리하지 못할 줄 알았다. 그 어떤 여자도 그의 영혼을 탈취하는 일은 절대, 성공 못할 줄 알았다. 그 계집애를 쳐다보는 지휴의 눈빛을 보기 전까지는 정말로 그럴 줄 알았다.

"지금 얘기들은 내일 해도 늦지 않잖아. 난 오늘 아니면 안 되는 얘기를 듣기 위해 온 거고."

"네 말이 맞아. 이깟 업무 관련 일 때문에 널 만나잔 건 아니었어."

"약속까지 뒤로 미루고 온 거다. 오늘 꼭 해야 한다는 그 얘기, 정말로 중요한 일이길 바라."

"나한텐 중요한 일이지. 너한텐 아닐 수도 있지만."

"얘기해. 들을 준비 되어 있으니까."

"긴장하는 척이라도 해보지 그래? 너무 태연하게 구는 거 아니야?"

"내가 긴장해야 하는 이야기야? 무슨 얘긴데?"

너무나 쉽고 가벼운 말투로 그가 말했다. 이쪽은 초조해 죽을 맛인데. 어떻게든 잡아보고자, 희망이라도 가져보고자 안간힘을 쓰고 있는데. 어쩜 이러니? 승연은 부르르 떨리는 아랫입술을 꾹 짓누르며 신경질적으로 백을 열었다. 그리고 그 안에 넣어두었던 서류를 휙 꺼내 테이블 위에 탁, 소리를 내며 내려놓았다.

"이게 뭐냐?"

"읽어봐."

피가 머리끝으로 몰리는 기분을 느끼면서도 승연은 차분히 가방을 정리하며 도도하게 대꾸했다. 상황이 어떻게 되든 절대로 구질구질해지진 않을 거라 생각하고 있었다. 자신답게, 한승연답게 모든 걸 세련되고 멋지게 처리할 거라고. 사랑을, 관심을 구걸하는 짓은 절대로 하지 않을 거라고 그렇게 다짐하고 있었다.

"이게 뭐?"

들고 있던 스카치 잔을 내려놓고 서류를 확인한 지휴는 미간을 슬쩍 접었을 뿐 별다른 반응이 없었다. 놀라지도, 불쾌해하지도 않았다. 승연은 서서히 숨통이 조이는 듯한 착각에 빠져 훅, 숨을 내쉬었다.

"보다시피 그거, 우리 외할아버지 유언장이야. 몇 해 전에 심각하게 편찮으셔서 사경을 헤매실 때 처음 공개되었던 거지. 그때 이후로 심경의 변화가 오셔서 친형제 분들에 한해서 조금씩 변경하신 걸로 알아. 하지만 중요한 부분에 있어서는 거의 그대로라고 하셨어. 알고 있겠지만 중요한 부분이라면, 회사 관련 아니겠어? 외할아버지가 피땀 흘려 이룩해 놓은 우리 회사. 그분은 여전히 내게 당신 회사를 물려주실 생각이셔. 더 정확히 말하자면 능력 있는 손녀사위가 집안에 들어와 회사를 맡아주길 바라고 계시지. 한마디로 누구든 날 선택하면 한새그룹을 거저 얻게 된다는 거야. 남자로서 꽤 구미 돋는 조건 아니니?"

"뭐."

나쁘진 않다는 듯 그가 고개를 끄덕이고는 심드렁하게 중얼거린다. 그러더니 손에 들고 있던 서류를 테이블 위에 툭 내려놓고는 다시금 얼음이 달그락거리는 술잔을 쥐었다.

괜찮은 반응이다. 대양그룹의 후계자이지만 딱히 야망은 없어 보이는 지휴에게 이 정도의 반응을 이끌어낸 건 충분히 대단한 것이었다. 일말의 희망을 품고, 승연은 도도한 미소를 머금은 채로 천천히 그를 돌아보았다.

"네가 아버지 밑에서 일하는 걸 죽기보다도 싫어하는 거, 알아. 대한민국 최고의 사업가, 사회적으로도 존경받는 노블리스 오블리제의 대표주자. 그런 거창한 타이틀을 가지고 계신 아버지의 그늘에서 네가 죽기 살기로 벗어나고 싶어 한다는 것도. 어릴 때부터 무지 싫어했지. 아버지가 너무 잘나서, 잘난 아버지 밑에서 자라는 게 스트레스라고 늘 입버릇처럼 말했잖니? 대양에서도 충분히 할 수 있는 일을 굳이 따로 나와 힘들게 꾸려가고 있는 것도 모두 그래서잖아. 네가 대양의 주력 분야인 휴대폰, IT 업계에 주력하는 것도 아버지를 넘어서고 싶어서가 아니야?"

"……."

"네가 홀로 서고 싶어서 그리 아등바등 노력하는 거, 우리 외할아버지께서는 긍정적으로 보고 계셔. 사실 우리 외할아버지께선 예전부터 너한텐 참 후했었지. 어릴 때부터 수재 소리 듣고 학교도 월반하고, 네가 어른들 눈에 들 짓만 골라했었잖니."

"별로, 어른들 눈에 들기 위해 일부러 열심히 했던 건 아니었는데. 학교 다니기 귀찮아서 그랬던 것뿐."

"그랬겠지. 넌 늘 남들이 원하는 걸 쉽게 가졌으니까. 그래서 난 네가 부러웠어. 네가 가진 것들 전부 다."

"……."

"우리 외할아버진 네 아버지를 무척 부러워하셨지. 선우 회장님, 자식 얘기만 나오면 목소리 높이시는 분이거든. 자랑을 어찌나 해대시는지……. 외할아버진 부인을 셋이나 뒀는데도 자식이라곤 겨우 딸자식 하나 얻으셨거든. 게다가 사위라곤 사진 찍는답시고 세계를 돌아다니다 객사하기나 하고. 겨우 외손녀인 나 하나 남았는데 내가 그분 눈에 찰 리가 없었지. 어릴 때부터 꾸미고 사치하는 데에만 관심을 두는 날 보시면서 항상 못마땅해하셨어. 손녀니까 이쁜 건 이쁜 거지만, 회사를 맡을 깜냥은 못 된다고 판단되니 안타까우셨던 거지. 결국 80줄인 노인네한테 남은 건 손녀사위 욕심뿐이야. 어떻게든 최고의 남자를 손녀사위로 들여서 기울어가는 한새를 되살리고 말겠다는 욕심."

"이런 얘기를 나한테 하는 이유는?"

"한새, 네가 맡아줘. 아버지의 힘을 빌리지 않고도 네 능력을 마음껏 펼칠 수 있는 곳. 아버지의 영향력이 미치지 않는 곳. 난 한새가 너에게 그런 곳이 되어줄 수 있다고 생각해."

"영입 제의인 거냐?"

핏, 웃음을 흘리더니 그가 물었다. 뜻 모를 검은 눈동자가 뚫어져라 그녀를 바라보고 있었다. 승연은 그의 눈을 똑바로 바라보며 입술을 꿈틀, 움직였다.

"청혼이야."

"청혼?"

예상했다는 듯 그는 대수롭지 않은 듯 조용히 대꾸했다. 무슨 생각을 하고 있는지 겉으론 전혀 드러내지 않는 지독한 포커페이스. 승연은 점점 더 긴장이 되는 것을 느끼며 조심스럽게 손바닥을 허벅지에 문질러 땀을 닦아냈다.

"알다시피 한새와 대양은 주력 분야가 달라. IT 업계에서 주름잡고 있는 대양, 건설과 섬유 쪽에 기반을 두고 있는 한새. 전혀 부딪칠 일 없어. 그야말로 완전히 새로운 필드인 거지. 지금처럼 기술력으로, 자본으로 대양에 밀리면서 고전할 필요가 전혀 없는 거라고. 너도 밑바닥서부터 천천히 쌓아올리는 걸 즐기잖아? 남들은 힘든 고행이라 여기는 것, 넌 그저 모험쯤으로 여기는 애잖아. 그 모험심을 우리 한새에서 발휘해 보란 말이야."

"내가 한새를 맡길 바라는 이유가 겨우 그거뿐? 뭔가 더 드라마틱하고 간절한 이유가 있어야 할 것 같은데."

"거래 조건이 있다면, 말해. 들어줄게. 어차피 인생은 거래의 연속 아니겠어? 기브 앤 테이크. 얻은 게 있으면 주는 것도 있어야 한다는 것쯤은 나도 알아. 네가 나와 결혼해서 한새를 맡아준다면, 나도 너한테 뭔가를 줘야겠지."

"외조부님께서 잘못 판단하신 것 같은데. 사업은 너한테 맡겼어도 좋았을 것 같다. 수완이 좋아."

거래란 표현은 매우 조심스럽게 꺼낸 것이었는데 의외로 지휴가 쿨하게 대답했다. 딱히 표정도 기분 나쁜 것 같지도 않았고 말투도 선선했다. 이렇게 순순히 넘어올 남자가 아닌데 이상하다.

아무리 한새라는 조건이 어마어마하다지만 평소의 지휴라면 이런 것쯤 귓등으로도 안 들었을 텐데. 묘하게 찝찝한 기분이 들어 승연은 미심쩍은 얼굴로 조용히 되물었다.

"거래, 승낙하는 거니?"

"네가 어디까지 내줄 수 있는지 들어보고 마음에 들면."

"말만 해, 뭐든 들어줄 테니. 한새까지 내줬는데 못 내줄 게 뭐가 있겠어?"

"간절하구나, 꽤. 좋아, 그럼 이건 어때? 사생활."

"……?"

"서로 간섭하지 않는다. 누굴 만나든, 밖에서 뭘 하든, 상대방의 사생활로 존중해 준다."

"그건……?"

결혼하게 되더라도 함소명을 만날 거란 뜻. 물어보나 마나다. 선우지휴가 어릴 때부터 지금까지 줄곧 마음에 두고 있는 여자는 단 한 명, 함소명이었으니까.

옆에 있는 자신은 돌아본 적도 없었다. 아무리 예쁘게 꾸미고, 아무리 예쁜 말을 하고, 아무리 그의 옆을 맴돌아도. 그는 단 한 번도 자신을 친구 이상으로 바라본 적이 없었다. 심지어 제 뒤에서 친구인 태성과 놀아났는데도 질투 한자락 내비친 적 없는 남자다. 주 여사를 공략해 별의별 짓을 다 해봤고, 몸을 날려 노골적인 유혹도 해보았다. 하지만 그때마다 돌아오는 건 싸늘한 조롱, 그리고 무관심이었다.

"네가 원하는 건 너희 집안을 일으켜 줄 구세주 아니야? 한새만 일으켜 준다면 뭘 해도 상관없을 텐데."

차라리 차가웠으면. 차라리 잔인할 정도로 분노했으면. 짓밟고 뭉개줬으면. 그렇다면 이렇게 자존심이 상하지는 않았을 것을. 재수 없게도 선우지휴는 분노조차 하지 않았다. 동네 미치광이의 헛소리를 들은 양, 한 귀로 듣고 한 귀로 흘리는 양 평소의 무표정 그대로이다.

내가, 이 한승연이가 한새까지 내걸고 마지막까지 구걸하듯 청했는데. 겨우 이 정도의 반응밖에 해줄 수 없는 거니, 선우지휴? 내가 콧방귀조차 뀌어지지 않을 만큼 무의미한 존재였어? 내가? 10년이나 너만 바라봤는데?

"거절한다."

"선우지휴."

"뭔가 단단히 착각한 모양인데. 난 잘난 아버지가 스트레스였다고 했지, 아버지와 집안을 배척할 거라곤 안 했어. 아버질 라이벌이라고 생각한 적은 있었지만 적이라 여긴 적은 없단 말이다. 재벌 3세이기 때문에, 아버지의 그늘 밑에서 편안하게 대양에 입성했다는 소리가 듣기 싫어 내 힘으로 내 회사를 끌어가고 있는 것일 뿐, 애초 아버지를 거꾸러뜨릴 생각은 없었다고. 그런데 왜 내가 3대째 지켜온 대양을 버리고 한새를 택해야 하지? 날 기계처럼, 고용인처럼, 그룹을 살리기 위해 초빙한 전문경영인쯤으로 여기는 여자와 내가 왜 결혼을 해야 하는 거냐?"

"그건……!"

"미안하지만 난 내 천부적인 사업가적 재질을 너희 집안에 쏟아부을 생각, 전혀 없다. 그러니 더 이상 쓸데없는 짓 하지 마. 요즘 우리 집 문지방이 닳도록 들락날락한다는 말 전해 들었어. 화연 씨가 네 얘길 날마다 귀에 딱지가 앉도록 하더라. 싹싹하고, 애교 넘치고, 예쁘고, 경우 바르고. 아들인 나보다, 남편인 아버지보다 낫다고 하시던데. 네가 쇼핑도 몇 번 가주고, 네일숍, 아로마테라피, 몇 번 동행해 주니 딸처럼 귀여워해 주고 싶고, 친구처럼 의지하고 싶기도 하는 모양이시더라. 뭐, 우리 화연 씨가 귀가 얇지. 순진해서 사람 잘 믿고."

"……."

"이용해 먹기 딱 좋은 사람이긴 하지."

그녀를 똑바로 바라보며 지휴가 읊조렸다. 마치 그녀의 계략을 모두 눈치챈 사람처럼 차갑고 날카로운 시선이었다. 승연은 바짝 타오는 아랫입술을 거칠게 핥고는 안절부절 두 손을 맞잡고 주무르기 시작했다. 제발 아니기를, 자신을 버리는 게 아니기를, 이대로 뒤돌아서는 게 아니기를 바라고 또 바라면서. 하지만 그는 딱 잘라 이렇게 말하고는 자리에서 일어섰다.

"딸처럼 귀여운 거, 그 이상은 생각 마시라고 했다."

"지휴야!"

"어머니와 친하다고 아무하고나 결혼할 순 없잖아? 적어도 결혼은 사랑하는 사람과 해야지. 내 위치가 아니라, 내 집안과 돈이 아니라 나를 사랑하는 사람과."

"……."

"너도 그런 사람 만나라. 오랜 친구로서 너한테 해주는 덕담이다."

친구? 친구 좋아하네. 친구가 어디 있어? 남자와 여자 사이에 친구 따위가 어디 있는데? 내 사전에 그딴 건 없을뿐더러, 특히 넌 아니야. 처음부터 이성으로 접근했었다고. 외할아버지가 '앞으로 네가 꼭 손에 넣어야 할 남자'라며 콕 집어주었던 너였기에 처음 볼 때부터 지금껏, 단 한 번도 널 친구로 생각해 본 적 없었단 말이야. 그런데 그런 너한테 이런 소리를 듣고 앉았네. 비참하게, 친구라는 말이나 듣고 앉아 있네.

승연은 눈물이 주르르 흘러내리는 것을 느끼며 핏발마저 서린 눈동자를 훅 치떴다. 이미 몸을 돌려 클럽을 나가고 있는 지휴는 여느 때와 다름없이 압도적인 흡인력을 자랑하며 수많은 사람들의 시선을 한 몸에 받고 있었다.

압도적인 키, 압도적인 외모, 압도적인 존재감. 늘 그랬었다. 자신이 얼마나 멋지고 대단한 존재인지 잘 알고 있어서 항상 거만했고, 싸가지는 밥맛에, 까칠한 성격에 까다롭기가 이루 말할 수 없었다. 비위를 맞춰도 맞춰도, 손에 들어오지 않는 남자였다. 그래서 더 손에 넣고 싶었고, 내 것이 되지 않는 그에게 안달복달하게 되었던 승연이었다.

지나쳐, 너무 지나쳐. 결국 날 이런 짓까지 하게 만들었잖아. 다 너 때문이야. 네가 자초한 거라고. 나도 이렇게까지 하고 싶지 않았어. 내게 마음에도 없는 남자 잡기 위해 이런 술수까지 쓰고 싶진 않았다고. 하지만 결국 넌 날 구질구질 매달리게 했어. 자존심까지 내버리고 스스로 가치를 떨어뜨리면서까지 구걸하게 했어. 이렇게까지 했는데도 날 물 먹이는데, 이대로 물러서면 나만 등신 되는 것 아닌가? 바보천치, 멍청이가 되는 것 아닌가? 내가 너한테 쏟아부은 세월이 얼만데. 이대로는 절대로 못 물러나.

'절대로!'

승연은 덥석 거칠고 성마른 손길로 옆자리에 놓아두었던 핸드백을 그러쥐었다. 그리곤 최후의 상황까지 오게 만든 지휴를 저주하며 가방 안에 넣어두었던 조그만 약병을 꺼내 한 손에 꽉, 움켜쥐었다.

"선우지휴!"

덜덜 떨리는 손으로 그의 잔에 가루약을 털어 넣고, 다급히 그를 불렀다. 천천히, 유유히 클럽을 빠져나가고 있던 그가 걸음을 멈추고 뒤를 돌아보았다. 누가 봐도 홀딱 빠질 만큼 유려하고 예술적인 얼굴선이 그대로 드러나자, 그녀 안에 움츠러들어 있던 흉포함이 더욱 거칠게 고개를 들었다.

승연은 얼굴에 떠 있던 독기 찬 미소를 싹 지웠다. 능숙하게 주화연 앞에서 매일 써왔던 착한 가면을 순식간에 갈아 썼다. 그리고 술잔 안에서 빠르게 녹아들고 있는 흰색 가루를 내려다보며 소리쳤다.

"축하해! 네가 이겼어!"

"……."

"난 깨끗이 포기하려고! 이거 축하주야! 친구로서 너한테 주는. 받아줘!"

수면제가 이미 말끔하게 녹아들어 간 술잔을 들어 올리며 승연이 말했다. 이미 되돌릴 수 없는 상황. 막장까지 와 있는 자신이 너무나도 불쌍했지만 그녀는 울지 않았다. 어쨌든 그는 자신의 차지가 될 테니까. 마지막 승리자는 바로 자신이 될 것이니까.

무표정한 얼굴로 자신을 보고 있던 그가 선심 쓰듯 차분히 걸어오는 모습을 승연은 가만히 응시했다. 그리고 짐짓 진심으로 그의 사랑을 축복하는 듯, 빙그레 선하디선한 미소를 지어 올렸다.

'선우지휴는 내 거야.'

*

호텔은 끔찍한 상상이 얼마든지 가능한 공간이다. 특히 남자가 여자와 함께 있다는 말을 들었을 때는 최악의 경우까지 생각하게 되는 그런 곳. 이미 한 번 비슷한 경험을 했었고, 그 충격으로 인해 '포기'라는 극한의 선택을 했었던 전적의 소명에게는 더더욱 무서운 공간이라 하겠다. 심장이 벌컥벌컥 뛰고 손발이 후들거렸다. 현기증이 짜하게 돌아 당장에라도 바닥으로 쓰러질 것만 같았다. 꾹꾹 기억 속 저편에 숨겨두고 자물쇠까지 채워두었던 과거의 일들이 무차별적으로 떠올라 그녀를 괴롭게 했다. 판도라의 상자가 열려 버린 듯 그날의 기억들이 소명을 공격했다.

두 사람은 서로를 껴안고 있었다. 승연은 지휴의 목에 두 팔을 감고, 지휴는 승연의 허리에 안은 채 몸을 서로에게 밀착시키고 서 있는 둘은 당장에라도 엉켜 키스할 태세였다.

멀리서 그 광경을 몰래 훔쳐보고 있던 소명은 절망했다. 이것이 '우리 두 사람이 얼마나 가까운 사이인지 네 눈으로 똑똑히 보게 해줄게' 라 당당히 말하던 한승연의 증거 자료라는 것을 너무나도 잘 알고 있었기 때문이다. 그리고 그날의 충격은 그의 생일날 빨리 크라며 자신의 볼에 키스하던 그를 저주하는 것으로 이어졌다.

승연을 좋아하면서 자신에게도 오해할 만한 짓을 서슴없이 하는 그를 그녀는 혐오하지 않을 수가 없었다. 그런 광경을 직접 목격했음에도 여전히 '행여 아닐 수도……' 하며 일말의 희망을 품고 있었던 자신이 한심스러웠다. 지휴가 상종 못할 나쁜 남자라는 걸 알았으면서도 좋아하는 마음을 놓지 못하는 스스로에게 실망하고 절망했다. 그의 집을 떠날 결심을 한 것은 바로 그런 감정 때문이었다.

그에게서 벗어날 수 있는 길은 그 집을 떠나는 길밖에 없다고 생각했었다. 다행히 전부터 친척 분이 전학을 강력히 권해오고 있었던 터라 쉽고 빠르게 거처를 옮길 수 있었다. 이래저래 학교에서 왕따를 당하는 와중이니 오히려 이렇게 된 게 잘된 건지도 모른다고, 그녀는 자위했었다. 그곳을 떠나 지휴에게서 벗어나면 그런 나쁜 남자 따위 금세 잊고 새롭게 출발할 수 있을 거라 생각했었다. 그는 그, 나는 나. 접점이라곤 찾아볼 수 없는 상류층의 지휴와 하류인생 함소명은 절대로 다시 만날 일이 없을 것이라 생각했었다.

그랬었는데…… 그렇게 생각하며 10년을 무사히 살아왔는데. 운명은 어찌할 수 없는 것일까. 어처구니없게도 소명은 또다시 그

때와 똑같은 상황에 직면해 있었다.

〈왜? 겁나니? 전처럼 그런 광경을 보게 될까 봐 무서워? 전에도 내가 말했었지? 남자란 동물, 다 믿으면 안 된다고. 머리와 가슴이 따로 노는 동물, 그게 바로 남자라고. 그러고 보면 넌 참, 학습이란 게 안 되는 아이인가 봐. 그때도 그렇게 상처받고 떠났으면서 또 이렇게 덤비는 걸 보면. 내가 말했잖아, 남의 건 넘보지 말라고. 난 내 것 빼앗기고는 절대 못 사는 사람이라고. 난 나보다 열등한 인간한테는 절대로 지지 않아. 내가 뭐가 부족해서 네까짓 것한테 지휴를 빼앗기겠니? 어림없어.〉

수화기 너머에서 쟁쟁하게 들려오던 한승연의 목소리가 목을 죄어와 숨이 턱턱 막혔다. 10년 전 괴로웠던 기억들이 새록새록 떠오르고, 도망치고 싶은 마음이 그녀의 다리를 미친 듯이 낚아챘다.

되돌아가고 싶다. 승연의 말처럼 피하고 싶었다. 저 안에서 무슨 일이 일어나고 있는지, 승연과 지휴는 이 밤중에 호텔방에서 뭘 하고 있는 것인지 알고 싶지 않았다. 진실이 두렵고 무서웠다. 절대로 대면하고 싶지 않았다. 당장에라도 뒤로 돌아 이곳을 빠져나가고 싶었다. 하지만…….

"널 사랑한다고, 함소명."

그를 믿고 싶은 마음이 더 크다.

미친 듯이 폭주하는 감정을 컨트롤하는 순간에도 여전히 펄떡펄떡 뛰어대는 심장을, 소명은 한 손으로 꾹 눌렀다. 후우, 꽤 긴 숨을 토해냈다. 흥분하지 말자는 혼잣말을 속으로 되뇌고 있었다. 그리고 몇 초 후, 소명은 횡격막이 바닥까지 가라앉는 것을 느끼며 천천히 차임벨을 누르기 위해 손을 들었다.

"일찍 도착했네."

최대한 차갑고 도도하게 말하곤 승연은 소파에 털썩, 몸을 던졌다. 아무렇지도 않은 듯 태연하게 함소명을 맞이했지만 실은 부글부글 끓는 심사를 주체할 수 없어 속으론 아득아득 이를 갈고 있었다. 예상했던 것보다 소명이 너무 일찍 도착한 덕분에 계획이 완전히 틀어져 버렸기 때문이다.

모든 상황을 채 세팅해 놓기도 전에 나타난 걸 보면, 소명은 소식을 듣자마자 득달같이 달려온 게 틀림없었다. 미친것. 지가 뭔데 잃어버린 물건 찾으러 오는 사람마냥 정신없이 달려와? 네까짓게 뭔데? 선우지휴의 뭐라도 되는 양 왜 그리 사색이 되어 달려오는 건데?

"어디 있어요? 그 사람."

"어디 있을 것 같니?"

"침실이 어디죠?"

바보는 아닌 모양이다, 상황 파악이 빠른 걸 보면. 물론 속옷만 입었다는 걸 적나라하게 드러낸 채 얇은 가운만 적당히 걸친 승연의 모양새를 보고도 상황 파악이 안 될 수는 없었을 것이다. 호텔에서 가운만 입은 여자를 보았다면 남자가 침실에 있을 거라는 추측은 너무나도 당연한 것. 상황만 놓고 보면 함소명은 굉장히 대견하게 잘 버티고 있는 셈이었다. 정신없이 달려와 땀범벅이 된 주제에 차분히, 다른 여자와 바람을 피웠을지도 모를 애인의 소재를 묻고 있는 것이니. 하지만 이런 차분함 따위는 얼마 가지 못할 게다.

내가 미쳐 버리게 만들 거니까.

"어디인지 굳이 말할 필요 있나? 대충 알아먹었으면 꺼져 주는 게 예의 아니야?"

"당신이 날 불렀잖아요. 그거 데려가라는 뜻 아닌가요? 제가 데리고 가겠습니다. 어디 있어요, 선우지휴? 여긴가요?"

날카롭게 물으며 소명은 가까이 붙어 있는 방문을 향해 다가갔다. 침실이었다, 그가 누워 있는. 문을 열면 침대에 널브러져 정신을 잃은 그를 목격할 수 있을 것이다. 그리고 곧 뭔가 이상하다는 것을 알게 되겠지. 승연은 그리 어설픈 광경을 보이느니 차라리 숨기는 편이 낫다고 판단했다. 눈에 안 보이는 것에 대한 인간의 상상력은 치명적이리만치 무궁무진하지 않은가. 소명이 자멸하도록 놔두는 것도 나쁘지 않았다.

"정신 차려, 함소명. 두 눈 똑바로 뜨고 현실을 직시해. 누가 누구의 옆에 있는지. 지휴 옆자리가 누구의 것인지 제대로 보라고."

"선우지휴가 당신 것이라 말하고 싶은 건가요?"

승연이 던진 낚싯밥을 소명은 아무 의심 없이 덥석 물었다. 침실 문 열 생각을 관두고, 승연에게 관심을 보인 것이었다. 함소명은 역시 함소명. 10년 전에도 그랬듯이 이번에도 또 걸려든 것이었다. 승연은 번뜩이는 시선으로 소명을 흘겨보며 나른하고 야릇한 미소를 흘렸다.

"10년 전부터 쭉 그랬었지, 넌 부인하겠지만."

"참나, 10년 전부터라고요?"

"왜 웃지?"

코웃음이 귀에 거슬렸나 보다. 도도하게 늘씬한 다리를 착 꼬고 앉아 허겁지겁 튀어온 소명의 볼썽사나운 몰골을 위아래로 훑어보던 승연의 눈매가 쪽 째지며 날 선 어조로 대꾸했다. 당장에라도 잡아먹을 것처럼 드센 눈초리가 살 떨리게 무서워졌으나, 소명은 침착하게 그녀를 내려다보았다.

소명은 자신이 필요 이상으로 흥분할 이유는 아직 없다고 생각했다. 아까부터 그의 전화기는 꺼져 있어 연락이 안 닿는 상태인데다가, 호텔방까지 들어온 지금에도 아직까지 그의 머리털 한 올 발견되지 않았다. 너무나도 뻔한 상황이니, 당연히 뻔한 결론을 내릴 수밖에 없겠지만 섣불리 판단하긴 아직은 이르다 생각했다. 그러니 승연의 말도 안 되는 도발에 넘어갈 이유도 전혀 없었다.

"10년 전에 선우지휴 옆에 있었던 사람은 저죠. 절 미워했던 거, 그래서가 아닌가요? 언젠간 저한테 이런 말도 하셨잖아요. 좀 꺼져 달라고, 네가 옆에 있어서 짜증 난다고. 왜 아무것도 아닌 것이 선우지휴 옆에 붙어서 떨어지지 않느냐고. 그래서 제가 대답했죠. 제가 옆에 있고 싶어서 있는 게 아니라고요. 저도 좀 떨어지고 싶지만, 한시라도 제가 눈에 안 보이면 선우지휴가 득달같이 찾아대는데 그걸 어찌 감당하느냐고요. 기억 안 나세요?"

"머리 좋네, 그걸 다 기억하고."

나름대로 여유 있는 대답이 날아왔다. 하지만 그러는 승연의 미간엔 짙은 주름이 잡혀 있었다. 그 덕에 눈가에 드리워진 어두운 기색과 영혼이 없는 듯 텅 빈 눈빛이 더욱 도드라졌다. 티 없이 맑고 매끈한 도자기 피부에 선홍색의 짙은 립스틱, 와인색 계열의 실크처럼 부드러운 머리카락, 징그러울 정도로 말라 움푹 파인 쇄골. 무엇 하나 흐트러짐 없이 완벽한 외모임에도 어딘지 모르게 섬뜩한 느낌이 드는 것은 저 눈빛 탓일까.

"맞아, 그랬어. 처음엔 네가 주제도 모르고 까분다고 생각했는데, 나중에 알고 보니 지휴가 널 마음에 두고 있었던 거였지. 말이 되니? 네까짓것을 뭐가 좋다고? 난 정말 이해가 안 됐어. 뭣 하나 나보다 잘난 구석도 없는 널 지휴가 왜 좋아하는지. 솔직히 말하자면 처음엔 네가 해달라는 대로 다 해주는 애라서 그런다고 생각했어."

"……."

"그때 넌, 지휴가 죽으라면 죽는시늉까지도 했던 애였잖아? 지휴의 소유물, 애완동물 같은 존재. 그래, 펫! 무슨 수필에 널 애완동물로 비유한 적도 있었잖아. 그때 학교 내에 네 얼굴과 이름이 짜하게 퍼졌었지. 선우지휴의 '밥', 함소명이라고 인근 학교에도 소문이 났었고. 워낙 선우지휴가 유명한 애였으니까. 그래서 너도 덩달아 꽤 유명해지지 않았니? 그 때문에 왕따도 당한 걸로 아는데."

"왕따 시킨 애들 뒤에 배후가 따로 있다는 소문도 있었죠. 선우지휴를 좋아하는 유력 가문의 여자아이. 질투의 화신이 되어 날 괴롭히기로 작정했다죠?"

"그땐 그 정도만 해도 네가 알아서 떨어져 나갈 거라 생각했지. 왕따당한다는 소문에 선우지휴가 직접 등하교까지 시켜줄 거라곤 꿈에도 예상 못했어. 그땐 나도 너무 놀랐지. 선우지휴가 널 장난감 같은 존재로만 여기는 줄 알았는데 그게 아니었다는 걸 그걸 계기로 깨달았어. 왕따, 그딴 걸로는 널 절대로 떼어내기 힘들다는 것도."

"그래서 날 불러, 키스하는 모습까지 보게 한 건가요?"

"난 네가 얼마나 구식인지 잘 알고 있었거든. 네가 우리 둘이 잠시 엉켜 있는 걸 보면 십중팔구 자세히 알아보지도 않고 바로 오해할 거라 생각했지. 넌 자기가 좋아하는 남자가 다른 여자와 입술을 맞대고 키스하는 광경을 끝까지 눈 뜨고 볼 만큼 강심장이 못 되는 애잖니."

"끝까지 봤다면 얘기가 달라졌을 거란 말인가요?"

"달라졌겠지. 그 키스는 내가 잔인하게 내쳐진 걸로 끝을 맺었으니까."

"그게, 무슨 말이에요……?"

온몸의 피가 싸하게 식어가는 것을 느끼며 소명이 착 가라앉은 목소리로 물었다. 기분이 몹시도 나빠졌다. 불길한 예감이 머리끝까지 휘감아와, 정신이 아득해지려했다.

몇 년, 몇 월, 몇 시, 몇 분. 정확한 시간까지 기억하는 그날의 기억. 거대한 저택, 넓디넓은 언덕길, 길게 휘어진 높은 담벼락. 그 아래에 주차되어 있던 그의 스포츠카와 엉켜 있던 두 남녀. 자신이 훔쳐보고 있다는 것을 다 알면서도 보란 듯이 미소까지 씩 흘리며 그의 입술을 차지했던 한승연. 그리고 큰 충격을 받고 쓰러질 듯 그 자리를 도망쳐 나왔던 자신. 또다시 모든 기억들이 영화처럼 좌르르, 소명의 머릿속에서 재생되기 시작했다.

"거절당했어, 무참히. 난 작정하고 달려들었는데, 지휴는 너무 쉽게 뿌리치더라. 자긴 들쩍지근한 키스는 싫다나 뭐라나. 술 마셔서 제정신이 아닌 걸로 간주하겠다는, 정말 자존심 상하는 말까지 들었어. 그게 어디 있을 수 있는 일이니? 남자라는 동물이 기꺼이 자신을 주겠다는 여자를 뿌리친다는 게."

"그, 그럼 그게……."

"그때 확신했지. 지휴가 빠져도 단단히 빠졌다는 걸. 어울리지도 않게 순정 같은 걸 가슴에 품고 있다는 걸."

"……!"

"기가 막혔어. 주위에 널린 게 여잔데. 그때도 지금처럼 선우지휴는 재계에서 가장 핫한 남자였는데. 온갖 집안에서 지휴를 사윗감으로 달라고 줄을 서는 판국이었는데, 그런 선우지휴가 너 따위 촌티 나던 중학생한테 꽂혀 순정남 로미오 흉내나 내고 있는 게 너무나도 우습더라. 내가 알고 있는 그 선우지휴가 맞는지 의심스럽기까지 했어. 너도 알다시피 지휴는 여자란 귀찮은 생물쯤으로 여기는 도도하고 싸가지 없는 쿨가이였잖니? 그런 지휴라면 내가 제공하는 몸, 철저히 가졌어야지. 마음껏 취하고 뒹굴었어야지!"

그날의 기억들을 더듬는 듯 분노하며 냉소하고 일갈하는 사이, 그녀의 아름다운 얼굴은 추하게 일그러져 갔다. 그동안 억눌러 왔던 수많은 감정들이 하나둘씩 드러나는 것이었다.

소명은 멍하게 그녀를 지켜보았다. 새로이 드러난 진실 앞에서 망연자실, 아무 말도 할 수가 없었다. 그 모든 것들이 오해였다니. 그 순간의 그 충격 때문에 여기까지 온 것이었는데. 그 키스 때문에 그를 믿지 못하게 되었던 것인데…….

"근데 그놈은 날 걷어찼어. 한낱 운전기사의 딸 때문에 날 걷어찼다고!"

"……."

"미쳐도 단단히 미친 거지. 어차피 안 될 사이란 거 뻔히 알면서. 집안에서도 반대할 게 뻔하고, 사회적으로도 전혀 납득이 안 되는 사이였는데! 대체 뭘 믿고 널 마음에 두었는지 내 상식으론 도무지 이해 안 됐어. 그런데 거기에 생일파티 사건까지 생겼지. 지휴를 후계자로 내세우는 중요한 선언이 있었던 그날, 그 중요한 순간에 난 지휴가 널 만나러 나가는 걸 두 눈으로 똑똑히 목격했다고."

"생일파티라면……?"

"그때 정신이 번쩍 들었지. 그냥 둬선 안 되겠다 싶었어. 어떤 식으로든 두 사람을 떼어놓아야겠다고 마음먹었지. 그래야 지휴가 지휴다워질 거고, 넌 너다워질 테니까."

"서, 설마!"

"아줌마, 내가 구워삶았어."

소파에서 힘차게 일어나며 승연이 히스테릭하게 중얼거렸다. 그녀의 눈에 소명은 이미 무너지기 일보 직전, 아슬아슬 위태로워 보였다. 간신히 감정의 끈을 잡고 버티고 있었지만 조만간 힘없이 쓰러질 게 분명했다. 왜냐고?

소명은 이전에도 겁쟁이었니까. 10년 전에도 겁이 나서 도망치지 않았던가. 다가오는 거대한 해일이 무섭고 두려워, 허겁지겁 꽁지가 빠지게 달아난 전적이 있는 아이였다. 그러니까 그녀는 선우지휴처럼 대단한 남자를 사랑할 깜냥이 못 되는 애였다. 어울리지도 않을뿐더러 그런 주제도 아니었다. 승연은 부들부들 두 손을 떠는 소명을 위아래로 훑어보며 재수 없이 차가운 음성으로 말을 이었다.

"네가 꼬셔서 지금 지휴가 제정신이 아니라고 말했지. 온실에서 있었던 일도 말했어. 좀 과장을 섞어서 지휴가 미성년자인 널 겁탈할 뻔다고. 그랬더니 아줌마가 벌벌 떠시더라. 있을 수 없는 일이라며 펄펄 뛰었지. 지휴를 반 죽여놓겠다고 흥분해 난리도 아니었어."

"그, 그게 네 짓이었어? 그런 말도 안 되는 소릴 지껄인 게 너였단 말이야? 선우지휴는 나한테 아무 짓도 하지 않았어!"

"아무 짓도 하지 않은 건 아니지. 키스하는 걸 내가 봤는데."

"볼에 잠깐 입을 댔을 뿐이야. 그게 어떻게 거, 겁탈이란 말도 안 되는 말로 표현될 수 있는데?"

"그러니까 과장이라고 했잖아. 그냥 두면 난리라도 날 것처럼 살 좀 붙여 얘기했다니까. 그게 뭐? 내가 뭘 잘못했니? 겁탈이란 단어를 뺀다고 뭐 달라지는 게 있어? 지휴가 운전기사 딸인 널 탐내고 있었다는 건 변함없는 사실 아니야?"

"……."

"아줌만 그 사실만으로도 충격을 받았을 거야. 지휴 어머니, 생각보다 순진하시더라고. 성년인 자기 아들이 미성년자인 네 볼에 키스했다는 사실만으로도 까무러칠 수준이었어. 그러니 겁탈이란 말에 놀랄 수밖에 없지 않았겠어? 널 보호하기 위해서라도 두 사람을 떼어놓아야 한다고 생각했을 거야. 그냥 두면 지휴가 널 짐승처럼 짓밟을지도 모른다는 두려움에 휩싸여 계셨거든. 그럴 법도 하잖아? 그때 지휴는 갓 스무 살의 혈기왕성한 청년이었으니까. 이성적으로 스스로를 제어하지 못할 가능성이 높다고 판단하셨던 거지."

"그래서?"

믿을 수 없다는 듯 소명이 물었다. 얼굴은 이미 새하얗게 질려 있었고 넋은 이미 나가 버린 듯 얼빠진 얼굴이었다. 자신이 알고 있던 것과 정반대의 진실을 대면하게 되면 누구나 그러하듯 말이다. 소명은 진심으로 충격받은 것이다. 승연은 그런 소명을 비웃었다. 실컷, 마음껏 비웃으며 소파를 돌아 천천히 그녀의 코앞까지 다가갔다.

"그래서는 뭐. 그다음은 너도 잘 알잖아. 널 불러 윽박지르고, 집을 떠나라 사주하고, 넌 순순히 그 집을 떠났잖아. 떠나지 않겠다 조금이라도 매달릴 줄 알았는데 너무 쉽게 나가대? 심지어 떠날 때 말없이, 지휴에겐 일언반구조차 하지 않고 몰래 감쪽같이 사라졌더라? 지휴가 여행 간 사이에 행선지도 밝히지 않고 말이야. 아주머니도 그 부분에 대해선 의외이신 듯 놀란 것 같더라만. 난 이내 깨달았지. 네 마음이 그 정도밖에 안 된다는 걸."

"……."

"지휴를 갖고 싶긴 했겠지. 마음 한 켠에 지휴에 대한 욕심을 키우고 있었잖아? 너처럼 하찮은 게 감히. 넘보면 안 될 존재를 말이야. 네가 얼마나 자격미달인지 내가 얘기해 줄까?"

우뚝. 승연은 소명의 앞에 섰다. 그리곤 최대한 눈을 깔아 비웃으며 사색이 된 소명을 윽박질렀다.

"넌 주위의 반대를 물리치고 지휴를 쟁취할 용기도 없었어. 거기다 지휴에 대한 믿음도 없었지. 그뿐이니? 그런 주제에 지휴가 여행에서 돌아올 때까지 기다려 주지도 않았어. 인내심도 없었던 거지. 물론 지휴의 입에서 네가 듣고 싶지 않았던 얘기들이 흘러나올까 봐 두려웠겠지. 하지만 적어도 해명은 들어줬어야지. 전후 사정 얘기를 듣고 사정이 어떻게 된 건지 알아는 봤어야지. 넌 지휴를 못 믿었던 거야. 혼자 의심하고, 혼자 상처받고, 혼자 떠나 버렸어. 사랑하는 사람을 믿지 못하는 여자, 그게 바로 너란 애였다고."

"……."

"하지만 난 달라. 너와는 달리, 10년 동안 변함없이 지휴 옆을 지켰어. 한결같이 지휴를 믿고 기다려 주었다고. 널 계속 못 잊는 걸 알고 있었지만 상관없었어. 어차피 지휴는 내 사람이 될 거라 믿고 있었거든. 아무리 옛사랑을 잊지 못해 방황해도 결국은 내게로 올 거라고 확신했어. 그래서 항상 준비를 하고 있었지. 언제든지 원할 때 날 찾아올 수 있도록. 자신에게 걸맞은 여자, 결국 최종적으로 돌아갈 안식처가 바로 나라는 걸 언젠간 지휴도 깨달을 날이 올 거라고. 그렇게 믿었어. 그리고 그 믿음이 옳았다는 건 바로 오늘 완벽히 증명되었지."

"선우지휴가 정말, 제 발로 여길 찾아왔다는 거야?"

파르르, 소명의 아랫입술이 떨렸다. 믿기 어려운 일이라는 듯 묻고 있었으나 그녀의 눈빛은 이미 흔들리고 있었다. 믿고 싶진 않지만 결국은 믿고 있다는 뜻이었다. 그 눈 속에 가득 차올라 있는 두려움과 공포가 이미 그것을 말해주고 있었다. 예상대로 함소명은 아직도 지휴를 완벽히 믿지 못하는 것이다.

'안쓰럽군. 그러게 진즉 손 떼라고 할 때 뗄 것이지.'

결국 이렇게 될 거, 왜 그렇게 발악을 하며 지휴 곁을 맴돌았던 건지. 아직도 선우지휴를 믿지 못하는 주제에 왜 자꾸 그의 옆자리를 차지하고 앉아 주인 행세하려는 건지. 승연은 소명이 싫었다. 너무 싫었다. 꼴도 뵈기 싫었다. 한 번 떠났으면 떠난 거지 왜 다시 나타나 사람 마음 어지럽히는 건지 정말이지 당장에라도 목 졸라 죽여 버리고 싶은 심정이었다. 적개심 가득한 시선으로 소명을 노려보며 승연은 피식, 차가운 웃음을 흘렸다.

"지휴가 제 발이 아니면 누구 발로 왔겠어? 나, 지휴 같은 건장한 남자를 제압할 만큼 그리 대단한 체력 아니야."

"저 침실에 정말 선우지휴가 있단 말이지?"

"확인, 굳이 필요해?"

"……."

"지금 상태만으로도 충분히 괴로울 텐데 괜찮겠어?"

자신만만한 얼굴로 승연이 야릇하게 미소를 지어 올렸다. 마치 그녀가 걱정된다는 듯.

소명도 알고 있었다. 그가 저 안에 있는 걸 두 눈으로 확인하고 나면, 어떠한 일이 벌어질지. 다시는 치유할 수 없는, 치명적인 내상을 입고 휘청거릴 것이다. 아마도 지난 10년간 받았던 고통과는 비교할 수 없을 만큼 길고 힘든 고통 속으로 빠져들겠지. 다시는 사랑 따위 하지 못하는, 믿지 못하는 불쌍한 사람이 될 수도 있었다.

하지만 그럼에도 불구하고 이번엔 피하고 싶지 않았다. 믿고 싶다. 이번만큼은 그를 믿어보고 싶다. 10년 전 자신이 저질렀던 실수, 성급했던 판단 때문에 모든 게 어그러졌다는 사실을 알게 된 지금 이 순간만큼은 그를 택하고 싶었다.

다른 건 다 필요 없어. 선우지휴의 입으로 직접 들을 거야. 한승연과 잤다는 얘기라도 괜찮아. 상관없어. 뭐든 선우지휴가 한 말만 믿을 거야. 한 번쯤은 이런 멍청할 정도로 맹목적인 믿음을, 사랑을 그에게 보여줘야 하지 않겠어? 너도 지휴를 이만큼 사랑한다는 걸 보여줘야 하지 않을까?

"보게 해줘."

"너 돌았니? 간덩이가 부었구나? 너답지 않게 왜 이래? 갑자기."

"나다운 거? 그게 뭔데?"

"뭐?"

"미안한데, 당신은 날 잘못 파악했어."

"뭐, 뭐라는 거야."

짜증 섞인 말투로 툭 내뱉고 쭉 째진 시선으로 소명을 노려보며, 승연은 가슴 밑으로 팔짱을 척 꼈다. 풍만한 가슴이 속옷을 비집고 나와 탐스럽고 둥근 포물선을 만들어냈다. 얼마 전 받은 시술 덕택에 가느다란 허리에 풍만한 가슴 라인까지 완벽하게 구현, 따라올 수 없는 바디라인을 갖게 된 승연은 자부심이 넘치는 가슴을 더욱 들이밀며 함소명을 슥슥 훑어보았다. 그리곤 쯧쯧 혀를 차는데, 함소명이 기죽는 기색 전혀 없이 두 눈 똑바로 뜨고 옹골차게 대거리해 왔다.

"운전기사 딸로 태어나 선우지휴 집에서 얹혀살았던 건 맞지만, 그럼에도 단 한 번도 가난해서 창피했던 적 없었어. 우리 아버지가 운전기사라는 거, 엄마가 가정부 노릇하며 돈 버는 걸 부끄러워했던 적 한 번도 없었다고. 선우지휴 몸종 노릇? 그거 내가 좋아서 한 거야. 그땐 뭐든 그 사람이 해달라는 건 다 해주고 싶었거든. 그 사람이 나를 필요로 하는 게 너무 행복해서 뭐든 다, 내가 할 수 있는 건 다 해주고 싶었거든. 내가 가난해서 도련님 눈치 보느라 하기 싫은 일 억지로 했던 게 아니었어. 당신 심부름도 당신이 선우지휴 친구였기 때문에 해줬던 거야. 선우지휴 친구니까. 내가 좋아하는 남자의 친한 친구니까."

"뭐래, 그게 뭐가 다르다고 이 난리야?"

"달라! 난 한 번도 떳떳하지 않은 적 없었으니까. 당당하지 않은 적 없었으니까. 그 사람 좋아하면서 한 번도 주눅 든 적 없었으니까. 내가 가난해서 그게 창피하거나 떳떳하지 못했던 적도 없어. 내 처지를 비관한 적도 없고, 그 사람과 내가 신분 때문에 어울리지 않는다고 생각한 적도 단 한 번도 없었어. 내가 그 사람 곁을 떠난 거? 그건 일종의 배신감 때문이었어. 어제는 다른 여자와 키스하고 오늘은 내게 사랑을 고백하는 거. 그게 더럽고 충격적이었어서…… 그래서 떠났던 거야. 그래, 당신 말대로 믿음이 부족했던 거였지. 하지만 한 번도!"

"……."

"난 한 번도…… 그 사람과 날 돈이란 잣대로 구분 지었던 적 없었어. 오로지 선우지휴, 그 사람만 생각했어. 날 골리고 힘들게 하고 사람들 앞에서 가끔 창피도 주지만, 정작 다른 사람들로부터 놀림을 당하거나 힘든 일에 부딪쳤을 때 늘 내 편이 되어주는 사람. 말 한마디 따뜻하게 한 적 없고 항상 툭툭 거친 말만 하는데도, 그 속에는 늘 날 걱정하고 염려하는 마음이 들어 있어서 언제나 날 설레게 하는 사람. 그런 선우지휴만 생각했던 게 바로 나야. 나답다는 건 그런 거야, 한승연."

"이게 무슨 헛소리야? 누가 그딴 쓸데없는 소릴 지껄이랬니?"

원인 모르는 격렬한 분노가 치밀어 오르는 걸 느끼며 승연은 세차게 고함을 내질렀다. 고고한 척, 잘난 척하는 함소명 따위 꼴도 보기 싫어. 다 쓸어버릴 거야. 다 해치워 버리면 돼!

"당신은 단 한 번이라도 돈이란 잣대를 빼고 그 사람을 대한 적 있어?"

극렬하게 밀어닥치는 분노에 휩쓸려 손톱까지 세우고, 승연이 소명에게 달려들 기세로 부르르 떨자, 소명이 침착하면서도 착 가라앉은 목소리로 질문을 던져 왔다. 무겁고 우울한데 정중하고 명료한 음성이었다, 상대의 폐부까지 찔러오는 강한 힘을 가진. 승연은 일순 숨을 멈추고 두 눈을 치떴다.

"당신, 진심으로 선우지휴를 사랑해?"

소명이 재차 물었다. 꿀꺽, 승연의 목구멍으로 마른침이 넘어갔다. 그리고 수 초의 시간도 침묵과 함께 흘러갔다.

거칠지만 힘겨운 손길이 즉각 느껴지는 달깍 소리가 무거운 고요를 가른 것은 그즈음. 침실 문이 열리기 시작했다. 끼이익…….

"야…… 밥……."

불편한 소리와 함께 열린 문틈으로 지휴의 목소리가 들려왔다. 그리고 뭐라 반응하기도 전에 그의 육중한 몸이 쿵, 부서져라 바닥으로 쓰러졌다. 입고 있던 재킷은 없고, 와이셔츠는 반쯤 풀어헤쳐져 있었으며 맨발에 머리카락은 잔뜩 흐트러진 채였다.

"도, 도련님!"

"안 돼! 지휴는 내 거야!"

깜짝 놀라 소명이 미친 듯이 달려들었지만 승연이 단박에 제지했다. 괴력을 발휘해 엄청난 악력으로 소명의 손목을 그러쥔 채 비틀기 시작했다. 이를 악물며 손목을 부러뜨릴 기세로 힘을 주는 승연의 눈에는 악독한 기운이 스멀스멀 넘실거리고 있었다. 괴물처럼 일그러진 그 얼굴에는 도도하고 화려한 장미꽃과 비견되었던 미모는 찾아볼 수가 없었다. 식겁할 정도로 공포스러운 얼굴일 뿐.

그 순간이었나 보다, 승연을 밀어낼 힘이 생겨난 게.

지휴의 곁엔 자신이 있어야 한다는 확신이 생겨났다. 승연이 아니라 자신이어야 함을, 그 누구도 아닌 자신만이 그를 지킬 수 있음을 순간 확신하게 되었다.

소명은 있는 힘껏 그녀를 밀어냈다. 그리고 뒤로 밀려났다 다시금 아아아악— 소리를 내며 달려드는 그녀를 향해 젖 먹던 힘까지 짜내 풀스윙으로 주먹을 날렸다.

*

똑똑똑…….

병실 안은 수액 떨어지는 소리만 들릴 뿐, 숨소리조차 들리지 않을 만큼 고요했다. 얇게 드리워진 커튼 사이로 따사로운 가을 오후 햇살이 넓고 아늑한 특실 내부를 비추고, 간혹 환자가 내뱉는 작은 숨소리는 그가 아직 살아 있음을 확인시켜 주고 있었다. 모든 게 제자리로 돌아온 평화롭고 따스한 어느 가을날, 흰색 계열의 고풍스런 목조 탁자를 사이에 두고 소명은 낯선 남자와 마주하고 있었다.

"에, 내 소개를 하자면, 한새그룹의 명예회장 직을 맡고 있는 조명……."

"조명재 회장님이신 것 알고 있습니다. 손녀 분 때문에 찾아오신 것 맞으시죠?"

"그래…… 알고 있겠지. 내, 재계 서열이라면 남들한테 뒤처지지는 않으니. 인생 최대 목표가 사업이었던 나이니 당연한 결과겠지. 사업에 쏟았던 정성과 시간, 노고를 자식한테 조금만이라도 더 쏟았더라면, 그랬더라면 이런 일은 없었을 것을……."

백발이 성성한 노인은 바닥을 짚고 있던 지팡이에 얼굴을 묻더니 기나긴 한숨을 내쉬었다. 눈물을 보이지는 않았지만 거의 울고 싶은 마음인 것 같았다. 왜 그러하지 않겠는가. 손녀가 그런 엄청난 일을 저질렀으니. 노인의 상식으로는 상상도 못할 일이었을 것이다. 소명은 차분하고 강단 있는 자세로 정중하게 말하였다.

"부모 관심 못 받았다고 다 그런 일을 저지르진 않아요. 너무 자책하지 마세요, 회장님."

"아니네. 내가 잘못 키운 게 맞아. 어려서부터 좋은 남자 만나야 한다, 네 배필은 최고가 아니면 안 된다, 여자 자식은 다 필요없다 했던 게 화근이 된 게야. 내 슬하엔 아들이 없었어. 회사가 대기업 반열에 오르고 그만큼 재산도 차곡차곡 쌓이는데. 뭐 하나 잘되지 않는 게 없어서 다 만족스러운데. 빌어먹을 아들이, 내 뒤를 이어줄 후손이 없었다는 거. 그게 나를 끊임없이 괴롭혔었네."

"……."

"자식 하나 있는 거 일찍 보내고, 달랑 하나 남은 혈육이 바로 승연이었지. 난 승연이한테 최고가 되라 하진 않았어. 여자아이한테 기대할 건 하나도 없다고 생각했었거든. 그래서 끊임없이 사윗감을 데려오라 했어. 내 마음에 들 만한 녀석. 내 기준에 흡족한 녀석. 그런 녀석이 아니면 안 된다고, 어릴 때부터 귀에 못이 박히도록 얘기했지."

"회장님의 기준에 딱 맞는 남자가 바로 선우지휴였군요."

"모든 면에서 월등했지. 또래 유력인사 자제들 중에선 단연 군계일학이었어. 어릴 때부터 그리 특출한 아이다 보니, 너나 할 것 없이 욕심냈지. 나 또한 그랬고. 우리 승연인 내가 시키는 대로 녀석을 만나자마자 친구로 만들었었네. 지금 생각하면 진정 기꺼워하며 승연일 칭찬했던 건 그날이 처음이었던 것 같네. 우리 승연인 그 칭찬을 듣고 싶어서 더욱더 지휴 군에게 집착했던 게야."

"……."

"다 내 잘못이네. 내가 그 아일 그리 만들었어. 처음 우리 집에 올 땐 티 없이 순수하고 맑은 아이였는데. 제 어미 손 붙들고 나한테 할아버지 하며 부를 때만 해도, 그때만 해도 착하고 예뻤었는데……."

꾹 눌러 참았던 울음이 터진 모양이다. 노인은 지팡이를 감싼 두 손에 얼굴을 묻고 끅끅 소리를 쏟아내며 통한의 눈물을 흘렸다. 아마도 아버지를 버리고 사랑을 좇아 집을 나갔던 딸이, 처음 손녀를 데리고 집을 찾아왔던 그날을 떠올리는 걸 것이다. 암 투병으로 잿빛이 된 얼굴로 5년 만에 나타난 딸. 아무것도 모르고 해맑기만 한 작은 손녀. 아내와 마지막까지 함께하고 싶다는 사위까지. 두 눈 앞에 어른거려 현기증마저 나는 것이었다. 그때 정신을 차리고 손녀를 제대로 키웠어야 했는데. 자신의 가치관이 딸을 망치고, 이젠 손녀까지 망치고 말았다는 생각이 노인의 가슴을 짓누르고 또 짓누르고 있었다.

"회장님."

소명이 조 회장의 팔에 손을 얹었다. 팔순이 넘은 노인의 격정적인 흐느낌인지라 여간 신경이 쓰이는 게 아니었다. 이러다 쓰러지기라도 하면…….

걱정이 되어 심각하게 인상을 쓰고 있는데, 갑자기 조 회장이 덥석 소명의 손을 잡고 매달렸다.

"살려주게. 살려주게, 소명 양."

"회, 회장님……."

"내, 우리 손녀만 살려준다면 뭐든 다 내놓겠네. 내 회사를 달라면 그것도 주겠네. 내 전 재산을 다 줄 수도 있어. 그 아이, 제발 용서해 주게. 이미 제 잘못을 알고 괴로워하고 있네."

"그건 선우 회장님 내외분께 먼저 용서를 비시는 게……."

"이미 그리했네. 용서도 빌고 선처도 요청해 보았어. 한데 선우 회장이 모든 처분을 자네한테 맡기겠다고 하지 뭔가."

"저한테요?"

"난감했겠지. 안면이 없는 사이도 아니니 용서하지 않을 수도 없고. 그렇다고 아들을 해하려 한 승연일 그리 쉽게 용서해 줄 수도 없고. 그러니 자네한테 모든 권한을 넘겨주겠다는 거겠지. 그 순간을 쭉 지켜보았던 사람도 자네고, 위험할 수 있었던 지휴를 구해준 이도 자네이니 충분히 그럴 권리가 있다고 생각한 게지. 나도 우리 승연이를 용서할 수 있는 사람은 지휴와 자네뿐이라고 생각하네. 마음 같아선 지휴한테 직접 용서를 구하고 싶지만 지휴가 저리 누워 있으니…….”

언급하는 것만으로도 죄스러운 듯 말끝을 흐리며 조 회장이 천천히 고개를 돌려 병원 침대를 바라보았다. 촉촉이 물기가 밴 노인의 눈매는 후회, 미안함, 죄책감, 괴로움 등이 한데 뭉쳐진 복잡한 감정이 떠올라 있었다.

마음이 착잡해졌다. 옛말에 핑계 없는 무덤 없다고, 조 회장의 말들은 모두 제 손녀를 두둔하는 말이었고, 그런 말 따위 이렇게 들어줄 의무가 전혀 없는데. 이유 없는 악행 없고 처음부터 악하게 태어난 사람 없으니, 한승연의 과거 따위 특이할 거 없다고 생각해야 하는데. 그런데도 듣고 있는 그녀의 마음은 불편하기 짝이 없었다.

사실 한승연이 저지른 짓이 어디 보통 짓인가. 지휴를 제 옆에 묶어두기 위해 술에 몰래 약을 탔고, 쓰러진 지휴를 사람 시켜 호텔까지 데리고 왔으며, 한 번 깨어난 지휴를 기절시키기까지 했다. 그가 클럽에서 일차, 약기운을 느끼고 화장실로 달려가 억지로 토하지 않았다면 다시 깨어났을 일도, 머리를 가격해 기절시키는 일도 없었을 거라고는 하지만 그것도 어차피 변명일 뿐이었다. 결국은 그를 해하려 했던 사람은 그녀가 아닌가. 그를 방 안에 가둬두고 소명을 유인한 것도 승연 혼자 계획한 일이었다. 소명이 10년 전처럼 또다시 충격받도록, 그래서 자진해서 그의 곁을 떠나기를 부추기고 조장한 것도 물론 그녀가 독단적으로 자행한 짓이었다.

힘든 과거, 할아버지의 세뇌와도 같았던 말들 때문에 일이 이 지경이 되었다는 건 그저 핑계일 뿐이다. 힘든 과거를 이겨내고 새로운 현재와 미래를 가꾸는 것은 특별한 사람만이 할 수 있는 게 아니다. 누구든 마음만 먹으면 그럴 수 있다. 과거가 어둡다고 현재와 미래까지 어두운 것은 아니란 말이다. 현재의 본인 모습은 아무도 책임져 주지 않는다. 한승연의 지금 이 모습은, 한승연 자신이 책임져야 하는 것이다.

"지휴 씬 괜찮아요. CT 찍어봤는데, 머리에는 이상 없다고 해요. 어제 깨어나서 식사도 시작했고요, 큰 탈 없을 거예요. 지금은 의사 선생님께서 며칠 안정을 취해야 한다고 말씀하셔서 잠깐 입원해 있는 겁니다. 큰 걱정 안 하셔도 돼요. 그리고 승연 씨 문제는…… 생각해 볼게요."

"소명 양!"

어둠 속에서 한줄기 빛을 발견한 양 조 회장이 두 눈을 번쩍 떴다. 이미 손녀가 소명과 지휴 사이를 갈라놓기 위해 10년 전에도, 지금도 얼마나 못된 짓을 했는지 잘 알고 있는 조 회장으로선 뜻밖의 선처라고 여겼던 거다. 식사조차 제대로 못 챙겨 먹은 듯 파리하기만 하던 입술과 피부에 갑자기 생기가 도는 것도 같았다. 그 모습을 물끄러미 내려다보며 소명은 조용히 대꾸했다.

"너무 크게 기대하진 마세요. 영원히 용서 못해 드릴 수도 있어요. 지금 마음으론 좀체 용서해 주고 싶은 생각이 들지 않으니까요."

"알지. 암, 그렇겠지. 당연히 용서할 마음 안 생기겠지……."

"일단 댁에 가 계세요. 가서 식사도 하시고 잠도 푹 주무세요. 안 먹고 안 자고 스스로를 학대한다고 해서 해결될 일이 아니니까요. 유치장에 있는 승연 씨도 할아버지가 이러시는 건 원치 않을 거예요."

"소명 양……."

"돌아가 계셔요. 마음 정리되는 대로 연락드릴게요."

조 회장은 다음 말을 잇지 못했다. 너무 고마워서인지, 감격해서인지, 아니면 당장 용서해 주겠다는 확답이 아니어서 실망해서인지. 원인 모를 뜨거운 눈물만 주글주글한 두 볼 위로 주르르, 흘릴 뿐이었다. 절뚝절뚝 수행비서의 부축을 받으며 병실을 나가는 조 회장의 뒷모습을 보며 소명은 다시금 한숨을 거하게 내쉬었다.

가슴이 답답했다. 마음이 너무 무겁고 혼란스러워 한숨만 계속 터져 나온다. 이런 기분은 대체 뭐라고 설명해야 하나. 별로 착한 사람 되고 싶지 않은데, 좀 더 독해지고 싶은데, 자꾸 마음이 약해지려고 해서 짜증이 나는 기분? 바보등신처럼 당할 거 다 당해놓고, 반격할 타이밍에 망설이는 스스로한테 너무나 화가 났다. 분하고 억울하지도 않나 싶어서 욕해주고 싶을 지경이었다. 정신 차려라, 넌 천사가 아니다. 마구 어퍼컷을 날리고 싶었다. 그깟 할아버지가 뭐라고 마음 약해져서는.

"바보 같아……."

"그걸 이제야 알았냐."

꾹 닫힌 병실 문을 멍하게 바라보며 한심한 스스로를 향해 볼멘 소리로 투덜거리자니, 침대 위에 얌전히 누워 있던 지휴가 툭 한 마디 던져 왔다. 입을 뚝 내밀고 불평불만 가득한 얼굴 그대로 슥, 눈동자를 굴려 지휴 쪽을 돌아보니, 노인네와 얘기하기 골치 아프다며 내내 자는 척하고 있던 선우지휴가 한쪽 팔꿈치를 세워, 그 위에 머리를 받친 여유만만한 자세로 그녀를 구경하고 있었다. 아주 재미있다는 듯 생글 미소까지 띠우고.

치잇, 뭘 잘했다고 웃냐. 한승연이 만나자니까 뽀르르 달려간 주제에. 그래서 그 어처구니없는 일을 당하고 사람 간 떨어지게 만든 주제에. 얄미워 죽겠어, 아주.

“너 바보잖아. 5년 동안 수호신 자처하며 너만 좋아했던 날 의심했던 멍충이.”

“누구라도 그 상황에 처하면 다 의심하게 되어 있거든요. 세상 여자 백이면 백, 다 남자한테 배신당했다고 생각했을 거거든요.”

“내 의지가 아니었을 거라곤 생각 못했냐? 덮쳐졌다든지, 뭔가를 증명해 보이기 위해 어쩔 수 없이 참자코 있을 수밖에 없었다든지.”

“대체 그 상황에서 뭘 증명해야 했는데요? 그게 뭔데 좋아하지도 않는 여자의 키스까지 참고 있어야 했는데요?”

뚱하니 서 있던 소명이 갑자기 발끈하며 대거리한다. 두 눈 똥그랗게 뜨고 콧잔등을 찡그리는 게 여간 화가 난 게 아닌 모양.

하지만 아무리 그래도 철철 넘치는 귀염은 어찌할 수가 없다. 노메이크업이라 그런지 오늘따라 유난히 어려 보이는 거다. 15년 전, 남의 집에 잘못 들어와 그에게 된통 당하고 코가 꿰인, 그 귀염둥이 꼬마가 연상될 만큼. 지휴는 씩 미소를 지으며 툭툭 침대 가장자리를 손으로 쳤다. 냉큼 달려와 여기 앉으라는 뜻.

"너 아닌 여자가 나한테 끼치는 영향력 정도? 아무리 네가 키스 같은 걸 해도 난 끄떡하지 않는다, 뭐 그런 거?"

"그게 뭐야. 그딴 걸 뭐 하러 증명해 줘요? 그냥 말로 설명해도 되는 거잖아요."

잔뜩 인상을 쓰며 소명이 퉁명스럽게 대꾸한다. 그러면서도 터덜터덜 걸어와 풀썩, 그의 앞에 자리를 잡고 앉고. 역시 몸에 배인 습관이란 어쩔 수가 없는 것. 어릴 때부터 세뇌를 시켜놔서, 싫어도 뭐든 습관적으로 하게 되는 거다. 나른한 만족감이 찾아와 지휴는 피식 웃음을 흘렸다. 그리곤 천천히 그녀의 허리를 한 팔로 안아 슥 끌어당기며 중얼거렸다.

"가끔은 말이 안 먹히는 골칫덩이들이 있지. 그럴 땐 행동으로 보여주는 게 직방이야."

"그래서 여자의 키스를 밀어내지 않고 그냥 받았다?"

"밀어내지 않은 건 아닌걸. 조금 늦게 밀어냈을 뿐, 거부 의사는 확실히 한 걸로 기억하는데."

"그러게 왜 늦게 밀어냈느냔 말이죠, 내 말은. 덮쳐지는 순간 당장 밀어냈어야 하는 거 아니에요? 원치 않은 키스였으니까."

"나름 유혹할 시간을 준 거지. 그래야 자신의 유혹이 먹히지 않았다는 걸 그쪽도 인정할 거 아니야."

"유혹하라고 시간을 준 거부터가 잘못 아니에요? 아예 틈을 주지 말아야죠, 다른 사람을 마음에 두고 있다면. 사랑하는 사람이 있다면 당연히 그 사람한테만 입술을 줘야 하는 거란 말이에요. 그런 것도 몰라요, 남자가?"

"너 지금 나한테 화내는 거냐?"

"아……! 뭐, 조금……."

두 다리 가지런히 놓은 매우 순종적인 자세로 앉아 그를 내려다보고 있는 그녀는 '순종'이란 단어와는 전혀 매치가 안 되는 헐크 마스크를 쓴 채였다. 당장에라도 지휴 얼굴에 내천자를 그려 넣어 주고 싶어 손톱이 드릉드릉한 얼굴. 두 눈에선 당장에라도 레이저 빔이 발사될 것 같다. 뚱하게 나온 입술은 퉁퉁 부르터 살짝 벌어지기도. 지휴는 지극히 만화적이고 희극적인 소명의 낯을 빤히 바라보며 느긋하게 대꾸했다.

"조금? 그러니까 화가 났다는 뜻?"

"솔직히…… 그렇잖아요. 마음에 내가 있었다면서, 날 사랑하고 있었다면서 키스는 승연 씨랑 하고. 아무리 좋아서 한 거 아니었다고는 하지만 제 입장에선 찝찝하고 기분 나쁠 수 있는 거 아니에요? 입장 바꿔서 생각해 보세요. 제가 만약 박 대리님과 키스를 했다면 기분이 좋을지 나쁠지."

"당연히 나쁘지. 안 될 말."

"그럼 제가 기분 나쁜 것도 이해하시겠네요."

"난 널 좋아하니까, 사랑하니까 기분 나쁜 건데? 너도 날 좋아하는 거냐?"

"에?"

빔이 나올 것 같던 두 눈이 훅 커지더니 갑자기 미친 듯이 나풀거리기 시작했다. 침이 꼴깍, 목구멍이 꿈틀 움직이고, 불퉁 튀어나와 있던 입술이 스륵 벌어지더니, 뜨겁고 달달한 입김이 가쁘게 새어 나온다. 그리곤 헛기침을 두어 번 억지로 내뱉더니만 갑자기 벌떡 자리에서 일어난다.

"앉아."

느긋한 어조의 명령이 떨어지자 안절부절못하고 서 있던 그녀는 금세 털썩 제자리에 앉았다. 소명은 제 다리를 쥐어뜯고 싶은 충동을 겨우 억누르며, 붉으락푸르락 총천연색으로 물들고 있는 두 볼을 양손으로 꾹 짓누른 채 그를 내려다보았다.

지휴는 헝클어진 머리카락 아래로 농도가 짙어 뭔가 야릇하고 비밀스럽게 느껴지는 눈빛으로 소명을 뚫어져라 응시하고 있었다. 직선의, 자신만만하고, 그래서 더 유혹적인 선우지휴 특유의 시선이었다. 마치 '넌 나에게 빠져 있어, 난 그걸 알아. 나한테서 벗어날 수 없다는 걸 이젠 인정해' 라 말하고 있는 듯하다.

"대답해."

"뭐, 뭘요?"

난 아무것도 몰라요~ 의 맹구 웃음을 지으며 소명이 대꾸했다. 하지만 그의 입가에 야비하면서도 도전적이고 시크한 미소가 떠오르자 그녀의 방어막은 우지끈 무너져 내려 버렸다.

"날 좋아하느냐고."

"……가, 갑자기 그런 걸 무, 물어보시면……."

살 떨리게 섹시하다. 정말이지, 무자비할 정도로 그녀의 심장을 초토화시켜 버리는 무한매력 발산이시다. 갑작스런 브이텍에 흥분해 소명의 두 눈은 귀신을 본 듯 부릅떠졌다.

"갑자기는 무슨. 10년의 유예기간이 있었잖아. 그 정도면 충분히 긴 시간 아닌가?"

"……."

"명령이다, 대답해."

여전히 두 눈 휼쩍 크게 뜨고 야릇한 숨소리만 쌕쌕 내뱉고 있는 그녀가 답답한 듯, 지휴는 따분하게 눈살을 찌푸리곤 거만하게 말했다. 그리곤 아직까지 정신 못 차리고 뇌를 집에 놓고 온 사람처럼 어리바리한 채인 소명의 두개골을 감싸 쥐고 훅 끌어내렸다.

"사랑한다고, 말해."

훅, 너무 놀라 격하게 숨을 들이켜는 소리가 들려왔다. 언제나 그러했듯 그녀를 놀라게 하는 일은 그의 즐거움. 짜릿한 쾌감이 온몸을 훑고 지나갔다. 편안한 만족감도 뒤따라 그의 모든 감각을 나른하게 이완시켰다.

지휴는 최상의 안락함을 맛보며 아늑한 스위트홈으로 찾아들 듯 자연스럽게 그녀의 입술 안으로 파고들었다.

"다른 대답은 컨펌해 주지 않을 거다, 함소명."

제13장 함소명 ⊃ 선우지휴

세상일이란 참말로 한 치 앞을 내다보기 힘든 것 같다. 인생사 새옹지마. 예단해서도 안 되고 속단도 금물. 언제 어떻게 뒤바뀌게 될지 아무도 모르는 게 사람일. 그렇게나 기세등등 거칠 것 없던 한승연이 경찰서 유치장 안에서 소명의 처분만을 기다리고 있게 될 줄 그 누가 알았겠는가. 물론 선우 회장 내외와 지휴가 결정을 그녀에게 미뤄서 생긴 일이긴 하지만, 어쨌든 사람은 오래 살고 봐야 할 일이라고 소명은 생각했다.

그리고 지금, 소명은 또다시 '오래 살고 봐야 해'를 중얼거리는 중이었다. 눈앞에 펼쳐진 놀라운 반전의 상황에 그녀는 거의 까무러칠 뻔했다. 세상에, 저게 누구야?

"팀…… 장님?"

"소, 소명 씨!"

"팀장님이셨어요? 그, 그 상사 분이?"

"제발 소명 씨, 목소리 좀 낮춰. 수지가 다 듣겠어."

수, 수지! 오 마이 갓. 그 상사가, 그 여자가 황수지 팀장이었다니. 황수지 팀장이 박민환 대리의 여자였다니. 박민환 대리가 황수지 팀장과 사귀고 있었다니! 호텔까지 드나드는 빅 스캔들의 주인공이 황수지였다니!

"아니라면서요. 우리 팀에서 근무하는 디자이너가 아니라고 했었잖아요."

"미, 미안. 그게 그럴 수밖에 없었어. 수지가 소명 씰 얼마나 구박하는지 뻔히 아는데, 수지를 떼어내는 일에 소명 씨를 끌어들인다는 건 좀 그렇잖아. 소명 씨도 그런 일엔 절대 협조하지 않았을 거야. 거절할 게 너무나 뻔하니까 사실대로 말할 수가 없더라고."

"뻔히 알면서도 그런 제안을 하셨던 거예요? 세상에, 난 그런 줄도 모르고……."

얼마나 미웠을까. 얼마나 꼴 뵈기 싫었을까. 자신의 연하 남친이 하필 자신의 자리를 위협하고 있는 눈엣가시 같던 후배를 좋아한다며 헤어져 달라고 했으니, 오죽 기가 찼을까. 화장실 안에서의 그 독기 서린 눈매와 악의적인 독설들이 이제야 이해가 되는 것 같았다. 죽이고 싶도록 미웠을 것이다. 남자를 빼앗긴 것도 모자라, 드림팀에서까지 소명에게 밀렸다고 생각하니 악에 받쳐 눈에 뵈는 게 없었을 듯. 아, 세상에.

"미안해, 소명 씨. 내가 진짜 잘못했다고 생각해. 조만간 사실대로 다 털어놓을 생각이었어. 거짓말한 것도 미안하고, 이렇게 일이 꼬이게 만든 것도 후회되어서. 사실 수지랑 다시 만난 건 얼마 안 돼. 계속 안 만나고 있었는데, 수지가 갑자기 아파서 쓰러지는 바람에…….”

“쓰러지셨어요? 어디가 안 좋으세요? 어디 아프신 건데요?”

“그게 말이야. 그, 그러니까…….”

박민환은 대답하기가 매우 곤란한 듯 진땀을 흘리며 연신 뒤로 돌아 휴게실 근처를 훑어보았다. 방금 전 자신이 부축해 데리고 나온 수지가 혹여 이쪽을 보는 건 아닌지 몹시 걱정하고 있는 눈치였다. 황수지는 갈색으로 염색된 긴 머리카락을 위로 한껏 말아 올려 묶은 채로 환자복을 입고 있었는데, 이동식 링거를 끌고 휴게실 의자에 앉아 커다란 TV 모니터를 바라보고 있는 중이었다. 언뜻 황 팀장은 그리 크게 아파 보이진 않았는데, 그런 그녀를 민환은 매우 걱정하는 것 같았다.

이상한 일, 아니, 놀라운 일이었다. 민환이 누군가. 팀장으로부터 줄기차게 도망쳐 왔던 남자가 아닌가. 그녀의 끈질김에 질려 학을 떼고, 어떻게든 그녀와 헤어지고 싶어 안달하고, 급기야 연애와 결혼은 따로라는 미친 소리를 해대며 소명을 분노하게 만들었던 사람이었다. 그랬던 박민환이 ‘우리 아이가 달라졌어요’의 아이도 아니고 이렇게 순종적, 헌신적 모습으로 팀장의 곁을 지키고 있는 게 믿어지지가 않았다. 대체 이 둘 사이엔 무슨 일이 있었관데 이런 반전 중의 반전이 일어난 걸까?

이유는 간단했다.

"사실 소명 씨랑 그날 통화하고 난 후 생각이 좀 많아졌어. 내가 뭘 원하고 있나. 난 무슨 생각으로 세상을 살고 있나. 머리가 복잡하더라고. 이런 말 하면 소명 씨한텐 실례인데…… 사실, 소명 씨 만나면서도 가끔 수지를 만나곤 했었어. 마음은 항상 수지한테서 벗어나는 걸 갈망했는데, 몸은 그게 안 되더란 말이지. 수지가 만나자고 하면 난 거절을 못했어. 아니, 못한 게 아니라 안 했어. 하고 싶지 않았어. 머리론 수지 같은 여잔 내 스타일이 아니라고 거부하는데 몸은 자꾸 원하게 되고……."

"몸이 아니라 마음이 아니었을까요?"

"엉?"

"몸이 아니라 마음이요. 머리론 나이 많고 별 볼일 없는 여자니까 만나면 안 된다, 생각하고는 있지만 마음은 자꾸 그분에게 향했던 거죠. 그거 아니었을까요?"

혼란스러운 듯 시선은 갈지자에 눈빛도 멍, 손발은 쉴 새 없이 움직이고 있는 민환을 가만히 바라보던 소명은 그냥 생각나는 대로 툭, 던지듯 말하였다. 뭔가 잡힐 듯 잡히지 않는 것이 머릿속에 콕 박혀, 정리가 되지 않은 채였던 민환은 초조하게 움직이던 손발을 뚝 멈추고 소명을 바라보았다. 며칠 병원 생활을 하고 있어서인지 깔끔했던 킹카 디자이너 박민환의 모습은 온데간데없었지만, 어딘지 모르게 인상이 훨씬 둥글고 포근해졌다 생각하며 소명은 중얼거렸다.

"머리와 몸은 따로 놀 수 있지만, 마음과 몸은 따로 놀 수 없는 것 같아요."

“…….”

“청첩장, 저한테 꼭 보내주세요. 아! 이사님한테는 안 보내셔도 돼요. 제가 같이 모시고 갈 거니까요.”

여전히 긴가민가 정신이 하나도 없는 민환을 향해 의미심장한 말 한마디를 투척. 그를 뒤로하고 돌아서는 소명의 입가에는 빙그레, 즐거운 미소가 떠올라 있었다. 뭔가 엄청 다행이란 생각이 들어서 기분이 좋아졌다. 남자에 대한 회의, 사람에 대한 불신 등으로 꽤나 허탈하고 괴로웠던 며칠 전을 떠올리면 당연한 반응이다.

소명은 흘낏 고개를 돌려 민환을 돌아보았다. 그는 어느 틈에 수지의 곁에 다가가 그녀를 꼭 안고 있었다. 물은 어디다 두고 혼자 와서 지랄이냐, 성질내는 임산부와 그녀를 꼭 안고 온갖 욕을 다 얻어먹고도 헤벌쭉 웃고 있는 민환을 보고 있자니 웃음이 피식 흘러나왔다.

조만간 부조금이 두 배로 나가겠군.

*

“어서…… 와.”

10년 만에 찾은 그의 집은 여전히 크고 넓어, 작디작은 그녀를 당장에라도 짓누를 것처럼 엄청난 위압감을 뽐내고 있었다. 수십 명을 초대해 파티를 열 수도 있을 만큼 넓은 정원은 아주 잘 가꿔져 있었고, 온실과 별채로 통하는 징검다리 주위는 여전히 화사한 꽃들이 아름답고 향기롭게 수놓아져 있었다. 집 안은 인테리어가

통째로 바뀐 것 같긴 하지만 주화연 여사의 취향에 따라 10년 전보다도 더 고급스럽고 아기자기하게 꾸며져 있었으며, 화연도 늘 그러했듯 온화한 미소를 지으며 그녀를 반겼다. 이 따스한 분위기에 취해, 매일 회장님댁에 들락날락했었는데.

"안녕하셨어요?"

생각하면 이 집에서 만들었던 기억들은 하나하나 다 행복한 추억들뿐이다 싶은 생각에, 빙그레 미소를 지으며 소명은 정중하고 예의 바르게 고개를 숙여 인사를 건넸다.

"무, 뭘 또 그렇게 인사까지 하고 그러니. 모르는 사이도 아닌걸. 어, 어서 들어와."

당황스럽고 민망해서일까. 표정 관리가 잘 안 되는 것 같아 낭패스러운 나머지, 주화연 여사는 말까지 더듬으며 서둘러 소명을 안으로 들였다.

그녀는 소명을 마주 대하는 게 보통 불편한 게 아니었다. 불과 보름 전쯤, 소명에게 '아들 근처엔 얼씬도 하지 마' 라며, 주책바가지 짓을 했던 자신이 아니었던가. 그때만 해도 어디 운전기사의 딸 함소명을 며느리로 들이게 될 거라 상상이나 했었는가. 소명이 동정심 많고 마음 약한 아들을 유혹해서 홀랑 정신을 쏙 빼놓았을 거란 승연의 말을 철석같이 믿고, 그 어느 때보다도 더 얄짤 없이 대하고자 했었다. '고 어리고 약한 애한테 이러면 죄 받지, 10년 전에도 그런 짓을 해서 아이 마음에 생채기 냈었는데 또 이러면 나쁜 사람이지' 싶으면서도 아들한테서 떨어뜨려야 한다는 일념하에, 약해지는 마음 다잡으며 그야말로 독하게 짓눌러 주었는데.

그랬는데 일이 이리 되고 나니, 낯이 뜨거워서 제대로 얼굴을 마주할 수가 없었다.

이게 다 그 한승연이 그 깜찍한 것 때문이지.

고게 자신을 그토록 감쪽같이 속였을 줄 누가 알았겠는가. 그 정신 나간 게 멀쩡한 지휴를 어린 10대 소녀 겁탈하려는 무뢰배, 불한당, 시정잡배로 몰아가질 않나. 착하고 순하던 소명을 신분 상승을 위해 주인집 도련님 유혹이나 하는 몰상식하고 발라당 까진 애로 내몰질 않나. 그렇게 순수했던 두 사람 찢어놓은 것도 모자라 10년이나 지난 지금엔 자신을 제 편으로 끌어들여 훼방을 놓기까지. 어디 그뿐이냐. 지휴가 제 뜻대로 손에 잡히지 않자 수면제까지 타 먹였으니. 때맞춰 소명이 나타나지 않았으면 무슨 일이 생겼을지 생각만 해도 끔찍했다.

아무리 생각해도 미친 아이 같다. 좋아하는 남자가 자길 바라보지 않는다고 약까지 먹여 동침을 시도한다는 게 어디 말이나 되나? 이 무슨 삼류영화에나 나올 법한 일인가 말이다. 이런 발상을 할 수 있다는 것부터가 제정신이 아닌 것이다. 그래, 미친 게야. 미치지 않고서야 어디 그딴 생각을 할 수가 있어? 어휴, 내가 어쩌다가 그런 아이한테 홀려서는.

"일단 앉아. 우리 회장님, 잠깐 비서랑 통화 중이시거든. 통화 끝내고 나오실 거니까 조금만 기다려 줘. 아줌마! 여기 차 좀 준비해 줘요."

"하나밖에 없는 아들이 난생처음 여자친구를 인사시킨다는데, 아버지라는 분이 일을 집에까지 가지고 오셨단 말이야? 뭐 이래?

데려오라고 하신 분은 아버지이시면서. 강력하게 따져야겠는데."

소명의 손을 꽉 잡고 집 안으로 들어선 지휴는 가볍게 농을 건네며 소파에 털썩 앉는다. 기분이 얼마나 좋은지 입이 귀에 걸린 채다. 제 아비를 닮아 천하의 팔불출이 될 거란 건 이미 다 알고 있었지만.

아무리 그래도 그렇지 제 어미 앞에서 뭐 하는 짓이래. 티를 내도 저리 티를 내고 싶나. 제 아비는 저 정돈 아니었거늘. 단 둘이 있을 땐 더없이 다정한 사람이었지만, 다른 사람들 앞에선 무뚝뚝하고 고압적인 남편이었단 말이지. 어른 앞에 두고 손까지 꼭 잡고 있는 걸 보니, 단둘이 있을 땐 아주 물고 빨고 난리도 아니겠네. 남세스러워서 원.

"아서. 네 아버지, 오늘 소명이 온다고 밀린 일도 다 제쳐 두고 퇴근하셨었어. 한 시간 전부터 이제나저제나, 너희가 오기만을 기다리고 계셨는데 방금 갑자기 급한 일이 생겼다고 전화가 왔지 뭐니. 사안이 워낙 급한 일이라 전화로 업무보고를 받으시는 모양이야. 너희가 이해해. 원래 그리 바쁘신 분인데 어쩌겠니."

"나야 상관없지. 우리 소명인 서운하겠지만."

"아, 아니에요! 저 하나도 안 서운해요. 얼마든지 기다릴 수 있습니다, 사모님."

고개를 살랑살랑, 두 손을 휘휘 허공에 휘저으며 소명이 냉큼 지휴의 말을 부인한다. 뭐, 거짓말은 아닌 것 같다. 표정이 무척 밝은 걸 보면. 사실 이렇게 지휴와 나란히 놓고 보니 은근히 잘 어울리는 것도 같았다. 늘 화연은 지휴처럼 훤칠한 남자에겐 승연처럼 날씬하고 화려한 스타일이 제격이라 생각했었고, 그래서 늘 둘이 서면 패션 카탈로그 찢고 튀어나온 커플이라 입에 침이 마르도록 감탄했었는데. 의외로 포동포동하니 앳되어 보이면서도 러블리한 소명 스타일도 괜찮다 싶었다. 하긴 우리 아들이 워낙 잘나서 어울리지 않는 스타일이 없지.

"사모님이 뭐냐, 시어머니 되실 분한테. 그냥 어머니라고 불러. 아니면 나처럼 화연 씨라고 부르던지."

지휴가 허공에 떠 있는 소명이 손을 불쑥 잡아 쥐고는 싱글싱글 웃는다. 아주 냉큼 낚아채는 게 한시도 떨어뜨려 놓을 수 없다는 듯하다. 손에 땀나겠네, 아주. 그리도 좋을까. 제 아비는 일 년에 한 번 잡아줄까 말깐데, 그건 어째 안 닮았데. 질투 비스무리한 것이 불퉁하니 솟구치자 화연은 언짢은 기분을 말투에 팍팍 드러내며 대꾸했다.

"벌써부터 무슨 시어머니니? 너희 오늘 공식적으로 사귀는 거 허락받기 위해 온 거 아니니? 결혼 얘긴 아직 이르다고 생각하는데. 네가 보통 청년도 아니고 대양그룹을 이끌어 나갈 공식 후계자가 아니니. 그런 네가 결혼을 이리 쉽게 결정하면 돼? 안 되지. 아, 물론 나도 소명이가 사모님이라고 부르는 건 별로야."

"뭐야, 이건 얘기가 다른데. 내가 원하면 누구하고든 결혼하라고 하셨던 분은 화연 씨야."

"그건 네가 결혼에 뜻이 없는 것처럼 굴어서 했던 말이었고. 지금은 사정이 달라졌잖니."

"그래서 우리 두 사람 결혼하는 거 반대라는 거야?"

"뭐, 꼭 반대라는 게 아니라……."

사실 그녀는 두 사람 사이의 일에 감 놔라 대추 놔라 관여할 처지도 못 되었다. 승연한테 놀아나 10년 전에도 아무 죄 없는 소명을, 그것도 남편과 아들 몰래 내쫓았다는 게 알려진 후, 그녀는 남편과 아들의 대진노에 죄인이 되어 찍소리도 못하고 있는 상태였다. 게다가 남편은 이런저런 일을 겪기 이전에도 소명을 딸처럼 예쁘게 보아왔던 터라, 두 사람 사이를 적극적으로 지지하는 형편.

화연도 딱히 반대할 생각은 없었다. 10년의 세월, 그 캄캄한 밤 같은 시간을 뛰어넘어 여기까지 온 아이들인걸. 그런 애들 사이를 반대한다는 건 너무 잔인한 일이 아니겠는가. 하지만 아들이 천하의 팔불출이 되어 전혀 딴사람처럼 굴고 있는 건 눈에 많이, 아주 많이 거슬린다. 그동안 여자한텐 눈 하나 꿈쩍 안 해, 어미 애간장을 그토록 애태우더니. 언제 그랬냐는 듯 아주 신이 난 아들을 보니 그냥 뒤통수가 깨질 것 같다. 어미 뒤통수를 쳐도 유분수지 어쩜 저럴 수 있나 싶어서, 솔직히 소명을 볼 때마다 심술이 나기도 하였다.

덕분에 요즘은 하루 온종일 연구에 몰두하고 있었다. 대체 어떡하면 이 심술이 가라앉을까, 아들 녀석을 어떻게 약 올려줘야 이 속이 후련해질까에 대한 연구였다.

"사모님, 사람이라면 은혜는 갚아야 한다고 하셨죠?"

"뭐?"

못마땅한 얼굴로 아들을 째려보고 있을 때다. 얌전히 앉아 있던 소명이 송아지처럼 순한 눈을 동그랗게 뜨고 말을 이었다.

"저희 어려울 때 도와주셨던 것, 또 제가 학교 졸업하고 직장생활할 수 있었던 것 다 감사드려요. 졸지에 집 잃고 오갈 데도 없었던 저희가 5년 동안 돈 걱정 없이 편하게 지낼 수 있었던 건, 다 회장님과 사모님 덕분이었어요. 그때 사모님과 회장님께서 너무 잘 대해주셔서 지금도 좋은 기억으로 남아 있습니다. 회사도 회장님이 큰 기회를 주신 덕분에 다닐 수 있게 되었죠. 좋은 회사에서 재능을 마음껏 펼칠 수 있도록 도와주신 은혜, 절대로 잊지 못할 거예요. 사모님 말씀처럼 언젠간 꼭 그 은혜 갚고 싶습니다."

"얘, 얘 좀 봐. 무슨 말을 하려고……."

"화연 씨, 소명이한테 은혜 갚으랬어?"

"아, 아니, 그게 아니라~!"

"근데 그 은혜, 결혼해서도 갚을 수 있지 않나요?"

"뭐, 뭐라고?"

이, 이 아이가 대체 무슨 말을 하는 거야?

"평생 갚을게요. 두고두고 죽을 때까지 갚을게요. 대양에 없으면 안 될 훌륭한 디자이너로 보답할 거고요, 두 분께도 며느리가 아닌 딸처럼 잘할게요."

"아, 아니, 얘가 정말!"

"그리고 지휴 씨, 저 동정하는 거 아니에요. 불쌍해서 좋아하는 감정이 10년이나 이어질 수는 없다고 생각해요."

"이건 또 무슨 말이야? 화연 씨, 소명이한테 내가 동정하는 거라고 말한 적 있어?"

"어, 어……?"

"언제? 언제 두 사람이 만나서 이런 심오한 얘길 나눴던 거야?"

눈치도 없이 계속 폭탄을 터뜨리는 소명. 갑작스런 그녀의 행동에 놀라 수습할 길을 찾지 못하고 우왕좌왕 정신없어하던 화연은 아들의 까칠한 말을 듣고 나서야 정신을 번쩍 차렸다. 눈치 하나는 휑하니 빠른 녀석인지라 말 몇 마디만 듣고도 모든 정황을 파악해 버린 게 틀림없었다.

아니, 얘가 진짜! 그때 그랬던 건 승연이한테 홀딱 속아서 소명이 불여우 탈을 쓰고 지휴를 홀리고 있다 생각했기 때문이었고. 지금은 얘기가 달라졌잖아! 그때 내가 그런 얘길 하면서 얼마나 찝찝하고 짜증 났었는데. 나도 누군가에게 상처 주는 말 정말 하기 싫은 사람이야. 너한테도 정말 어쩔 수 없이, 누군가 악역이 필요하다고 하니 어미인 내가 하자 싶은 마음에 억지로, 진짜 억지로 했다고!

"소명이, 너. 나 좀 보자."

아들의 굳어가는 얼굴을 확인하며 주화연은 냉큼 소명의 손을 잡아끌었다. 그리곤 별채로 향하는 복도를 지나 출입문을 열고 밖으로 나왔다. 제법 찬바람이 쌩 하니 옷깃을 파고들었지만 지금 이깟 게 중요한 게 아니라 화연은 휙, 거칠게 뒤로 돌아 맹랑하기 그지없는 아들의 여자친구를 바로 마주했다.

"얘, 너!"

"네, 사모님."

"너……!"

지금 뉘 앞에서 여우 짓이냐. 어디서 사람을 바보 만들려고 그딴 소릴 지껄여? 뻔히 지휴가 화낼 것을 알면서 그런 얘길 꺼낸 이유가 뭐냐. 내가 만만하니? 서로 약속한 건 아니지만 그런 얘긴 두 사람만의 비밀로 묻어두어야 한다는 걸 몰라? 지금 날 물 먹이려고 작정한 거니? 멀쩡한 모자 관계 찢어놓기라도 하겠다는 거야?

머릿속으로 별의별 말들이 다 스치고 지나갔고, 독하게 한마디 쏘아주어 다시는 이런 이간질 못하게 눈물을 아주 그냥 쏙 빼주겠다는 결심도 우뚝 섰다. 그러한 나름의 비장한 마음과 매서운 시어머니 눈초리로 쏘아보며 삿대질까지 준비하였건만.

딱 그 순간 마주친 소명의 눈빛이 아, 글쎄 너무너무 맑고 깨끗하질 뭔가. 잡티 하나 없이 투명한 것이, 긴긴밤 홀로 외로움과 싸워 이겨내 막 피어난 풀잎에 대롱대롱 맺힌 이슬처럼 청아하고 영롱하게까지 느껴졌다. 입가에 슬쩍 드리워진 미소에는 세상을 다 포용할 수 있을 것 같은 따스함이 어려 있었고 그 맑은 눈망울과 미소 속에서 악의를, 꼼수를 느끼는 건 매우 힘든 일이었다.

일순 맥이 탁 풀려 버린 화연은 숨을 한 번 깊게 내쉬곤 스스로가 한심하다는 듯 쩝쩝, 입맛을 다셨다. 그래, 이 아이를 한두 해 알아왔던 것도 아닌데 괜히 의심하고 경계하는 건 어른 된 도리가 아니지. 정말 순수하게 다가오는 아이, 순수하게 받아들이자. 설마 일부러 지휴한테 고자질하려고 그랬을까.

"그때 그 일은, 내가 많이 미안하다. 고의는 아니었어. 본의 아니게 널 많이 오해해서 그럴 수밖에 없었어. 미안하다, 정말로."

"사모님."

"너도 알고 있잖니. 내가 잠시 뭐에 홀려서 내 정신이 아니었던 거. 그땐 그게 너나 지휴를 위한 최선이라고 생각했어. 그 일로 네가 상처받았을 걸 생각하면 내 마음도 편치 않아. 너한텐 쉽지 않은 일이겠지만 이젠 그만 잊자. 지휴와의 결혼, 나도 이미 긍정적으로 생각하고 있으니까 너도 마음에 조금이라도 앙금이 있다면 이 자리에서 싹 풀어. 풀어버리고 우리 다시 시작하자. 응?"

"……."

"그리고 앞으론 날 어머니라고 불러라. 사모님이란 호칭은 나도 불편하다고 했잖니. 아들 여친한테 사모님 소리 듣는 건 정말 싫다, 얘."

진절머리난다는 듯 주화연이 부르르 몸을 떨며 고개를 휙휙 내저었다. 그 모습이 의외로 귀여워 보여 소명은 그만 풋, 웃음을 터뜨리고 말았다.

사실 10년에 걸쳐 작당을 꾸민 이는 한승연이라 할지라도, 사건마다 중심에 서서 소명에게 상처를 준 이는 바로 주화연. 그녀에게 좋은 감정일 수가 없는 소명이었다. 그러니 결혼에 대해 부정적인 의견을 내비치는 순간 오기가 날 수밖에 없질 않겠는가.

아닌 척 딱 잡아떼긴 했지만, 솔직히 지휴한테 고자질한 면도 없잖아 있었다. 날 그리도 힘들게 해놓고서 이번엔 또 결혼 반대냐 뭐 이런 반발심이 있었던 게 사실. 지휴는 분명 화를 낼 거고 그럼 화연이 쩔쩔매는 모습을 볼 수 있을 것도 같았다. 진정한 반격인 셈이지. 뭐, 덕분에 고부간 신경전에서 우의를 점할 수도 있을 것이고, 일석이조가 될 수 있다고 생각했다. 그런데 이렇게 물렁하게 뒤로 물러서시다니.

"난 다른 건 안 바라. 너희 둘, 잘살면 되지. 내가 걱정 안 해도 충분히 알콩달콩 깨소금 냄새 풍기면서 잘해 나가겠지만 행여 싸우진 마. 내가 싸워봐서 아는데, 부부싸움에서 이기는 건 이기는 게 아니야. 지는 게 이기는 거지."

"결혼 반대는 안 하시는 거예요?"

"넌 아직도 지휴를 모르니? 내가 반대해도 갠 제 마음대로 결혼할 애야. 대양그룹? 걔가 어디 그런 감투에 목매는 애니? 원래부터 갠 후계자 자리 벗어던지고 싶어서 안달인 애였어. 작은 회사라도 제 능력껏 꾸려 나가고 싶어 하는 애지. 절대로 그룹 때문에 사랑하는 사람 포기할 애는 아니다. 그런 걸 아니까 회장님이나 나나 아무 이의 없이 널 받아들이는 거야."

"제가 마음에 안 차세요?"

"뭐, 꼭 그렇다는 건 아니고 단지 흥이 깨져서 그래. 나도 남들처럼 아들 중매시장에 내놓고 조건 봐가며 며느리 골라보고 싶은데, 그럴 기회가 없어졌잖니. 내가 이런 기분이 되는 건 너도 이해해 줘야 해. 너도 알다시피 지휴가 어디, 내 손 필요한 애였니? 자식 키우는 맛이라곤 하나도 없이 제 할 일 알아서 다~ 잘하고, 어미 잔소리일랑 귀찮다며 신경도 안 쓰는 아이였지. 내가 결혼 하나만 보고 지금까지 참고 살아온 세월이 30년이야. 근데 결혼까지 제멋대로 이렇게 결정해 버리니 내가 속이 상하지 않겠어? 그래서 심술이 좀 나는 거지, 네가 마음에 안 들어서 이러는 건 절대 아니다."

이렇게 나오시면 더 미워할 수도 없어지는데. 속으로 중얼거리며 소명은 빙그레 웃었다.

"그러시면 다행이고요."

"근데 얘, 정말 지휴는 너라면 껌뻑 죽니? 니가 원하는 거면 다 들어줘?"

"네?"

"내 눈에는 그리 보여서. 콩깍지가 씌어도 단단히 씌어서 널 위해서라면 간, 쓸개 다 빼줄 것 같더라. 진짜 그런 것인지 궁금해서 묻는 거야."

뭔가 야릇한 뉘앙스를 풍기며 화연이 말하자 소명은 이마를 긁적긁적, 고개를 갸웃거렸다. 이건 도대체 무슨 질문인가 싶은 게 까딱 잘못 대답했다간 왕대박 실수를 하게 될 것 같은 느낌적인 느낌이 들었던 것이다. 이 생각, 저 생각. 이런 추리, 저런 추리. 소명이 주저주저, 대답을 못하고 망설이자 화연은 생긋 연극적인 눈웃음을 짓더니 이렇게 속삭였다.

"이 한 가지 일만 네가 해주면 난, 널 전폭적으로 지지해 줄 수 있을 것 같은데."

"한 가지 일이요?"

"아니면 목숨 걸고 이 결혼 반대할 수도 있어."

"어머님."

"제 부모가 뭐라 하든 널 선택한 이상 지휴는 너와 결혼하려고 들 거다. 내가 반대한다면 아마도 나와 절연하려고 들지도 모르지. 지휴가 원래 좀 극단적인 성향이 있잖니, 너도 알다시피. 집 나가고, 연락 끊고, 너만 바라보고 살겠지. 너, 그러길 바라니?"

"갑자기 왜 그러세요, 어머님? 반대 안 하신다고 하셨으면서……."

"사실 난 며느리 욕심보다 아들 욕심이 더 큰 여자거든. 며느리야, 지휴가 좋다는 여자 들이면 되는 거고. 뭐, 내가 데리고 살 거 아니니까 당사자가 좋으면 그만이라고 생각해. 그동안은 워낙 지휴가 결혼 생각을 안 하고 있어서 내가 안달복달, 이리저리 혼처를 알아보고 다녔던 것이지만. 지휴가 죽자 사자 좋다는 여자가 있는데 내가 무슨 영화를 보자고 둘을 갈라놓겠니. 하지만 지휴는 달라. 그 녀석은 내가 아주 작정을 했다, 꼭 대양그룹 오너로 만들어놓고 말겠다고. 무슨 수를 써서라도 제 아비의 뒤를 잇도록 내가 만들고 말 거라, 이 말이야."

"하지만 지휴 씨는 하기 싫은 일은 목에 칼이 들어와도 안 할 사람이잖아요."

"아니지, 확실히 아니지. 그래서 이렇게 묻잖니, 지휴가 네 말이라면 다 들어주는 거 맞냐고."

이게 대체 무슨 말이야? 머릿속이 쉽게 정리가 안 돼 소명은 인상을 찌푸리며 멀뚱멀뚱 화연을 바라봤다. 그러자 화연은 한심스러워 죽겠다는 듯 푹푹 한숨을 내쉬며 쯧쯧, 혀를 찼다. 그리고는 척 가슴 앞으로 팔짱을 끼더니만 매우 차분하고 도도한, 대양그룹 회장 사모님 포스가 풀풀 풍기는 고고한 말투로, 매우 거창한 거래 조건을 내어놓았다.

"지휴, 소원대로 너 주마. 대신 네가 지휴를 대양그룹으로 데리고 들어오렴."

*

"정말 내 마음대로 해도 되는 거예요? 농담 아니고 진짜?"

"나나 우리 부모님이나 그런 농담, 별로 취미 없다."

"피해자는 엄연히 난데 네가 뭔데 이래라저래라 했느냐. 마음대로 하랬더니 진짜 마음대로 하는 바보가 어딨느냐. 뭐, 그런 소리 할 거면 지금 말하세요."

"속고만 살았어? 왜 사람 말을 못 믿어?"

"진짜로 저더러 결정하란 말이에요? 내가 한승연 씨 감방 보내도 괜찮아요? 합의는요. 합의는 봐줘도 돼요?"

"귀찮게 뭘 또 자꾸 물어봐? 네 마음대로 하라니까."

"이상하잖아요, 그런 일을 자꾸 나한테 결정하라는 게. 솔직히 부담스러운 일이기도 하고요."

그렇다. 소명은 한승연에 대한 결정을 내리기가 너무 부담스러워 어떻게든 지휴에게 미루기 위해 애를 쓰고 있었다. 처음 자신에게 결정을 내리란 말이 나왔을 땐 그냥 뭔가 기분이 좋고 뿌듯해 신이 났었는데, 생각을 거듭할수록 마음이 복잡해져 딱 부러지게 결정을 내리질 못하는 상황이 되고 있었다. 이럴 땐 자고로 당사자가 결정하는 게 제일이다. 그래서 이렇게 얘기를 다시 원점으로 되돌려 놓으려 안간힘을 쓰고 있는데, 웬일인지 지휴는 별로 관심이 없는 듯 신경을 콧등으로도 쓰지 않고 있다.

그녀가 요래조래 설득해 보려 무던히도 노력하는데도, 그는 그녀의 말보다는 구름 한 점 없이 맑은 밤하늘과 군데군데 박혀 총총 빛나는 별들에 더 관심이 있는 듯했다. 물론 시원한 밤공기와 은은한 달빛이 어우러져 만들어내는 분위기가 더할 나위 없이 낭만적이고 아름답긴 했다. 소명 역시 근 10년 만에 돌아온 이 집에서 지휴와 나란히 별을 보고 있는 오늘이 정말로 행복하고 뜻깊었다.

그렇지만 더 중요한 건 역시 한승연의 문제였다. 그걸 해결해야 마음이 편해질 것 같았다. 이대로라면 어디 마음이 불편해서 살겠나? 넝쿨째 굴러 들어오고 있는 이 행복을 만끽하지 못하고 초조불안, 이게 뭔가?

"그게 왜 갑자기 부담스러워진 건데? 처음엔 흔쾌히 맡겠다고 했잖아."

"그게……."

소명의 미간에 내천자가 그려진다. 고민의 흔적이다. 말은 안 했지만 분명 이 문제에 대해서 수십 번 생각하고 또 생각했을 거란 증거. 꽤나 심사숙고한 후 조심스럽게 말을 꺼냈을 것이다. 이번엔 또 며칠 밤을 샜을까. 눈 밑에 다크서클이 없는 걸 보면 하루 반나절쯤 되려나.

혼자 생각하며 지휴는 피식 웃음을 터트렸다. 소명이 얼마나 고민하며 괴로워했을지는 모르겠으나, 그의 눈에는 그 모습도 마냥 귀여워 보일 따름이었다. 지익 주름이 진 이마도, 달빛에 반사되어 반짝거리는 콧잔등도, 깜빡거리며 고민을 털어놓는 순박한 눈동자도.

"당신 술에 약을 탔잖아요. 나쁜 짓이죠."

"으흠."

"사람을 고용해서 당신 머리를 때리고, 호텔로 납치까지 했어요. 역시 나쁜 짓이었죠. 아무리 생각해도 용서가 안 되는 일이잖아요? 납치에 폭행 사주이니."

"그런데?"

"근데 자꾸 처벌하기가 망설여져서……."

"망설여져?"

"조 회장님 다녀가신 이후로 마음이 계속 불편해요. 한 번은 용서해 줘야 하는 거 아닌가 싶어서."

뜻밖의 얘길 듣고 지휴는 스윽, 몸을 돌려 소명을 정면으로 마주했다. 달빛을 받아 은은하게 반짝거리는 두 눈으로 자신을 올려다보는 소명은 당장에라도 울 것처럼 오만상을 찌푸리고 있었다. 생각보다 고민이 많았나 보다. 진심으로 지휴에게 도움을 청하는 듯 괴로워 보였다. 하지만 괴로울 게 뭐 있다고? 그냥 하고 싶은 대로 하라니까, 왜?

지휴는 상관없었다. 10년 전 두 사람이 헤어지게 된 가장 큰 원인이 '승연의 말에 휘둘린 자신의 어머니'였다는 사실을 알게 된 이후부터 그는 모든 걸 그녀의 의견대로 결정하기로 이미 마음먹었다. 그건 어머니도, 아버지도 마찬가지였다. 나름대로는 사죄의 의미이기도 하다. 그러니 소명이 부담 가질 필요는 전혀 없다는 뜻이다.

"승연일 처벌하는 게, 그렇게나 마음에 걸려?"

“실수는 누구나 하는 거잖아요. 그 실수를 교훈 삼아 더 나은 인생을 살아가는 게 사람이구요. 난 승연 씨가 지금과는 다른 인생을 살 수 있다고 생각해요. 아직 젊잖아요. 기대받지 못하고 존중받지 못한 어린 시절을 보냈기 때문에, 그 스트레스를 오직 당신한테 집착하는 걸로 풀었던 것만큼 스스로 홀로 서서 새롭게 다시 시작한다면, 지금과는 180도 다른 삶을 만들어갈 수 있지 않을까요? 그러니까 이건 시행착오 같은 거죠, 누구나 한 번쯤 겪는.”

아주 천사 나셨다. 그 독하디독한, 봐줄 만한 구석이라곤 눈곱만큼도 찾아보기 힘든 한승연을 용서해 주고 싶다니. 그 여자가 얼마나 이기적이고 못됐는데.

승연이 소명일 은근히 깔아보고 무시했던 걸 지휴도 알았다. 그에게 된통 지적당한 후에도, 그가 없는 자리에선 똑같이 소명일 괴롭혔다는 것도 눈치채고 있었다. 때문에 가까이 하고 싶은 마음이 전혀 들지 않는 친구였고, 실제로도 무시하며 살았던 그였다. 하지만 그녀가 워낙 귀찮게 따라붙고 친한 사이인 척 다른 사람들한테 말하고 다니는데다, 어머니하고도 친해져서 딱히 자신이 아니고서도 집을 들락날락할 수 있게 된지라, 나중엔 아예 포기하게 되어 될 수 있으면 마주치지 않는 방향으로 생각을 바꾸기까지 했었다.

그런데 그런 모태악녀 한승연을 이 바보가 용서해 주겠다고 한다. 진정 부처님 가운뎃토막이 아닐까. 소명이 이렇게 마음보 넓게 써서 봐준다고 승연이 뉘우치거나 달라질 것 같지도 않는데. 그걸 딱히 모르지도 않는 것 같은데 어째 이리 순해빠졌나 싶어,

지휴는 잠시 소명을 물끄러미 내려다보았다.

"지금 내가 바보 같다고 생각하고 있죠?"

한참을 그러고 있자니 소명이 불퉁스럽게 물어온다. 마치 그가 그렇게 생각해도 별수 없다는 듯 뚱하면서도, 뭔가 해탈한 듯한 표정이었다.

"자기가 바보 같은 건 알고 있네."

"결국 응징만이 답인 걸까요?"

"글쎄, 세상일에 정답이란 게 있긴 하나?"

"질문을 했으면 답을 주세요. 다른 질문으로 물타기하지 마시고. 습관이야, 아주."

"답은 이미 네가 구해놓은 것 같은데, 뭘. 승연이 처벌하기 꺼려지는 거 아니야? 그럼 하지 마."

"그럼 당신은요? 피해 당사자는 당신이잖아요. 회장님과 사모님도 이번 일로 많이 놀라셨을 거고. 그걸 생각하면 당연히 처벌을 받아야 마땅하죠, 한승연 씨는."

"그거였어?"

픽 웃음이 저절로 번져 입술과 광대, 눈가까지 움직였다. 하여간 안 그러는 것 같으면서도 은근히 소심하다니까. 어릴 땐 겉으론 소심하게 굴어도 가끔씩 과감하게 헛소리도 작렬하던 엉뚱소녀였는데 확실히 세상이란 게 소명을 너무 구박했던 모양이다. 예전의 함소명이 가지고 있던 당돌함의 인자를 이제는 눈 씻고 찾아봐도 볼 수가 없으니. 언감생심 도련님한테 눈길 주고 욕심내며 연정 품었던 10년 전 그 함소명의 모습, 고대로 되돌려 놓으려면 꽤나 공을 들여야 할 것 같다. 자신의 가치가 얼마나 큰지, 선우지휴에게 얼마나 큰 힘을 발휘하는지 그녀가 깨닫게 될 때까지 쭉.

"네가 아까부터 결정 못하겠다고 했던 것, 나와 우리 부모님 때문이었냐?"

"아니, 뭐, 꼭 그런 건 아니지만……."

소명이 흠칫 놀란다 싶더니 그의 눈치를 보며 말끝을 흐린다. 그러더니 그가 한쪽 눈썹을 씰룩 끌어올리며 재차 묻자 배시시, 억지웃음을 어색하게 지으며 고개를 끄덕였다.

"네."

"너, 나나 우리 부모님이 너한테 모든 판단을 맡긴 게 무슨 뜻인지 몰라?"

"무슨 뜻인데요?"

놀란 고양이처럼 두 눈 동그랗게 뜨고 귀를 쫑긋 세우고는 그녀가 묻는다. 그냥 놔둬도 큰 눈이, 도톰하고 붉은 입술이, 달빛에도 투명하게 빛나는 핑크빛 두 볼이, 배로 먹음직스러워 보이는 순간이다. 지휴는 천천히 두 손을 들어올려 그녀의 소담스러운 양볼을 따뜻하게 감싸 쥐었다. 차가운 그의 손이 닿자 그녀가 흠칫 놀라며 몸을 떨었다. 꽉 다물려 있던 그녀의 입술이 슬쩍 벌어지고, 사슴을 닮은 눈망울이 당황해 우왕좌왕 갈피를 못 잡고 흔들렸다.

"도…… 련님……."

가만히 내려다보는 그의 나른한 시선 아래에서 그녀의 숨결은 점점 더 피치를 내며 거칠어졌다. 고개를 돌리려 해도, 마치 포박당한 것처럼 꼼짝할 수 없었다. 그의 시선 안에 갇혀 버린 것처럼 움직일 수조차 없었다. 그저 다분히 유혹적이고 뇌쇄적인 그의 눈을 바라보며 괴로워하는 수밖에.

"날 너한테 주겠다는 뜻이다."

거의 반쯤 정신을 놓고 있을 때였다. 낮고 느린 그의 목소리가 그녀를 일깨웠다. 그리고 곧바로 그의 혀가 멍하니 벌리고 있던 입속으로 파고들어 와, 평온히 잠들어 있던 그녀의 본능을 깨웠다.

뜨거운 혀와 입술이 문질러지고 핥아지고 빨려지고, 숨결은 한데 뒹굴고 비벼지고 쓸렸다. 입안을 탐험하듯 구석구석 찌르고 스치고 매만지고, 혀를 뽑아버릴 듯 거칠게 빨아들이며 마음껏 제 욕망을 취하고 또 취하며 그는 달빛 아래에서 경고의 말을 속삭였다.

"반품은 사절이야, 밥풀떼기."

에필로그

"이게……."

완전 초긴장 상태로 숨죽여 상사의 반응을 기다리고 있을 때였다.

드디어 상사의 입이 열렸다. 그 특유의 묵직하게 깔리면서도 사람을 낭떠러지로 내모는 날카로움을 가진, 듣는 여자로 하여금 야릇한 상상의 나래를 펴도록 만드는, 묘한 섹시함이 느껴지는 음성이 느릿느릿 그녀의 귓가를 침투했다. 여느 때와 다름없이 전혀 그 심기를 가늠할 수 없는 무색무취, 단조롭고 무성의한 억양이었다. 꼴깍. 벌을 서고 있는 학생마냥 부자연스럽게 서서 판결이 떨어지기를 기다리고 있던 소명은 질끈 감고 있던 두 눈을 천천히 떴다.

"한 달 가까이 죽어라 머리 싸매고 일한, 그 결과물입니까?"

하나 채 두 눈을 다 뜨기도 전에 연이어 날아온 상사의 목소리. 몹시 마음에 안 드는 모양으로 잔뜩 비틀려 있는 어조였다. 역시 이번에도 퇴짜인 게 분명했다. 대체 이게 몇 번째인가. 뭐가 그리 마음에 안 드는 건데? 말이 한 달이지 그전부터 들들 볶인 걸로 따지면 거의 석 달을 이 프로젝트 시안에만 매달려 있는 그녀인 것을.

그사이에 뽑아져 나온 디자인 시안만 마흔 개에 달한다. 그중 꽤 쓸 만하다는 의견을 받은 것도 여덟 개, 회장님의 컨펌을 받은 것은 무려 두 개나 된다. 그런데 유독 직속상사, 시안 채택의 최종 결정권자인 선우지휴만 오케이 사인을 내주지 않고 있는 것이다. 왜! 왜왜왜! 도대체 왜인 거냐고!

온갖 인상을 다 쓰고 꽁냥꽁냥 속으로 지휴의 흉을 있는 대로 다 보며, 그녀는 한숨을 푹 내쉬었다. 그리곤 최대한 사무적이고 냉정하게 그리고 단정한 어조로 대답했다.

"최선을 다했습니다, 아시다시피."

"집에 안 들어가는 게 최선을 다한 증거가 될 순 없죠. 단순노동도 아니고. 주야장천 쉴 새 없이 일하고 머리 굴려도 감 없으면 못 나오는 게 디자인 아닙니까?"

"제가 감이 떨어진다는 말씀이십니까, 본부장님?"

"그렇게까지 비약할 필욘 없습니다, 함 팀장. 내 직속 부하직원을 능력이 없다고 비난할 생각은 나도 없어요."

"그러시겠죠. 그거야말로 누워서 침 뱉기일 테니까요. 제가 재능 없는 디자이너였다면, SJ시스템 부서가 생길 때 본부장님께서 특별히 절 챙겨 데려가시진 않았을 테죠. 안 그렇습니까?"

살랑 미소를 띠운 채 소명은 애써 차분히 대꾸했다. 갈매기의 나른하고 섹시한 날개 라인마냥 낭창낭창 휘어 꺾인 소명의 눈매를 빤히 바라보며 지휴는 픽, 우습다는 듯 시니컬한 웃음을 날렸다.

"당신을 나무라는 것이 곧 내 실수를 인정하는 것이다, 라고 말하고 싶은 겁니까?"

"시안이 마음에 안 들면 안 든다고 솔직하게 말씀하시면 된다는 뜻입니다. 괜히 제 디자인 감각 탓을 해서, 스스로의 인재등용 감각까지 깎아 드시지 마시고, 그냥 이 시안만 탓하시라고요."

"시안이 마음에 들지 않는 건 아닌데? 이전 것들도 물론 다 썩 괜찮았었고."

"그게 무슨 말씀이십니까? 시안 마흔 개를 모조리 일말의 조언조차 없이 단칼에 퇴짜 놓으셨으면서 이제 와서 시안들이 마음에 들지 않았던 건 아니라니요?"

"괜찮았다고요, 나름대로는. 나쁘지 않았다고 표현하기는 조금 미안할 정도?"

"그랬겠죠. 회장님께서도 컨펌하셨던 디자인인데."

"컨펌이라고 말하면 안 되지, 그건. 회장님 말씀은 단순한 '의견' 제시 차원이었으니. 함소명 씨도 알다시피 이번 대양 모바일 웹센터 최종시안 결정권자는 회장님이 아니라 나, 선우지휴 아닙니까?"

"회장님께서 오케이 사인 내리셨으면 다 끝난 것 아닌가요? 본부장님께서도 안목이 철철 넘치시지만, 그게 어디 회장님께 비하겠습니까? 지금까지 쌓아놓으신 연륜과 경력, 안목이 얼만데. 본부장님은 거기에 비하면 새 발의 피죠. 안 그렇습니까, 본부장님?"

방실, 살 떨릴 정도로 방실방실, 싱긋싱긋 웃어제끼며 소명은 열심히 그의 심기를 긁었다. 사실 시안도 시안이지만 날이 갈수록 멋있어지고 샤프해지는 그의 모습을 볼 때마다 속이 부글부글 끓는 것 같았다.

아니! 어떻게 된 남자가 날밤을 며칠씩 연속해서 까도, 샤워를 거르거나 면도를 하지 않아도, 심지어 일에 파묻혀 다크서클이 바닥까지 드리워진 피곤한 상태에서도 저렇게 섹시미가 철철 넘칠 수가 있어? 일 때문에 피곤해서 살이 빠지면 사람이 까칠하거나 날카로워져서 무섭게 보여야 정상 아니야? 그런데 어떻게 오히려 샤프샤프, 날렵날렵, 날이 갈수록 페로몬 대방출이야? 왜 사람 불안하게 자꾸 멋있어지고 난린데?

짜증 난다. 유부남 주제에 파워 섹시모드 장착한 안드로이드처럼 너무 잘생기고 너무 섹시해서 밖에 내놓기가 무섭다. 행여 누가 낚아채 갈까 얼굴에 유부남이라고 휘갈겨 놓고 입술도장까지 양볼에 딱딱, 찍어놓고 싶다. 그렇게 해놓아도 욕심내는 사람이 수도 없을 터. 이런 남편 두고 죽을 둥 살 둥 발버둥 치며 일을 해야 하는 그녀의 심정은 오죽할까. 에고고, 내 팔자야. 이것이 바로 천재 재벌 3세에, 섹시 꽃미남 선우지휴를 남편으로 둔 죗값인가.

"회장님 의견은 수렴할 수 없습니다. 아무리 회장님께서 최고의 안목과 연륜을 겸비한 경영 10단이라 하시더라도 사적인 감정이 개입된 결정이니 당연히 제외입니다."

"사적인 감정이라니요? 그건 또 무슨 말씀이십니까?"

"회장님께서 워낙 며느님을 아끼지 않습니까? 일 때문에 집에 며칠씩 못 들어오는 며느리를 안쓰럽게 여기시다 못해, 아닌 것도 좋다고 엄지 척 들어올려 주셨다는 거 함 팀장도 잘 알고 있을 텐데요."

"하, 하, 하."

저기압이다. 저승사자의 웃음이 이럴까, 싶은 싸늘하고 기괴한 웃음소리가 소명의 입에서 흘러나오자 지휴는 속으로 빙긋 웃으며 생각했다. 자신의 디자인에 대한 자부심이 강한 그녀이니만큼 예상했던 반응이었으나 그걸 구경하는 즐거움은 생각보다 훨씬 크다. 짜릿짜릿.

가끔은 생쥐 가지고 노는 고양이처럼 소명을 이리 굴리고, 저리 굴리며 괴롭히는 것에 쾌감을 느끼는 스스로가 변태처럼 느껴지기도 했다. 하지만 다른 여자, 다른 물건, 다른 상황에서는 그딴 생각이 전혀 안 드는 걸 보면 소명이 문제인 것 같기도. 함소명이 지휴로부터 S 기질을 끌어내는 인자인 게 틀림없었다.

어쨌든 뿔이 잔뜩 난 그녀는 지휴의 책상에 딱! 두 손을 짚고 상체를 쑥 들이밀며 쳐들어와 그의 코에 제 얼굴을 붙이고 으르렁, 분노의 뇌까림을 흘렸다.

"그러는 본부장님께서는 아내가 일거리에 짓눌려 귀가도 못하고 몇 날 며칠씩 밤샘 작업에 매달리는 게 안쓰럽지도 않은가 봅니다?"

"그럴 리가."

절대분노에 휩싸인 그녀가 무섭지 않은지 그는 너무나도 여유롭게 중얼거리곤 어깨를 으쓱했다. 블랙 슈트, 새하얀 와이셔츠, 짙은 회색 계열 넥타이. 최근 살이 내려 더욱 날렵해진 턱선과 이목구비가 그를 더더 스마트하고 시크하게 만들고 있는 와중이라 그런지, 오늘따라 매우 얄밉다. 심술이 불끈 샘솟자 소명은 거칠게 그의 턱을 가느다란 손가락으로 거머쥐고는 경험으로 이미 육감적임을 충분히 익혀둔 그의 입술에 제 입술을 문지르며 쌀쌀하게 중얼거렸다.

"안쓰러운 사람 태도가 아닌데요, 이건. 그새 아내에 대한 관심도 식어버린 겁니까, 본부장님?"

"외박을 밥 먹듯이 한 사람은 내가 아니라 당신일 텐데?"

자신의 입술 위를 이리저리 쓸며 일주를 하는 그녀를 방관한 채 그가 대답했다. 표정만 보면 아무런 동요도 없는 듯 평온해 뵌다. 물론 그는 겉으로만 저렇다. 감정 없는 사람처럼 굴지만 지휴는 그 누구보다도 더 엄청난 에너지와 감정을 가진 남자이다. 폭발적인 밤생활이 바로 그 증거. 단지 일정량의 자극이 있기 전까진 무뚝뚝하고 차가운 지금의 모습을 고수한다는 게 문제였다. 한마디로 중간이 없다는 말이다. 뜨겁거나 차갑거나, 둘 중 하나라는 소리.

"외박할 수밖에 없도록 만든 사람이 누군데 그런 말씀을 하시는 겁니까?"

단순 입맞춤엔 면역 체계가 확실히 서버린 사람처럼 무딘 얼굴로 덤덤히 앉아 있는 그를 향해 속삭이며 소명은 날름, 혀를 내밀어 그의 윗입술 안쪽을 더듬었다. 그러자 씩, 그의 입술이 벌어지며 입가에 나른한 미소가 그려졌다.

"그럼 이건 벌인가?"

"유혹인데요."

심드렁하게 중얼거리는 그를 향해 속삭이며 그녀는 벌어진 그의 입술 안을 과감하게 파고들었다. 어처구니없게도 그는 이깟 유혹쯤 얼마든지 견뎌낼 자신이 있다는 듯 아무런 저항 없이 초연히 그녀를 맞았다.

"지금 상사를 유혹하겠다는 겁니까, 함소명 팀장?"

라고 농까지 치며. 이런 무심하고 당찬 그의 언행이 바로 소명을 짜증스럽게 하는 것!

아니, 유혹을 하면 좀 흔들리는 맛이 있어야지. 헐떡거리거나 신음을 흘리는 건 기대도 안 한다. 얼굴이 벌게지기라도 해야 하는 거 아닌가? 무슨 남자가 목석처럼 이리 멀쩡하냐. 내게서 아무런 매력도 못 느낀다는 거야 뭐야. 짜증 나, 짜증 나. 남자가 너무 이래도 여자 입장에선 자존심 상한다고.

"이렇게라도 컨펌을 받아둬야 오늘 밤은 집에 들어갈 수 있지 않겠습니까, 본부장님?"

상한 자존심을 어떻게든 회복해 보고자 소명은 좀 더 적극적으로 움직이기 시작했다. 마치 '키스로 남편 흔들어보기' 미션의 도전자라도 되는 것마냥 어찌나 진지하고 전투적인지. 밀려들어 간 그의 입안에서 그녀는 물 만난 고기마냥 과감하게 휘저으며 돌아다녔다. 신음은커녕 숨 한 번 격하게 내쉬지 않고 평온하게 그녀의 키스를 받아들이고 있던 그가 꿈틀 움직이기 시작한 것은, 아마도…… 그녀의 보드라운 붉은 입술이 부드럽게 그의 혀를 감아올리며 힘차게 빨아올릴 때부터였던 것 같다.

뜨겁고 달콤한 간식을 먹어치우는 어린아이처럼 그녀가 맛있게 핥고 빨고 잘근거리자 그는 놀란 듯 미간을 꿈틀거리며 고개를 뒤로 빼려 했다. 하지만 턱을 붙들고 있는 그녀의 손이 그를 놓아줄 리 없었다. 그녀는 혀끝으로 스르르, 그의 입안을 긁어 올리며 하앗, 느리고 얕은 신음을 흘렸다.

윗입술을 입술로 물고 부드럽게 빨다가, 뜨거운 혀를 입안으로 재차 집어넣어 그의 숨결을 사로잡았다. 애정을 담아 문지르다, 격렬하게 빨다가, 부드럽게 핥으니 그의 숨결은 서서히 불규칙적이 되어갔다. 어느새 그의 입술은 그녀의 타액으로 축축이 젖어가고 더불어 그녀의 꽉 다물린 욕구의 문도 달큼한 증거물을 남기며 천천히 열리고 있었다.

다음 수순은 몸이 얽히는 것이었다, 늘 그러했으니까. 시아버지인 선우재훈 회장의 주례로 검은 머리가 파뿌리가 되도록 영원히 사랑하겠다고 서약한 이후부터 지금까지 줄곧, 두 사람은 키스를 키스로 끝내지 못하는 기염을 토하고 있었다. 뽀뽀까진 둘 다 어떻게 잘 참았지만 키스가 깊어지면 두 사람은 모두 멈추질 못한달까. 호르몬 탓인지, 오랫동안 서로에 대해 굶주려서인지, 양쪽 모두 키스 이후의 상황을 제어하질 못하는 편이었다. 그리하여 키스만 했다 하면 광란의 밤으로 이어져 매번 다음날 아침 겨우 눈을 뜨는, 환락의 결혼생활을 보내고 있는 그들이었다.

그런 연유로 회사에서 키스를 자제하고 있었던 두 사람.

심히 위험했다. 밖에 직원들이 수두룩한데 안에서 대낮부터 야한 짓을 할 수는 없지 않은가. 너무 많이 나갔다. 자제해야 한다. 멈출 수 있을 때 멈춰야 한다. 절대적으로!

라고 생각하고 있던 지휴였으나, 다음 순간 그녀가 갑작스레 떨어져 나가자 그는 저도 모르는 사이 그녀를 붙들고 말았다.

"함소명."

거칠고 다급한 그의 손길에 그녀의 블라우스 단추 하나가 우둑, 떨어져 나갔다. 소명은 가슴골 근처까지 벌어진 블라우스 자락을 내려다보며 씩, 만족스럽게 미소를 지었다. 됐다. 그의 욕구는 지금 최고조. 그를 뜨겁게 데우는 덴 성공한 셈이다. 치고 빠지는 작전에서 빠지기 딱 좋은 타이밍. 소명은 그의 손을 천천히 떼어내 얌전히 내려놓으며 빙긋 웃었다. 그리고 만족스럽게 달아오른 지휴의 뺨을 톡톡 매만져 주었다.

"본부장님, 체통을 지키셔야죠. 회사에서 이러면 되겠어요?"

"이건 반칙이야. 시작은 그쪽이 먼저 했잖아."

"시작과 끝을 아시는 분이 이러시면 안 되죠. 엄연히 이건, 컨펌을 전제로 한 게임인 거 잘 아시면서."

"당신 디자인을 내가 컨펌해 주면, 되는 거 아닌가?"

"그야 물론이죠."

생긋, 유부녀답지 않게 상큼한 눈웃음을 지어 올리며 소명이 나른하게 속삭였다. 반쯤 내려뜬 그녀의 눈은 정말이지 색기충만이었다. 움푹 들어가는 볼우물도, 귀엽게 솟은 콧방울도, 모두 그의 가슴속 깊은 곳 시한폭탄을 위협하는 것들이다.

결국 촌스러울 정도로 저돌적인 키스에 무너져 내리다니. 선우지휴, 너 참 특이체질이다. 왜 함소명한테는 면역이 안 되는 거냐? 왜 매번 이성을 잃고 폭주하게 되는 거냔 말이다. 결혼한 지 벌써 2년이 되었으면서도 왜 아직도 꽉 쥐여 아내의 품에서 벗어나질 못하는 거냐? 쯧쯧. 스스로를 향해 혀를 차며 그는 당장 먹어치워야 직성이 풀릴 것 같은 함소명을 지그시 노려보며 짜증스럽게 대꾸했다.

"좋아."

"에? 정말요?"

"거짓말 같아?"

"정말 내 디자인 컨펌해 주는 거예요? 진짜?"

별로 안 믿기는 듯 함소명이 되물었다. 그럴 만도 하다. 이 디자인 건으로 석 달을 들들 볶아 잡아먹고 있었으니까. 큰 게 한 방 나올 것 같은데 자꾸만 겉으로 빙빙 돌기만 해 쥐 잡듯 잡아 일을 시키고 또 시켰던 그였다. 덕분에 함소명은 살이 내리고, 일에 파묻힌 그녀를 섭취하지 못한 탓에 그 역시 무기력증에 시달려 죽을 판이었다. 그러한 와중에 받은 오늘의 디자인은 베스트 오브 베스트. 보자마자 '바로 이거야' 하는 느낌이 대뇌에 팍 꽂혔다. 물론 아닌 척한 건 그녀를 약 올려주기 위한 덫이었다. 함소명 낚시질은 17년 전부터 그의 즐거움이었으니까.

"이제 이건 내가 먹어도 되겠지?"

쑥, 그의 손이 예고도 없이 튀어나와 단추가 뜯어져 벌어져 있던 블라우스 사이로 쳐들어왔다.

"꺄! 미, 미쳤어요? 이, 이거 놔요!"

너무나 놀란 소명이 펄쩍 뛰었다. 그리고 속옷 안으로 밀고 들어오는 그의 손을 떼어내기 위해 안간힘을 썼지만, 다음 순간 그녀의 외침은 선우지휴 본부장의 입안으로 쏙 먹혀 버리고 말았다.

"적당히 해라, 이 계집애야."

점심시간, 막 사무실을 나오는데 저만치 걸어오고 있던 정원이 쏜살같이 달려오더니 소명의 옆구리를 쿡 찌르며 실눈을 뜨고 씩 흘겨본다.

SJ테크가 대양그룹 모바일 전담 기술 부서로 합병이 되면서 소명이 담당 팀장으로 자리를 옮긴 직후, 정원도 디자인 부서 팀장으로 승진하게 되었다. 황수지 팀장이 결혼과 더불어 출산과 육아를 위해 퇴사를 한 덕에, 공석이 된 팀장 자리를 드림팀 디자이너로서 많은 활약을 해준 정원에게 맡기게 된 것이었다. 전임 팀장을 깐깐하고 독하다는 이유로 날이면 날마다 뜯고 씹었던 정원이었지만, 팀장 부임 직후부터 지금까지 팀원들을 달달 볶아가며 풀가동시켜 단숨에 '악녀 정원'이라는 별명을 얻었다는 후문이다. 물론 그러면서도 성과는 꽤 좋아서 얼마 전 디자인기획팀 전체가 보너스 폭탄을 맞기도 하였단다.

그렇듯 일에 있어서 최고를 추구하는 정원에게 가장 배 아프고 짜증 나는 일이란, 바로 소명의 결혼. 그녀는 소명을 볼 때마다 늘 이렇게 질투 섞인 타박을 한다. 자신의 이상형, 최고의 신랑감, 선우지휴를 낚아채 갔으니 이런 구박쯤은 감수해야 한다나 어쩐다나. 물론 말만 이렇지 그녀는 오징어 같은 남자친구를 여직 만나고 있다. 일편단심 민들레도 이런 민들레가 없지 싶을 정도로 한결같이 닭살을 떨면서 말이다.

"너, 뭐했어? 사무실에서 뭘 했기에 얼굴이 그렇게 홍당무가 되어가지고 나오는 건데? 어? 뭐야, 말해봐."

"뭘 말하라는 거야. 아무 일도 없었어."

"아무 일 없긴. 그 얼굴로 지금 나더러 네 말을 믿으라는 거야?"

"이, 이건 사무실 안이 더워서. 내가 요즘 몸이 좀 더워."

"핑계도 좋다. 젊은 게 벌써 갱년기야? 가만히 있는데 몸이 왜 더워지냐? 뭘 하든 운동을 하니까 더워지는 거지."

"우, 운동이라니! 사무실에서 무슨 운동을 한다는 거야?"

"다른 건 다 괜찮지만 사무실 섬씽은 안 된다. 내가 허락 못해, 이 계집애야. 직원들 입이 얼마나 싼데. 잘못해서 걸리면 그 창피를 어떻게 감당하려고 그런 짓을 해? 물론 본부장님 사모님 앞에서 그런 입방아 찧을 간 큰 직원이 어디 있겠냐마는. 그래도 이것아! 뒤에서 다 수군거려. 말 돌기 딱 좋지. 하기사 말이 돌면 또 어떠냐. 금슬 좋다는 소리밖에 더 나오겠냐. 그래, 내가 괜한 걱정한다. 마음대로 해라, 네 마음대로~ 네 남편 물빨핥 하세요."

"무, 물, 뭐?"

"물고 빨고 핥으라고. 으이구— 그리도 좋을까나. 한집에 산 지

2년인데 날이면 날마다 하는 게 그 운동이면서, 회사에 와서까지."

"언니!"

"하긴, 같이 살면 뭐 해? 하늘을 봐야 별을 따지. 만날 회사일에 치이느라 집에서 얼굴 보기도 쉽지 않을 텐데. 그래, 회사에서라도 열심히 작업해 봐라. 그래야 별도 따는 거지, 응응."

"무슨 말 같지도 않는 소리야, 언니는? 내가 회사에서 뭘 했다고 자꾸!"

발끈, 부인했지만 소명은 이미 홍당무를 넘어선 크레용 수준이다. 붉은 기운이 온몸을 도배. 아니라고, 언니가 뭔 소리를 하는 것인지 하나도 모르겠다고 반박하고 싶은 마음은 굴뚝인데 이를 어쩌나, 하나도 빠짐없이 다 알아먹겠는걸. 난감하기 이를 데 없다.

게다가 이쯤 되니 슬금슬금 걱정이 밀려오기까지 한다. 진짜 직원들이 다 눈치챈 것은 아닌지. 지휴 사무실의 방음은 진짜 제대로 되고 있는 게 맞는지. 지극히 사적인 일을 모두 마친 후, 온몸을 다 점검하고 말끔한 모습으로 사무실을 나섰다고 생각했던 건 혹 자신만의 생각은 아니었는지. 별생각이 다 들어 머리가 절로 아파오자, 소명은 인상을 팍 쓰고는 안절부절못하고 입술만 잘근잘근 씹어대며 눈동자를 이리저리 굴리고 있었다.

그러자 그 모습을 지켜보던 정원은 화들짝 놀라 두 눈 휘둥그레 떴다.

"야, 너 진짜 사무실에서 그거 한 거야? 진짜로? 소심하고 순진하기만 하던 네가 진짜 사무실에서 남편이랑…… 그걸 했어?"

"뭐야, 이 반응은? 언니, 설마 그냥 넘겨짚은 거였어?"

당연하다. 이사님 방에 CCTV를 설치해 놓은 것도 아닌데, 그 안에서 무슨 짓을 했는지 부서도 다른 정원이 어떻게 알겠는가. 그저 사무실을 나오는 소명의 볼이 발그레한 것이 뭔가 수상쩍다는 생각이 들어 은근슬쩍 넘겨짚고 떠보았던 것뿐, 확실한 건 하나도 모르는 상태였던 정원이다. 그런데 이렇게 여지없이 낚이다니, 이 순진한 계집애를 어쩜 좋니?

"어쩜, 넌 매번 낚이니? 이럼 안 돼. 이런 식으로 의심을 받을 땐 그냥 무조건 펄쩍 뛰어야 해. 아니라고, 그런 일을 어떻게 멀쩡한 정신으로 저지를 수 있겠느냐고 강력하게 부인해야 하는 거야. 이렇게 얼굴 빨개져서 말까지 더듬으면 되니? 회사에 소문낼 일 있어? 아무리 눈치 없는 초딩이라도 네 얼굴 보면 다 알아채겠다, 얘."

"아, 뭐야. 깜짝 놀랐잖아. 내 얼굴에 그렇게 심하게 티가 나나 싶어가지고. 십년감수했네, 진짜."

"좋았냐? 짜릿했어?"

"언니."

"점심 든든하게 먹어둬라. 오후에도 한 판 뜨려면."

"언니, 진짜 이렇게 놀리기야?"

"바이바이~ 난 우리 오징어가 요 근처로 와서 가봐야 해. 맛난 거 사 먹고 나도 야외플레이나 한번 시도해 봐야겠다. 누구처럼 사무실에서 할 순 없으니 그렇게라도 한번……."

"아, 진짜. 언니!!"

저만치 달리듯 빠르게 걸어가면서도 소명 약 올리기에 열을 올리는 정원. 소명은 버럭 고함을 내지르며 씩씩거렸다. 헐크모드가 되는 그녀가 무서운지 정원은 까르륵— 배꼽을 잡고 웃어대며 쏜살같이 달아나 버렸다. 마침 전화가 걸려와, 하는 수 없이 정원을 쫓아가길 포기한 소명은 고개를 절레절레 흔들며 훅훅, 열통 터지는 한숨을 팍팍 내쉬었다.

아오, 내가 저 언니 때문에 제명에 못 죽지. 어쩌다 내가 저 언니를 알아가지고 이 고생인지 내 팔자야 소리가 절로 나온다, 아주. 입만 열었다 하면 야한 농담에, 지휴신 찬양질에 내 속이 썩는다니까. 아니, 도대체 애인도 있는 양반이 왜 자꾸 남의 남편을 찬양하는 거야. 어? 얼굴만 봐도 침을 뚝뚝 흘리고, 뒤태만 봐도 하악거리질 않나. 어? 어? 부인 허락도 없이 그를 상대로 여러 가지 상상—이라곤 하지만 정원의 머릿속에 들어가 보질 못했으니 정확히 무슨 상상인지는 알 수가 없다—을 하질 않나. 내가 아주 못산다, 못살아.

"여보세요. 엄마?"

터지는 속을 단속하며 소명은 냉큼 전화기 액정에 떠 있는 발신인 '이 사장님'의 전화를 받았다.

최근 어머니 이순영 여사는 사돈인 대양그룹 안주인 주화연 여사가 시작한 해외 유명 커피전문점 브랜드 국내 런칭 사업에 참여하여 사업가로서 제2의 인생을 화려하게 구가하고 있었다. 그녀는 매장 관리는 물론 더 멀리 경영 분야까지 욕심을 내는 한편, 꿈이었던 대학 진학에도 뜻을 두고 공부에 매진 중이었다. 최근엔 부동산 투자에도 눈을 떠 매물이 나올 때마다 딸인 소명한테 전화해 이것저것 상의를 하는 참. 덕분에 소명은 팔자에도 없는 부동산 관련 공부까지 하고 있었다.

〈어, 나다. 점심시간이지?〉

"응, 지금 먹으려고. 회장님께서 밥 사준다고 하셔서, 그 사람이랑 요 앞에서 만나기로 했어. 아, 그리고 오늘은 엄마 집에 갈 수 있을 것 같아. 집 얘긴 그때 해요."

〈오늘 온다고? 벌써 일 끝났니? 너 요새 엄청 바쁘다며. 일 다 마무리해야 시간 낼 수 있다고 하지 않았어? 그래서 난 저번에 나온 청담동 맨션 그냥 포기하기로 했는데.〉

"뭐야, 그럼 나 때문에 그걸 그냥 포기했어?"

〈그건 아니고 부동산업자가 다음 주까지 말미를 주겠다고 해서 딜레이시켜 놓은 상태야. 그 사람이 날 고객으로 꼭 잡고 싶은 모양이야. 그래서 좋은 매물일수록 내게 넘겨주고 싶어 하는 눈치인데, 난 너랑 선우 서방이랑 같이 가본 다음에 결정하고 싶었거든. 너도 알다시피 내 안목이 좀 후지잖니. 내 눈을 믿을 수가 있어야지.〉

"다음 주까지 시간이 있다면 뭐, 괜찮겠네. 당분간은 시간도 널널하니까 지휴 씨랑 나랑 한번 가서 봐볼게."

〈너 정말 프로젝트 마무리했어? 어제만 해도 다 때려치우고 싶다고 징징대더니만. 몇 주를 들입다 파고 있어도 끝날 기미 없다더니, 갑자기 웬일이야?〉

“엄마 딸이 누구야. 천재 디자이너, 함소명이잖아. 삘 받으면 까짓것 하루 만에도 일 끝내는 거지 뭐.”

〈진짜가 보네. 선우 서방한테도 오케이 사인받은 거야?〉

“당근이지. 내가 지휴 씨한테 허락도 안 받고 이리 좋아하겠어? 지휴 씨가 얼마나 까다로운 사람인데. 마누라인 나한테도 얄짤 없는 사람이 그 사람이잖아. 어휴, 진짜 일 앞에서 독하긴 아무도 그 사람 못 따라갈 거야.”

〈얘는! 그럼 일인데, 당연히 그래야지. 안쓰럽다고 대충 눈감아 줘 버리면 되니? 그럴수록 더 세심하고 철저하게 대처해야지. 네 자리가 보통 자리야? 완벽한 능력으로 부하직원들을 뛰어넘어야 하는, 진짜 어려운 자리가 바로 네 자리 아니니. 네가 잘해야 너도 선우 서방도 사람들한테 책잡히지 않아. 네가 잘못해 봐. 다들 네가 남편 덕 보는 무능한 여자라고 쑥덕거릴걸? 네가 선우 서방 아내이기에 사람들한테 꼬투리 잡힐 건덕지도 많은 거야. 선우 서방은 그걸 알기 때문에 너한테 더 철저해지기를 주문하는 거고. 한마디로 다 널 위하는 마음에서 그러는 거다, 이 말이야. 알겠니? 이 속 없는 것아.〉

“아휴— 하여간 울 엄마, 그놈의 사위 사랑. 잠시라도 내가 지휴 씨 흉보는 꼴을 못 봐요, 꼴을. 누가 보면 내가 딸이 아니라 지휴 씨가 엄마 아들인 줄 알겠어. 딸내미 힘들어 죽는 건 신경 쓰지도 않으면서 어쩌면 사위는 그리도 챙기고 배려하나 몰라.”

〈선우 서방이 그만큼 잘 하잖니. 날마다 전화해서 안부 묻고, 혼자서도 잘 지내는지 어쩌는지 걱정해 주고. 그렇게 사소한 것

하나하나에도 신경 써주는 사위를 장모가 어찌 안 예뻐할 수 있겠니. 아주 업고 다니고 싶다, 얘.〉

"그새를 못 참아서 또 칭찬이시네. 그렇게나 좋아? 딸보다도 더?"

〈얘 좀 봐. 별걸 다 샘내. 넌 얘! 네 시아버지가 잘 챙겨주시잖니. 그 호랑이처럼 엄하신 분이 네 앞에선 순한 양이 되셔서는, 네 말이라면 뭐든 다 들어주신다며. 것 때문에 네 시어머니가 한동안 속 많이 상해하셨어, 얘. 너 그건 알고 있니?〉

"거야 뭐."

알다마다. 말끝마다 '우리 며느리'에 '네 시어머니가 뭘 알겠냐, 네가 다 알아서 해라'는 통에 소명이 얼마나 난처했게. 특히 결혼 초 '아들 다 키워 장가보냈으니 나도 사회생활 해보고 싶다'는 주화연 여사와 이에 극렬히 반대하는 회장님 사이에서 아주 죽는 줄 알았다.

회장님이 워낙 보수적이고 아내란 '집에서 내조나 하는 사람'이라 여기는 남자여서 아내의 사회활동을 탐탁지 않아 했는데 주화연 여사는 '며느리도 사회생활 시키면서 왜 난 안 되냐'며 발끈하는 통에 졸지에 소명이 부부싸움의 도화선이 되어버리지 않았던가. 고민 끝에 그녀는 시어머니의 편에 서서 투쟁을 벌였고, 그 결과 회장님이 일주일 만에 반대를 철회하는 기적이 벌어졌었다. 당시 노선을 잘 정했으니 망정이지 안 그랬다면 선우 씨 집안 고부간은 어떻게 되었을까, 생각만 해도 끔찍하다.

지금은 소명이 화연의 사회활동을 가장 적극적으로 지지하는 사람이다. 딱히 어머니에게 잘 보이고 싶어서가 아니라 진짜 그녀가 일하는 모습이 아름다워서 지지한다. 일에 몰두하고 즐기는 모습이 너무 좋았다.

사실 지금까지 화연의 일상은 무료함 그 자체. 아침엔 남편과 아들 제시간에 깨워, 각종 신선한 재료로 생즙 만들어 바쳐, 바쁘다는 사람들 뭐라도 먹여 보내야겠다는 생각에 아침상 차려. 낮엔 혼자 쓸쓸하고 심심하게, 할 거 없으면 수다를 떨거나 쇼핑하면서 대충 때우고. 저녁엔 약속이네, 야근이네, 늦게 귀가하는 자식과 남편 기다리다 배곯기 일쑤였던 게 그녀의 삶. 자고로 무엇인가 집중하고 즐길 적당한 거리가 없다는 것은 사람을 우울하게 만드는 법이 아니던가.

남편과 자식만 바라보고 사는 그녀의 생활은 늘 수동적이었고, 그 때문에 삶의 보람이나 기쁨도 제한적이었다. 남편이 일찍 귀가하면 즐거운 거고 장기출장 떠나면 외롭고 쓸쓸한 거고. 자식이 내가 만든 녹즙을 맛있게 먹어주면 즐겁고, 찡그리며 귀찮아하면 서운하고 서러운 그런 것. 하지만 일에 손을 대면서부터는 달라졌다.

"아침? 당신이 차려 먹어요. 나도 바빠요."

"점심 먹자고요? 나 선약 있어서 안 돼요."

"저녁? 우리 직원들과 회식 있어요. 먼저 드세요."

이런 식이다. 자신만의 세계가 구축되고 자신이 책임져야 할 일들이 생기니 바빠졌다. 당연히 가족들 신경 쓸 시간도 없었다. 힘들고 버거운 일을 하나하나 처리하면서 바깥일이 이렇게 힘든 거구나 생각도 해보게 되었고, 그만큼 큰 보람과 기쁨도 얻게 되었다. 한마디로 주화연 여사는 드디어 주화연, 자신의 인생을 살아가기 시작한 것이다.

그 모습이 어찌나 아름답고 생기 있어 보이는지 극구 반대하던 선우 회장의 입도 막아버렸다. 허락한다거나 앞으론 지지하겠다거나 하는 특별한 제스처는 없었지만 아내의 모습을 묵인해 주는 걸로 보아선 선우 회장도 내심은 아내의 달라진 모습이 보기 좋은 게 틀림없었다. 그것은 아들도 마찬가지인 듯 지휴도 자연스럽게 일하는 어머니의 모습을 받아들이는 것 같았다. 비록 말은,

"화연 씨나 너나, 서로 일 때문에 바쁘니 트러블 생길 일이 없어서 좋긴 하네. 이젠 나한테도 덜 신경 쓰시겠지? 잔소리 없으니 살겠네, 이제."

이렇게 무심하게 말하지만 소명은 알고 있었다. 지휴가 얼마나 어머니를 끔찍하게 생각하는지. 원래 지휴가 좀 그런 타입 아닌가. 겉으론 차갑고 까칠한데 속으론 더없이 따뜻하고 정이 넘치는 타입. 어찌나 속마음을 잘도 숨기는지 얼마 전엔 사업 쪽 일에 어려움을 겪는 어머니를 남몰래 도와주다가 그녀에게 딱 걸린 적도 있었다.

〈얘, 됐고. 너, 그 소식 들었니? 승연이, 한국 들어온다는 거.〉

"승연 씨?"

〈너희 시어머니가 그러시던데, 몰랐어? 걔, 남편이 들어오라고 하도 성화여서 어쩔 수 없이 들어오기로 했다던데. 그 남편이란 사람이 승연일 아주 들들 볶는다고 하더라. 얘기 들어보면 승연이가 임자를 제대로 만났다 싶어. 사실 그렇잖니. 뱃속에 있는 아들, 군대 보내기 싫다며 남편이랑 상의도 없이 임신한 몸으로 혼자 미국으로 가버린다는 게 상식적으로 말이 되는 일이니? 남편한테 혼나도 싸지. 그 남편이란 사람이 그나마 성격이 좋으니 망정이지 안 그랬으면 당장 헤어진다, 난리 났을 거다. 으휴, 걘 어쩜 결혼해서도 그렇게 패악질이라니. 얘기 듣다 보면 승연이가 아니라 그 남편이 더 아깝단 생각이 든다니까.〉

2년 전, 소명과 지휴에게 울며불며 잘못을 빌고 참회하던 한승연은 지금 현재 유부녀. 얼마 전 아이까지 낳았으니 이젠 애엄마가 되었다. 승연의 일이 있고 난 후 조 회장의 건강이 급격히 나빠지면서 가세 또한 기울어 상속자인 승연이 망해가는 회사를 살리기 위해 나름대로 고군분투하였으나, 가지고 있는 능력이 바닥인지라 결국 그녀는 회사와 자신을 구하기 위해 결혼을 선택할 수밖에 없었다.

"에이, 솔직히 그건 아니지. 승연 씨 남편은 이혼까지 한 번 했던 사람인데. 나이도 열 살 가까이 차이 나잖아. 배도 이만큼 나오고. 난 승연 씨가 그 사람과 결혼하겠다고 했을 때 몰래카메라인 줄 알았다니까. 엄마도 알다시피 승연 씨 남자 보는 눈이 보통 높았어?"

〈눈만 높으면 뭐 해? 걔 사교계 평판 최악으로 떨어져서 아무도 거들떠도 안 봤는걸. 조 회장 건강 나빠지면서 한새그룹은 망하기 일보 직전이 되었는데 하나 있다는 손녀라는 애는 중매시장에서 거의 떨이 수준이었으니……. 그나마 그 남편이란 사람이 승연일 좋게 봐서 결혼도 해주고, 회사도 살려주고, 얼마나 다행이니. 남편한테 절을 해도 시원찮지.〉

"승연인 아들을 낳아줬잖아. 그 남편이란 사람, 전처가 자식 못 낳는 여자라 헤어졌다며. 5대 독자라서 대 이을 아들은 꼭 낳아야 했던 사람이었는데 승연 씨 만나 소원 성취했잖아. 그 집안에선 승연 씨가 복덩이 아니야?"

〈뭐, 꼭 그렇지만도 않은 모양이더라. 층층시하 시집살이 때문에 허리가 휜다더라고. 그 큰 집에 일하는 사람도 하나 두지 않고 시할머니에 시어머니, 사별한 시숙에 시집 안 간 여동생은 줄줄이 셋. 아주 죽어났었다 하더라고. 그걸 생각하면 애 낳는다는 핑계로 미국으로 줄행랑친 게 이해되기도 한다니까. 거기에 비하면 네 시댁은 천국이지. 결혼한 지 2년이 지났는데도 애 낳을 궁리는커녕 일에만 파묻혀 사는 며느리도 예쁘다고 봐주니, 아주 천사 분들이 따로 없으셔.〉

"엄마는, 여기서 애 이야기가 왜 나와?"

〈왜 나오긴, 나올 만하니까 나오지. 넌 어떻게 그리 긴장감 없이 사니? 남편 밖으로 나도는 거 겁 안 나? 혹시 여우 같은 것들한테 홀려서 바람이라도 피우면 어쩌나, 걱정도 안 돼?〉

"아, 엄만 무슨 소릴 하는 거야! 선우 서방이 어디 그럴 사람이야?"

말도 안 되는 엄마의 말에 눈살을 찌푸리며 손사래를 치는데, 저쪽 복도 반대편에서 지휴가 회장님을 모시고 걸어오는 모습이 보였다. 185㎝의 훤칠한 키에 날씬한 몸매가 딱 봐도 선우지휴였다. 뉘 남편인지 참~ 소명은 보고만 있어도 침이 뚝뚝 떨어지는 선우지휴의 바디라인을 보며 캬— 감탄사를 내뱉었다. 그러는 와중에도 이순영 여사, 재잘재잘 열심히 속살거린다.

〈결혼한 지 2년이나 됐는데도 지휴를 봐라, 완전 총각이잖아. 손가락에서 반지만 빼면 누가 그 훤한 인물을 유부남이라고 생각하겠니?〉

"그건 그렇지."

눈에 콩깍지 철커덩 씌워진 채로 소명은 배시시 웃으며 동의했다.

〈키 크지, 잘생겼지, 돈 잘 벌지. 뭐 하나 빠지는 게 없잖니, 선우 서방이.〉

"맞아, 몸매는 또 얼마나 죽여줘?"

환상적인 기럭지에, 바쁜 와중에도 건강 유지를 위해 아침운동을 빼먹지 않고 하는 사람이라 바디가 아주 죽음이시다. 거기에 유전적으로 타고난 실크 피부에 이목구비가 또렷한 서구형 미남. 절대로 유부남으로 안 보이지, 암.

물론 그는 지난 2년 동안 잡지와 뉴스 등에서 '대한민국 최고 매력만점 유부남'으로 소개된 적이 많아 총각으로 오인받아 본 적이 거의 없는 사람이었다. 소명과는 달리 날마다 꼬박꼬박 결혼반지를 챙겨 끼는 타입이기도 해서, 지휴가 밖에서 총각 행세하고 다닐 것이란 걱정도 소명은 단 한 번 해보지 않았다. 오히려, 그가 유부남인 걸 알면서도 접근하는 여자들이 더 무섭지.

생각이 여기까지 미치자 소명은 잠시 혼란스러워졌다. 그런 일이 벌어지지 않으리란 보장은 전혀 없다고 생각하니, 정말로 아기를 가져야 하는 것이 아닌가 하는 생각이 슬그머니 고개를 든 것이다.

〈그래서 내가 열심히 생각해 봤는데, 아무래도 이대로는 안 되겠어. 특단의 조치를 취해야지.〉

"특단의 조치?"

저 멀리서 아내를 발견한 지휴가 팔을 들어 손가락을 까딱, 한다. 빨리 튀어오라는 수신호다. 사무실에서 뜨거운 숨을 내뱉으며 그녀와 열정적인 몸짓을 나누었던, 바로 그 섹시밤이라곤 상상도 할 수 없는 차갑고 거만한 신호이다. 그 손가락이 불과 한 시간 전에 자신의 몸을 뜨겁게 달구며 들락거렸던 걸 기억하는 소명에겐 거의 최음제에 가까운 신호이기도. 나른한 시선으로 자신을 깔아보며 손가락을 까딱거리는 그 모습을 보는 것만으로도 온몸이 후끈후끈, 간질간질해지면서 눈앞으론 그냥 빨간 딱지 영상이 엄하게 지나간다는 말씀.

일순 한 시간 전 자신이 행했던 수많은 야한 짓들이 떠올라 허억, 민망한 숨을 들이켜며 소명은 손바닥으로 파닥파닥 부채질로 화끈거리는 볼을 식혀야 했다.

"그게 뭔데? 빨리 말해봐."

고개를 푹 처박고 신나게 그를 향해 걸어가며 소명이 빠르게 속닥거렸다. 특단의 조치가 대체 뭔지는 모르겠지만, 또 그 조치란 게 과연 필요한 건지 어쩐 건지도 잘 모르겠지만, 어쨌든 뭐든 들어봐야 할 것 같다. 자신의 남편이 보통의 유부남과는 다르다는 건 확실히 전적으로 동의하는 바이니까. 선우지휴를 욕심내는 수많은 여인네로부터 그를 지키기 위해서라면 소명은 뭐든 해야 할 것 같았다.

왜냐고?

그야 내가 바로 선우지휴를 겟한 세계 유일무이한 여자니까.

〈잘 들어. 난 네가 일을 열심히 하는 건 좋다고 생각해. 회장님 이하 시댁식구들도 그걸 반기기도 하고. 하지만 남자들은 주기가 짧단 말이야. 신혼생활 2~3년이 지나면 권태기라는 걸 겪는다고. 자꾸 밖에서 지내려 하고 집으로 들어오는 걸 피한단 말이지. 내 말은 그러니까, 지금이 딱 적기란 소리야. 아기를 가져야 할 최적의 시기! 이건 내가 손자를 보고 싶은 욕심 때문에 하는 말은 절대, 절~대 아니야. 너희 시어머니한테 사주받아서 하는 말도 절대, 절대로 아니야. 순전히 너희 두 사람을 걱정해서…….〉

수화기 속에서 이순영 여사가 뜸을 들였다. 뭐라는 거야? 뚱하니 입술을 내밀고 소명은 슥 고개를 들었다. 본론을 어디다 내팽개치고 자꾸 딴소리만 늘어놓는 순영 여사 때문에 선우지휴는 바로 코앞까지 다가와 있는 상태였다. 보폭도 크고 걸음도 빨라 순식간에 거리를 좁혀온 것이었다. 소명은 혓바닥으로 아랫입술을 훔치고 섹시함이 철철 넘치는 남편을 향해 '잠깐, 전화 좀 받고' 의 의미로 히쭉, 눈웃음을 살랑거리며 웃어 보이고는 냉큼 수화기를 손으로 가리고선 뒤로 돌았다.

아무래도 이 얘긴 그가 없는 곳에서 마무리를 지어야 할 것 같았다. 어디로 피하지? 휴게실? 복도 코너? 비상구? 안 쓰는 회의실?

그래! 회의실!

"무슨 말을 하는 거야?"

순영 여사에게 짜증스레 속닥거리며 소명은 엘리베이터 반대편, 비어 있는 회의실 문을 열고 들어갔다.

〈그러니까 난 너희 부부가 너무 일에만 집중한 나머지 부부생활을 소홀히 하는 게 아닌가 싶다는 거지. 네 시어머니도 너 자꾸 외박한다고 걱정하시더라. 선우 서방이 집에서 독수공방한 게 벌써 며칠째라는데, 어른들께서 걱정을 안 하실 수가 있어?〉

"그래서 뭘 어쩌라고. 돌려 말하지 말고 그냥 돌직구 쏴. 무슨 말을 하려고, 그리 빙빙 말을 돌리는 건데? 특단의 조치가 대체 뭐야? 내가 뭘 어떻게 해야 하는 건데?"

〈그게 말이야, 아무리 생각해도 난 너희 두 사람이…….〉

"누구와 무슨 얘길 그리 긴하게 하시는 겁니까, 함소명 씨?"

〈멀리 떠나야 한다고 봐.〉

묵직하게 울리는 그의 목소리와 비밀 얘기라도 하듯 나지막한 어머니의 목소리가 각각 양쪽 귀를 강타한 순간이었다. 야박하게 느껴질 정도로 차갑고 거친 손길이 등 뒤에서 뻗어와 그녀를 순식간에 옭아맸다. 익숙한 손길, 익숙한 자극이 가슴으로, 다리 사이로 쳐들어왔다.

헉, 화들짝 놀라 소명은 손에 들고 있던 전화기를 우당탕, 바닥으로 떨어뜨려 버렸다. 그리고 떨어뜨린 전화기를 다시 주워 수습할 정신도 없이, 순식간에 떠밀려 차가운 벽에 가슴을 맞대고 섰다. 이어 허리 뒤로부터 남편의 손이 미끄러지듯 내려오는가 싶더니, 그녀의 가장 민감한 부위 한 군데를 꾸욱, 느리고 길게 눌러 그녀의 목구멍에서 쥐어짜듯 격렬하고 가녀린 신음 소리가 흘러나오게 했다.

"지금 뭐, 뭐 하는 거예요……?"

"뭐 하긴. 아기 만드는 거지. 방금 회장님께서 날 불러 미션을 내리셨다. 3개월 휴가를 줄 테니 그사이에 당신 후계자를 만들어 내놓으라고. 못 만들면 대양그룹은……."

"……?"

"너한테 맡기시겠다, 협박하시던데."

뭐라고? 아니, 이게 다 무슨 말이래? 휘둥그레 두 눈을 뜨고 휙 고개 꺾어 그를 돌아보았다. 하지만 뭐라 묻기도 전에 그의 손이 먼저 움직였다. 가느다란 그녀의 허리를 감아쥐고 훅 끌어당기자, 그녀는 순식간에 그의 아랫배에 밀착되었다. 도드라진 몸의 굴곡을 느끼며 소명은 거칠게 숨을 토해냈다.

"대체 그게 무슨 말도 안 되는?!"

"너, 아직도 회장님이 얼마나 무서운 사람인지 모르는 모양인데. 그 양반, 한 번 하시겠다 마음먹으면 그게 무슨 일이 되었든 반드시 해내시는 분이다. 아들 하나 잡으려고 10년간 널 고이고이

몰래 키워내신 분이야. 널 이런 식으로 이용해 먹으려고 그토록 심혈을 기울여 교육시켰던 거라고."

그녀의 나긋나긋 부드러운 몸을 제 것에 꾹 눌러 붙이고 느릿느릿 문지르며 그는 심드렁하니 중얼거렸다. 점점 뜨겁게 달궈져 온몸이 말랑말랑 나른해지고 촉촉하게 습해지는 그녀와는 달리 그는 점점 더 강해지고 있었다. 당장에라도 그녀의 몸을 꿰뚫어 버릴 듯. 소명은 찌르르 차오르는 전율에 숨통이 턱턱 막히는 것을 느끼며 휘청거리는 몸을 가누기 위해, 다급히 손을 뒤로 뻗어 그의 허리춤을 붙들었다.

"무, 무슨 소리예요, 그게?"

"여직 눈치채지 못해 거냐? 그 양반은 애초부터 널 내 수행비서로 키울 생각이었어. 네 학비와 생활비를 후원해 주며 그 양반이 걸었던 조건, 대양그룹 입사 아니었냐? 함 기사님 딸에 어릴 때부터 날 유독 잘 따랐던 너이니, 아버진 네가 무슨 일이 있어도 대양과 나에게 충성할 거라 생각했던 거야."

"정말이요?"

"그럼, 난 이미 그거 알고 뛰어든 거였는데."

"저, 정말…… 그랬단 말이에요?"

"너만 빼내 나가려고 했었어. 한데 결국엔 덫에 걸려들어 버렸지. 너 하나 때문에 내 인생 강제로 궤도 수정하고 대양에서 평생 충성을 맹세하게 되었으니, 난 대양을 무슨 수를 써서라도 내 손에 넣고 말 거다. 이제 와서 누군가에게 빼앗기고 싶진 않아. 경쟁상대가 너라도."

"그러니까 후계자 생산에 최선을 다하시겠다?"

"머리는 참 좋아, 함소명."

지휴는 소명의 귀에 속삭이며 피식 미소를 흘렸다. 사실 방금 전 아버지로부터 이런 어이없는 협박을 들었을 땐 코웃음을 흘리고 넘겼던 그였다. 대양그룹이 어디 구멍가게인가. 마음대로 줬다 빼앗았다 하게. 한 번 정해진 후계자는 쉽게 바뀔 수가 없는 법이다. 더욱이 그게 자신의 아내인 소명이라면 실현 가능성이 훨씬 낮아진다. 소명은 자신의 둘도 없는 지지자이자 반려자이기에, 절대로 이번 일에 협조하지 않을 거란 걸 그는 잘 알고 있었다. 그러니 당연히 아버지의 경고 따윈 무시할 생각이었다.

하지만 그 생각은 복도에서 아내를 발견한 순간 바뀌었다.

보통 섹시해야 말이지. 아주 타고났다. 무 다리에 통통한 몸매, 앙증맞고 귀여운 구석이라곤 전혀 찾아볼 수 없는, 여자치곤 큰 체구인데도 당장에라도 덮쳐 버리고 싶을 만큼 색정적이다. 위아래 맨살 꼭꼭 숨긴 갑갑한 정장을 입고 있는데도 멀리서 발견한 순간 눈앞에 그녀의 새하얀 나신이 그려졌다. 유난히 희고, 티끌 하나 없는 매끄럽고 투명한 피부가.

남들 보는 눈 의식해 대충 정신 차리고 까딱까딱 손가락을 이용해 그녀를 호출했지만, 강아지처럼 쫄래쫄래 달려온 그녀는 눈웃음 살랑 치며 방긋 웃는 초절정 섹시빔을 발사. 평소에도 반쯤 감긴 듯 나른한 눈매에, 한 번 웃으면 사랑스러움이 철철 넘치는 그녀의 눈웃음에 그가 아주 껌뻑 죽는다는 걸 아는지 모르는지. 그 순간 그는 오늘의 점심 메뉴를 결정하고 말았다.

"그 말은 그러니까, 아기를 갖고 싶진 않지만 회사를 내게 빼앗기기 싫으니까 억지로……!"

새하얀 얼굴이 홍당무처럼 새빨개진 주제에 소명이 발끈한다. 흥분했으면 제발 좀 본능에 집중할 것이지. 하여튼 소명은 너무 생각이 많아서 탈이다. 쯧! 짜증스럽게 혀를 차며 지휴는 그녀의 바지 후크를 풀어 그 안으로 쑥, 손을 집어넣었다.

"난 네가 그 좋은 머릴 나 하나한테만 집중했으면 좋겠다, 함소명. 내가 무슨 생각을 하는지, 뭘 원하는지, 내가 굳이 말하지 않아도 알아줬으면 좋겠어. 예전엔 꽤 잘했었잖아? 왜 요즘은 제대로 못하는 건데? 관심이 없어진 거냐?"

"으흣!"

그의 손이 그녀의 안을 용감하게 헤치며 들어가자 그녀가 억눌린 신음을 흘려댔다. 그의 허리를 붙드는 손길 또한 더 격렬해졌다. 지휴는 흘러내린 블라우스 자락 안으로 여유롭게 들어가 그녀의 모양 좋은 가슴 둔덕을 일시에 일그러뜨렸다. 동시에 그녀의 귓불을 핥으며 천천히 그녀의 몸을 조여들어 갔다. 위에서 아래로, 흔들고 문지르며, 격렬하면서도 부드럽게. 그녀는 그의 손길에 따라 아름답게 흐느꼈다. 목덜미를 뒤로 젖히고, 붉은 입술을 살짝 벌린 채.

이런, 이런. 이렇게 유혹적이면 곤란하잖아. 여긴 회사라고.

회사임을 상기시켜 더 이상은 나아가지 않도록, 자신을 제어하기 위해 혼잣말로 중얼거린 것이었으나 곧 그는 스스로를 다잡고 있던 고삐를 풀어버리고 말았다. 너무나 당연한 선택이었다. 어차피 함소명을 앞에 두고서 이성을 제어할 힘이 그에겐 없으니.

단 한 번도 함소명 앞에서 이성적이었던 적은 없었다. 늘 그녀에게 영향받고, 휘둘리고, 흔들리고 있었다. 물론 아닌 척을 밥 먹듯이 하고는 있다. 무표정, 무관심한 얼굴, 심드렁한 말투. 그 모든 것들이 습관처럼 행해져 이젠 그의 트레이드마크가 되어버렸다. 하지만 굳이 그녀 앞에서만큼은 그렇듯 아닌 척해야 할 정도로, 그는 항상 그녀의 영향력 아래에 있다는 사실만큼은 부인할 수 없었다. 과거에도 그랬고 현재도 마찬가지. 아마 앞으로도 그럴 것이다.

"이제야 말하지만 실은 널 임신시켜 내 옆에 주저앉히는 게 내 남은 인생의 최대 목표다."

고혹적으로 벌어진 그녀의 입술을 가만히 내려다보며 그가 중얼거렸다.

"일종의 트라우마지. 12년 전 말도 없이 내 곁에서 사라진 전적이 있는 여잘 아내로 뒀으니 평생 혹시나 내 곁을 떠날까, 잃어버릴까, 안달복달하게 될 수밖에 없지 않겠어? 선녀를 아내로 둔 나무꾼처럼 적어도 자식 셋은 낳아야 마음이 놓일 것 같다."

"그런 발칙한 생각을…… 대체 언제부터 한 거예요?"

열락으로 가득 찬 눈빛을 남편에게 유혹하듯 흘리며 소명이 거칠게 그러나 나지막하게 속삭였다. 뜨겁고 달콤한 숨소리가 그녀의 입술을 타고 흘러나와 그의 폐를 적셨다. 지휴는 기대감과 흥분으로 도톰하게 부풀어 오른 그녀의 입술을 뚫어져라 내려다본 채로 씩, 웃었다.

"널 겟하기로 마음먹은 순간부터."

그는 아내의 몸을 꽉 조여 끌어안으며 꽃처럼 연약하고 아름다운 입술에 입을 맞추었다.

The End

작가 후기

최근 들어 건강이 안 좋아지고 컨디션이 나빠지면서, 글쓰기에도 적신호가 왔었습니다. 마침 스스로 제게 변화가 필요하다고 절실히 느끼고 있던 터라, 컨디션난조와 함께 저는 침몰. 수면 밑으로 가라앉아 기나긴 잠수를 탔었지요. 그런 와중에 시작한 글이 바로 '겟(get)' 이었네요.

써보고자 하는 의지는 충만하여 패기 좋게 파일을 생성한 게 2010년 12월이었습니다. 컨디션이 나쁠 때 시작한 글이라, 당연히 '쓰다—중단하다—다시 쓰다' 의 과정을 여러 번 거쳐야 했습니다. 흐름 끊기면 글이 잘 안 풀리는 저 같은 작가에게는 참 고행인 일이었죠. 그러다 본격적인 작업에 들어간 게 올해 늦봄이었는데, 당시 원고는 책의 1/3 지점 정도가 진척되어 있었고 줄거리를 여러 번 바꿨던 흔적이 있었지요. 바꾸던 스토리에선 지휴가 레스토랑을 운영하고 있었네요. (하하!) 아, 주인공 이름도 지휴가 아니었습니다. 초기 원고가 갈지자로 왔다 갔다 했던 것은 아마도, 이런저런 수정의 흔적들이 머릿속에 저장이 되어 있어서인지도 모르겠습니다.

'겟' 은 제목에서 파생된 생각들을 이어 붙여 만든 글입니다. 제목이 주는 느낌으로, 주인공들과 줄거리를 만들었다고 보시면 될 것 같아요(그러나 '겟' 이란 제목은 들으면 빵 터질 만한 곳에서 허무하게 영감을 얻었다는 게 함정.). 그러다 보니 남자주인공인 지휴는 자연스럽게 캐릭터가 세지더라고요. 지휴가 '비타민' 의 이민형 군을 닮았다는 말은 아마 그런 연유로 나올 수 있었던 게 아닌가 합니다. 민형이도 참 셌었죠. 네.

지휴는 어릴 때 만난 소명을 잘 키워서 잡아먹으려던 늑대소년이었습니다. 소명은 마음속의 영웅이자 왕자님이었던 지휴를 짝사랑하던 순수소녀였지요. 두 사람은 10대 시절 알 수 없는 사건에 휘말려 헤어지고, 10년이 흐른 뒤 재회합니다. 마른하늘의 날벼락 같은 일을 당한 지휴와 아픈 상처만 가슴에 새기고 떠나와야 했던 소명이가, 10년 후 다시 만나 과거 꼬였던 매듭을 풀어버리기까지의 이야기이지요. 사실 '매듭 풀기' 보다는 재회한 두 사람의 심리 상태에 더 많이 집중한 나머지 제가 초반에 삽질을 좀 했었습니다만, 글이 다 완성된 지금엔 그것 역시 저에겐 뼈가 되고 살이 되는, 의미 있는 시간들이었지 싶습니다. 삽질도 자양분으로 승화시켜, 앞으로 더 좋은 글을 선보이도록 노력해 보겠습니다.

노력은 나의 힘! (구호 한 번 외쳐 봅니다.)

코빼기도 안 뵌 원고를 저만 믿고 기다려 주신 문혜영 부장님, 이하 청어람 편집부에 깊은 감사를 드립니다. 줄거리에 조언을 아끼지 않으셨던 수민 씨, 따로 감사드리고요.

부족한 글인데도 아낌없이 응원 주셨던 홈페이지 회원 여러분께도 감사 인사드립니다. 일일이 찾아뵙고 허그해 드리고 싶네요. 하지만 저희에겐 메모장이 있으니까! 동료 작가님들, 다들 고맙고 아잣아잣! 함께 힘내요. 안탁, 교수님께 제출한다던 영화감상문은 어찌 되었니? 간디용, 대사성산증과 복막투석이 뭔지는 모르겠지만, 힘들더라도 열심히 해줘. 너에게 귀염댕이들 목숨이 달려 있으니까!! (비빠와 자코는 무시해 버렷!) 늘 고맙고 사랑하는 엄마, 아빠, 요번에 보니까 피부가 고와지셨더라고요. 회춘하시는 것 같습니다. 계속 오래오래 건강하게 계셔야 해요. 토닥토닥 사랑싸움은 그만하시고요. 막내가 암와칭유, 하고 있어요.

그리고 마지막으로 이 글을 읽어주신 독자님들, 좀 이르지만 2012년 잘 마무리하시고 다가오는 새해도 즐겁고 건강하시길 바랍니다. 건강이 최고예요. 아프지 맙시다. 그리고 사랑합시다. 첫사랑은 이루어질 수 있다!! 지휴와 소명이처럼!! 로맨스소설 많이 좋아해 주세요. 끝까지 읽어주셔서 감사합니다.

지금까지 저는 '겟' 의 작가, 홍윤정이었습니다.

2012년 겨울의 길목에서, 허리 싸매고 앉아.

Chungeoram romance novel
파열
Rupture
공은주
장편 소설
하나뿐이던 혈육을 잃고 홀로 남은 그녀, 지현서
목숨을 담보로 한 계약연애.
살기 위한 어쩔 수 없는 선택이었기에, 그에 대한 끌림을 부정해야만 했다.
세상 모두를 적으로 돌릴 수밖에 없었던 그, 한승표
오만했기에 어리석었던 선택.
복수를 위한 희생양으로만 여겼던 그녀가, 그의 심장을 쥐고 흔들었다.
세상을 보는 또 하나의 창 이젠북
www.ezenbook.co.kr
지금 클릭하세요!
검색창에 이젠북 을 쳐보세요!
ezen BOOK

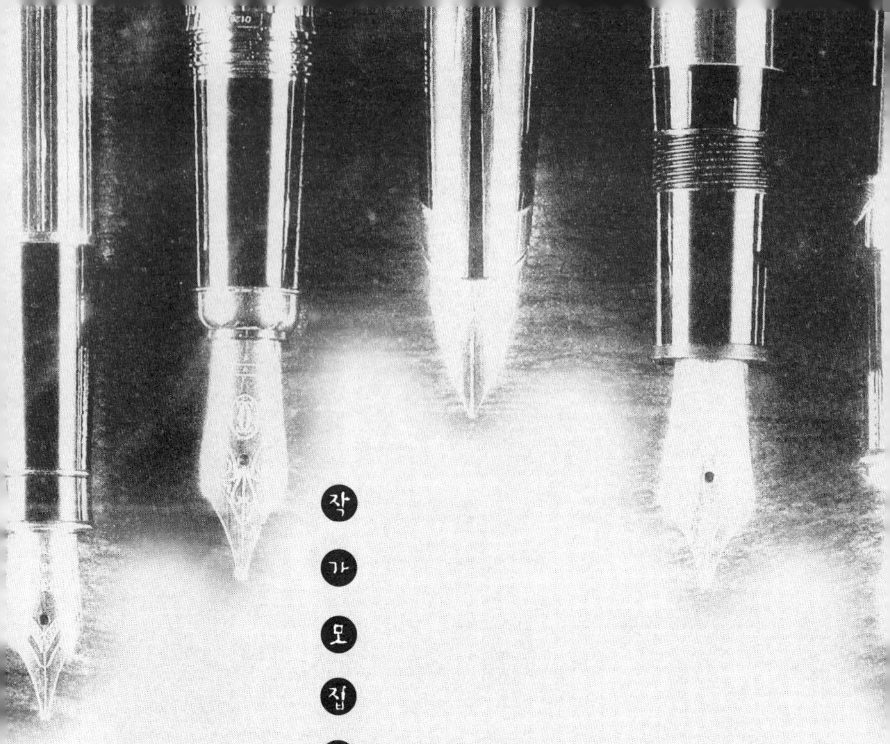